identifica los títulos que en su edición
... figuran en las listas de best-sellers de los
Estados Unidos y que por lo tanto:

• Las ventas se sitúan en un rango de entre 100.000 y
2.000.000 de ejemplares.

• El presupuesto de publicidad puede llegar hasta los
uS$ 150.000.

• Son seleccionados por un Club del libro para su catálogo.

• Los derechos de autor para la edición de bolsillo pueden
llegar hasta los uS$ 2.000.000.

• Se traducen a varios idiomas.

Punto
de
Origen

PATRICIA CORNWELL

Punto de Origen

Traducción:
NORA WATSON

Editorial ATLANTIDA
BUENOS AIRES • MEXICO • SANTIAGO DE CHILE

Diseño de tapa: Peter Tiebbes

SPANISH
CORNWELL
PUN
1.03

Título original: POINT OF ORIGIN
Copyright © 1998 by Cornwell Enterprises, Inc.
Copyright © Editorial Atlántida, 1999.
Derechos reservados para México, Grupo Editorial Atlántida Argentina de México S.A. de C.V.
Derechos reservados para los restantes países de América latina y EE.UU.: Editorial Atlántida S.A.
Primera edición publicada por EDITORIAL ATLANTIDA S.A.,
Azopardo 579, Buenos Aires, Argentina.
Hecho el depósito que marca la Ley 11.723.
Libro de edición argentina.
Impreso en España. Printed in Spain. Esta edición se terminó de imprimir en el mes de
marzo de 1999 en los talleres gráficos Rivadeneyra S.A., Madrid, España.

I.S.B.N. 950-08-2092-7

Con amor
para
Barbara Bush
(por lo que significas)

La obra de cada uno
aparecerá tal como es,
porque el día
del Juicio, que se
revelará por medio
del fuego, la pondrá
de manifiesto; y el
fuego probará la
calidad de la obra de
cada uno.

(I Corintios 3:13)

Día 523.6
Un lugar con faisanes
Sala Kirby de mujeres
Isla Ward, Nueva York

Hola Doc,

Tic toc

Hueso serruchado y fuego.

¿Todavía sola en casa con Fib?¡Mira el reloj, Doc!

Chorros de luz oscura y de miedo Trenestrenestrenes.
Gksfwfy quiere fotos.

Visítanos. En el segundo piso. Tú haces tratos conmigo.

Tic toc Doc (¿Lucy hablará?)

Lucy-Boo por TV. Vuela por las ventanas. Ven y acaba
con nosotros. Debajo de las sábanas. Acabar hasta el
amanecer. Reír y cantar. La misma vieja canción.
    ¡Lucylucylucy y nosotros!

Espera y verás.

Carrie

1

Benton Wesley se estaba sacando las zapatillas en mi cocina cuando tropecé con él, el corazón lleno de miedo, odio y recuerdos de horror. La carta de Carrie Grethen estaba mezclada en una pila de correspondencia y de otros papeles, todo postergado hasta un momento antes en que yo había decidido tomar un té de canela en la privacidad de mi casa de Richmond, Virginia. Eran las cinco y treinta y dos minutos del domingo ocho de junio por la tarde.

—Supongo que ella envió esto a tu oficina —dijo Benton.

No parecía preocupado cuando se inclinó hacia adelante y comenzó a sacarse las medias Nike blancas.

—Rose no lee la correspondencia que tiene la leyenda personal y confidencial. —Agregué ese detalle que él ya conocía mientras el pulso se me disparaba.

—Tal vez debería hacerlo. Pareces tener muchos admiradores allá. —La ironía de sus palabras era tan filosa como una hoja de papel.

Lo observé con los pies desnudos apoyados en el suelo, los codos en las rodillas y la cabeza baja. El sudor le corría por hombros y brazos bien definidos para un hombre de su edad, y mi mirada descendió por sus rodillas y pantorrillas hasta sus tobillos delgados donde todavía se notaba la marca de las medias. Se pasó los dedos por su pelo plateado y húmedo y se echó hacia atrás en la silla.

—Dios —murmuró y se secó la cara y el cuello con una toalla—. Estoy demasiado viejo para esto.

Respiró hondo y soltó el aire con lentitud y con furia creciente. El reloj Breitling Aerospace de acero inoxidable que yo le había regalado para Navidad estaba sobre la mesa. Lo tomó y se lo puso en la muñeca.

—Maldición. Estas personas son peores que el cáncer. Déjame ver esa carta.

La carta estaba escrita a mano con extrañas letras de imprenta de color rojo, y en la parte superior de la hoja había un dibujo tosco que representaba a la cresta de un ave con una cola de plumas largas. Garabateada debajo estaba la enigmática palabra latina ergo, o por consiguiente, que en ese contexto no significaba nada para mí. Desplegué la hoja de papel blanco para máquina de escribir por las esquinas y la coloqué frente a él sobre la antigua mesa de desayuno de roble. Benton no tocó ese documento que podía ser una prueba mientras leía con atención las extrañas palabras de Carrie Grethen y comenzaba a procesarlas en la base de datos de su mente.

—El matasellos es de Nueva York y, desde luego, allí hubo mucha publicidad con respecto a su juicio —dije, mientras seguía en mi tarea de racionalización y negación—. Hace apenas dos semanas se publicó un artículo sensacionalista al respecto, de modo que cualquiera pudo extraer de allí el nombre de Carrie Grethen. Para no mencionar que la dirección de mi oficina es información pública. Lo más probable es que esta carta no sea para nada de ella sino de alguna otra persona chiflada.

—Pues a mí me parece que es de ella. —Wesley siguió leyendo.

—¿Podría ella despachar algo así de un hospital psiquiátrico forense sin que nadie se lo revisara? —le retruqué mientras el corazón se me llenaba de miedo.

—En Saint Elizabeth's, Bellevue, Mid-Hudson, Kirby —dijo sin levantar la vista—, las Carrie Grethen, los John Hinckley Junior y los Mark David Chapman son pacientes, no presos. En los centros psiquiátricos forenses y penitenciarios disfrutan de los mismos derechos cívicos que nosotros, crean en computación pizarras

donde colocan anuncios para pedofilia y venden por correspondencia datos útiles para los asesinos seriales. Y también escriben cartas
insolentes a la jefa de médicos forenses.

Su voz era cortante y sus palabras, duras. En los ojos de Benton
ardía el odio cuando finalmente levantó la vista y me miró.

—Carrie Grethen se está burlando de ti, gran jefa. Del FBI. De
mí —continuó.

—FIB —murmuré—. En otra ocasión podría haberme resultado
divertido.

Wesley se puso de pie y se colocó la toalla sobre los hombros.

—Supongamos que es ella —dije.

—Lo es. —A él no le cabía ninguna duda.

—Muy bien. Entonces esto es algo más que una burla, Benton.

—Desde luego. Se está asegurando de que no olvidemos que
ella y Lucy fueron amantes, algo que el público en general no sabe
todavía —dijo él—. Lo evidente es que Carrie Grethen no ha terminado de arruinarle la vida a la gente.

Yo no podía soportar oír siquiera su nombre y me enfureció que
estuviera ahora, en este momento, en mi casa de West End. Para el
caso, podría estar sentada frente a la mesa de desayuno con
nosotros, corrompiendo el aire con su presencia malévola y fétida.
Imaginé su sonrisa condescendiente y su mirada intencionada y me
pregunté qué aspecto tendría ahora, después de cinco años detrás
de las rejas y de compartir su vida con los delincuentes insanos.
Carrie no estaba loca. Nunca lo había estado. Sufría un trastorno
caracterológico, era una psicópata, un ente violento sin conciencia
moral.

Por la ventana vi cómo el viento mecía los arces japoneses de
mi jardín y miré el muro incompleto de piedra que casi no me permitía estar independiente de mis vecinos. De pronto sonó la campanilla del teléfono y contesté de mala gana.

—Doctora Scarpetta —dije en el tubo mientras veía que Benton
seguía con la vista fija en esa hoja de papel con letras en rojo.

—Hola. —Por la línea se oyó la voz conocida de Peter Marino.
—Soy yo.

Era capitán del Departamento de Policía de Richmond y yo lo
conocía suficientemente bien como para reconocerle el tono. Me
preparé para oír las malas noticias.

—¿Qué ocurre? —pregunté.

—Una caballeriza se incendió anoche en Warrenton. Quizá lo supiste por los informativos —dijo—. Los establos, los cerca de veinte caballos muy valiosos, y la casa. Todo quedó reducido a cenizas.

Hasta el momento, eso no tenía sentido.

—Marino, ¿por qué me llamas por un incendio? En primer lugar, Virginia del Norte no es tu jurisdicción.

—Lo es ahora —respondió él.

Mi cocina pareció achicarse y quedar sin aire mientras aguardaba oír el resto.

—El ATF acaba de llamar a nuestro ENE —prosiguió él.

—O sea a nosotros —dije yo.

—Bingo. Quieren que tú y yo vayamos. A primera hora de la mañana.

El Departamento de Alcohol, Tabaco y Armas de Fuego o ATF del Equipo Nacional de Emergencias, o ENE, se desplegaba cuando se incendiaban iglesias o tiendas, y también en el caso de bombas o cualquier otra catástrofe en la jurisdicción del ATF. Marino y yo no pertenecíamos al ATF, pero no era extraño que ese departamento y otras instituciones encargadas de hacer cumplir las leyes nos reclutaran cuando resultaba necesario. En los últimos años yo había participado en el trabajo relativo a las bombas colocadas en el World Trade Center, en la ciudad de Oklahoma, y en el Vuelo 800 de la TWA. Había cooperado en las identificaciones realizadas en la secta davidiana en Waco y revisado las desfiguraciones y las muertes causadas por el Unabomber. Por experiencia sabía que el ATF solía requerir mi presencia cuando había muertos, y si también reclutaban a Marino, entonces lo que se sospechaba era homicidio.

—¿Cuántos? —pregunté y busqué la tablilla con sujetador en que anotaba los llamados.

—No se trata de cuántos, Doc, sino de quién. El dueño de la caballeriza es nada menos que el famoso Kenneth Sparkes. Y por ahora todo parece indicar que él no se salvó.

—Dios mío —murmuré mientras de pronto mi mundo se oscurecía demasiado—. ¿Estamos seguros?

—Bueno, ha desaparecido.

—¿Te importaría explicarme por qué me lo informan sólo en este momento?

Sentí que mi furia crecía, y traté de no tomármelas con él, pues todas las muertes de Virginia del Norte que no eran por causas naturales eran responsabilidad mía. No debería haber necesitado que Marino me informara de ésta, y estaba furiosa con mi oficina de Virginia del Norte por no haberme llamado a casa a avisarme.

—No te enojes con tus médicos de Fairfax —dijo Marino, quien parecía leerme el pensamiento—. El condado de Fauquier le pidió al ATF que se hiciera cargo aquí, de modo que así son las cosas.

Igual no me gustaba, pero había llegado el momento de poner manos a la obra.

—Quiero suponer que el cuerpo todavía no ha sido recuperado —dije, mientras escribía deprisa.

—Diablos, no. Ése será tu primer trabajo divertido.

Hice una pausa y apoyé la lapicera en la hoja de llamados.

—Marino, éste es un incendio de una sola vivienda. Aunque se sospeche que fue intencional y aunque se trate de un caso de perfil alto, no entiendo por qué le interesa al ATF.

—Whisky, ametralladoras, para no mencionar la compra y venta de caballos caros, así que ahora hablamos de un negocio —respondió Marino.

—Fantástico —murmuré.

—Ya lo creo. Hablamos de una maldita pesadilla. El jefe de bomberos te llamará en algún momento de hoy. Es preferible que empaques tus cosas porque el helicóptero nos recogerá antes del amanecer. No es precisamente el mejor momento, como siempre suele suceder. Estimo que puedes despedirte de tus vacaciones.

Se suponía que Benton y yo iríamos esta noche en el auto a Hilton Head a pasar una semana junto al mar. Este año no habíamos podido estar solos y nos sentíamos agotados y al final de nuestras fuerzas. Yo no quería enfrentar a Benton cuando corté la comunicación.

—Lo siento —le dije—. Estoy segura de que ya te diste cuenta de que se trata de una catástrofe de proporciones.

Vacilé y lo observé. Él no me miró y siguió tratando de descifrar la carta de Carrie.

—Tengo que ir. A primera hora de la mañana. Tal vez pueda reunirme contigo a mitad de semana —continué.

Él no me escuchaba porque no quería enterarse de lo que sucedía.

—Por favor, entiéndelo —le dije.

Benton no pareció oírme y me di cuenta de que estaba muy decepcionado.

—Estuviste trabajando en esos casos con torsos —dijo mientras leía—. Los desmembramientos de Irlanda y de aquí. Hueso serruchado. Y ella fantasea con Lucy y se masturba. Llega al orgasmo muchas veces por noche debajo de las sábanas. Supuestamente.

Con la vista volvió a recorrer la carta y pareció hablar consigo mismo.

—Lo que dice es que Carrie y Lucy siguen teniendo algo —continuó—. Lo de "nosotros" es su intento de disociación. Ella no está presente cuando comete sus crímenes. Alguna otra parte suya lo hace. Personalidades múltiples. Un alegato previsible y pedestre de demencia. La creí más original.

—Es perfectamente capaz de someterse a juicio —le respondí con una nueva oleada de furia.

—Tú y yo lo sabemos —dijo él y bebió de una botella plástica de Evian—. ¿De dónde salió lo de Lucy Boo?

Una gota de agua se le deslizó por la barbilla y él se la secó con el dorso de la mano.

Después de vacilar un momento, dije:

—Es un apodo cariñoso que yo usaba con ella cuando estaba en el jardín de infantes. Después no quiso que la llamara más así. Aunque a veces se me escapa. —Hice otra pausa y la imaginé tal como era en aquella época. —Así que supongo que Lucy se lo contó a Carrie.

—Bueno, sabemos que en una época Lucy confiaba mucho en Carrie. —Wesley explicitó lo obvio. —Fue su primera amante. Y todos sabemos que el primero nunca se olvida, por desastroso que haya sido todo.

—Pero la mayoría de las personas no elige a un psicópata como su primer amante —dije, y todavía no podía creer que Lucy, mi sobrina, lo hubiera hecho.

—Los psicópatas somos nosotros, Kay —dijo él, como si yo no hubiera oído nunca ese sermón—. La persona atractiva e inteligente que está sentada al lado de nosotros en un avión, o parada detrás de nosotros en una cola, o que conocemos entre bambalinas o por Internet. Hermanos, hermanas, compañeros de escuela, hijos, hijas, amantes. Tienen el mismo aspecto que tú y que yo. Lucy no tuvo oportunidad. No era rival para Carrie Grethen.

En el césped de mi jardín de atrás había demasiado trébol, pero la primavera había sido extrañamente fresca y perfecta para mis rosas. Se inclinaban y se estremecían con la brisa y sus pétalos pálidos caían en tierra. Wesley, el jefe retirado de la unidad de perfiles del FBI, siguió con lo suyo.

—Carrie quiere fotos de Gault. Fotos de escena, fotos de autopsia. Si se las das, ella a cambio te dará los detalles de investigación y las perlas forenses que supuestamente pasaste por alto. Las que podrían ayudar a la fiscalía cuando la causa vaya a la corte el mes próximo. Lo que hace es burlarse y dar a entender que tal vez pasaste algo por alto. Algo que de alguna manera podría estar relacionado con Lucy.

Sus anteojos para leer estaban plegados junto a su individual, y de pronto se le ocurrió ponérselos.

—Carrie quiere que vayas a verla. A Kirby.

Su rostro era tenso cuando me miró.

—Es ella.

Señaló la carta.

—Está saliendo a la superficie. Siempre supe que lo haría.

—¿Qué es la luz oscura? —pregunté y me puse de pie porque ya no podía soportar seguir sentada.

—Sangre. —Parecía muy seguro. —Cuando apuñalaste a Gault en el muslo, le seccionaste la arteria femoral y él se desangró hasta morir. O lo habría hecho si el tren no hubiera terminado el trabajo. Temple Gault.

Se sacó los anteojos de nuevo, porque en el fondo estaba agitado.

—Siempre que Carrie Grethen ronde por aquí, él también lo hará. Son mellizos del mal —agregó.

En realidad no eran mellizos pero se habían aclarado el pelo y se lo habían rapado casi hasta el cuero cabelludo. Tenían una delgadez prepubescente y vestían igual la última vez que los vi en Nueva York. Habían asesinado juntos hasta que la detuvimos a ella en el Bowery y yo lo maté a él en el túnel del subterráneo. No fue mi intención tocarlo o verlo o intercambiar siquiera una palabra con él, porque mi misión en esta vida no era apresar criminales ni cometer un homicidio judicial. Pero Gault lo quiso así. Lo hizo suceder porque morir por mi mano significaba vincularme a él para siempre. Yo no podía liberarme de Temple Gault, aunque él estuviera muerto desde hacía cinco años. En mi mente subsistían trozos macabros suyos diseminados por las relucientes vías de acero y ratas que emergían de sombras profundas para atacar su sangre.

En las pesadillas sus ojos eran de color azul hielo, con iris diseminados como moléculas, y yo oía el estruendo de los trenes con Lucys que eran como lunas llenas enceguecedoras. Durante varios años después de matarlo, evité practicar autopsias a personas arrolladas por un tren. Yo tenía a mi cargo el cuerpo de médicos forenses de Virginia y podía asignar casos a mis asistentes, y eso fue lo que hice. Incluso ahora, me resulta imposible mirar el filo helado de los bisturíes de disección con la misma frialdad de antes, porque Gault arregló las cosas de modo que le clavara uno, y yo lo hice. En las multitudes yo veía hombres y mujeres dispersos que eran él, y por las noches dormía más cerca de mis pistolas.

—Benton, ¿por qué no te duchas, así después hablamos más de nuestros planes para la semana? —dije y aparté de mi mente los recuerdos que no podía tolerar—. Algunos días a solas para poder leer y caminar por la playa sería justo lo que necesitas. Ya sabes cuánto te gustan los paseos en bicicleta. Creo que te haría bien tener algún espacio.

—Hay que avisarle a Lucy. —Él también se puso de pie. —Aunque Carrie esté encerrada en este momento, seguramente causará problemas que la involucrarán. Eso es lo que Carrie te promete en su carta.

Benton se fue de la cocina.

—¿Cuántos más problemas puede causar alguien? —le grité y sentí que las lágrimas se agolpaban en mi garganta.

—Por ejemplo, arrastrar a tu sobrina al juicio —se detuvo para continuar—. Públicamente. Ensuciada en el *The New York Times*. También en el *AP, Hard Copy, Entertainment Tonight*. Alrededor del mundo. "Agente del FBI era la amante lesbiana de perturbada asesina serial..."

—Lucy dejó el FBI con todos sus prejuicios, mentiras y preocupaciones con respecto a la imagen que esa institución le ofrece al mundo. —Los ojos se me llenaron de lágrimas. —No queda nada. Ya no hay nada que puedan hacer para destrozarle el alma.

—Kay, esto tiene que ver con mucho más que el FBI —dijo él, y parecía agotado.

—Benton, no empieces... —No pude terminar la frase.

Él se recostó contra la puerta que daba a mi living, donde había un fuego encendido, porque ese día la temperatura en ningún momento superó los quince grados. En sus ojos había tristeza. A él no le gustaba que yo hablara así y no quería que espiara el lado más oscuro de su alma. No deseaba conjurar los actos malignos que Carrie era capaz de hacer y, desde luego, también estaba preocupado por mí. Me llamarían a prestar testimonio en la fase de sentencia del juicio de Carrie Grethen. Yo era la tía de Lucy. Supuse que se impugnaría mi credibilidad como testigo y que mi testimonio y mi reputación quedarían arruinados.

—Salgamos esta noche —dijo Wesley con tono más bondadoso—. ¿Adónde te gustaría ir? ¿A La Petite? ¿O a tomar una cerveza y comer asado en Benny's?

—Descongelaré sopa. —Me sequé los ojos y mi voz se quebró. —No tengo demasiado apetito, ¿y tú?

—Ven aquí —me dijo con ternura.

Me fusioné con Benton y él me apretó contra su pecho. Cuando nos besamos sentí sabor a sal; siempre me sorprendía la firmeza elástica de su cuerpo. Apoyé la cabeza en su hombro y la barba incipiente de su barbilla se enredó en mi pelo, y yo estaba tan blanca como la playa que sabía no vería esa semana. No habría largas caminatas sobre la arena mojada ni largas conversaciones durante la cena en La Polla's y Charlie's.

—Creo que deberíamos ir a ver qué quiere —dije por último contra su cuello cálido y húmedo.

—Ni en un millón de años.

—La autopsia de Gault la hicieron en Nueva York. Yo no tengo esas fotografías.

—Carrie sabe bien qué forense practicó la autopsia de Gault.

—Si lo sabe, ¿por qué me lo pregunta a mí? —farfullé.

Recostada contra él, yo tenía los ojos cerrados. Él calló un momento y volvió a besarme la cabeza y a acariciarme el pelo.

—Tú sabes por qué —dijo—. Manipulación, obligarte a ir de aquí para allá. Es lo que la gente como ella sabe hacer mejor. Quiere que tú le consigas las fotos para poder ver a Gault hecho picadillo, para poder así fantasear y tener un orgasmo. Está tramando algo y lo peor que puedes hacer es llevarle el apunte de cualquier manera.

—¿Y qué será eso de GKSWF?

—No lo sé.

—¿Y lo de "Un lugar con faisanes"?

—Ni idea.

Nos quedamos un buen rato de pie junto a la puerta de esta casa que yo seguía considerando singular e inequívocamente mía. Benton había estacionado su vida conmigo cuando no asesoraba casos aberrantes e importantes en este país y en otros. Yo sabía que lo molestaba que dijera yo esto y mi aquello, aunque supiera que no estábamos casados y que nada de lo que teníamos en forma separada nos pertenecía a los dos. Yo había cruzado la línea de la mitad de mi vida y no pensaba compartir legalmente mis ganancias con ninguna otra persona, ni siquiera con mi amante y mi familia. Tal vez podía parecer egoísta y quizá lo era.

—¿Qué haré mañana cuando te hayas ido? —Wesley volvió a sacar el tema.

—Podrías ir a Hilton Head y comprar provisiones —contesté—. Asegúrate de que haya suficiente Black Bush y Scotch. Más de lo habitual. Y bloqueador solar SPF 35 y 40, y pacanas y tomates de Carolina del Sur, y cebollas Vidalia.

De nuevo sentí que tenía los ojos llenos de lágrimas, y carraspeé.

—No bien pueda, tomaré un avión y me reuniré contigo, pero no sé en qué terminará el caso de Warrenton. Ya hemos hablado de esto. Y ya lo hicimos antes. La mitad de las veces tú no puedes ir, y el resto del tiempo soy yo la que no puedo.

—Supongo que nuestras vidas son un desastre —me dijo al oído.

—De alguna manera era previsible —respondí, y de pronto sentí una incontrolable necesidad de dormir.

—Quizá.

Se inclinó hacia mis labios y deslizó una mano hacia mis lugares favoritos.

—Antes de la sopa podríamos ir a la cama.

—Algo muy malo pasará durante ese juicio —dije, y quería que mi cuerpo respondiera a sus caricias, pero no creí que pudiera hacerlo.

—Todos nosotros de nuevo en Nueva York. El FBI, tú, Lucy en su juicio. Sí, estoy seguro de que durante los últimos cinco años ella no ha pensado en otra cosa y que causará todos los problemas que pueda.

Me alejé mientras el rostro afilado y consumido de Carrie

irrumpía de pronto en mi mente desde un lugar tenebroso. La recordé cuando era llamativamente hermosa y fumaba junto a Lucy sobre una mesa de picnic por las noches, cerca de los polígonos de tiro de la Academia del FBI en Quántico. Todavía me parecía oírlas bromear en voz baja y juguetona y vi los besos eróticos que se daban en la boca, profundos y prolongados, y manos enredadas en el pelo. Recordé la extraña sensación que tuve y cómo me alejé enseguida en silencio sin que ellas supieran que las había visto. Carrie había empezado a arruinar la vida de mi única sobrina, y ahora tendría lugar la grotesca coda.

—Benton —dije—, tengo que empacar mi equipo.

—Tu equipo está muy bien. Confía en mí.

Con avidez había ido quitando capa tras capa de mi ropa, desesperado por llegar a la piel. Siempre me deseaba más cuando yo no estaba en sintonía con él.

—En este momento no puedo tranquilizarte —le susurré—. No puedo decirte que todo estará bien, porque no será así. Los abogados y los medios de difusión nos perseguirán a Lucy y a mí. Nos arrojarán contra las piedras y es posible que Carrie quede en libertad. ¡Ahí lo tienes!

Le sostuve la cara con las manos.

—Verdad y justicia. Estilo norteamericano —concluí.

—Basta.

Calló y me miró intensamente a los ojos.

—No empieces de nuevo —dijo—. No solías ser tan cínica.

—No soy cínica y no fui yo la que empezó —le contesté mientras mi furia crecía—. No fui yo la que empezó con un chico de once años y le cortó trozos de piel y lo dejó desnudo junto a un volquete con una bala en la cabeza. Y después mató a un sheriff y a un guardiacárcel. Y a Jayne... la propia hermana gemela de Gault. ¿Lo recuerdas, Benton? ¿Lo recuerdas? ¿Recuerdas Central Park en Nochebuena? ¿Huellas de pies desnudos en la nieve y la sangre congelada de ella que goteaba de la fuente?

—Por supuesto que lo recuerdo. Estuve allí. Conozco los mismos detalles que tú.

—No, no es así.

Ahora estaba furiosa y me aparté de él y recogí mi ropa.

—Tú no tienes que meter las manos dentro de sus cuerpos arruinados y tocar y medir sus heridas —dije—. No los oyes hablar

23

una vez que están muertos. No ves los rostros de sus seres queridos en mi lobby pobre y sencillo a la espera de noticias crueles y atroces. No ves lo que veo yo. No, Benton Wesley. Tú ves carpetas y archivos limpios y fotografías brillantes y frías escenas de homicidios. Pasas más tiempo con los asesinos que con los que ellos le arrancaron la vida. Y es posible que también duermas mejor que yo. Tal vez todavía sueñas porque es algo que no te da miedo hacer.

Se fue de casa sin decir una palabra, porque yo había ido demasiado lejos. Había sido injusta y mala, y ni siquiera veraz. Wesley sólo conocía el sueño torturado. Se movía y farfullaba y empapaba con sudor frío las sábanas. Rara vez soñaba, o por lo menos había aprendido a no recordar. Apoyé un pimentero y un salero en las esquinas de la carta de Carrie Grethen para evitar que se plegara por los dobleces. Sus palabras burlonas y desconcertantes ahora constituían una prueba y no había que tocarlas ni dañarlas.

Con Ninhydrin o una Luma Lite tal vez lograríamos detectar sus huellas dactilares en esa hoja de papel blanco y barato, o podríamos comparar muestras de su escritura con lo que me había garabateado. Entonces probaríamos que ella había escrito ese mensaje retorcido poco antes del juicio por homicidio al que la someterían en la Corte Superior de la ciudad de Nueva York. El jurado comprobaría que ella no había cambiado después de cinco años de tratamiento psiquiátrico pagado con el dinero de sus impuestos. Carrie no sentía ningún remordimiento. Lo que había hecho la deleitaba.

No me cabía ninguna duda de que Benton todavía estaba en mi vecindario porque yo no había oído el ruido del motor de su BMW que se alejaba. Corrí por calles recién pavimentadas, pasé frente a enormes casas de ladrillo y de estuco, hasta encontrarlo debajo de los árboles contemplando una lonja rocosa del río James. El agua estaba helada y del color del vidrio, y los cirros eran franjas vagas de tiza en un cielo desteñido.

—Me dirigiré a Carolina del Sur tan pronto regrese a casa. Prepararé el departamento y te compraré el Scotch —dijo, sin volver la cabeza—. Y también Black Bush.

—No hace falta que te vayas esta noche —dije, y tuve miedo de acercarme más a él cuando un rayo de luz le iluminó el pelo y el viento se lo movió—. Mañana tengo que levantarme temprano. Puedes salir cuando yo me vaya.

Él permaneció en silencio. Observaba un águila calva que me

había seguido desde que salí de casa. Benton se había puesto un rompevientos rojo, pero parecía sentir frío con sus shorts húmedos de gimnasia, y tenía los brazos cruzados con fuerza sobre el pecho. Su cuello se movió cuando tragó y su dolor se irradió de un lugar oculto que sólo a mí me estaba permitido ver. En momentos como ése yo no entendía cómo me aguantaba.

—No esperes que yo sea una máquina, Benton —me apresuré a decir por enésima vez desde que me había enamorado de él.

Él siguió callado, y el agua del río ya casi no tenía la energía necesaria para fluir hacia el centro de la ciudad, y su ruido era opaco cuando de mala gana se acercaba a la violencia de los diques.

—Resisto todo lo que puedo —expliqué—. Resisto más que la mayoría de las personas. No esperes demasiado de mí, Benton.

El águila comenzó a volar en círculos por sobre las copas de los árboles altos y Benton pareció más resignado cuando finalmente habló.

—Y yo resisto más que la mayoría de las personas —dijo—. En parte, porque tú lo haces.

—Sí, yo también.

Me acerqué más a él por atrás y deslicé los brazos alrededor del nylon rojo que le cubría la cintura.

—Sabes bien que es así —dijo él.

Lo abracé fuerte y le clavé el mentón en la espalda.

—Uno de tus vecinos nos está mirando —dijo—. Alcanzo a verlo por el cristal corredizo de la ventana. ¿Sabías que tienes un fisgón en este barrio tan elegante y copetudo?

Puso sus manos sobre las mías y después me fue levantando uno por uno los dedos sin ningún plan en particular.

—Desde luego, si yo viviera aquí, también te espiaría —agregó, con una sonrisa en su tono.

—Tú vives aquí.

—No. Sólo duermo aquí.

—Hablemos de la mañana. Como de costumbre, me pasarán a buscar por el Instituto del Ojo a eso de las cinco —le dije—. Así que supongo que si me levanto a las cuatro... —Suspiré y me pregunté si la vida siempre sería así. —Deberías quedarte a pasar la noche.

—No pienso levantarme a las cuatro —respondió.

2

La mañana siguiente llegó con crueldad sobre un terreno que aparecía plano y apenas azul con las primeras luces. Yo me había levantado a las cuatro y también Wesley porque decidió que prefería irse cuando yo lo hiciera. Nos habíamos dado un beso rápido y casi no nos miramos cuando cada uno se dirigió a su automóvil, pues las despedidas se toleran mucho mejor si son breves. Pero al avanzar con el auto por la calle Cary Oeste hacia el Puente Huguenot, una pesadez pareció irradiarse a cada centímetro de mi cuerpo y de pronto me sentí desalentada y triste.

Por experiencia sabía que era poco probable que viera a Wesley esa semana, y que no habría descanso ni lecturas ni la posibilidad de dormir hasta tarde por las mañanas. Las escenas de homicidio con fuego nunca resultaban fáciles, y el hecho de que estuviera involucrado un personaje importante de la comunidad adinerada de Washington D.C. haría que me viera envuelta en la política y en mucho papeleo. Cuanto mayor fuera la atención que despertaba una muerte, más presión pública prometería para mí.

No había luces en el Instituto del Ojo, que no era un lugar de investigación médica ni se llamaba así en honor a un benefactor o personaje importante de apellido Ojo. Varias veces por año yo acu-

27

día allí a cambiar el aumento de mis anteojos o a que me revisaran la vista, y siempre me resultaba extraño estacionar cerca de las pistas de aterrizaje de las que con frecuencia me levantaban por el aire y me transportaban hacia el caos. Abrí la puerta del automóvil en el momento en que el sonido distante y familiar avanzaba sobre olas oscuras de árboles, e imaginé huesos chamuscados y dientes diseminados entre restos negros y acuosos. Imaginé los trajes y la cara fuerte de Sparkes y un sacudón me congeló como la niebla.

La silueta con forma de renacuajo volaba debajo de una luna imperfecta cuando tomé las bolsas de lona impermeable y la valija de aluminio marca Haliburton para vuelo en la que llevaba los instrumentos y elementos necesarios para mi labor como forense y que incluía mi equipo fotográfico. Dos autos y una pickup redujeron la velocidad en Huguenot Road; los viajeros de la penumbra de la ciudad no podían resistir la tentación de observar a un helicóptero que volaba a baja altura y estaba por aterrizar. Los curiosos entraron en la playa de estacionamiento y se apearon para contemplar las palas del rotor que cortaban el aire y agitaban los cables eléctricos, los charcos, el estiércol o la arena y el polvo.

—Debe de ser Sparkes el que viene —dijo un viejo que había llegado en un Plymouth destartalado y herrumbrado.

—Podría ser alguien que viene a entregar un órgano —dijo el conductor de la pickup al girar un momento la cabeza para mirarme.

Las palabras de ambos se esparcieron como hojas secas cuando el Bell Long Ranger negro inició el descenso entre estruendos con un grado de inclinación perfecto. El helicóptero, piloteado por mi sobrina Lucy, flotó en el aire entre un remolino de césped recién cortado y convertido en blanco por las luces de aterrizaje y se posó con suavidad en el suelo. Tomé mis pertenencias y enfilé hacia ese viento implacable. El plexiglass de la cabina tenía un tonalizado oscuro que no me permitía ver a través de él cuando abrí la portezuela de atrás, pero reconocí el brazo grande que se extendió para tomar mi equipaje. Trepé a bordo mientras más tráfico reducía la marcha para observar a los extraños, e hilos dorados sangraban a través de las copas de los árboles.

—Me preguntaba dónde estarías. —Levanté la voz por sobre el zumbido de los rotores y cerré el seguro de la puerta.

—En el aeropuerto —contestó Pete Marino cuando me senté junto a él—. Es lo que queda más cerca.

—No, no es así —dije yo.

—Al menos allí hay café y baños —dijo él, y supe que no lo había pensado en ese orden—. Supongo que Benton se fue de vacaciones sin ti —agregó como toque de efecto.

Lucy accionó el acelerador a toda potencia y las palas del rotor comenzaron a girar a mayor velocidad.

—Te digo ya que tengo un mal presentimiento —me comunicó con su tono gruñón cuando el helicóptero comenzó a elevarse—. Nos enfrentamos a un gran problema.

La especialidad de Marino era investigar muertes, aunque las posibilidades de la propia le producían un gran desaliento. No le gustaba volar, sobre todo en algo que no tenía asistentes de vuelo ni alas. El *Richmond Times Dispatch* era un revoltijo sobre sus rodillas y se negaba a mirar hacia abajo en dirección a la tierra que se alejaba con velocidad y a la distante línea de edificación de la ciudad que se elevaba con lentitud del horizonte como una persona alta que se incorpora.

En la primera plana del periódico había una nota sobre el incendio, incluyendo una fotografía aérea distante de ruinas que humeaban en la oscuridad. Lo leí con atención pero no me enteré de nada nuevo porque, en su mayor parte, la cobertura era una repetición de la supuesta muerte de Kenneth Sparkes, de su poder y su estilo de vida grandilocuente en Warrenton. Yo no había sabido antes de sus caballos ni de que uno llamado Wind había ganado el Derby de Kentucky el año anterior y valía un millón de dólares. Pero no me sorprendía. Sparkes siempre había sido un individuo emprendedor, con un ego tan enorme como su orgullo. Puse el periódico en el asiento de al lado y noté que el cinturón de seguridad de Marino estaba suelto y juntando tierra en el suelo.

—¿Qué pasaría si hubiera turbulencia cuando no tienes el cinturón puesto? —Hablé fuerte por encima del motor de la turbina.

—Se me derramaría el café. —Se ajustó la pistola que llevaba en el muslo y su traje color caqui parecía la piel de una salchicha a punto de explotar. —Por si no lo sabes después de todos los cuerpos que has cortado en mil pedazos, si este pájaro llega a caer, Doc, un cinturón de seguridad no te salvará. Ni tampoco *airbags*, si las tuviéramos.

En realidad, detestaba tener algo apretado en la cintura y había llegado a usar los pantalones tan abajo que me maravilló que sus caderas consiguieran que siguiera teniéndolos puestos. Se oyó un crujido de papeles cuando sacó dos bizcochos Hardee de una bolsa gris con manchas de grasa. Los cigarrillos abultaban el bolsillo de su camisa y su rostro tenía el color rojizo típico de los hipertensos. Cuando yo me mudé a Virginia de Miami, mi ciudad natal, él era un detective de homicidios tan detestable como talentoso. Recordé nuestros primeros encuentros en la morgue, en los que se refería a mí como la señora Scarpetta, mientras amedrentaba a mi personal y se apoderaba de todas las pruebas que se le antojaban. Había tomado proyectiles antes de que yo tuviera tiempo de etiquetarlos, nada más que para enfurecerme. Había fumado cigarrillos con guantes ensangrentados y hecho bromas sobre cuerpos que antes pertenecían a seres humanos vivos.

Por la ventanilla miré las nubes que patinaban por el cielo y pensé en el tiempo transcurrido. Marino tenía casi cincuenta y cinco años, y yo no podía creerlo. Nos habíamos defendido e irritado mutuamente casi a diario durante más de once años.

—¿Quieres uno? —preguntó y me ofreció un bizcocho envuelto en papel encerado.

—No quiero ni siquiera mirarlo —fue mi respuesta muy poco afable.

Pete Marino sabía lo mucho que su espantosa forma de vida me preocupaba y simplemente trataba de atraer mi atención. Le puso más azúcar a la taza plástica con café que se movía hacia arriba y hacia abajo por culpa de la turbulencia, y que él mantenía en equilibrio con sus brazos carnosos.

—¿Y un café? —me preguntó—. Yo te lo sirvo.

—No, gracias. Prefiero que me pongas al día —dije, mientras mi tensión aumentaba—. ¿Sabemos algo más desde anoche?

—El fuego sigue humeando en algunos lugares. Sobre todo en los establos —respondió—. Son muchos más caballos de lo que creíamos. Debe de haber como veinte cocinados allí adentro, incluyendo algunos pura sangre, caballos de cuarto de milla y dos potrillos con pedigrí de carrera. Y, desde luego, sabes lo del que ganó el Derby. Piensa sólo en la suma en que estarán asegurados. Un supuesto testigo dijo que se los oía gritar como seres humanos.

—¿Cuál testigo? —Era la primera noticia que tenía.

—Bueno, una serie de tarados han estado llamando para decir que vieron esto y saben aquello. Lo que sucede cuando un caso recibe mucha atención. Y no hace falta ser testigo ocular para saber que los caballos deben de haber relinchado y tratado de abrir los boxes a patadas. —Su tono se hizo cruel. —Encontraremos al hijo de puta que hizo esto. Veamos cómo le gusta que se le empiece a quemar el trasero.

—No sabemos si existe un hijo de puta, al menos no con certeza —le recordé—. Nadie afirmó todavía que fue un incendio intencional, aunque doy por sentado que a ti y a mí no nos invitaron para que diéramos un paseo.

Él se puso a mirar por la ventanilla.

—Odio cuando se trata de animales. —Se volcó el café en la rodilla. —Mierda. —Me fulminó con la mirada como si de alguna manera yo tuviera la culpa. —Animales y chicos. La sola idea me descompone.

No pareció importarle el hombre famoso que tal vez había muerto en el incendio, pero yo conocía a Marino lo suficiente para darme cuenta de que limitaba sus sentimientos hacia donde mejor podía tolerarlos. No odiaba a los seres humanos ni la mitad de lo que dejaba que los otros creyeran, y cuando imaginé lo que él acababa de describirme, vi caballos pura sangre y potrillos con terror en los ojos.

No podía soportar imaginar relinchos o el ruido de cascos que astillan la madera. Las llamas habían fluido como ríos de lava sobre la caballeriza de Warrenton con su mansión, sus establos, su reserva de whisky añejo y su colección de armas de fuego. El fuego sólo había respetado a muros huecos de piedra.

Miré hacia la carlinga, donde Lucy hablaba por radio y le hacía comentarios a su copiloto del ATF mientras ambos indicaban con la cabeza un helicóptero Chinook que volaba debajo del horizonte y un avión tan distante que sólo era una astilla plateada en el cielo. El sol iluminaba nuestra travesía por grados y me costó concentrarme al mirar a mi sobrina y sentirme de nuevo herida.

Ella se había ido del FBI porque ellos se habían asegurado de que lo hiciera. Dejó allí el sistema de inteligencia artificial de computación que ella había creado y los robots que había programado y los helicópteros que había aprendido a pilotear para su amado FBI. Lucy se había alejado de su propio corazón y ya no estaba a mi alcance. Yo no deseaba hablar con ella sobre Carrie.

Me eché hacia atrás en el asiento y comencé a repasar los

papeles que tenía sobre el caso Warrenton. Hace mucho aprendí a enfocar mi atención en cada punto importante, no importa qué estuviera pensando y a pesar de mi estado de ánimo. Sentí que Marino me miraba fijo de nuevo cuando tocó el paquete de cigarrillos que llevaba en el bolsillo de la camisa, para asegurarse de que no le faltaba el vicio. El ruido de las palas del rotor era fuerte cuando él abrió un poco su ventanilla y golpeó su paquete de cigarrillos para tomar uno.

—No lo hagas —le dije mientras pasaba una página—. Ni se te ocurra.

—No vi ningún cartel de Prohibido Fumar —dijo él y se metió un Marlboro en la boca.

—Nunca los ves, aunque el lugar esté lleno de ellos. —Revisé más mis notas y me volvió a intrigar una declaración en particular que el jefe de bomberos me había hecho el día anterior por teléfono.

—¿Incendio intencional por el dinero del seguro? —comenté y levanté la vista—. ¿Que implica a su propietario, Kenneth Sparkes, quien puede haber sido vencido en forma accidental por el incendio que él mismo provocó? ¿En qué se basa para decirlo?

—¿El nombre de ese hombre es el de un incendiario o qué? —dijo Marino—. Tiene que ser culpable. —Inhaló el humo casi con lujuria. —Y si es así, tiene lo que se merece. ¿Sabes?, se puede sacar a los delincuentes de la calle, pero no se los puede cambiar.

—Sparkes no fue criado en la calle —dije—. Y, a propósito, ganó la Beca Rhodes.

—Me da lo mismo —continuó Marino—. Recuerdo bien cuando ese hijo de puta criticó a la policía por su cadena de periódicos. Todos sabían que ganaba dinero con el tráfico de cocaína y de mujeres, pero no pudimos probarlo porque nadie quiso dar un paso adelante y cooperar con nosotros.

—Es verdad, nadie pudo probarlo —dije—. Y tú no puedes dar por sentado que alguien es un incendiario nada más que por su nombre o su política editorial.

—Pero resulta que estás hablando con un experto en nombres extraños y en lo bien que hacen juego con las alimañas que los llevan, y te puedo dar varios ejemplos. —Marino sirvió más café mientras fumaba.

Yo no soportaba escucharlo tan temprano por la mañana. Extendí el brazo hacia atrás para buscar auriculares y poder eliminar así la voz de Marino y monitorear lo que se decía en la cabina de los pilotos.

Marino se sirvió más café, como si no tuviera problemas de próstata y de vías urinarias.

—Durante todos estos años hice una lista de esos apellidos que hacen juego con las actividades de quienes los llevan. Nunca se lo conté a nadie, ni siquiera a ti, Doc. Tú no anotas esas tonterías, las olvidas. —Bebió un poco de café. —Creo que existe un mercado para esta clase de cosas. Tal vez esos libros pequeños que vemos junto a las cajas registradoras de los supermercados.

Me puse los auriculares y observé cómo las granjas y los campos de abajo lentamente se iban convirtiendo en casas con enormes galpones y largos senderos pavimentados. Las vacas y los terneros eran conjuntos apiñados y moteados de negro en corrales alambrados, y una segadora-trilladora lanzaba hacia arriba una nube de tierra al avanzar con lentitud por campos repletos de heno.

Seguí mirando hacia abajo y el paisaje volvió a transformarse en el sector adinerado de Warrenton, donde la tasa de delincuencia era baja y las mansiones edificadas sobre cientos de hectáreas tenían casas de huéspedes, canchas de tenis, piscinas y elegantes caballerizas. Volamos más bajo sobre pistas de aterrizaje privadas y lagos con patos y gansos. Marino lo miraba todo boquiabierto.

Nuestros pilotos permanecieron en silencio durante un rato mientras esperaban estar al alcance del ENE de tierra. De pronto oí la voz de Lucy que cambiaba de frecuencia y comenzaba a transmitir.

—Echo Uno, helicóptero Delta Alfa nueve-uno-nueve. Teun, ¿me copias?

—Afirmativo, Delta Alfa nueve —respondió T. N. McGovern, la jefa del grupo.

—Estamos a quince kilómetros al sur y aterrizaremos con pasajeros —dijo Lucy—. Hora estimada de arribo alrededor de las ocho.

—Entendido. Aquí parece que es invierno y la temperatura no tiene ni miras de subir.

Lucy cambió al Servicio de Observación Meteorológica Automática de Manassas, o SOMAM, y escuchó un informe prolongado y mecánico relativo al viento, la visibilidad, las condiciones del cielo, la temperatura, el punto de rocío y las lecturas de altímetro según la hora de Sierra, que eran los datos más actualizados del día. No me hizo mucha gracia enterarme de que la temperatura había descendido cinco grados centígrados desde que me fui de casa, mientras imaginaba a Benton camino a un sol radiante y el agua.

—Tenemos lluvia por allá —dijo el copiloto de Lucy por el micrófono.

—Está a por lo menos treinta kilómetros al oeste y los vientos son del oeste —contestó Lucy—. Vaya junio.

—Parece que viene hacia aquí otro Chinook por debajo del horizonte.

—Recordémosles que estamos aquí —dijo Lucy y volvió a cambiar a otra frecuencia—. Chinook sobre Warrenton, aquí helicóptero Delta Alfa nueve-uno-nueve, ¿nos ven? Estamos a las tres en punto de ustedes, a tres kilómetros al norte y a cuatrocientos metros de altura.

—Lo vemos, Delta Alfa —respondió el helicóptero gemelo del ejército bautizado con ese nombre en honor a una tribu india—. Que tengan un buen viaje.

Mi sobrina hizo doble clic en la tecla de transmisión. Su voz calma y grave me resultó casi desconocida cuando se irradió por el espacio y rebotó en las antenas de extraños. Seguí escuchando y, tan pronto como pude, intervine:

—¿Qué es eso del viento y el frío? —pregunté, la vista fija en la nuca de Lucy.

—De treinta kilómetros por hora con ráfagas de cuarenta, del oeste —oí que me decía en los auriculares—. Y empeorará. ¿Ustedes están bien allá atrás?

—Sí, estamos bien —dije y pensé una vez más en la carta desconcertante de Carrie.

Lucy volaba con traje de fajina azul del ATF y un par de anteojos oscuros Cébé. El pelo le había crecido y se curvaba con gracia sobre sus hombros; me recordó a madera rojiza, lustrada y exótica, y nada parecido a mis mechas cortas mezcla de rubio y plateado. Imaginé su suave roce sobre los controles mientras accionaba los pedales antitorque para mantener nivelado el helicóptero.

Había decidido aprender a volar del mismo modo que intentó las otras cosas que le gustaban. Logró los puntajes necesarios para pilotear aviones privados y comerciales en el mínimo de horas requeridas y a continuación obtuvo su certificado de instructor de vuelo sencillamente porque le fascinaba pasarles ese regalo a los demás.

No hizo falta que me anunciaran que estábamos por llegar a destino cuando sobrevolamos bosques con árboles caídos aquí y allá. Senderos de tierra angostos serpenteaban y, del otro lado de suaves colinas, nubes grises se volvían verticales al transformarse en vagas columnas de humo cansado dejadas por un infierno que había cobrado víctimas. La caballeriza de Kenneth Sparkes era un tremendo hoyo negro de tierra chamuscada y carnicería humeante.

El fuego había dejado su rastro mientras mataba, y por el olor seguí la devastación de espléndidos edificios y caballerizas y un granero de piedra hasta terrenos yermos. Los camiones de los bomberos habían avanzado sobre sectores de verjas blancas que rodeaban la propiedad y habían destrozado hectáreas de césped muy cuidado. A lo lejos había más tierra de pastoreo y un estrecho camino público asfaltado; después, una subestación de Energía Eléctrica de Virginia y, más allá, más viviendas.

Invadimos la privilegiada caballeriza de Virginia de Sparkes antes de las ocho de la mañana, bastante lejos de las ruinas para que las palas del rotor no las dañaran. Marino se apeó y se fue sin mí mientras yo esperaba que nuestros pilotos apagaran el rotor principal y el resto de los interruptores.

—Gracias por el viaje —le dije al agente especial Jim Mowery, que ese día había ayudado a Lucy a pilotear el helicóptero.

—Lo piloteó ella.

Abrió la puerta del equipaje.

—Yo me ocuparé de todo si ustedes quieren ir yendo —le dijo a mi sobrina.

—Parece que le estás tomando la mano —le dije a Lucy en broma al alejarme.

—Hago lo que puedo —dijo ella—. Deja que yo te lleve una de esas valijas.

Tomó mi estuche de aluminio, que no parecía pesar mucho en su mano firme. Caminamos juntas, vestidas igual, aunque yo no usaba pistola ni transmisor portátil. Nuestras botas con refuerzo de acero estaban tan baqueteadas que el cuero estaba pelado y casi gris. El barro negro chupó las suelas de nuestro calzado a medida que nos acercábamos a la carpa inflable gris que sería nuestro puesto de comando en los próximos días. Estacionado cerca de ella se encontraba el supercamión Pierce con los sellos y las luces de emergencia del Departamento del Tesoro, y los carteles ATF e INVESTIGACIÓN DE EXPLOSIVOS en letras color azul intenso.

Lucy estaba un paso delante de mí, su rostro en sombras por la visera de una gorra azul oscuro. La habían transferido a Filadelfia y pronto se iría de D.C., y la sola idea me hacía sentir vieja y consumida. Había crecido. Era tan exitosa como lo había sido yo a su edad, y yo no quería que se fuera lejos. Pero no se lo había dicho.

—Esto es un desastre —dijo—. Al menos no es muy hondo, pero hay una sola puerta. Así que casi toda el agua forma allí un charco. Un camión con bombas de succión viene en camino.

—¿Qué profundidad tiene esto? —pregunté.

Pensé en miles de galones de agua de las mangueras de incendio e imaginé una sopa negra y fría repleta de escombros y desechos peligrosos.

—Depende de dónde pises. Si yo fuera tú, no habría tomado este llamado —dijo con un tono que me hizo sentir no deseada.

—Sí, me lo imagino —dije, dolida.

Lucy no se había molestado demasiado en ocultar lo que sentía con respecto a trabajar junto a mí en algunos casos. No era grosera, pero con frecuencia actuaba como si casi no me conociera cuando estaba con sus colegas. Recordé la época en que yo la visitaba a la UVA y ella no quería que sus compañeros de estudios nos vieran juntas. Sabía que no estaba avergonzada de mí sino que sentía que yo era una sombra abrumadora, pese a lo mucho que traté de que no se proyectara sobre su vida.

—¿Terminaste de empacar? —le pregunté con una naturalidad que no sentía.

—Por favor, no me lo recuerdes —contestó.

—Pero todavía quieres irte.

—Desde luego. Es una gran oportunidad.

—Sí, lo es, y me alegro mucho por ti —dije—. ¿Cómo está Janet? Supongo que esto debe de ser difícil...

—No será como si viviéramos en dos hemisferios diferentes —respondió Lucy.

Yo sabía que no era así, y también lo sabía Lucy. Janet era agente del FBI. Las dos habían sido amantes desde sus primeros años de entrenamiento en Quantico. Ahora trabajaban para distintos organismos federales que se ocupan de hacer cumplir la ley y pronto vivirían en ciudades distintas. Era bastante posible que sus respectivas carreras no les permitieran mantener su relación.

—¿Crees que hoy podrás dedicarme un minuto para que conversemos? —dije mientras sorteábamos los charcos.

—Sí, claro. Cuando terminemos nos tomaremos una cerveza, siempre y cuando encontremos aquí cerca algún bar abierto —contestó y el viento comenzó a soplar con más fuerza.

—No me importa que sea tarde —añadí.

—Ya empezamos... —murmuró Lucy con un suspiro cuando nos acercábamos a la carpa—. Eh, muchachos —gritó—, ¿dónde es la fiesta?

—La estás mirando.

—Doc, ¿ahora hace visitas a domicilio?

—No, viene cuidando a Lucy.

Además de Marino y de mí, en esta ocasión el ENE estaba compuesto por nueve hombres y dos mujeres, incluyendo a McGovern, la jefa del equipo. Todos vestíamos igual: trajes de fajina color azul oscuro gastados y remendados y tan flexibles como nuestras botas. Los agentes, inquietos y bulliciosos, estaban cerca de la compuerta abierta de cola del supercamión, con su interior de aluminio brillante dividido en estantes y asientos plegables, y sus compartimentos exteriores repletos de bobinas de la cinta amarilla que se pone en la escena del crimen, y palas, picos, faros, escobillas de ropa, barretas y serruchos.

Nuestro cuartel central móvil también estaba equipado con computadoras, una fotocopiadora y un fax, y también las herramientas hidráulicas utilizadas para encontrar el origen del fuego o salvar una vida humana: separador, ariete, martillo y cortador. De hecho, no se me ocurría qué podía faltarle al camión, excepto, quizás, un chef y, más importante aún, un cuarto de baño.

Algunos agentes habían empezado a descontaminar botas, rastrillos y palas en recipientes de plástico llenos de agua jabonosa. Era un trabajo interminable y pesado, y con ese clima frío, las manos y los pies nunca se secaban. Hasta los caños de escape se limpiaban en busca de restos de petróleo, y todas las herramientas eléctricas funcionaban con electricidad o fluido hidráulico en lugar de gasolina, en preparación del día en que todo sería cuestionado y juzgado en un tribunal.

McGovern estaba sentada frente a una mesa en el interior de la carpa, el cierre de las botas abierto y una tablilla con sujetador sobre la rodilla.

—Muy bien —le dijo a su equipo—. Ya hemos pasado por casi todo esto en el departamento de bomberos, donde se perdieron un buen café con rosquillas —agregó para beneficio de los que acabábamos de llegar—. Pero escúchenme una vez más. Hasta el momento lo que sabemos es que se cree que el fuego se inició antes de ayer, a las ocho de la noche del día siete.

McGovern tenía más o menos mi edad y su base estaba en la oficina de campo de Filadelfia. La miré y vi en ella la nueva mentora de Lucy y sentí una tensión en los huesos.

—Al menos ésa es la hora en que sonó la alarma contra incendios en el interior de la casa —continuó McGovern—. Cuando los bomberos llegaron aquí, la casa ya estaba muy comprometida. Las caballerizas ardían. Las autobombas no se pudieron acercar lo suficiente como para hacer otra cosa que rodear el fuego y empaparlo con agua. O, al menos, intentarlo. Calculamos que en el sótano habrá alrededor de ciento catorce mil litros de agua. O sea que llevará alrededor de un total de seis horas sacarla con bombas, suponiendo que tengamos cuatro bombas en funcionamiento y que no se obstruyan. A propósito, la electricidad está desconectada y el departamento local de bomberos va a instalar luces en el interior.

—¿Cuál fue el tiempo de respuesta? —le preguntó Marino.

—Diecisiete minutos —contestó ella—. Tuvieron que sacar de servicio a mucha gente. Aquí todo es voluntario.

Alguien gruñó.

—No los juzguen con severidad. Emplearon cuanto tanque había para traer suficiente agua, de modo que ése no fue el problema. —McGovern reprendió a su equipo. —Esto se quemó como si fuera papel, y había demasiado viento para utilizar espuma, aunque creo que no habría servido de nada. —Se puso de pie y se acercó al supercamión. —Lo cierto es que fue un incendio rápido y voraz. Eso nos consta.

Abrió una puerta y comenzó a entregarle a su equipo rastrillos y palas.

—No tenemos idea de cuál fue el punto de origen ni la causa —prosiguió—, pero se cree que el dueño, Kenneth Sparkes, el magnate de los periódicos, estaba en el interior de la casa y no salió. Que es la razón por la que hicimos venir a la forense.

McGovern me observó con una mirada penetrante a la que no se le escapaba casi nada.

—¿Qué nos hace pensar que estaba en su casa en ese momento? —pregunté.

—En primer lugar, parece haber desaparecido. Y un Mercedes se quemó en la parte de atrás de la casa. Todavía no lo identificamos pero supongo que probablemente es suyo —contestó un investigador de incendios—. Y el que se ocupa de herrar los caballos estuvo aquí sólo dos días antes del incendio, el jueves cinco, y Sparkes estaba en casa y no comentó que pensara ir a ninguna parte.

—¿Quién se ocupaba de los caballos cuando él se ausentaba de la ciudad? —pregunté.

—No lo sabemos —contestó McGovern.

—Me gustaría tener el nombre y número de teléfono del herrero —dije.

—Ningún problema. ¿Kurt? —le dijo a uno de sus investigadores.

—Sí, lo tengo. —Hojeó las páginas de una libreta con espiral con sus manos jóvenes, grandes y ásperas por años de trabajo.

McGovern sacó cascos color celeste de otro compartimento y comenzó a distribuirlos y a recordarle a cada uno su tarea.

—Lucy, Robby, Frank, Jennifer, ustedes estarán en el hoyo conmigo. Bill, tú te ocuparás de las tareas generales. Mick, tú lo ayudarás, porque es el primer ENE de Bill.

—Suertudo.

—Caramba, una persona virgen.

—Déjame en paz, hombre —dijo el agente llamado Bill—. Mi esposa cumple cuarenta años. Nunca volverá a dirigirme la palabra.

—Rusty está a cargo del camión —dijo McGovern—. Marino y Doc están aquí para cuando haga falta.

—¿Sparkes había recibido amenazas de alguna clase? —preguntó Marino, porque era su trabajo pensar en homicidio.

—En ese punto ustedes saben tanto como yo —respondió el investigador de incendios llamado Robby.

—¿Qué es eso de que hubo un supuesto testigo? —pregunté.

—Lo supimos por un llamado telefónico —explicó él—. Un hombre. No quiso dejar su nombre y era un llamado fuera del área, así que no pudimos confirmarlo. No tenemos idea de si era o no auténtico.

—Pero ese individuo Que había oído relinchar a los caballos y que se estaban muriendo —insistí.

—Sí. Y que gritaban como seres humanos.

—¿Explicó esa persona cómo fue que estaba tan cerca como para oírlos? —Comenzaba a irritarme de nuevo.

—Dijo que vio el fuego desde lejos y se acercó en el auto para ver mejor. Que estuvo observando el incendio unos quince minutos y después se bajó del Dodge cuando oyó los camiones de los bomberos.

—Yo no sabía eso y me molesta —dijo Marino con tono macabro—. Lo que dice es coherente con el tiempo de respuesta. Y sabemos bien cómo a esas alimañas les gusta deambular por allí y quedarse viendo cómo todo se quema. ¿Tiene idea de cuál era su raza?

—Sólo hablé con él treinta segundos —contestó Robby—. Pero no tenía un acento especial. Hablaba con suavidad y parecía sereno.

Se hizo un silencio mientras todos procesaban su decepción por no saber quién era ese testigo o si era o no auténtico. McGovern siguió con su lista de tareas para cada uno.

—Johnny Kostylo se ocupará de los medios y los personajones locales, como el alcalde de Warrenton, quien ya nos estuvo llamando porque no quiere que su ciudad quede mal.

Ella levantó la vista de su tablilla con sujetador y nos fue escrutando a todos.

—Uno de nuestros auditores está en camino —continuó—. Y Pepper vendrá dentro de poco para darnos una mano.

Varios agentes silbaron para demostrar cuánto apreciaban a Pepper, el perro especializado en detectar incendios intencionales.

—Y, por suerte, Pepper no se especializa en rastrear alcohol. —McGovern se puso su propio casco. —Porque aquí hay alrededor de cuatro mil litros de bourbon.

—¿Sabemos algo más sobre eso? —preguntó Marino—. ¿Sabemos si Sparkes preparaba o vendía el whisky? Quiero decir, es mucho licor para un solo tipo.

—Al parecer, Sparkes era un coleccionista de las mejores cosas de la vida. —McGovern hablaba de Sparkes como si tuviera la certeza de que estaba muerto. —Bourbon, cigarros, armas de fuego automáticas, caballos caros. No sabemos hasta qué punto estaba en la legalidad, que es una de las razones por la que ustedes están aquí en lugar de los federales.

—Detesto decírtelo, pero los del FBI ya andan husmeando por aquí. Quieren saber qué pueden hacer para ayudarnos.

—Qué encanto.

—A lo mejor nos pueden decir qué hacer.

—¿Dónde están? —preguntó McGovern.

—En un Suburban blanco a un kilómetro y medio, en el camino. Tres visten uniformes de fajina del FBI. Ya están hablando con los medios.

—Mierda. Siempre aparecen donde hay cámaras.

Hubo exclamaciones y risas despectivas dirigidas a los federales, que era cómo los del ATF llamaban al FBI. No era ningún secreto que las dos instituciones federales no se tenían ninguna simpatía, y que el FBI tenía la costumbre de atribuirse logros que no siempre le pertenecían.

—Hablando de hijos de puta —comentó otro agente—, el Budget Motel no acepta tarjetas AmEx, jefe. ¿Se supone que además de rompernos el lomo debemos usar nuestras propias tarjetas de crédito?

—Además, el servicio de habitación termina a las siete.

—De todos modos, es una pocilga.

—¿Hay alguna posibilidad de que nos mudemos a otra parte?

—Yo me ocuparé —prometió McGovern.

—Por eso la queremos tanto.

Una autobomba color rojo sangre avanzó por el camino sin asfaltar y levantó polvo y pequeñas piedras en el momento en que llegaba también ayuda para comenzar a desagotar el agua de la escena. Dos bomberos con equipo apropiado y botas de goma se apearon y conferenciaron un momento con McGovern antes de desenrollar mangueras de calibre uno y tres cuartos de pulgada y de arrastrarlas al interior de la cáscara de piedra de la mansión y dejarlas caer en el agua en cuatro lugares diferentes. Volvieron al camión, bajaron al suelo pesadas bombas Prosser portátiles y conectaron cables de prolongación al generador. Pronto el ruido de los motores se hizo muy intenso y las mangueras se hincharon cuando el agua sucia pasó por ellas y se proyectó sobre el pasto.

Tomé gruesos guantes para incendio y un saco reversible y ajusté el tamaño de mi casco. Entonces empecé a limpiar mis fieles botas Red Wing pasándolas por la canilla de agua fría y espumosa que se filtró por las lengüetas y empapó los cordones. No se me ocurrió ponerme ropa interior de seda debajo de mis pantalones de fajina porque era junio. Fue un error. Los vientos eran ahora intensos y provenían del norte, y cada gota de humedad parecía bajar un grado más la temperatura de mi cuerpo. Odiaba sentir frío. Detestaba no confiar en mis manos, porque las tenía ateridas o metidas en guantes gruesos. McGovern enfiló hacia mí mientras yo me soplaba las yemas de los dedos y me sujetaba el pesado abrigo reversible hasta el mentón.

—Va a ser un largo día —dijo con un estremecimiento—. ¿Qué fue del verano?

—Teun, me estoy perdiendo las vacaciones por su culpa. Usted está destruyendo mi vida personal. —Yo no le estaba facilitando nada las cosas.

—Al menos usted tiene las dos cosas. —También McGovern empezó a limpiarse las botas.

Teun era en realidad un extraño híbrido de las iniciales T. N., que representaban nombres sureños tan horribles como Tina Nola, o por lo menos eso me dijeron. Desde que yo estaba en el ENE, ella era Teun, y así me dirigía a ella. Era una mujer capaz y estaba divorciada. Tenía el cuerpo firme y en excelente estado físico, y su estructura ósea y sus ojos grises eran persuasivos. McGovern podía ser cruel. Yo había visto su furia estallar como una habitación en llamas, pero también podía ser generosa y buena. Su talento especial tenía que ver con los incendios intencionales; la leyenda decía que era capaz de intuir la causa de un incendio con sólo oír una descripción de la escena.

Comencé a ponerme dos pares de guantes de látex mientras McGovern escrutaba el horizonte y su mirada se detenía por un buen rato en el hoyo ennegrecido con su caparazón de granito. Seguí la dirección de su mirada hacia las caballerizas quemadas y mentalmente me pareció oír los relinchos de los animales muertos de pánico y el ruido de sus cascos que se estrellaban contra los boxes. Por un instante se me cerró la garganta. Yo había visto las manos en carne viva y en forma de garra de personas enterradas vivas, y las heridas de defensa de víctimas que habían luchado con sus asesinos. Sabía todo lo referente a la vida que luchaba para no perecer y no podía soportar las imágenes que desfilaban por mi mente en ese momento.

—Malditos reporteros. —McGovern levantó la vista hacia un pequeño helicóptero que sobrevolaba a baja altura.

Por lo que yo podía ver, era un Schweizer blanco sin identificación ni cámaras montadas. McGovern dio un paso adelante y señaló a cada uno de los miembros de los medios de información ubicados en ocho kilómetros a la redonda.

—Esa furgoneta que hay allí —me dijo—. Radio, los tarados de una FM local con una celebridad llamada Jezebel que cuenta historias conmovedoras sobre su propia vida, su hijo lisiado y su perro de tres patas llamado Sport. Y allá están los de otra emisora. Y aquel Ford Escort que hay en esa dirección pertenece a los hijos de puta de un periódico. Probablemente un pasquín sensacionalista de D.C. Tenemos además al *Post*. —Señaló un Honda. —Tenga cuidado con ella. Es una trigueña con piernas. ¿Puede creer que alguien use una falda aquí afuera? Seguro que piensa que los tipos hablarán con ella. Pero, a diferencia de los federales, ellos no tienen un pelo de tontos.

Retrocedió y tomó un puñado de guantes de látex del interior del supercamión. Yo metí las manos más hondo en los bolsillos del pantalón. Me había acostumbrado a las diatribas de McGovern acerca de los medios mendaces y prejuiciados, y casi no la escuché.

—Y esto es sólo el comienzo —continuó—. Esos gusanos de los medios estarán por todas partes porque yo ya sé que ese que está allí es periodista. No hace falta ser boy scout para adivinar cómo ardió este lugar y cómo murieron esos pobres caballos.

—La noto más animada que de costumbre —dije secamente.

—No estoy en absoluto animada.

Apoyó un pie sobre la brillante compuerta de cola del supercamión en el momento en que una vieja furgoneta se acercaba. Pepper, el perro especializado en detectar incendios intencionales, era un agradable Labrador negro. Usaba una placa de ATF en el collar y sin duda estaba cómodamente instalado en la calidez de la butaca delantera y no haría nada hasta que estuviéramos listos para él.

—¿Qué puedo hacer para ayudar? —le pregunté a McGovern—. Además de salirme de su camino hasta que usted me necesite.

—Si yo fuera usted, me quedaría con Pepper o en el camión. En los dos lados hay calefacción.

McGovern había trabajado antes conmigo y sabía que si yo tenía que zambullirme en un río o revisar entre los escombros de un incendio o de un bombardeo, lo haría y muy bien. Sabía que yo era capaz de empuñar una pala en lugar de quedarme sentada mirando el trabajo de los demás. Sus comentarios me ofendieron y tuve la sensación de que de alguna manera quería fastidiarme. Giré para dirigirme de nuevo a ella y vi que estaba de pie e inmóvil, como un perro de presa que señala a un ave. La expresión de su cara era de incredulidad mientras su mirada seguía fija en un punto del horizonte.

—Dios Santo —murmuró.

Seguí la dirección de su mirada hasta un solitario potrillo negro ubicado quizás a unos cien metros al este de nosotros, justo detrás de las ruinas humeantes de las caballerizas. Desde donde nos encontrábamos, el magnífico animal parecía tallado en ébano, y alcancé a distinguir sus músculos crispados y su cola y él pareció devolver nuestra atención.

—¿Cómo demonios hizo para escapar? —dijo McGovern con espanto.

Encendió su transmisor portátil.

—Teun a Jennifer —dijo.

—Adelante.

—Mira más allá de los establos. ¿Ves lo que yo veo?

—Diez-cuatro. Tengo a ese sujeto de cuatro patas en la mira.

—Asegúrate de que los locales lo sepan. Debemos averiguar si el sujeto es un sobreviviente de aquí o si escapó de alguna otra parte.

—Entendido.

McGovern se alejó con una pala al hombro. La observé entrar en el hoyo hediondo y, con el agua fría hasta las rodillas, elegir un lugar cerca de lo que parecía haber sido la amplia puerta del frente. A lo lejos, el caballo negro se bamboleaba como si estuviera hecho de fuego. Yo avancé dificultosamente con las botas empapadas y sintiendo que mis dedos se negaban a cooperar conmigo. Dentro de muy poco yo necesitaría ir al baño, que típicamente sería un árbol, un montículo, un lugar en alguna parte en el que me jurarían que no habría hombres en un kilómetro y medio a la redonda.

Al principio no entré en el caparazón de piedra que quedaba sino que lo rodeé lentamente por el perímetro exterior. El hundimiento de las estructuras restantes representaba un peligro obvio y extremo en las escenas de destrucción en masa, y aunque las paredes de dos pisos de alto parecían bastante sólidas, yo habría preferido que una grúa las tirara abajo y después se llevara los escombros. Seguí mi escrutinio en medio de ese viento helado, y el alma se me cayó a los pies cuando me pregunté dónde empezar. Los hombros me dolían por el peso de mi valija de aluminio, y la sola idea de arrastrar un rastrillo por esa agua llena de escombros me daba dolor de espalda. Estaba segura de que McGovern me observaba para ver cuánto resistía allí.

A través de los agujeros de las ventanas y las puertas vi el hoyo tiznado que se enroscaba alrededor de miles de sunchos de barriles de whisky que flotaban a la deriva en esa agua negra. Imaginé todo el bourbon reserva que explotaba de pequeños barriles de roble blanco y se derramaba a través de la puerta en un río de fuego camino a los establos que contenían los preciados caballos de Sparke. Mientras los investigadores comenzaban la tarea de determinar dónde se había iniciado el fuego y, con suerte, cuál había sido la causa, yo me puse a caminar por los charcos y me trepé a todo lo que parecía suficientemente firme para soportar mi peso.

Había clavos por todas partes, y con una herramienta Buckman que Lucy me regaló, extraje uno de la bota de mi pie izquierdo. Me detuve dentro del perfecto rectángulo de piedra de un portal en el frente de lo que había sido la mansión. Durante minutos me quedé allí de pie y observé. A diferencia de muchos investigadores, yo no sacaba fotografías con cada centímetro que me acercaba a la escena del crimen. Había aprendido a tomarme tiempo y dejar que mis ojos registraran todo primero. Mientras miré con lentitud en todas direcciones, muchas cosas me llamaron la atención.

El frente de la casa habría permitido apreciar una vista espectacular. Desde los pisos altos que ya no existían, podríamos haber visto árboles y suaves colinas y las distintas actividades de los caballos que el dueño compraba, canjeaba, criaba y vendía. Se creía que Kenneth Sparkes estaba en casa el siete de junio, la noche del incendio, y recordé que esa noche había sido clara y un poco más cálida, con un viento suave y luna llena.

Revisé la cáscara vacía de lo que debió de haber sido una mansión y vi partes de un sofá, trozos de metal y de vidrio, los elementos derretidos de televisores y otros aparatos eléctricos. Había cientos de libros, colchones, cuadros y muebles parcialmente quemados. Todo había caído de los pisos superiores y quedado después instalado en las capas espesas del sótano. Al pensar en Sparkes la noche en que sonó la alarma contra incendios, lo imaginé sentado en el living, frente a esa hermosa vista, o en la cocina, quizá preparándose algo para comer. Sin embargo, cuanto más exploraba los lugares donde podría haber estado, menos entendía por qué no había escapado, a menos que estuviera incapacitado por el alcohol o las drogas, o hubiera tratado de apagar el incendio hasta ser vencido por el monóxido de carbono.

Lucy y sus camaradas se encontraban del otro lado del hoyo, empeñados en abrir una caja eléctrica que el calor y el agua habían oxidado enseguida.

—Buena suerte. —La voz de McGovern llegó hasta mí mientras avanzaba hacia ellos por el agua. —Eso no será lo que inició este fuego.

Sin dejar de hablar apartó a un lado el marco ennegrecido de una tabla de planchar. La plancha y lo que quedaba del cable siguieron. Pateó más sunchos de barriles como si estuviera furiosa con quienquiera había provocado ese caos.

—¿Vieron las ventanas? —prosiguió—. Los vidrios rotos están en el interior. ¿No les hace pensar que alguien entró en la casa por la fuerza?

—No necesariamente. —Fue Lucy la que contestó y la miró. —La parte interior del vidrio recibe el impacto térmico y se calienta y expande más y a más velocidad que la exterior, lo cual provoca rajaduras desparejas propias del calor y la presión, que son notablemente diferentes de las de una rotura mecánica.

Le entregó entonces un trozo de vidrio roto a McGovern, que era su supervisora.

—El humo sale de la casa —continuó Lucy— y la atmósfera entra. Se produce una ecualización de la presión. No significa que alguien haya entrado por la fuerza en la casa.

—Te doy un nueve —le dijo McGovern.

—De ninguna manera. Merezco un diez.

Varios de los agentes rieron.

—Estoy de acuerdo con Lucy —dijo uno de ellos—. Por el

momento no veo ninguna señal que indique que alguien entró por la fuerza.

La jefa del equipo siguió convirtiendo el lugar del desastre en un aula para los que pronto sería sus Investigadores Certificados de Incendios, o ICI.

—¿Recuerdan que hablamos del humo que se filtraba por los ladrillos? —continuó y señaló sectores de piedra a lo largo de la línea del techo, que parecía como si hubiera sido frotada con cepillos de acero. —¿O esa erosión se debe a chorros de agua?

—No, la argamasa está parcialmente carcomida. Eso se debe al humo.

—Correcto. Al humo que empuja por las juntas —dijo McGovern—. El fuego establece sus propias válvulas de escape. Y en la parte baja de las paredes, allá, allí y aquí —señaló—, la piedra está quemada sin rastros de combustión incompleta u hollín. Tenemos vidrio derretido y caños de cobre derretidos.

—Comenzó abajo, en la planta baja —dijo Lucy—. En el sector principal de estar.

—Así me lo parece.

—Y las llamas subieron alrededor de tres metros y comprometieron el primer piso y el techo.

—Lo cual requeriría una carga de combustible bastante grande.

—Aceleradores. Imposible encontrar una pista en esta mierda.

—No pasen nada por alto —le dijo McGovern a su equipo—. Y no sabemos si fue necesario un acelerador porque no conocemos qué clase de carga combustible había en el piso.

Mientras hablaban, salpicaban y trabajaban y por todas partes se oía el constante goteo de agua y el ronroneo de las bombas extractoras. Me interesaron los resortes de colchones que se enredaron en mi rastrillo y me puse en cuclillas para extraer rocas y madera chamuscada con las manos. Siempre había que contemplar la posibilidad de que una víctima de incendio hubiera muerto en la cama, y miré hacia lo que antes eran los pisos superiores. Seguí excavando sin encontrar nada ni remotamente humano. Sólo los restos empapados de todo lo que se había arruinado en la espléndida propiedad de Kenneth Sparkes. Algunas de sus antiguas posesiones humeaban todavía sobre pilas que no estaban sumergidas, pero la mayor parte de lo que yo pescaba con el rastrillo estaba frío e impregnado del olor nauseabundo del bourbon tostado.

Nuestra tarea de tamizado continuó durante el resto de la mañana, y al pasar de un cuadrado de basura y porquería al siguiente, hice lo que sabía hacer mejor. Andaba a tientas y escudriñaba con las manos, y cuando sentía una forma que me preocupaba, me sacaba los gruesos guantes para incendio y tanteaba más con los dedos apenas cubiertos con látex. Las tropas de McGovern estaban diseminadas y perdidas en sus propias búsquedas, y casi al mediodía ella se me acercó.

—¿Todavía resiste?

—Todavía de pie.

—No está mal para una detective de sillón. —Sonrió.

—Lo tomaré como un cumplido.

—Algo grande y astuto está detrás de esto —dijo y señaló con un dedo enguantado y tiznado. —Fuego de alta temperatura, constante de un rincón de la casa al otro. Llamas tan calientes y altas que quemaron las dos plantas y prácticamente todo lo que había en ellas. No estamos hablando aquí de un arco voltaico, de ninguna plancha que quedó encendida o de grasa que se incendió.

A lo largo de los años yo había notado que la gente que luchaba contra el fuego hablaba de él como si tuviera vida y poseyera una voluntad y personalidad propias. McGovern comenzó a trabajar junto a mí, y lo que no podía sacar del camino, lo apilaba en una carretilla. Lustré lo que resultó ser una piedra que podría haber pasado por un hueso del dedo, y con el mango de madera de su rastrillo ella señaló hacia arriba.

—El nivel más alto debería ser el último en caer —me dijo—. En otras palabras, los escombros del techo y del primer piso deberían estar en la parte superior de todo esto. Así que doy por sentado que eso es lo que estamos revolviendo en este momento. —Clavó el rastrillo en una viga de acero que antes debió de haber soportado el techo. —Sí, señor —continuó—. Por esa razón hay por todas partes pizarra y material aislante.

Esto continuó durante horas y horas sin que nadie se tomara descansos de más de quince minutos. La estación local de bomberos nos mantuvo bien provistos de café, gaseosas y sándwiches, e instalaron luces de cuarzo para que pudiéramos ver mientras trabajábamos en nuestro hoyo mojado. En cada extremo, una bomba Prosser chupaba agua con su manguera y la descargaba del otro lado de las paredes de granito, pero después de que miles de litros hubieran sido extraídos, las cosas no parecieron mejorar demasiado. Debieron transcurrir horas antes de que el nivel descendiera en forma perceptible.

A las dos y media ya no aguanté más y volví a salir. Busqué con la vista el lugar más discreto, que estaba debajo de las ramas enormes de un gran abeto ubicado cerca de los establos humeantes. Tenía las manos y los pies entumecidos, pero debajo de la gruesa ropa de protección transpiraba cuando me puse en cuclillas y observé con atención si alguien se dirigía hacia donde yo estaba. Entonces reuní fuerzas y comencé a caminar por entre los boxes carbonizados. El hedor a muerte se filtró por mi nariz y pareció quedarse pegado en los huecos de mi cráneo.

Los caballos estaban lastimeramente apilados unos sobre otros, las patas retraídas, la piel resquebrajada de esa carne quemada hinchada y encogida. Los sementales, las yeguas y los animales castrados estaban quemados hasta los huesos y de sus cadáveres chamuscados como madera seguía saliendo humo. Confié en que hubieran sucumbido al envenenamiento por monóxido de carbono antes de ser alcanzados por las llamas.

Conté diecinueve cadáveres, incluyendo los de dos animales de entre uno y dos años y un potrillo. El miasma de crin de caballo quemada y muerte me asfixiaba y me envolvía como una capa pesada cuando me dirigí a la parte posterior del caparazón de la mansión. En el horizonte, ese único sobreviviente me observaba de nuevo, inmóvil, solo y apesadumbrado.

McGovern seguía chapoteando, trabajando con la pala y apartando basura de su camino; me di cuenta de que comenzaba a cansarse y eso me complació. Ya se estaba haciendo tarde. Oscurecía y el viento estaba más frío.

—El potrillo todavía está allá —le dije.

—Ojalá supiera hablar. —Se enderezó y se masajeó la espalda.

—Está suelto por algún motivo —dije—. No tiene sentido pensar que se salvó por su cuenta. Espero que alguien planee ocuparse de él.

—En eso estamos.

—¿No podría hacerlo uno de los vecinos? —Yo no quería darme por vencida, porque la presencia de ese caballo realmente me estaba afectando.

Ella me miró fijo durante un momento y señaló hacia arriba.

—El dormitorio principal y el baño estaban allí arriba —anunció al levantar de esa agua inmunda un cuadrado roto de mármol blanco—. Caños de bronce, artefactos, grifería, piso de mármol, elementos de un jacuzzi. El marco de una claraboya que, dicho sea de paso, estaba abierta en el momento del incendio. Si hunde el brazo a quince centímetros a su izquierda, encontrará lo que queda de la bañera.

El nivel del agua siguió bajando a medida que las bombas la chupaban y formaban pequeños ríos sobre el pasto. Cerca, los agentes sacaban un antiguo entarimado de roble que estaba muy chamuscado arriba y con muy pocas tablas de madera sin quemar. Esto continuó y se sumó a las crecientes pruebas de que el fuego se había iniciado en el primer piso, en el sector del dormitorio principal, de donde recuperamos tiradores de bronce de los gabinetes y los muebles de caoba, y cientos de perchas. Excavamos por entre trozos de cedro quemado y restos de calzado de hombre y de ropa del placard principal.

A las cinco de la tarde ya el agua había descendido otros treinta centímetros y dejado a la vista un panorama ruinoso que parecía un basural quemado, con restos chamuscados de artefactos eléctricos y estructuras de sillones. McGovern y yo seguíamos excavando en el sector del cuarto de baño principal, de donde extrajimos frascos de píldoras recetadas, champús y lociones para el cuerpo, y yo finalmente descubrí el primer rastro de muerte. Con mucho cuidado le quité el hollín a un trozo astillado de vidrio.

—Creo que tenemos algo —dije, y mi voz pareció ser engullida por el sonido del agua que caía y de la succión de las bombas.

McGovern dirigió el haz de su linterna hacia lo que yo hacía y se paralizó.

—Dios mío —dijo, impresionada.

Un par de ojos muertos y lechosos nos miraban a través de ese vidrio roto y acuoso.

—Una ventana, quizá la puerta de vidrio de la ducha, cayó sobre el cuerpo e impidió que una parte de él fuera quemada hasta los huesos —dije.

Hice a un lado otros trozos de vidrio y McGovern quedó por un momento estupefacta al ver un cadáver grotesco que enseguida supe que no era el de Kenneth Sparkes. La parte superior de la cara estaba achatada y apretada contra un vidrio grueso y resquebrajado, y los ojos eran de un color gris azulado opaco, porque el calor le había quitado el color original. Nos miraban desde el hueso quemado de la frente. Hebras de pelo largo y rubio se habían liberado y mostraban un movimiento espectral a medida que el agua sucia bajaba, y no había en ella nariz ni boca, sólo hueso calcinado color tiza y dientes que habían sido quemados hasta que ya no quedaba en ellos nada orgánico.

El cuello estaba parcialmente intacto; el torso, cubierto con más vidrios rotos; y fusionada con esa carne quemada había una tela oscura que había sido una blusa o una camisa. Todavía se podía notar el tramado de la tela. También había restos de las nalgas y la pelvis debajo del vidrio. La piernas estaban quemadas hasta los huesos, pero las botas de cuero habían protegido los pies. No había antebrazos ni manos, y no encontré indicios de esos huesos.

—¿Quién demonios es esta persona? —preguntó McGovern, desconcertada—. ¿Sparkes vivía con alguien?

—No lo sé —respondí, mientras apartaba más agua.

—¿Puede decir si es una mujer? —preguntó McGovern al tiempo que se inclinaba más para mirar, sin dejar de apuntar con su linterna.

—No quisiera jurarlo en la corte hasta poder examinarla con más atención. Pero, sí, creo que es una mujer —contesté.

Miré hacia el cielo vacío, imaginé el cuarto de baño en el que posiblemente la mujer había encontrado la muerte y saqué entonces las cámaras de mi equipo mientras el agua fría se movía alrededor de mis pies. Pepper, el perro especializado en incendios y el que lo llevaba acababan de transponer un portal y Lucy y los demás agentes avanzaban por el agua hacia nosotros cuando se corrió la voz de nuestro hallazgo. Pensé en Sparkes y nada de lo que había allí tenía sentido, excepto que una mujer estaba en el interior de su casa la noche del incendio. Temí que también sus restos estuvieran por allí.

Los agentes se acercaron más y uno de ellos me trajo una bolsa para cadáveres. La desplegué y tomé más fotografías. La carne estaba pegada al vidrio por el calor y sería preciso separarla. Eso lo haría en la morgue, y di instrucciones de que cualquier otro resto que se encontrara alrededor del cuerpo también debía ser enviado allá.

—Necesitaré ayuda —les dije a todos—. Traigan una tabla y

unas sábanas, y alguien deberá llamar a la funeraria local responsable de remover cadáveres. Necesitaremos una furgoneta. Tengan cuidado, el vidrio es muy filoso. Tal como ella está, in situ. Con la cara hacia arriba, como está en este momento, así que no debemos ejercer demasiada presión sobre el cuerpo para no desprenderle la piel. Así. Ahora abran más la bolsa. Todo lo que puedan.

—No va a caber.

—Tal vez podríamos desprender un poco más de vidrio en los bordes —sugirió McGovern—. ¿Alguien tiene un martillo?

—No, no. Cubrámosla tal cual está. —Impartí más órdenes, porque ahora yo estaba a cargo del operativo. —Tapen con esto el cuerpo y también los bordes para protegerse las manos. ¿Todos tienen los guantes puestos?

—Sí.

—Como puede haber otro cuerpo por aquí, los que no estén cooperando en esto, sigan buscando.

Yo estaba tensa e irritable mientras esperaba que dos agentes volvieran con una tabla y sábanas azules de plástico para cubrir el cuerpo.

—Muy bien —dije—. A la cuenta de tres la levantaremos.

El agua nos salpicó a los cuatro cuando tratamos de pisar firme y conservar el equilibrio. Era muy difícil hacerlo y, al mismo tiempo, sostener un vidrio mojado y resbaladizo, suficientemente filoso como para cortar a través del cuero.

—Aquí vamos —dije—. Uno, dos, tres, ¡arriba!

Centramos el cuerpo sobre la tabla. Yo lo cubrí lo mejor que pude con las sábanas y lo sujeté fuerte con correas. Nuestros pasos eran cortos y vacilantes cuando tanteábamos camino por agua que ya no superaba la altura de nuestras botas. El generador y las bombas Prosser emitían un zumbido constante que casi no notamos al transportar nuestra carga hacia el espacio vacío que una vez había sido una puerta. Olí carne quemada y muerte y el olor acre y podrido de tela, comida, muebles y todo lo que se había quemado en la casa de Kenneth Sparkes. Estaba sin aliento y aterida por el frío y el esfuerzo cuando emergí a la pálida luz de ocaso.

Bajamos el cuerpo a tierra y yo me quedé a vigilarlo mientras el resto del equipo continuaba con las excavaciones. Abrí las sábanas, observé durante un buen rato a ese ser humano tristemente desfigurado y saqué una linterna y una lupa de mi valija de aluminio. El vidrio se había fundido alrededor de la cabeza en el puente de la nariz y en el pelo tenía enredados trozos de un material rosado y cenizas. Usé la luz y la lupa para examinar sectores de carne que todavía estaban intactos, y me pregunté si sería mi imaginación cuando descubrí una hemorragia entre los tejidos chamuscados del sector del temporal izquierdo, a aproximadamente tres centímetros del ojo.

De pronto Lucy estaba junto a mí y también se acercaba una furgoneta color azul oscuro de la Funeraria Wiser.

—¿Encontraste algo? —preguntó Lucy.

—No lo sé con exactitud, pero esto parece una hemorragia en comparación con lo que se encuentra cuando se resquebraja la piel.

—Te refieres a cuando la piel se resquebraja por el fuego.

—Sí. La carne se cocina y la piel se expande y se cuartea.

—Algo que sucede cuando cocinamos pollo en el horno.

—Así es —dije.

El daño a la piel, los músculos y los huesos se suelen confundir con facilidad con las lesiones provocadas por la violencia si uno no está familiarizado con las consecuencias de un incendio.

—¿Encontraron algo por allá? —le pregunté—. Espero que no más cuerpos.

—No hasta el momento —respondió ella—. Pronto oscurecerá, así que lo único que podemos hacer es mantener protegida la escena hasta que podamos empezar de nuevo por la mañana.

Levanté la vista cuando un hombre de traje se apeó de la furgoneta de la funeraria y se puso guantes de látex. Sacó una camilla de la parte posterior del vehículo y se oyó un ruido metálico cuando le abrió las patas.

—¿Piensa ponerse a trabajar esta misma noche, Doc? —me preguntó, y entonces supe que lo había visto antes en alguna parte.

—Llevémosla a Richmond. Empezaré allá por la mañana —respondí.

—La última vez que la vi fue en el tiroteo de Moser. Esa jovencita por la que se peleaban sigue provocando problemas por aquí.

—Ah, sí. —Lo recordé vagamente, porque eran tantos los tiroteos y tantas las personas que causaban problemas. —Gracias por su ayuda —le dije.

Levantamos el cuerpo tomando con fuerza los bordes de la gruesa bolsa de vinilo. Bajamos los restos a la camilla y él la deslizó en la parte posterior de la furgoneta. Después, cerró con fuerza la compuerta trasera.

—Espero que aquí adentro no esté Kenneth Sparkes —dijo.

—Todavía no tenemos una identificación —le dije.

Él suspiró y subió al asiento del conductor.

—Bueno, permítame que le diga algo —dijo y encendió el motor del vehículo—. No me importa lo que diga la gente. Era un buen hombre.

Lo observé alejarse y sentí que Lucy me miraba. Ella me tocó el brazo.

—Estás agotada —dijo—. ¿Por qué no pasas la noche aquí? Por la mañana yo te llevaré de vuelta en el helicóptero. Si llegamos a encontrar algo más te avisaremos enseguida. No tiene sentido que te quedes.

Me esperaba un trabajo difícil y lo más sensato era regresar enseguida a Richmond. Pero, en realidad, no tenía ganas de entrar en mi casa vacía. A esa altura Benton estaría en Hilton Head y Lucy se alojaba en Warrenton. Era demasiado tarde para llamar a alguna de mis amigas y yo estaba demasiado cansada para entablar una conversación cortés. Era uno de esos momentos en que no se me ocurría nada que pudiera sedarme.

—Teun nos mudó a un lugar mejor y tengo una cama adicional en mi cuarto, tía Kay —agregó Lucy con una sonrisa y extrajo del bolsillo las llaves de un automóvil.

—De modo que ahora soy de nuevo la tía Kay.

—Siempre y cuando no haya nadie cerca.

—Tengo que conseguir algo para comer —dije.

3

Compramos Whoppers y papas fritas en el Burger King the Broadview, y estaba oscuro y hacía mucho frío. Unos faros encendidos que se acercaban me lastimaron los ojos, y ninguna cantidad de Motrin bastó para aliviar el dolor que sentí en las sienes ni el miedo de mi corazón. Lucy había llevado sus propios CD y tocaba uno a todo volumen mientras atravesábamos Warrenton en un Ford LTD negro alquilado.

—¿Qué es lo que estamos escuchando? —pregunté como sutil manera de elevar una queja.

—Jim Brickman —fue la respuesta dulce de mi sobrina.

—Pues a mí me parece más música nativa norteamericana —dije por entre el estruendo de flautas e instrumentos de percusión—. ¿No podrías bajar un poco el volumen?

Ella, en cambio, lo aumentó.

—David Arkenstone. *Spirit Wind*. Debes abrir tu mente, tía Kay. Lo que tocan ahora se llama *Destiny*.

Al volante de un auto, Lucy se bebía los vientos, y mi mente comenzó a flotar.

—Me estás enloqueciendo —dije mientras imaginaba lobos y fogatas en medio de la noche.

—Su música tiene que ver con encontrar el camino y la fuerza positiva —continuó ella. La música se animó y a ella se incorporaron guitarras. —¿No te parece adecuada?

No pude evitar reír frente a lo complicado de su explicación. Lucy tenía que saber siempre cómo y por qué funcionaba todo. En realidad, la música era sedante y sentí que serenaba e iluminaba lugares atemorizados de mi mente.

—¿Qué crees que pasó, tía Kay? —dijo de pronto Lucy y rompió el hechizo—. Quiero decir, en el fondo de tu corazón.

—En este momento es imposible saberlo —le respondí como le habría contestado a cualquier otra persona—. Y no deberíamos suponer nada, ni siquiera el género o la identidad de la persona que pudo estar esa noche en la casa.

—Teun ya piensa en incendio intencional, y yo también —dijo, como al pasar—. Lo extraño es que Pepper no nos haya alertado con respecto a nada en ninguno de los sectores en que creíamos que lo haría.

—Como por ejemplo el cuarto de baño principal de la planta baja —dije.

—No había nada allí. El pobre Pepper trabajó como un perro y no le dieron de comer.

Desde su juventud, el Labrador habían recibido un adiestramiento recompensado con comida para detectar destilados de petróleo e hidrocarburos, como el querosén, la gasolina, el fluido para encendedores, el aguarrás, los solventes, el aceite para lámparas. Todos representaban elecciones posibles, si no comunes, para los piromaníacos que deseaban iniciar un incendio de proporciones con solamente un fósforo. Cuando se vierten aceleradores en una escena, forman charcos y fluyen a medida que sus vapores arden. El líquido empapa telas, sábanas o alfombras. Se filtra debajo de los muebles y entre las rajaduras de los pisos. No son solubles en agua ni fáciles de eliminar, de modo que si Pepper no encontró nada capaz de excitar su olfato, lo más probable es que allí no hubiera nada de esa naturaleza.

—Lo que debemos hacer es averiguar exactamente qué había en la casa, para así poder comenzar a calcular la carga de combustible —prosiguió Lucy mientras la música que ahora era de violines, cuerdas y percusión se volvía más triste—. Entonces podremos tener una idea más aproximada de qué y cuánto habrá hecho falta para iniciar un incendio así.

—Había aluminio y vidrio fundidos, y tremendas quemaduras en los muslos y antebrazos del cuerpo y en todas las zonas que no lograron salvarse gracias a la puerta de vidrio —dije—. Eso me sugiere que la víctima estaba abajo, posiblemente en el cuarto de baño, cuando el fuego la alcanzó.

—Sería descabellado pensar que un incendio de esta envergadura se haya iniciado en un baño de mármol —dijo mi sobrina.

—¿Y si la causa fuera la electricidad? ¿Existe alguna posibilidad al respecto? —pregunté, y el cartel luminoso rojo y amarillo de nuestro motel flotó sobre la carretera a alrededor de un kilómetro y medio de distancia.

—Mira, ese lugar debía de tener una instalación eléctrica de óptima calidad. Cuando el fuego llegó a los cables y la aislación disminuyó por el calor, los cables del piso entraron en contacto unos con otros. El circuito falló, los cables formaron un arco y los disyuntores no funcionaron —dijo ella—. Es exactamente lo que cabría esperar, se tratara o no de un incendio intencional. Es difícil saberlo. Todavía queda mucho por revisar y, desde luego, los del laboratorio harán lo suyo. Pero cualquiera fuera la forma en que se inició, el fuego creció con rapidez. Se nota por parte del piso. Existe una demarcación clara entre la madera muy chamuscada y la que no se quemó, y eso significa muy caliente y rápido.

Recordé haber visto cerca del cuerpo madera igual a la que ella acababa de describirme. Estaba ampollada y negra en la parte superior, en lugar de quemada en su totalidad.

—¿De nuevo la planta baja? —pregunté mientras mis sospechas privadas sobre este caso se volvían más sombrías.

—Probablemente. Además, sabemos que de todos modos las cosas sucedieron muy rápido basándonos en el momento en que sonó la alarma y en lo que los bomberos encontraron diecisiete minutos más tarde. —Quedó un momento callada y después siguió: —El cuarto de baño, la posible hemorragia en el tejido cercano a su ojo izquierdo. ¿Qué? ¿Que quizá se estaba bañando o duchando? ¿Que se envenena con monóxido de carbono, cae y se golpea la cabeza?

—Parece que estaba completamente vestida cuando murió —le recordé—. Incluyendo las botas. Si la alarma contra incendios suena cuando uno está en la bañera o en la ducha, dudo mucho que tuviera tiempo de ponerse todo eso.

Lucy subió todavía más el volumen y ajustó los bajos. Sonaron campanillas y tambores y curiosamente pensé en incienso y mirra. Tuve ganas de estar tirada al sol con Benton y dormida. Quería que el mar me cubriera los pies cuando caminaba por la mañana para explorar la playa, y recordé a Kenneth Sparkes tal como era la última vez que lo vi. A continuación imaginé lo que habría quedado de él.

—Esto se llama La caza del lobo —dijo Lucy al doblar hacia un Minimercado Mart que tenía una estación de servicio Shell—. Y quizás en eso estamos embarcados: en cazar el gran lobo feroz.

—No —dije cuando ella estacionó—. Creo que lo que buscamos es un dragón.

Lucy tapó su arma y sus pantalones con un rompevientos Nike.

—Tú no me viste hacer esto —dijo al abrir la portezuela del auto—. Teun me haría volar por el aire de una patada.

—Has estado demasiado tiempo cerca de Marino —dije, porque él rara vez le prestaba atención a las reglas y se sabía que llevaba cerveza a su casa en el baúl de su auto policial sin marcas identificatorias.

Lucy entró y yo dudé mucho que engañara a alguien con sus botas sucias, los pantalones azules desteñidos llenos de bolsillos, y el penetrante olor a incendio. Un teclado y un cencerro iniciaron un ritmo diferente en el CD mientras yo aguardaba en el auto y deseaba poder dormir. Lucy volvió con un pack de seis Heineken y seguimos viaje. Yo comencé a flotar mentalmente junto a la flauta y la percusión hasta que una serie de imágenes me golpearon y me hicieron sentarme derecha en la butaca. Imaginé dientes desnudos del color de la tiza y ojos muertos con la tonalidad azul grisácea de los huevos pasados por agua. Pelo que se mecía y flotaba como barba de maíz sucia en un agua negra, y vidrio fundido convertido en una intrincada y brillante tela de araña alrededor de lo que quedaba del cuerpo.

—¿Estás bien? —Lucy sonó preocupada y me miró.

—Creo que dormité un momento —respondí—. Sí, estoy bien.

El Motel Johnson's estaba justo delante de nosotros, del otro lado de la carretera. Era un edificio de piedra con una marquesina metálica roja y blanca, y un letrero luminoso amarillo en el frente prometía que estaba abierto las veinticuatro horas y tenía aire acondicionado. Nos apeamos y un felpudo de bienvenida anunciaba ¡HOLA! en el exterior del lobby. Lucy tocó el timbre. Una enorme gata negra se acercó a la puerta y enseguida una mujer grandota pareció materializarse de la nada para hacernos pasar.

—Creo que tenemos una reserva para una habitación para dos —dijo Lucy.

—La hora para dejar la habitación es las once —dijo la mujer mientras pegaba la vuelta para ponerse del otro lado del mostrador—. Les puedo dar el cuarto quince, al final del pasillo.

—Somos del ATF —dijo Lucy.

—Querida, ya me lo imaginé. La otra señora vino hace un momento. Está todo pago.

Un letrero que había encima de la puerta decía que no se aceptaban cheques pero sí MasterCard y Visa, y pensé entonces en McGovern y en su abanico de recursos.

—¿Necesitan dos llaves? —preguntó la empleada al abrir un cajón.

—Sí, señora.

—Aquí tienen. En el cuarto hay dos lindas camas. Si yo no llegara a estar aquí cuando se van, dejen las llaves sobre el mostrador.

—Me alegra que tengan seguridad —dijo Lucy en son de broma.

—Y la tenemos. Hay doble cerradura en cada puerta.

—¿Hasta qué hora hay servicio de habitación? —Lucy siguió jugando con ella.

—Hasta que esa expendedora de Coke que hay en el frente deje de funcionar —respondió la mujer y le guiñó un ojo.

Tenía por lo menos sesenta años, pelo teñido de rojo, papada y un cuerpo regordete que presionaba cada centímetro de sus pantalones de poliéster marrón y su suéter amarillo. Era obvio que le gustaban las vacas negras y blancas. En los estantes, las mesas y las paredes había tallas y cerámicas que las representaban. Una pequeña pecera estaba repleta de un extraño surtido de renacuajos y peces pequeños, y no pude dejar de preguntarle a la mujer:

—¿Son criados aquí?

Ella me miró con timidez.

—Los pesco en el estanque que hay atrás. Uno se convirtió en rana no hace mucho y se ahogó. Yo no sabía que las ranas no podían vivir debajo del agua.

—Voy a usar el teléfono público —dijo Lucy y abrió la puerta mosquitero—. A propósito, ¿qué fue de Marino?

—Creo que algunos de ellos salieron a comer a alguna parte —contesté.

Ella salió con su bolsa de Burger King y sospeché que llamaría a Janet y que nuestaros Whoppers estarían fríos cuando llegara el momento de comerlos. Cuando me recosté contra el mostrador vi el escritorio desordenado de la empleada del otro lado y sobre su superficie, el periódico local cuya primera plana decía: CABALLERIZAS DEL MAGNATE DE LOS MEDIOS DESTRUIDAS POR EL FUEGO. Entre su revoltijo de papeles reconocí una citación judicial y carteles que ofrecían recompensa en dinero por información sobre asesinos, acompañados por identikits de violadores, ladrones y homicidas. De todos modos, Fauquier era el típico condado tranquilo en el que la gente se convencía de que estaba a salvo.

—Espero que no trabaje aquí sola durante toda la noche —le dije a la empleada, porque tenía la incontrolable costumbre de tratar de tranquilizar a las personas, lo desearan o no.

—Tengo a Pickle —dijo, refiriéndose afectuosamente a su gorda gata negra.

—Qué nombre interesante.

—Si dejo un frasco de pickles abierto, seguro que ella se acerca, mete la pata y los pesca. Lo hace desde que era muy chiquita.

Pickle estaba sentada junto a una puerta que daba a una habitación que supuse era la vivienda de la empleada. Los ojos de la gata eran monedas doradas fijas en mí, y su cola peluda se crispó. Parecía aburrida cuando el timbre sonó y su dueña le abrió la puerta a un hombre de musculosa que sostenía en la mano una bombilla de luz quemada.

—Parece que volvió a suceder, Helen —dijo y le entregó la prueba.

Ella se acercó a un gabinete y sacó una caja de bombillas de luz mientras yo le daba a Lucy suficiente tiempo para terminar de hablar por el teléfono público para que yo pudiera hacer una llamada. Miré mi reloj, segura de que a esa altura ya Benton estaría en Hilton Head.

—Aquí tiene, Big Jim. —Le cambió la bombilla nueva por la quemada. —¿Es de sesenta vatios? —Entrecerró los ojos. —Ajá. ¿Se quedará aquí un tiempo más? —Por la voz, parecía que esperaba que él lo hiciera.

—Diablos si lo sé.

—Caramba —dijo Helen—. De modo que las cosas no están muy bien.

—¿Cuándo lo estuvieron? —dijo el hombre, sacudió la cabeza y salió hacia la noche.

—De nuevo peleas con su esposa —me comentó Helen, la empleada, y también sacudió la cabeza—. Por supuesto que él ha estado aquí antes, lo cual es en parte la razón por la que pelean tanto. Nunca me imaginé que tanta gente engañaría a su pareja. Aquí, la mitad del negocio es con gente que vive a cinco kilómetros, por el camino.

—Y a usted sí que no pueden engañarla —dije.

—Ya lo creo que no. Pero no es asunto mío, con tal que no dejen la habitación hecha un caos.

—Ustedes no están muy lejos de las caballerizas que se incendió —comenté entonces.

Ella se animó.

—Esa noche yo estaba de turno. Desde aquí se podían ver las llamas que salían disparadas hacia arriba, como si fuera un volcán que entra en erupción. —Gesticulaba profusamente con los brazos. —Todos los que se alojaban aquí estaban al frente mirando y escuchando las sirenas. Todos esos pobres caballos. No me lo puedo sacar de la cabeza.

—¿Conoce usted a Kenneth Sparkes?

—No lo he visto personalmente.

—¿Qué me puede decir de una mujer que podría estar viviendo en la casa? —pregunté—. ¿Nunca oyó comentar nada?

—Sólo lo que rumorea la gente. —Helen miraba hacia la puerta como si esperaba que en cualquier momento entrara alguien.

—¿Por ejemplo? —insistí.

—Bueno, supongo que el señor Sparkes es todo un caballero, ya sabe —dijo Helen—. No porque su actitud sea popular por aquí, pero es un personaje. Le gustan las jóvenes y bonitas.

Pensó por un momento y pestañeó como las polillas que revoloteaban del otro lado de la ventana.

—Están los que se ponen mal cuando lo ven con la más nueva —dijo—. Ya sabe, no importa lo que digan, esto sigue siendo el Viejo Sur.

—¿Hay alguien en particular que reaccionó de esa manera? —pregunté.

—Bueno, los muchachos Jackson. Siempre están metidos en algún lío —dijo, sin dejar de mirar la puerta—. No les gusta la gente de color. Que él ande entonces con una chica bonita, joven y blanca... él lo solía hacer mucho... Bueno, hubo habladurías.

Yo imaginaba a los del Ku Klux Klan con cruces en llamas y a los supremacistas blancos con mirada helada y armas de fuego. Había visto antes el odio. Durante casi toda mi vida había hundido las manos en las víctimas que masacraban. Sentía una opresión en el pecho cuando le deseé buenas noches a Helen. Trataba de no sacar conclusiones apresuradas sobre el prejuicio, los incendios intencionales y la víctima elegida, que podía haber sido sólo Sparkes y no una mujer cuyo cadáver se encontraba en este momento camino a Richmond. Desde luego, tal vez era sólo la vasta propiedad de Sparkes lo que les interesaba a los autores del incendio, quienes quizá no sabían que había alguien en el interior de la casa.

El hombre de la musculosa hablaba por el teléfono público cuando salí. Con aire ausente sostenía con una mano la nueva bombilla eléctrica y hablaba con voz grave e intensa. En el momento en que pasaba junto a él, su furia creció.

—¡Maldición, Louise! A eso me refiero. Nunca te callas la boca —saltó, y yo decidí llamar a Benton más tarde.

Abrí con la llave la puerta de la habitación número quince y Lucy simuló no haberme estado esperando: estaba sentada en un sillón, inclinada sobre su anotador con espiral, tomaba notas y hacía cálculos. Pero no había tocado su comida rápida, y supe que estaba muerta de hambre. Saqué de la bolsa los Whoppers y las papas fritas y coloqué servilletas de papel y la comida sobre una mesa.

—Todo está frío —me limité a decir.

—Tú estás acostumbrada. —Su voz era distante y enloquecida.

—¿Prefieres ducharte primero? —le pregunté cortésmente.

—Adelante —respondió, sumida en sus cálculos, una arruga en la frente.

Nuestro cuarto estaba impresionantemente limpio considerando el precio, decorado en la gama de los marrones y tenía un televisor Zenith casi de la misma edad de mi sobrina. Había lámparas chinas y faroles con borlas, estatuillas de porcelana, pinturas al óleo y colchas con estampado floral. La alfombra era de pelo áspero y diseño indio y el empapelado de las paredes representaba escenas de bosque. Los muebles eran de fórmica o barnizados con tanta laca que no logré ver la veta de la madera.

Revisé el baño y descubrí que tenía azulejos rosados y blancos que probablemente se remontaban a la década del cincuenta, con tazas de telgopor y pequeños jabones envueltos en el lavatorio. Pero lo que más me emocionó fue una única rosa roja de plástico que había en una ventana. Alguien se había esforzado al máximo con los menores recursos para que los huéspedes se sintieran bien, y dudo mucho que la mayor parte de los clientes lo hubieran notado o le hubieran prestado atención. Quizá cuarenta años antes esa inventiva y gusto por el detalle habría importado, cuando la gente era más civilizada que ahora.

Bajé la tapa del inodoro y me senté para sacarme las botas mojadas y sucias. Después luché con botones y ganchos hasta que mi ropa quedó convertida en una pila en el suelo. Me duché hasta que se me fue el frío y me sentí limpia del olor a fuego y a muerte. Lucy trabajaba en su laptop cuando emergí con una vieja camiseta de la Facultad de Medicina de Virginia y abrí una botella de cerveza.

—¿Qué haces? —le pregunté y me senté en el sofá.

—Nada en especial. No sé lo suficiente como para hacer mucho más —contestó—. Pero fue un incendio de proporciones, tía Kay. Y no parece haberse iniciado con gasolina.

Yo no tenía nada que decirle.

—¿Alguien murió allí? ¿En el baño principal? ¿Tal vez? ¿Cómo fue que sucedió a las ocho de la noche?

Yo no lo sabía.

—¿Quiero decir, ella está allí cepillándose los dientes y en ese momento suena la alarma contra incendios?

Lucy me miró fijo.

—¿Y ella se queda allí y muere?

Hizo una pausa para estirar sus hombros doloridos.

—Tú dímelo, jefa. Tú eres la experta.

—Yo no tengo ninguna explicación, Lucy —contesté.

—Y ahí la tienen, señoras y señores. La mundialmente famosa experta doctora Kay Scarpetta no lo sabe. —Lucy se estaba poniendo irritable. —Diecinueve caballos —continuó—. ¿Quién se ocupaba de ellos? ¿Sparkes no tenía un peón de caballerizas? ¿Y por qué uno de los animales escapó? ¿Ese pequeño padrillo negro?

—¿Cómo sabes que es un macho? —pregunté y en ese momento alguien llamó a la puerta—. ¿Quién es? —pregunté por entre la madera.

—Soy yo —respondió Marino con su habitual voz áspera.

Lo dejé pasar y por la expresión de su cara supe que tenía novedades.

—Kenneth Sparkes está vivito y coleando —anunció.

—¿Dónde está? —Volví a sentirme confundida.

—Al parecer estaba fuera del país y tomó un avión de vuelta cuando se enteró de la noticia. Se aloja en Beaverdam y no parece tener idea de nada, ni siquiera de quién puede ser la víctima —nos dijo Marino.

—¿Por qué en Beaverdam? —pregunté mientras calculaba cuánto tiempo llevaría el viaje a ese rincón remoto del condado de Hanover.

—Su entrenador vive allí.

—¿Su entrenador?

—El entrenador de sus caballos. No su entrenador, como si lo estuviera preparando para convertirse en levantador de pesas o alguna cosa así.

—Ajá.

—Yo me voy para allá por la mañana, a eso de las nueve —me dijo—. Puedes seguir viaje a Richmond o ir conmigo.

—Tengo que identificar un cadáver, así que necesito hablar con él sepa o no algo al respecto. Supongo que iré contigo —dije y Lucy me miró—. ¿Planeas que nuestro intrépido piloto nos lleve o conseguiste un auto?

—No pienso volver a subir a ese pájaro —me retrucó Marino—. Y, ¿necesito recordarte que la última vez que conversaste con Sparkes lo enfureciste?

—Pues no lo recuerdo —dije, y realmente era así, porque había irritado a Sparkes en más de una ocasión, y solíamos discrepar con respecto a detalles de casos que él pensaba debían informarse a los medios.

—Te puedo garantizar que él sí, Doc. ¿Te vas a tomar sola esa cerveza o la compartirás conmigo?

—No puedo creer que no tengas una tuya —dijo Lucy y reanudó su trabajo en la laptop.

Él se acercó a la heladera y sacó una botella.

—¿Quieres saber qué opino al final del día? —preguntó—. Lo mismo que antes.

—¿O sea? —preguntó Lucy sin levantar la vista.

—Que Sparkes está detrás de todo esto.

Marino puso el abridor sobre la mesa baja y se detuvo en la puerta con la mano sobre el pomo.

—En primer lugar, es llamativo que estuviera de pronto fuera del país cuando sucedió —dijo al mismo tiempo que bostezaba—. Así que consigue que otra persona haga el trabajo sucio. Dinero. —Sacó un cigarrillo del paquete que tenía en el bolsillo de la camisa y se lo puso entre los labios. —Eso es lo único que le importó siempre a ese hijo de puta. El dinero y su pito.

—Marino, por el amor de Dios —dije.

Quería hacerlo callar y quería que se fuera. Pero él no me prestó atención.

—Lo peor es que ahora, encima de todo, probablemente tenemos un homicidio en las manos —dijo al abrir la puerta—. Lo cual significa que el que suscribe quedará pegado a este caso como una mosca en una tira de papel engomado. Mierda.

Sacó el encendedor y el cigarrillo se movió con sus labios.

—Es lo último que quisiera hacer en este momento. ¿Saben cuánta gente debe de tener en el bolsillo ese imbécil? —Marino se negaba a parar. —Jueces, sheriffs, jefes de bomberos...

—Marino —lo interrumpí porque no hacía más que empeorar las cosas—. Estás sacando conclusiones apresuradas.

Él me apuntó con su cigarrillo apagado.

—Ya lo verás —dijo al salir—. Hacia donde mires vas a encontrar problemas.

—Estoy acostumbrada —dije.

—Eso crees.

Salió dando un portazo.

—¡Epa, no destruyas este lugar! —le gritó Lucy.

—¿Piensas trabajar toda la noche en la laptop? —le pregunté.

—No toda la noche.

—Se está haciendo tarde y hay algo de lo que tú y yo debemos hablar —dije, y Carrie Grethen irrumpió de nuevo en mi mente.

—¿Y si te digo que no tengo ganas? —Lucy no lo decía en broma.

—Daría lo mismo —contesté—. Tenemos que hablar.

—Sabes, tía Kay, si vas a empezar a hablar de Teun y Filadelfia…

—¿Qué? —dije, perpleja—. ¿Qué tiene que ver Teun?

—Me doy cuenta de que no te gusta.

—Eso es un disparate.

—Te prevengo que veo a través de ti —continuó Lucy.

—No tengo nada contra Teun, y ella no tiene nada que ver con esta conversación.

Mi sobrina calló y comenzó a sacarse las botas.

—Lucy, recibí una carta de Carrie.

Esperé a ver su reacción pero no la hubo.

—Es una nota muy extraña. Amenazadora, desagradable, desde el Centro Psiquiátrico Forense Kirby de Nueva York.

Hice otra pausa y Lucy dejó caer una bota sobre la alfombra.

—Básicamente, lo que quiere es asegurarse de que sepamos que se propone causar muchos problemas durante su juicio —expliqué—. No me toma nada de sorpresa, pero, bueno, yo… —Vacilé un momento mientras ella se sacaba las medias mojadas y se masajeaba los pies. —Debemos estar preparadas, eso es todo.

Lucy se soltó el cinturón y se bajó el cierre del pantalón como si no hubiera escuchado ni una palabra de lo que yo dije. Se pasó la camisa inmunda sobre la cabeza, la arrojó al piso y quedó en corpiño y bombachas de algodón. Se dirigió al baño, y su cuerpo era hermoso y flexible. Me quedé allí siguiéndola con la vista, sorprendida, hasta oír el ruido del agua que corría.

Era como si nunca hubiera notado sus labios y pechos llenos y sus brazos y piernas curvados y fuertes como el arco de un cazador. O quizá me había negado a verla como alguien distinto de mí y sexual, porque había elegido no entenderla a ella ni a la forma en que vivía. Me sentí avergonzada y confundida cuando, por un instante fugaz, la imaginé como la amante ávida de Carrie. De pronto no me pareció tan extraño que una mujer deseara tocar a mi sobrina.

Lucy se tomó su tiempo bajo la ducha y supe que lo hacía a propósito a causa de la discusión que íbamos a tener. Estaba pensando. Sospeché que estaba furiosa. Anticipé que ventilaría su furia sobre mí. Pero cuando un momento después emergió del baño, usaba una camiseta de la jefa de bomberos de Filadelfia que no hizo más que ensombrecer mi estado de ánimo. Lucía fresca y olía a limón.

—Sé que no es asunto mío —dije, la vista fija en el logo que llevaba sobre el pecho.

—Teun me la regaló —respondió ella.

—Ah.

—Y tienes razón, tía Kay. No es asunto tuyo.

—Sólo me pregunto por qué no aprendes de... —comencé a decir mientras mi furia aumentaba.

—¿Aprender?

Fingió una expresión enigmática cuyo propósito era irritarme y hacerme sentir tonta.

—Con respecto a acostarte con personas con las que trabajas.

Mis emociones hicieron presa de mí. Me mostraba injusta y sacaba conclusiones casi sin ninguna prueba. Pero Lucy me preocupaba hasta límites inimaginables.

—¿Alguien me regala una camiseta y de pronto me acuesto con esa persona? Mmmm. Vaya deducción, doctora Scarpetta —dijo Lucy con furia creciente—. A propósito, miren quién habla de acostarse con las personas con las que se trabaja. Mira con quién prácticamente vives.

No me cabía ninguna duda de que Lucy habría salido hacia la noche si hubiera estado vestida. En cambio, permaneció de pie de espaldas a mí, la vista fija en la ventana. Se secó algunas lágrimas de furia mientras yo trataba de salvar un momento que jamás quise que terminara así.

—Las dos estamos cansadas —dije con suavidad—. Ha sido un día terrible y ahora Carrie consiguió lo que quería. Nos ha vuelto a una contra la otra.

Mi sobrina no se movió ni pronunció palabra mientras volvía a secarse la cara y seguía dándome la espalda como si fuera una pared.

—No estoy dando a entender que te acuestas con Teun —proseguí—. Lo único que hago es advertirte para que no sufras y no te metas en problemas... Bueno, ya me imagino cómo podría suceder.

Ella giró y me miró con un desafío en los ojos.

—¿Qué quieres decir con eso de "ya me imagino cómo podría suceder"? —exigió saber—. ¿Que ella es gay? No recuerdo que Teun me lo haya dicho.

—Quizás en este momento las cosas no andan bien entre tú y Janet — continué—. Y hay personas y personas.

Ella se sentó al pie de mi cama, y era obvio que quería obligarme a seguir con el tema.

—¿O sea? —preguntó.

—Sólo eso. Yo no nací en una caverna. El género de Teun me tiene sin cuidado. No sé absolutamente nada acerca de sus inclinaciones. Pero, ¿y si las dos se atraen? ¿Por qué no habrían de sentir una atracción mutua? Las dos son atractivas y vibrantes y brillantes y heroicas. Lo que quiero, Lucy, es sólo recordarte que ella es tu supervisora.

La sangre golpeaba mis sienes mientras mi voz se hacía más intensa.

—Y después, ¿qué? ¿Te pasarás de una agencia federal a otra hasta que hayas arruinado tu carrera? Eso es lo que pienso, te guste o no. Y es la última vez que sacaré a relucir el tema.

Mi sobrina me miraba fijo y sus ojos volvieron a llenarse de lágrimas. Esta vez no se las secó y las lágrimas rodaron por sus mejillas y cayeron sobre la camiseta que Teun McGovern le había regalado.

—Lo siento, Lucy —dije con ternura—. Sé que tu vida no es fácil.

Permanecimos en silencio y ella apartó la vista y lloró. Después hizo una inspiración larga y profunda que le hizo temblar el pecho.

—¿Alguna vez amaste a una mujer? —me preguntó.

—Te amo a ti.

—Sabes a qué me refiero.

—No, no me enamoré de ninguna —respondí—. No que yo sepa.

—Ésa es una respuesta evasiva.

—No fue mi intención que lo fuera.

—¿Podrías?

—¿Podría qué?

—Enamorarte de una mujer —insistió.

—No lo sé. Comienzo a pensar que no sé nada —dije, y lo pensaba—. Lo más probable es que esa parte de mi cerebro esté bloqueada.

—No tiene nada que ver con tu cerebro.

Yo no sabía bien qué decir.

—Me he acostado con dos hombres —dijo ella—. Así que, para que sepas, conozco la diferencia.

—Lucy, no necesitas defender tu caso conmigo.

—Mi vida personal no debería ser un caso.

—Pero está por convertirse en uno —dije, volviendo al tema inicial—. ¿Cuál crees que será el siguiente movimiento de Carrie?

Lucy abrió otra cerveza y miró para ver si yo todavía tenía suficiente.

—¿Enviar cartas a los medios? —especulé por ella—. ¿Mentir bajo juramento? ¿Ir al banquillo de los acusados y revelar todos los detalles de lo que ustedes dos dijeron, hicieron y soñaron?

—¿Cómo demonios quieres que sepa? —me retrucó Lucy—. Ha tenido cinco años de no hacer otra cosa que pensar y planear, mientras el resto de nosotros ha estado bastante atareado.

—¿Qué otra cosa puede saber ella que podría salir a relucir? —no tuve más remedio que preguntar.

Lucy se puso de pie y comenzó a pasearse por el cuarto.

—En una época confiaste en ella —proseguí—. Y todo el tiempo ella era una cómplice de Gault. Tú fuiste su fuente de información, Lucy. Justo en medio de todos nosotros.

—Estoy demasiado cansada para hablar de esto —dijo.

Pero lo haría. Yo estaba decidida a que lo hiciera. Me levanté y encendí la luz del techo, porque siempre me había resultado más fácil hablar en una atmósfera iluminada y llena de sombras. Después sacudí las almohadas de su cama y de la mía y bajé los acolchados. Al principio ella no prestó atención a mi invitación y siguió paseándose mientras yo la observaba en silencio. Después, de mala gana, se sentó en la cama y se recostó contra las almohadas.

—Por un momento hablemos de otra cosa que no tenga que ver con tu reputación —comencé a decir con voz calma—. Hablemos sobre de qué se trata este juicio en Nueva York.

—Sé bien de qué se trata.

Igual yo iba a presentarle un argumento de apertura, así que levanté la mano para pedirle que me escuchara.

—Temple Gault mató a por lo menos cinco personas en Virginia —comencé—, y sabemos que Carrie estuvo involucrada en por lo menos uno de esos homicidios puesto que la tenemos en un video en el momento en que le dispara una bala a la cabeza del hombre. Tú lo recuerdas.

Lucy siguió callada.

—Tú estabas en la habitación cuando vimos ese tape —proseguí.

—Ya lo sé.

Una vez más, la furia se filtraba en la voz de Lucy.

—Ya lo hablamos como un millón de veces —dijo.

—La viste matar —continué—. A esta mujer que fue tu amante cuando tenías diecinueve años, eras ingenua y hacían un internado en el CII y creabas el programa CAIN.

La vi retraerse más a medida que mi monólogo se volvía más penoso. El CII era el Centro de Investigaciones en Informática, donde se usaba la Red Informática de Inteligencia Artificial para la Identificación de Criminales, conocida como CAIN. Lucy había creado CAIN y fue su fuerza impulsora. Ahora estaba radiada del programa y no podía soportar oír siquiera su nombre.

—Viste a tu amante matar, después de incriminarte premeditadamente y con sangre fría. No era pareja para ti —dije.

—¿Por qué haces esto? —La voz de Lucy sonaba amortiguada porque tenía la cara apoyada en un brazo.

—Es una prueba de realidad.

—Yo no la necesito.

—Pues a mí me parece que sí. Y, a propósito, no entraremos en los detalles personales que tanto Carrie como Gault se enteraron acerca de mí. Y esto nos lleva a Nueva York, donde Gault asesinó a su propia hermana y a por lo menos un agente de policía, y ahora las pruebas forenses indican que no lo hizo solo. Las huellas dactilares de Carrie se recuperaron más adelante de los efectos personales de Jayne Gault. Cuando la detuvieron en el Bowery, encontraron sangre de Jayne en los pantalones de Carrie. Por lo que sabemos, también Carrie apretó el gatillo.

—Sí, es lo más probable —dijo Lucy—. Y yo ya lo sabía.

—Pero no sabías lo de Eddie Heath. ¿Recuerdas el dulce y la lata de sopa que compró en el 7-Eleven? ¿La bolsa que se encontró junto a su cuerpo agonizante y mutilado? De ella se recuperó la huella del pulgar de Carrie.

—¡No! —Lucy estaba impresionada.

—Hay más.

—¿Por qué no me lo dijiste antes? O sea que todo el tiempo estuvo haciéndolo con él. Y lo más probable es que también lo haya ayudado a escapar de prisión.

—No nos cabe ninguna duda. Eran Bonnie y Clyde mucho antes de que la conocieras, Lucy. Ella mataba cuando tú tenías diecisiete años y nunca te habían besado.

—Tú no sabes si nunca me habían besado —dijo mi sobrina.

Nadie habló por un momento.

Entonces Lucy dijo, con voz temblorosa:

—Así que piensas que estuvo dos años planeando la manera de conocerme y convertirse en… Y hacer las cosas que le hizo a…

—Para seducirte —acoté—. No sé si lo planeó con tanta anticipación. Francamente, tampoco me importa. —Mi furia crecía. —Hemos movido cielo y tierra para extraditarla a Virginia por esos homicidios, pero no lo logramos. Nueva York no quiere dejarla ir.

Mi botella de cerveza estaba vacía y olvidada en mis manos cuando cerré los ojos y por mi mente desfilaron imágenes de los muertos. Vi a Eddie Heath apoyado contra un volquete mientras la lluvia diluía la sangre de sus heridas, y el sheriff y un guardiacárcel asesinado por Gault y probablemente Carrie. Yo había tocado sus cuerpos y trasladado su dolor a diagramas, protocolos de autopsia y fichas dentales. No podía evitarlo. Quería que Carrie muriera por lo que les había hecho a ellos, y también a mi sobrina y a mí.

—Es un monstruo —dije, con voz llena de pena y de furia—. Haré todo lo que pueda para asegurarme de que sea castigada.

—¿Por qué me dices todo esto a mí? —preguntó Lucy en voz alta y un poco trastornada—. ¿Piensas que yo no quiero lo mismo?

—Estoy segura de que sí lo deseas.

—Sólo quiero ser la que accione el interruptor o la que le clave la aguja en el brazo.

—No permitas que tu antigua relación con ella te aparte de la justicia, Lucy.

—Por Dios.

—Ya ha sido una lucha abrumadora para ti. Y si pierdes perspectiva, Carrie se saldrá con la suya.

—Por Dios —repitió Lucy—. No quiero volver a oír hablar de ella.

—¿Te preguntas qué quiere ella? —estaba decidida a no callar—. Yo te lo puedo decir con exactitud. Manipular. Es lo que mejor hace. Y después, ¿qué? La declararán inocente por insania y el juez la enviará de vuelta a Kirby. Entonces se operará en ella una mejoría súbita y espectacular, y los médicos de Kirby decidirán que no está demente. Doble peligro. No la pueden juzgar dos veces por el mismo homicidio, así que termina de vuelta en la calle.

—Si es así —dijo Lucy con frialdad—, la encontraré y le volaré los sesos.

—¿Qué clase de respuesta es ésa?

Observé su silueta sentada muy derecha contra las almohadas de su cama. Estaba muy tensa y podía oírla respirar con fuerza mientras el odio le golpeaba el pecho.

—Al mundo realmente no le importará con quién dormiste o no a menos que te importe a ti —le dije, más tranquila—. De hecho, creo que el jurado entenderá cómo pudo suceder en aquella época. Cuando eras tan joven. Y ella era mayor y brillante y atractiva. Cuando ella era carismática y atenta y, además, tu supervisora.

—Como Teun —dijo Lucy, y no supe bien si se estaba burlando de mí.

—Teun no es psicópata —le dije.

4

A la mañana siguiente me quedé dormida en el LTD alquilado y desperté frente a maizales y silos y grupos de árboles tan antiguos como la Guerra Civil. Marino conducía, y pasamos por vastas hectáreas de terrenos vacíos cercados por alambre tejido y cables telefónicos y jardines delanteros punteados con buzones pintados como jardines floridos y Tío Sam. Había estanques y arroyuelos y campos de pastoreo cubiertos por la maleza. Lo que más vi fueron casas pequeñas con cercas inclinadas y cuerdas de las que colgaban prendas que se mecían al viento.

Tapé un bostezo con la mano y aparté la mirada, porque siempre pensé que parecer cansada o aburrida era un signo de debilidad. Minutos después doblamos a la 715 o Beaverdam Road, y comenzamos a ver vacas. Los graneros tenían una pátina gris y todo parecía indicar que a la gente nunca se le ocurría sacar de allí sus camiones averiados. El dueño de las caballerizas Hootowl vivía en una gran casa blanca de ladrillos rodeada de un paisaje interminable de pasturas y de cercas. Según el cartel que había en el frente, la casa había sido construida en 1730. Ahora tenía una piscina y una antena satelital que parecía suficientemente importante como para interceptar señales de otras galaxias.

Betty Foster salió a recibirnos antes de que nos hubiéramos apeado. Tenía algo más de cincuenta años, facciones finas y piel muy arrugada por el sol. Llevaba su pelo blanco y largo peinado en un rodete. Pero caminaba con la elasticidad atlética de alguien de la mitad de su edad, y su mano fue firme y fuerte cuando estrechó la mía y me miró con ojos color avellana de expresión triste.

—Yo soy Betty —dijo—. Y usted debe de ser la doctora Scarpetta. Y usted, el capitán Marino.

Le estrechó también la mano a él, y sus movimientos fueron rápidos y confiados. Betty Foster usaba jeans y una camisa de denim sin mangas; sus botas marrones estaban baqueteadas y cubiertas de barro en los tacos. Por debajo de su hospitalidad se ocultaban otros sentimientos y pareció levemente aturdida por nuestra presencia, como si no supiera por dónde empezar.

—Kenneth está en el picadero —nos dijo—. Los está esperando. Les advierto que está muy abatido. Quería mucho a esos caballos, a cada uno de ellos, y, desde luego, lo desconsuela la noticia de que alguien murió en el interior de la casa.

—¿Cuál es exactamente su relación con él? —preguntó Marino cuando echamos a andar por el camino de tierra hacia los establos.

—Hace años que crío y entreno a sus caballos —dijo ella—. Desde que se mudó de vuelta a Warrenton. Tenía los Morgan más finos del Estado. Y también animales pura sangre.

—¿Él le traía los caballos a usted? —pregunté.

—A veces sí lo hacía. Otras veces eran animales de un año que me compraba y que dejaba aquí durante dos años para que yo los adiestrara. Después los agregaba a su establo. O criaba caballos de carrera y los vendía cuando tenían edad suficiente para ser adiestrados para la pista. Y yo iba asimismo a su caballeriza, en ocasiones dos o tres veces por semana. Básicamente, para supervisar todo.

—¿Y él no tenía un peón de caballeriza? —pregunté.

—El último que tuvo se fue hace varios meses. Desde entonces, Kenny ha estado haciendo la mayor parte del trabajo él mismo. No puede tomar a cualquiera. Debe tener cuidado.

—Me gustaría saber más sobre ese peón —dijo Marino mientras tomaba notas.

—Era un viejito encantador con un problema cardíaco —respondió ella.

—¿Es posible que un único animal haya sobrevivido al incendio? —pregunté.

Al principio ella no comentó nada, y nos acercamos a un enorme granero rojo con un cartel de *Cuidado con el perro* sobre un poste de la cerca.

—Creo que es un potrillo. Negro —continué.

—¿Una potranca o un potro? —preguntó.

—No lo sé. No pude darme cuenta desde tan lejos.

—¿Era un malacara? —preguntó, refiriéndose a un animal con una franja blanca en la frente.

—No estaba suficientemente cerca para verlo —le contesté.

—Bueno, Kenny tenía un potrillo llamado Windsong —dijo Foster—. La madre, Wind, corrió el Derby y salió última, pero fue suficiente haber participado en esa carrera. Además, el padre había ganado algunas carreras importantes. Así que Windsong era probablemente el animal más valioso que tenía Kenny en los establos.

—Pues bien, es posible que Windsong haya escapado de alguna manera —repetí—. Y esté a salvo.

—Espero que no esté suelto y corriendo por todas partes.

—Si es así, dudo que siga haciéndolo por mucho tiempo. La policía está enterada de su existencia.

Marino no estaba particularmente interesado en el caballo sobreviviente y cuando entramos en el picadero nos recibió el sonido de cascos y los cloqueos de gallos Bantan y gallinas de Guinea que deambulaban libremente por allí. Marino tosió y entrecerró los ojos porque por el aire flotaba polvo rojizo levantado por el galope de una yegua Morgan zaina. En sus boxes, los caballos relinchaban cuando caballo y jinete pasaban cerca, y aunque reconocí a Kenneth Sparkes en su montura inglesa, nunca lo había visto con botas y jeans sucios.

Era un jinete excelente, y cuando su mirada se cruzó con la mía al pasar, no mostró señales de reconocimiento ni de alivio. Enseguida supe que él no quería que estuviéramos allí.

—¿Hay algún lugar donde podamos hablar con él? —le pregunté a Foster.

—Afuera hay sillas —dijo ella y las señaló—. O podrían usar mi oficina.

Sparkes tomó velocidad y avanzó hacia nosotros, y las gallinas de Guinea levantaron sus faldas emplumadas para salirse del camino.

—¿Sabe algo de una señora que pudo estar viviendo con él en Warrenton? —pregunté cuando nos dirigíamos una vez más a la salida—. ¿Alguna vez vio a alguien cuando fue a trabajar sus caballos?

—No —respondió Foster.

Tomamos un par de sillas de plástico y nos sentamos con la espalda hacia el picadero y mirando hacia los bosques.

—Pero Dios sabe que Kenny ha tenido novias antes, y yo no siempre estoy enterada de ello —dijo Foster y giró en la silla para mirar hacia el interior de la pista—. A menos que usted tenga razón con respecto a Windsong, el caballo que en este momento monta Kenny es el único que le queda. Ópalo Negro. Lo llamamos Pal para abreviar.

Marino y yo no respondimos cuando nos volvimos para ver a Sparkes desmontar y entregarle las riendas a uno de los peones de caballeriza de Foster.

—Buen trabajo, Pal —dijo Sparkes mientras palmeaba el cuello y la cabeza del caballo.

—¿Alguna razón especial por la que este caballo no estaba con los otros en su caballeriza? —le pregunté a Foster.

—No tenía la edad suficiente. Es un yeguarizo de apenas tres años que todavía necesita adiestramiento. Por eso todavía está aquí, por suerte para él.

Por un instante fugaz por su rostro cruzó una expresión de pesar y ella se apresuró a apartar la mirada. Carraspeó y se puso de pie. Se alejó cuando Sparkes salió de la pista ajustándose el cinturón y calzándose bien los jeans. Me levanté y Marino y yo le estrechamos la mano respetuosamente. La transpiración le empapaba una camisa desteñida Izod de color rojo y él se secó la cara con un pañuelo amarillo que se sacó del cuello.

—Por favor, tomen asiento —dijo, como si nos estuviera concediendo una audiencia.

Volvimos a sentarnos y él tomó su silla y la giró para quedar frente a nosotros, la piel tirante alrededor de ojos inyectados en sangre y de expresión decidida.

—Permítanme empezar por decirles lo que creo firmemente en este momento, mientras estoy aquí sentado en esta silla —dijo—. El incendio no fue accidental.

—Estamos aquí precisamente para investigarlo, señor —dijo Marino, con más cortesía de la habitual en él.

—Creo que la motivación fue de naturaleza racista. —Los músculos de la mandíbula de Sparkes comenzaron a flexionarse y la furia llenó su voz. —Y ellos, quienesquiera sean, intencionalmente asesinaron a mis caballos y destruyeron todo lo que amo.

—Si el motivo fue el racismo —dijo Marino—, ¿entonces por qué no se aseguraron de que usted estuviera en la casa?

—Algunas cosas son peores que la muerte. Tal vez me quieren vivo para que sufra. Es sólo cuestión de sumar dos más dos.

—Eso intentamos hacer —dijo Marino.

—Ni se les ocurra acusarme a mí de esto.

Y al decirlo, nos señaló a los dos.

—Sé exactamente cómo piensan las personas como ustedes —continuó—. Que yo prendí fuego a mi casa y a mis caballos por dinero. Ahora escúchenme bien.

Se inclinó para estar más cerca de nosotros.

—Les digo que yo no lo hice. Nunca lo habría hecho, no podría hacerlo, jamás lo haré. No tuve nada que ver con lo que ocurrió. Yo soy la víctima y probablemente tengo suerte de estar con vida.

—Hablemos de la otra víctima —dije en voz baja—. Una mujer blanca de pelo rubio largo, como ahora parece. ¿Alguien más puede haber estado en su casa aquella noche?

—¡Nadie debería haber estado en mi casa! —exclamó.

—Calculamos que esa persona puede haber muerto en la suite principal —continué—. Posiblemente en el cuarto de baño.

—Quienquiera fuera, debe de haber entrado en la casa por la fuerza —dijo él—. O quizá fue la persona que inició el fuego, y después no pudo salir.

—No hay ninguna prueba de que nadie haya entrado por la fuerza, señor —respondió Marino—. Y si la alarma contra ladrones estaba activada, esa noche no sonó. Sólo funcionó la alarma contra incendios.

—No lo entiendo. —Sparkes parecía decir la verdad. —Por supuesto que activé la alarma antes de abandonar la ciudad.

—¿Hacia adónde se dirigió? —preguntó Marino.

—A Londres. Tan pronto llegué allí me avisaron. Ni siquiera salí de Heathrow. Tomé el siguiente vuelo de regreso —dijo—. Me bajé en D.C. y vine directamente aquí.

Fijó la vista en el suelo.

—¿En qué vino? —preguntó Marino.

—En mi Cherokee. Lo había dejado estacionado en Dulles.

—¿Tiene el recibo?

—Sí.

—¿Qué me dice del Mercedes de su casa? —continuó Marino.

Sparkes frunció el entrecejo.

—¿Cuál Mercedes? Yo no tengo ningún Mercedes. Siempre compré automóviles norteamericanos.

Recordé que ésa había sido una de las políticas defendidas abiertamente por él.

—Detrás de la casa hay un Mercedes. También se quemó, así que no es mucho lo que podemos decir todavía de él —dijo Marino—. Pero no me parece que sea un modelo reciente. Es un sedán de líneas más bien cuadradas, como estaban de moda hace unos años.

Sparkes se limitó a sacudir la cabeza.

—Entonces podría suponerse que era el automóvil de la víctima —dedujo Marino—. ¿Podría tratarse de alguien que fue a verlo inesperadamente? ¿Quién más tenía llave de su casa y conocía el código de su alarma contra ladrones?

—Dios Santo —dijo Sparkes mientras buscaba la manera de contestar—. Josh. El peón de caballeriza, un hombre sumamente honesto. Dejó de trabajar para mí por razones de salud y yo nunca me molesté en cambiar las cerraduras.

—Debe decirnos dónde encontrarlo —dijo Marino.

—Él jamás habría... —comenzó a decir Sparkes, pero se detuvo y en su rostro apareció una expresión de incredulidad—. Dios mío —murmuró con un tremendo suspiro—. Dios mío.

Me miró.

—¿Usted dijo que era una mujer rubia? —preguntó.

—Sí —respondí.

—¿Qué más puede decirme de su aspecto? —En su voz comenzaba a filtrarse el pánico.

—Parece ser esbelta, posiblemente blanca. Usaba jeans, una camisa o algo parecido y botas. Botas acordonadas, no Western.

—¿Y su estatura? —quiso saber.

—No lo sé todavía. No hasta que la haya examinado.

—¿Usaba alhajas?

—No quedó nada de sus manos.

Sparkes volvió a suspirar y cuando habló lo hizo con voz temblorosa.

—¿Tenía el pelo muy largo, como hasta la cintura, y de un color dorado muy claro?

—Eso me pareció —respondí.

—Hubo una joven mujer —comenzó a decir, y tuvo que carraspear varias veces—. Por Dios... Tengo un lugar en Wrightsville Beach y la conocí allí. Estudiaba en la universidad, al menos lo hacía en forma periódica. La cosa no duró mucho, tal vez seis meses. Y vivió conmigo varias veces en la caballeriza. La última vez que la vi fue allí, y di por terminada la relación porque no podía continuar.

—¿Tenía ella un viejo Mercedes? —preguntó Marino.

Sparkes sacudió la cabeza. Se cubrió la cara con las manos y trató de recuperar la compostura.

—Un Volkswagen. Color celeste —logró decir—. No tenía dinero. Yo le di un poco al final, antes de que se fuera. Mil dólares en efectivo. Le dije que volviera a la facultad y terminara su carrera. Su nombre es Claire Rawley, y supongo que podría haberse llevado una de mis llaves adicionales sin que yo lo supiera mientras estaba en la caballeriza. Y quizá vio el código de la alarma cuando yo lo digité.

—¿Y no volvió a tener contacto con Claire Rawley desde hace más de un año? —pregunté.

—No supe más de ella —contestó—. Todo eso me parece ya tan lejano. En realidad fue una aventura tonta. La vi haciendo surfing y me puse a hablar con ella en la playa de Wrightsville. Debo decir que era la mujer más bonita y atractiva que vi jamás. Por un tiempo perdí la cabeza por ella, pero después recuperé la cordura. Había demasiadas complicaciones y problemas. Claire necesitaba un guardián, y yo no podía serlo.

—Necesito saber todo lo que pueda decirme sobre ella —le dije—. Cualquier cosa con respecto a de dónde era, de su familia. Cualquier cosa que me pueda ayudar a identificar el cuerpo o descartar a Claire Rawley. Como es natural, también me pondré en contacto con la universidad.

—Tengo que confesarle la triste verdad, doctora Scarpetta —me dijo—. En realidad jamás supe nada sobre ella. Nuestra relación fue básicamente sexual y yo la ayudé con dinero y con sus problemas lo mejor que pude. Me importaba mucho. —Hizo una pausa. —Pero jamás fue algo serio, al menos no de mi parte. Lo que quiero decir es que el matrimonio no fue nunca una posibilidad.

No necesitaba explicar más. Sparkes tenía poder. Lo transmitía y siempre había disfrutado de casi cualquier mujer que se le antojara. Pero yo no pensaba juzgarlo.

—Lo siento —dijo y se puso de pie—. Sólo puedo decirle que era una artista fracasada. Una aspirante a actriz que se pasaba la mayor parte del tiempo practicando surf o deambulando por la playa. Y después de estar un tiempo con ella comencé a darme cuenta de que algo estaba mal. Su ausencia de motivación, la forma en que a veces actuaba de manera tan errática y obnubilada.

—¿Abusaba del alcohol? —pregunté.

—No de manera crónica. Tiene demasiadas calorías.

—¿Drogas?

—Eso fue lo que empecé a sospechar, y es algo con lo que yo no tengo nada que ver. No lo sé.

—Necesito que me deletree su nombre y apellido —dije.

—Antes de que se vaya —intervino Marino, y en su tono reconocí cierto matiz del policía malo—, ¿seguro que esto no podría ser una suerte de asesinato-suicidio? ¿Sólo que ella mata todo lo que le pertenece a usted y después se prende fuego con todo? ¿Está seguro de que no existe ningún motivo por el que ella podría haber hecho una cosa así, señor Sparkes?

—A esta altura ya no estoy seguro de nada —contestó Sparkes al detenerse cerca de la puerta abierta del galpón.

También Marino se puso de pie.

—Bueno, no estamos llegando a ninguna parte —dijo— y no quiero con eso ofender a nadie. Y necesito ver los recibos que tenga de su viaje a Londres. Y del aeropuerto de Dulles. Y sé que el ATF se muere por saber lo de su sótano lleno de bourbon y armas automáticas.

—Yo colecciono armas de la Segunda Guerra Mundial, y todas son legales y están registradas —aclaró—. El bourbon se lo compré a una destilería de Kentucky que dejó de funcionar hace cinco años. No deberían habérmelo vendido y yo no debería haberlo comprado. Pero, bueno, así fue.

—Creo que el ATF tiene peces más gordos que pescar que sus barriles de bourbon —dijo Marino—. Así que si tiene esos recibos encima, le agradeceré que me los dé.

—¿Quiere que me desnude para que me palpe? —Sparkes lo fulminó con la mirada.

Marino le devolvió la mirada mientras una serie de gallinas de Guinea volvieron a pasar por allí.

—Puede hablar con mi abogado —dijo Sparkes—. Y después tendré mucho gusto en cooperar.

—Marino —era mi turno de hablar—, por favor déjame un minuto a solas con el señor Sparkes.

Marino quedó desconcertado y enojado. Sin decir una palabra, salió del galpón seguido por varias gallinas. Sparkes y yo estábamos de pie, el uno frente al otro. Era un hombre sumamente apuesto, alto y delgado, con pelo grueso entrecano. Sus ojos eran color ámbar; sus facciones, aristocráticas, con una nariz recta estilo Jefferson y piel oscura y tan tersa como la de un hombre de la mitad de su edad. La forma en que sostenía con fuerza la fusta parecía adecuarse a su estado de ánimo. Kenneth Sparkes era capaz de violencia pero, por lo que yo sabía, jamás había cedido a ella.

—Muy bien. ¿Qué tiene en mente? —me preguntó con recelo.

—Sólo quería asegurarme de que usted supiera que nuestras diferencias en el pasado...

Él sacudió la cabeza y no me dejó terminar.

—El pasado es pasado —dijo secamente.

—No, Kenneth, no lo es. Y es importante que sepa que no abrigo ningún resentimiento contra usted —le contesté—. Lo que sucede ahora no tiene nada que ver.

Cuando él se había visto más involucrado en la publicación de sus periódicos, básicamente me acusó de racismo cuando yo revelé una estadística sobre los homicidios de negros perpetrados por negros. Yo les había demostrado a los ciudadanos cuántas muertes estaban relacionadas con drogas o involucraban prostitución o se debían puramente al odio de un negro hacia otro negro.

Sus propios reporteros tomaron varias de mis palabras fuera de contexto y distorsionaron el resto y, al final del día, Sparkes me convocó a su elegante oficina del centro de la ciudad. Jamás olvidaré el momento en que me mostraron su despacho revestido en caoba, con flores frescas y muebles e iluminación coloniales. Me ordenó —como si pudiera hacerlo— que demostrara más sensibilidad hacia los afronorteamericanos y que me retractara públicamente de mi palabras prejuiciadas. Al mirarlo ahora, con la cara cubierta de sudor y estiércol en las botas, no tuve la sensación de estar hablando con el mismo hombre arrogante. Las manos le temblaban y su porte estaba a punto de quebrarse.

—¿Me informará acerca de lo que averigüe? —me preguntó mientras las lágrimas le llenaban los ojos y mantenía la cabeza bien erguida.

—Le diré lo que pueda —fue mi promesa evasiva.

—Sólo quiero saber si es ella y que no sufrió —dijo.

—La mayoría de las personas que mueren en incendios no sufren. El monóxido de carbono las deja inconscientes mucho antes de que las llamas se les acerquen. Por lo general, su muerte es callada e indolora.

—Gracias a Dios.

Él levantó la vista hacia el cielo.

—Gracias, Dios mío —murmuró.

5

Esa noche llegué a casa a tiempo para una cena que no tenía ganas de preparar. Benton me había dejado tres mensajes y yo no le había devuelto ninguno. Me sentía rara. Tenía una extraña sensación de fatalidad y, sin embargo, sentía el corazón tan liviano que decidí ponerme a trabajar en mi jardín hasta que oscureciera: comencé a arrancar yuyos y a cortar rosas para la cocina. Las que elegí eran rosadas y amarillas, bien arrepolladas, como banderas antes de la gloria. Al atardecer salí a caminar y deseé tener un perro. Por un momento lo fantaseé y me pregunté qué clase de perro tendría, si fuera posible y práctico.

Me decidí por un galgo retirado rescatado de las calles y de una exterminación segura. Desde luego, mi vida era demasiado poco bondadosa para una mascota. Seguía pensando en esto cuando uno de mis vecinos emergió de su imponente casa de piedra para sacar a pasear a su pequeño perro blanco.

—Buenas tardes, doctora Scarpetta —me saludó con rostro ceñudo—. ¿Cuánto tiempo piensa quedarse en la ciudad?

—Nunca puedo saberlo —dije, sin dejar de imaginar mi galgo.

—Me enteré de lo del incendio.

Era un cirujano retirado, y sacudió la cabeza.

—Pobre Kenneth.

—Supongo que usted lo conoce —dije.

—Sí, claro.

—Sí, es una lástima. ¿De qué raza es su perro?

—Raza "ensalada". Un poquito de esto, un poquito de lo otro —dijo mi vecino.

Se alejó, sacó una pipa y la encendió, sin duda porque su esposa no le permitía fumar dentro de la casa. Yo eché a andar, pasé por las casas de mis vecinos, todas diferentes pero al mismo tiempo iguales porque eran de ladrillo o estuco y no demasiado viejas. Este hecho parecía armonizar con el ambiente, ya que el tramo de río que fluía perezosamente en la parte de atrás del vecindario avanzaba sobre rocas, tal como lo había hecho doscientos años antes. Richmond no era precisamente famosa por sus cambios.

Cuando llegué al lugar donde encontré a Wesley cuando él estaba bastante enojado conmigo, me detuve cerca del mismo árbol y muy pronto estaba demasiado oscuro para divisar un águila o las rocas del río. Por un momento me quedé allí con la vista fija en las luces de mis vecinos en la noche, porque de pronto sentí que me faltaba la energía suficiente para moverme mientras cavilaba acerca de si Kenneth Sparkes era una víctima o un asesino. Entonces oí que, a mis espaldas, sonaban pisadas en la calle. Un poco asustada, giré sobre mis talones y tomé la lata con aerosol de pimienta roja que llevaba sujeta a mis llaves.

A la voz de Marino siguió en forma inmediata su formidable silueta.

—Doc, no deberías estar aquí tan tarde —dijo.

Yo estaba demasiado agotada como para que me cayera mal que él opinara sobre cómo pasaba yo mis tardes.

—¿Cómo supiste que estaba aquí? —le pregunté.

—Por uno de tus vecinos.

No me importó.

—Mi auto está allí —continuó—. Te llevaré a tu casa.

—Marino, ¿es que nunca puedo tener un momento de tranquilidad? —dije, sin rencor, porque sabía que él no quería herirme.

—No esta noche —dijo—. Tengo malas noticias y creí que querrías escucharlas sentada.

Enseguida pensé en Lucy y sentí que se me aflojaban las rodillas. Me tambaleé y apoyé una mano en el hombro de Marino mientras mi mente parecía estallar en un millón de trozos. Siempre supe que llegaría el día en que alguien me avisaría su muerte, y no pude hablar ni pensar. Estaba a kilómetros de ese momento, y un vórtice oscuro y terrible me chupaba cada vez más hondo. Marino me tomó del brazo para sostenerme.

—Dios —exclamó—. Te llevaré al auto y nos sentaremos.

—No —alcancé a decir, porque necesitaba saber—. ¿Cómo está Lucy?

Él calló por un momento y pareció desconcertado.

—Bueno, ella todavía no lo sabe, a menos que lo haya oído en los informativos —contestó.

—¿Qué es lo que no sabe? —pregunté y sentí que la sangre volvía a circular en mi cuerpo.

—Carrie Grethen escapó de Kirby —me dijo—. En algún momento de última hora de esta tarde. No lo descubrieron hasta que llegó la hora de llevar a las internas a cenar.

Comenzamos a caminar rápido hacia su vehículo y el miedo pareció enfurecer a Marino.

—Y aquí estás tú, caminando en la oscuridad, con sólo un llavero para defenderte —prosiguió—. Mierda. Maldita hija de puta. No se te ocurra volver a hacer algo así, ¿me has oído? No tenemos la menor idea de dónde está esa perra, pero una cosa sí sé: mientras ella esté suelta, tú no estás a salvo.

—En el mundo, nadie está a salvo —murmuré al subir a su vehículo y pensar en Benton, solo en la playa.

Carrie Grethen lo odiaba casi tanto como a mí, o al menos eso creía yo. Benton le había trazado un perfil y era el quarterback del juego que desembocó en su detención y en la muerte de Temple Gault. Benton había echado mano de todos los recursos del FBI para encerrar a Carrie y, hasta este momento, había tenido éxito.

—¿Existe alguna manera en que ella sepa dónde está Benton ahora? —pregunté en el trayecto a casa—. Está solo en un hotel de una isla. Lo más probable es que salga a caminar por la playa sin su arma, ajeno por completo a la posibilidad de que alguien pueda estar buscándolo...

—Como otra persona que conozco —me interrumpió Marino.

—Un punto a tu favor.

—Estoy seguro de que Benton ya lo sabe, pero igual lo llamaré —dijo Marino—. Y no hay ninguna razón para pensar que Carrie esté enterada del lugar de ustedes en Hilton Head. No lo tenías cuando Lucy le contó todos tus secretos.

—Eso no es justo —dije cuando él entraba en el sendero de casa y frenaba el auto—. Ésa no fue la intención de Lucy. Jamás quiso ser desleal ni perjudicarme.

Accioné la manija de la portezuela.

—En este momento, no tiene importancia cuál fue su intención.

Sopló humo por su ventanilla.

—¿Cómo hizo Carrie para escapar? —pregunté—. Kirby está en una isla y no precisamente de fácil acceso.

—Nadie lo sabe. Hace alrededor de tres horas, se suponía que debía bajar a cenar con las otras señoras, y en ese momento los guardias se dieron cuenta de que había huido. Páfate, ni señales de ella, y a un kilómetro y medio de allí hay un viejo puente para peatones que cruza el río East hacia Harlem.

Arrojó la colilla del cigarrillo en el sendero de mi casa.

—Lo único que cabe pensar es que se fue de la isla por ese puente. Los policías están por todas partes y tienen helicópteros en el aire para asegurarse de que ella no se encuentra todavía escondida en alguna parte de la isla. Pero yo no lo creo. Opino que hace tiempo que venía planeando esto y que eligió el momento oportuno. Puedes apostar a que tendremos noticias de ella.

Me sentía muy alterada cuando entré en mi casa; me puse a revisar todas las puertas y activé la alarma. Después hice algo extraño y desconcertante para mí: tomé mi pistola Glock de nueve milímetros de un cajón de mi estudio y revisé y cerré todos los placards de todas las habitaciones de cada piso. Transpuse cada puerta, la pistola firmemente empuñada con ambas manos mientras el corazón me martillaba en el pecho. A esta altura, Carrie Grethen se había convertido para mí en un monstruo con poderes sobrenaturales. Yo había comenzado a imaginar que era capaz de superar cualquier sistema de seguridad y que emergería de las sombras justo cuando yo me sintiera a salvo y segura.

En mi casa de piedra de dos plantas no parecía haber otra presencia que la mía, y me llevé una copa de tinto borgoña a mi dormitorio y me cambié a una bata. Llamé a Wesley de nuevo y me recorrió un escalofrío cuando él no contestó.

—Dios querido —dije, sola en mi cuarto.

La luz de la lámpara era suave y arrojaba las sombras de antiguas cómodas y mesas que habían sido despojadas de lustre y barniz para revelar la vieja madera gris de roble, porque a mí me gustaban los defectos y las marcas del tiempo. Los cortinados color rosa pálido se mecieron cuando el aire salía por las aberturas, y cada movimiento me paralizaba de miedo mientras yo trataba de alejar de mi cerebro imágenes del pasado que compartí con Carrie Grethen. Esperaba que Benton llamara. Me dije que estaba bien y que lo que necesitaba era dormir. Así que traté de leer poemas de Seamus Heaney y me adormilé en alguna parte de la mitad de *The Spoonbait*. La campanilla del teléfono sonó a las dos y veinte de la madrugada, y mi libro cayó al suelo.

—Scarpetta —dije en el tubo mientras se me disparaba el corazón como siempre me sucedía cuando algo me despertaba de pronto.

—Kay, soy yo —dijo Benton—. Lamento llamarte a esta hora, pero tenía miedo de que hubieras tratado de ponerte en contacto conmigo. No sé cómo se me apagó el contestador automático y, bueno, salí a comer y después estuve caminando por la playa durante más de dos horas. Quería pensar. Supongo que estás enterada de la noticia.

—Sí. —De pronto me sentía muy alerta.

—¿Estás bien? —preguntó, porque me conocía muy bien.

—Esta noche, antes de acostarme, registré cada centímetro de casa. Tomé el arma y revisé cada placard y detrás de cada cortina de baño.

—Me lo imaginé.

—Es como saber que viene una bomba por correo.

—No, no es así, Kay. Porque no sabemos que viene una ni cuándo ni en qué forma. Ojalá lo supiéramos. Pero eso es parte del juego de Carrie. Hacernos adivinar.

—Benton, tú sabes qué siente ella por ti. No me gusta que estés solo.

—¿Quieres que vuelva a casa?

Lo pensé y no tuve una respuesta adecuada.

—Me subiré a mi auto ahora mismo —agregó—, si eso es lo que quieres.

Entonces le hablé del cuerpo que encontramos en las ruinas de la mansión de Sparkes y seguí hablándole del tema y de mi encuentro con el magnate de la caballeriza Hootowl. Hablé y le expliqué mientras él me escuchaba con toda paciencia.

—La cuestión es —dije para finalizar—, que esto se está volviendo terriblemente complicado, si no bizarro, y es mucho lo que es preciso hacer. Y Marino tiene razón. No existe motivo para que sospechemos que Carrie está enterada de nuestro lugar en Hilton Head. Lo más probable es que estés más seguro allá que aquí, Benton.

—Ojalá ella viniera aquí. —Su voz se volvió dura. —Le daría la bienvenida con mi Sig Sauer y así podríamos ponerle punto final a esto.

Yo sabía que él realmente quería matarla y que, en cierta forma, esto era el peor daño que Carrie podría haber hecho. No era propio de Benton desear violencia, permitir que una sombra del mal que él perseguía cayera sobre su conciencia y su corazón y, mientras lo escuchaba, sentí también mi propia culpa.

—¿Ves lo destructivo que es esto? —dije, enojada—. Nos ponemos a hablar de matarla de un tiro, de sujetarla a la silla eléctrica o de darle una inyección letal. Ella consiguió apoderarse de nosotros, Benton. Porque reconozco que verla muerta es casi lo que más he deseado en la vida.

—Creo que debo volver a casa —dijo él de nuevo.

Colgamos poco después y el insomnio demostró ser el único enemigo de esa noche. Me robó las pocas horas que quedaban antes del amanecer y me destrozó el cerebro en sueños fragmentados de ansiedad y horror. Soñé que llegaba tarde a una cita importante y me quedaba empantanada en la nieve y me resultaba imposible discar el teléfono. En mi estado crepuscular ya no lograba encontrar respuestas en las autopsias y sentía que mi vida había terminado, y de pronto conducía el auto y me topaba con un espantoso accidente automovilístico y no podía moverme ni acudir en ayuda de nadie. Durante el resto de la noche no hice más que moverme de aquí para allá, arreglar las almohadas y las sábanas hasta que el cielo se puso de un color azul humo y las estrellas se apagaron. Entonces me levanté y preparé café.

Fui al trabajo en el auto con la radio encendida, escuchando las noticias repetidas sobre el incendio en Warrenton y el hallazgo de un cuerpo. Las especulaciones eran descabelladas y dramáticas con respecto a que la víctima era el famoso magnate de los medios, y no pude evitar preguntarme si ello no le resultaría un poco divertido a Sparkes. Sentí curiosidad acerca de por qué él no había hecho una declaración a la prensa para que el mundo supiera que estaba con vida, y una vez más las dudas sobre él ensombrecieron mi mente.

El Mustang rojo del doctor Jack Fielding se encontraba estacionado detrás de nuestro nuevo edificio de la calle Jackson, entre la hilera de casas restauradas de Jackson Ward y el campus de la Facultad de Medicina de la Universidad del Estado de Virginia. Mi nuevo edificio, que albergaba también los laboratorios forenses, era el corazón de trece hectáreas de institutos de informática en rápido desarrollo conocidos como Biotech Park.

Acabábamos de mudarnos de nuestra antigua dirección a esta nueva apenas dos meses antes, y yo todavía me estaba adaptando a ese edificio moderno de vidrio y ladrillos y dinteles sobre las ventanas para reflejar el vecindario que hubo una vez allí. Nuestro nuevo espacio era luminoso, con pisos de epoxi color tostado y paredes lavables. Todavía faltaba desempacar y clasificar y organizar muchas cosas, y aunque me fascinaba tener por fin una morgue moderna, confieso que me sentía más abrumada de lo que me había sentido jamás. El sol bajo me daba en los ojos cuando estacioné en el lugar que tenía asignado dentro del patio cubierto de la calle Jackson y abrí la puerta de atrás para entrar en el edificio.

El corredor estaba impecable y olía a desodorante industrial, y todavía había cajas con cables eléctricos e interruptores y latas de pintura estacionadas contra las paredes. Fielding había abierto con llave la cámara refrigeradora de acero inoxidable, que era más grande que la mayoría de los livings, y también las puertas que daban a la sala de autopsias. Metí mis llaves en la cartera y me dirigí a los vestuarios, donde me saqué la chaqueta y la colgué en uno de los armarios. Me abotoné el guardapolvo hasta el cuello y me cambié los zapatos de taco alto por las Reebock negras que yo llamaba mis zapatos para autopsias. Estaban sucias y manchadas y eran, por cierto, un riesgo biológico. Pero soportaban mis piernas y mis pies que estaban lejos de ser jóvenes, y jamás se alejaban de la morgue.

La nueva sala de autopsias era mucho más amplia que la que teníamos antes y estaba mejor diseñada para utilizar el espacio. Ya no había allí grandes mesas de acero abulonadas al piso, para poder sacarlas del camino cuando no estaban en uso. Las cinco nuevas mesas eran movibles, y como tenían ruedas era posible sacarlas de la cámara refrigeradora, y los piletones para disección estaban montados a las paredes, diseñados para ser utilizados por médicos diestros y zurdos. Nuestras nuevas mesas tenían bandejas extensibles, de modo que ya no teníamos que tensar la espalda para levantar o mover cadáveres, y había aspiradores que no se obstruían, y lugares para el lavado ocular, y un conducto especial de ventilación dual conectado al sistema de ventilación del edificio.

En general, el Estado me había proporcionado casi todo lo que yo necesitaba para llevar el Sistema de Médicos Forenses de Virginia al tercer milenio pero, en realidad, nada había cambiado demasiado, al menos no para bien. Cada año explorábamos más daño infligido por proyectiles y filos, y más gente nos hacía juicio por razones frívolas, y los tribunales traicionaban a la justicia como algo natural porque los abogados mentían y a los jurados ya no parecían interesarles las pruebas ni los hechos.

Una ráfaga de aire helado entró cuando abrí la imponente puerta de la cámara refrigeradora y pasé junto a bolsas con cadáveres, ensangrentadas mortajas de plástico y pies rígidos que se asomaban. Las manos cubiertas con bolsas de papel marrón significaban una muerte violenta, y pequeñas bolsas me recordaron la muerte súbita de una criatura y la del pequeño que se había ahogado en la piscina de la familia. Mi estuche para incendios estaba envuelto, con vidrio roto y todo, tal como yo lo había dejado. Entonces volví a cambiarme de calzado y caminé hacia el otro extremo de la planta baja, donde nuestras oficinas y sala de conferencias se encontraban bien apartadas de los muertos.

Eran casi las ocho y media y los residentes y el personal civil tomaban café y caminaban por el hall. Intercambiamos nuestro habitual "buenos días" cuando yo me dirigí a la puerta abierta de Fielding. Llamé una vez y entré. Él hablaba por teléfono y escribía deprisa información en una hoja.

—Repítemelo, por favor —dijo con su voz fuerte y ruda mientras sostenía el tubo entre el hombro y la barbilla y se pasaba los dedos por su pelo oscuro e ingobernable—. ¿Cuál es la dirección? ¿Cómo se llama el agente?

No levantó la vista para mirarme mientras escribía.

—¿Tienes el número de teléfono local?

Leyó los datos en voz alta para estar seguro de que los había anotado bien.

—¿Tienes idea de qué clase de muerte es? Está bien, está bien. ¿En la intersección de qué calles? ¿Te veré en el patrullero? Bien.

Fielding colgó y parecía demasiado atormentado para esa hora temprana de la mañana.

—¿Qué tenemos? —le pregunté.

—Parece una asfixia mecánica. Una mujer negra con una historia de abuso de alcohol y de drogas. Su cuerpo cuelga de la cama, la cabeza contra la pared, el cuello inclinado en un ángulo anormal. Está desnuda, así que creo que es mejor echar un vistazo para asegurarnos de que no se trata de otra cosa.

—Alguien decididamente debería ir y echar un vistazo —convine.

Recibió mi mensaje.

—Si quieres podemos enviar a Levine.

—Buena idea, porque yo comenzaré con la persona muerta en el incendio y me gustaría que me ayudaras —dije—. Al menos en los primeros pasos.

—De acuerdo.

Fielding empujó hacia atrás su silla y despegó su cuerpo imponente. Vestía pantalones color caqui, camisa blanca arremangada y un viejo cinturón de cuero trenzado alrededor de su cintura delgada y firme. Ahora de más de cuarenta años, no era menos diligente con respecto a su estado físico, que seguía siendo tan notable como cuando lo contraté poco después de recibir mi nombramiento de jefa de médicos forenses. Si tan sólo se ocupara en igual medida de sus casos. Pero siempre fue respetuoso y leal conmigo, y aunque era lento y esmerado, no se mostraba propenso a las conjeturas ni a las equivocaciones. En lo que a mí respecta, era dócil, confiable y agradable y no lo habría cambiado por otro asistente.

Entramos juntos en la sala de reuniones y yo ocupé mi asiento en la cabecera de esa mesa larga y lustrosa. Gráficos Y modelos de músculos y órganos y el esqueleto anatómico eran el único decorado, salvo algunas fotografías antiguas de los jefes varones previos que nos habían observado en nuestro edificio anterior. Esta mañana, el residente, un colega, mis tres asistentes, el toxicólogo y mis administradores se encontraban presentes. Estaban también una estudiante de la Facultad de Medicina de Virginia que cursaba con nosotros su asignatura elegida y un patólogo forense de Londres que hacía rondas en las morgues norteamericanas para aprender más sobre asesinatos en serie y heridas de armas de fuego.

—Buenos días —dije—. Repasemos primero lo que tenemos. Después analizaremos la fatalidad por incendio y sus implicaciones.

Fielding comenzó con la posible asfixia mecánica, después de lo cual Jones, el administrador del distrito central, que era la oficina física donde estábamos ubicados, hizo un rápido repaso de nuestros otros casos. Teníamos un varón blanco que disparó cinco proyectiles en la cabeza de su novia antes de volarse los sesos. Estaban también la muerte súbita de la criatura, el pequeño ahogado en la piscina, y un muchacho joven que tal vez se estaba cambiando de camisa y de corbata cuando estrelló su Miata rojo contra un árbol.

—Demonios —dijo la estudiante de medicina, cuyo apellido era Sanford—. ¿Cómo saben que estaba haciendo eso?

—La mitad superior de la musculosa puesta, la camisa y la corbata hechas un bollo en el asiento del acompañante —explicó Jones—. Todo parece indicar que salía del trabajo y se iba a encontrar con algunos amigos en un bar. Hemos tenidos casos así antes: gente que se cambia de ropa, se afeita o se maquilla mientras conduce el auto.

—En esos casos desearíamos que en el certificado de defunción hubiera un casillero que dijera que la forma de muerte fue estúpida —dijo Fielding.

—Supongo que todos ustedes saben que Carrie Grethen escapó anoche de Kirby —continué—. Aunque ello no afecta a esta oficina en forma directa, es obvio que deberíamos sentirnos más que un poco preocupados.

Traté de sonar tan indiferente como me fue posible.

—Debemos esperar el llamado de los medios —dije.

—Ya lo hicieron —dijo Jones y me miró por sobre sus anteojos de lectura—. El servicio de mensajes recibió cinco llamados desde anoche.

—Acerca de Carrie Grethen. —Quería estar segura.

—Sí —respondió él—. Y otros cuatro con respecto al caso Warrenton.

—Pasemos ahora a ese caso —dije—. En este momento no quiero que salga de aquí ninguna información. Ni de la huida de Kirby ni de la persona muerta en Warrenton. Fielding y yo estaremos abajo la mayor parte del día y no quiero ninguna interrupción que no sea absolutamente necesaria. Este caso es muy delicado.

Paseé la vista por los rostros que rodeaban la mesa y comprobé que todos parecían preocupados pero estaban muy interesados.

—Por el momento no sé si a lo que nos enfrentamos es un accidente, un suicidio o un homicidio, y los restos todavía no han sido identificados. Tim —dije, dirigiéndome al toxicólogo—, quiero una prueba de alcohol y monóxido de carbono. Cabe la posibilidad de que esta señora haya sido adicta a las drogas, así que necesitaré que busquen opiáceos, anfetaminas y metanfetamina, barbitúricos y derivados del canabis lo más pronto que puedas.

Él asintió y tomó nota. Yo hice una pausa lo suficientemente prolongada como para echarles un vistazo a los recortes de artículos periodísticos que Jones me había preparado, y después atravesé el pasillo de regreso a la morgue. En el vestuario para damas me quité la blusa y la falda y me acerqué a un gabinete en busca de un cinturón transmisor y micrófono que Lanier me había hecho a medida. El cinturón me rodeaba la cintura superior debajo de una bata quirúrgica de manga larga, para que el interruptor del micrófono no entrara en contacto directo con manos ensangrentadas. Por último, me sujeté el micrófono inalámbrico al cuello, volví a atarme los zapatos para la morgue, los cubrí con botas de tela y me coloqué una capucha con visor y un barbijo quirúrgico.

Fielding entró en la sala de autopsias al mismo tiempo que yo.

—Llevémosla a la sala de rayos x —dije.

Hicimos rodar la mesa de acero por el pasillo hasta la sala de radiología y levantamos el cuerpo y los restos del incendio que tenía encima tomando las sábanas por las cuatro puntas. Transferimos esto a una mesa ubicada debajo del brazo con forma de C del Sistema Móvil de Imágenes Digitales, que era una máquina de rayos x y un fluoroscopio conectados a una unidad controlada por computadora. Realicé los distintos procedimientos de set-up, conecté varios cables y encendí la estación de trabajo con una llave. Unos segmentos iluminados y una línea temporal se encendieron en el panel de control y cargué entonces un casete y oprimí un pedal que se encontraba en el piso para activar el monitor de video.

—Delantales —le dije a Fielding.

Le entregué uno con forro de plomo, color azul Carolina. El mío era pesado y me dio la impresión de que estaba lleno de arena cuando me lo até en la espalda.

—Creo que estamos listos —anuncié mientras oprimía un botón.

Al mover el brazo en forma de C podíamos captar los restos en tiempo real desde muchos ángulos diferentes, sólo que, a diferencia de los exámenes que se les practican a los pacientes hospitalarios, lo que veíamos no respiraba ni palpitaba ni tragaba. Las imágenes estáticas de órganos muertos y huesos aparecían en blanco y negro en la pantalla de video, y no vi proyectiles ni anomalías. A medida que pivoteamos un poco más el brazo en C descubrimos varias formas radioopacas que sospeché eran objetos metálicos mezclados con los escombros del incendio. Observamos nuestro progreso en la pantalla, mientras hundíamos nuestras manos enguantadas y cerníamos los escombros, hasta que cerré los dedos alrededor de dos objetos duros. Uno era del tamaño y de la forma de medio dólar; el otro, un poco más pequeño y cuadrado. Comencé a lavarlos en la pileta.

—Es lo que queda de una pequeña hebilla metálica de plata de un cinturón —dije y dejé caer el objeto en una caja de cartón plastificado que rotulé con un marcador.

Mi otro hallazgo resultó más sencillo y no me costó demasiado determinar que se trataba de un reloj pulsera. La pulsera se había quemado y el cristal tiznado estaba roto. Pero lo que me fascinó fue el cuadrante que, después de otro enjuague, resultó ser de un color anaranjado vivo y tenía grabado un extraño diseño abstracto.

—A mí me da la impresión de que es un reloj de hombre —comentó Fielding.

—Las mujeres también usan relojes grandes como éste —dije—. Como puedes ver, yo lo hago.

—¿Puede ser, entonces, una suerte de reloj deportivo?

—Tal vez.

Rotamos el brazo en C aquí y allá y seguimos excavando mientras la radiación del tubo de rayos x atravesaba el cuerpo y todo el material chamuscado y la basura que lo rodeaba. Noté lo que parecía ser la forma de un anillo ubicada en alguna parte debajo de la nalga derecha, pero cuando traté de tomarlo, no había nada allí. Puesto que el cuerpo había estado tendido de espaldas, gran parte de la región posterior se había salvado del fuego, incluyendo la ropa. Deslicé las manos debajo de las nalgas y fui desplazando los dedos hacia el interior de los bolsillos posteriores del jean; recuperé así media zanahoria y lo que parecía ser una sencilla alianza matrimonial que al principio creí que era de acero. Después me di cuenta de que era de platino.

—También eso parece el anillo de un hombre —dijo Fielding—. A menos que la mujer tuviera dedos realmente grandes.

Tomó el anillo de mi mano para examinarlo más de cerca. El hedor de carne quemada en estado de descomposición se elevó de la mesa cuando descubrí otros signos extraños que daban una idea de lo que esa mujer podía haber estado haciendo antes de morir. Eran pelos oscuros y gruesos de animal adheridos a una tela de denim inmunda y mojada, y aunque no podía saberlo con certeza, estaba bastante segura de que su origen era equino.

—No tiene ninguna inscripción grabada —dijo él y metió el anillo dentro de un sobre para pruebas.

—No —confirmé, con creciente curiosidad.

—Me pregunto si lo tenía en el bolsillo de atrás del pantalón en lugar de llevarlo puesto.

—Buena pregunta.

—A menos que estuviera haciendo algo que la hiciera quitárselo. —Fielding seguía pensando en voz alta. —Ya sabes, como la gente que se saca las alhajas cuando se lava las manos.

—Tal vez estuvo alimentando a los caballos.

Con una pinza recogí varios pelos.

—¿Quizás al potrillo negro que escapó? —conjeturé.

—Muy bien —dijo él, y pareció lleno de dudas—. ¿Y qué? ¿Ella le presta atención a ese pequeño animal, le da de comer zanahorias y después no lo lleva de vuelta a su box? ¿Y un momento después todo se quema, incluyendo los establos y los caballos que había adentro? ¿Pero el potrillo logra escapar?

Me miró por encima de la mesa.

—¿Suicidio? —continuó especulando—. ¿Pero no tuvo coraje para matar el potrillo? ¿Cómo era que se llamaba? ¿Windsong?

Pero por el momento no había respuestas para ninguna de esas preguntas, así que continuamos radiografiando efectos personales y patología, para contar con un registro permanente. Pero lo único más que recuperamos fueron ojalillos pertenecientes al jean y un dispositivo intrauterino que sugería que había sido sexualmente activa con hombres.

Nuestros hallazgos incluían un cierre automático y un bulto ennegrecido del tamaño de una pelota de béisbol que resultó ser una pulsera de acero con pequeños eslabones y un aro de plata en forma de serpiente con tres llaves de cobre. Fuera de la configuración sinusal, que son zonas tan claras como las huellas dactilares en todo ser humano, y una única corona de porcelana en el incisivo central del maxilar derecho, no descubrimos nada más que pudiera servir para identificar a la víctima.

Cerca del mediodía volvimos a hacer rodar la mesa por el pasillo hacia la sala de autopsias y la sujetamos a un piletón de disección en el rincón más alejado, lejos del tráfico principal. Otros piletones estaban ocupados y se oía el ruido del agua que caía sobre el acero inoxidable y el de escaleras que se movían a medida que otros médicos pesaban y seccionaban órganos y dictaban sus hallazgos a diminutos micrófonos mientras varios detectives observaban. La conversación consistía siempre en frases fraccionadas, y nuestra comunicación era accidental y desmembrada como las vidas de nuestros casos.

—Perdón, tengo que saber bien dónde estás.

—Maldición, necesito una batería.

—¿De qué clase?

—De la que lleva esta cámara.

—Veinte dólares, bolsillo delantero derecho.

—Probablemente no fue un robo.

—¿Quién contará las píldoras? Tiene un cargamento.

—Doctora Scarpetta, acabamos de recibir otro caso. Posible homicidio —dijo un residente después de colgar el tubo de un teléfono que había sido diseñado para manos limpias.

—Quizá debamos retenerlo hasta mañana —respondí, cuando nuestro trabajo comenzó a aumentar.

—Tenemos el arma del asesinato-suicidio —gritó uno de mis asistentes.

—¿Está descargado? —pregunté.

—Sí.

Me acerqué para estar segura, porque yo nunca daba nada por sentado cuando junto con los cuerpos venían armas de fuego. El muerto era grande y todavía estaba vestido con jeans Faded Glory, cuyos bolsillos habían sido dados vuelta por la policía. El residuo potencial de pólvora de las manos estaba protegido por bolsas de papel marrón, y de la nariz salieron gotas de sangre cuando le colocaron un taco de madera debajo de la cabeza.

—¿Le importa si toco la pistola? —le pregunté al detective por sobre el zumbido de una sierra Stryker.

—Hágalo. Yo ya levanté las huellas dactilares.

Tomé la pistola Smith & Wesson y tiré hacia atrás la corredera para ver si tenía cargador, pero la recámara estaba vacía. Con una toalla húmeda limpié la herida de bala que el individuo tenía en la cabeza, mientras el supervisor de la morgue, Chuck Ruffin, afilaba un cuchillo con largas pasadas sobre una piedra de afilar.

—¿Ven esto negro que hay alrededor de la herida y la marca del cañón? —dije cuando el detective y un residente se inclinaban para acercarse más—. Lo pueden ver allí. La salida está aquí y, por el goteo de sangre, se nota que estaba acostado sobre el lado derecho.

—Así fue como lo encontramos —dijo el detective cuando la sierra zumbó y el hueso hecho polvo flotó por el aire.

—Fíjense bien en el calibre, la marca y el modelo —dije, volviendo a mi triste tarea—. ¿La circunferencia del proyectil se corresponde con el orificio?

—Sí. Es una Remington nueve milímetros.

Fielding había colocado otra mesa cerca y la cubrió con una sábana en la que había apilado los escombros del incendio que ya habíamos revisado. Empecé a medir la longitud de los fémures muy quemados de la víctima con la esperanza de poder estimar su estatura. El resto de sus piernas había desaparecido desde arriba de las rodillas hasta los tobillos, pero los pies se habían salvado gracias a las botas. Además, tenía amputaciones quemadas de antebrazos y manos. Recogimos fragmentos de tela, trazamos diagramas y tomamos más pelo animal, todo lo cual hicimos antes de iniciar la difícil tarea de extraer los trozos de vidrio.

—Abramos las canillas de agua caliente —le dije a Fielding—. A lo mejor así podemos aflojar los trozos sin desgarrar la piel.

—Esto es como un maldito asado pegado a la sartén.

—¿Por qué a ustedes siempre se les ocurren analogías con la comida? —dijo una voz grave y segura que reconocí enseguida.

Teun McGovern, con atuendo protector de la morgue, caminaba hacia nuestra mesa. Detrás del visor la expresión de sus ojos era intensa, y por un instante nos miramos fijo. No me sorprendió para nada que el ATF hubiera enviado a un investigador de incendios a observar el examen postmortem. Pero nunca esperé que se presentara McGovern.

—¿Cómo van las cosas en Warrenton? —le pregunté.

—Seguimos trabajando —contestó—. Todavía no encontramos el cuerpo de Sparkes, lo cual es una suerte puesto que no está muerto.

—Muy gracioso —dijo Fielding.

McGovern se ubicó frente a mí, de pie y lo suficientemente lejos de la mesa como para darme a entender que había visto muy pocas autopsias.

—¿Qué es exactamente lo que está haciendo? —preguntó cuando yo tomé una manguera.

—Vamos a hacer correr agua caliente entre la piel y los trozos de vidrio con la esperanza de separar ambas partes sin provocar más daño —contesté.

—¿Y si eso no resulta?

—Entonces nos encontraremos frente a un buen problema —dijo Fielding.

—Entonces usaremos un escalpelo —expliqué.

Pero no fue necesario. Al cabo de varios minutos de constante baño con agua caliente, lentamente comencé a separar, con mucha suavidad, el grueso vidrio roto de la cara de la mujer muerta, y la piel tiraba y la distorsionaba mientras lo hacía, lo cual la convertía en un espectáculo más desagradable todavía. Fielding y yo trabajamos en silencio durante un rato; con suavidad colocábamos astillas y trozos de ese vidrio en un recipiente plástico. Esto nos llevó alrededor de una hora y, cuando terminamos, el hedor era más intenso. Lo que quedaba de esa pobre mujer parecía más lamentable y pequeño, y el daño producido en su cabeza, aún más impresionante.

—Dios mío —dijo McGovern al acercarse—. Es lo más extraño que vi en mi vida.

La parte inferior de la cara era un hueso gredoso, un cráneo humano apenas discernible con mandíbulas abiertas y dientes desintegrados. La mayor parte de las orejas había desaparecido, pero de los ojos hacia arriba la carne estaba asada y tan notablemente conservada que pude ver pelusa rubia a lo largo de la línea del cabello. La frente estaba intacta aunque levemente excoriada por el proceso de separación del vidrio, así que ya no estaba tersa. Si habían existido arrugas, lo cierto es que ahora no pude encontrarlas.

—No puedo imaginar qué demonios es esto —dijo Fielding mientras examinaba algunos trozos de material mezclados con pelo—. Está por todo el cuero cabelludo.

Una parte parecía papel quemado, mientras que otros pequeños pedazos estaban prístinamente preservados y eran de color rosado neón. Raspé un poco con el escalpelo y lo coloqué sobre otra caja.

—Dejaremos que el laboratorio lo examine —le dije a Mc Govern.

—Decididamente —respondió ella.

El largo del pelo era de 57,62 centímetros, y tomé una hebra para hacerle la prueba del ADN a fin de tener una muestra premortem para comparación.

—Si logramos ubicarla entre las personas desaparecidas —le dije a McGovern— y ustedes encuentran su cepillo de dientes, podremos buscar células bucales. Tapizan la mucosa de la boca y se las puede usar para comparar ADN. También nos vendría bien tener un cepillo para pelo.

Ella lo anotó. Yo acerqué una lámpara quirúrgica al sector temporal izquierdo y empleé una lupa para examinar lo que parecía ser una hemorragia en el tejido que se había salvado del fuego.

—Me parece que aquí tenemos algo parecido a una herida —dije—. Definitivamente no es una escisión de piel ni se debe al fuego. Lo más probable es que se trate de una incisión con algún trozo de escombro incrustado en la herida.

—¿No podría haber perdido el conocimiento por el monóxido de carbono, y después cayó y se golpeó la cabeza?

—Tendría que haberse golpeado con algo muy filoso —dije mientras tomaba fotografías.

—Déjame verla —dijo Fielding, y le entregué la lupa—. No veo bordes rotos ni irregulares —comentó.

—No, no es una laceración —convine—. Esto parece más algo infligido por un instrumento filoso.

Fielding me devolvió la lupa y yo utilicé un fórceps de plástico para raspar delicadamente esos restos brillantes de la herida. Los transporté a un cuadrado de tela limpia de algodón. Sobre un escritorio cercano había un microscopio para disección; puse la tela sobre la platina y moví la fuente de luz para que se reflejara en los restos. Observé por el visor mientras manipulaba los controles.

Lo que vi en el círculo de luz reflejada fueron varios segmentos plateados que tenían la superficie chata y estriada de viruta metálica como la que produce un torno. Adosé una MicroCam Polaroid al microscopio y tomé varias fotografías instantáneas de alta resolución.

—Echen un vistazo —dije.

Primero Fielding y después McGovern se inclinaron sobre el microscopio.

—¿Alguno de ustedes dos vio antes una cosa igual? —pregunté.

Le quité el respaldo a las fotografías reveladas para estar segura de que habían salido bien.

—Me recuerda a los adornos de Navidad cuando envejecen y se arrugan —dijo Fielding.

—Es algo que se transfirió de lo que la cortó —fue todo lo que comentó McGovern.

—Sí, me parece.

Saqué el cuadrado de tela de la platina y preservé las virutas metálicas entre bolas de algodón, que sellé dentro de un envase metálico para pruebas.

—Una cosa más para los del laboratorio —dije.

—¿Cuánto tiempo les llevará? —preguntó McGovern—. Porque si hay algún problema, podemos hacer ese trabajo en nuestros laboratorios de Rockville.

—No habrá ningún problema. —Miré a Fielding y dije: —Creo que podré manejarlo desde aquí.

—Está bien —dijo él—. Comenzaré con el siguiente.

Le abrí el cuello en busca de traumatismos a esos órganos y músculos, comenzando con la lengua, que saqué mientras McGovern observaba con estoicismo. Era un procedimiento algo macabro que separaba a los débiles de los fuertes.

—No hay nada aquí —dije, enjuagué la lengua y la sequé con una toalla—. No hay marcas de mordidas que podrían indicar un ataque epiléptico. Tampoco otras lesiones.

Observé dentro de las paredes lisas y lustrosas de las vías respiratorias y no encontré hollín, lo cual significaba que ya no respiraba cuando el calor y las llamas la alcanzaron. Pero sí encontré sangre, y ésta era una novedad ominosa.

—Más traumatismos premortem —dije.

—¿No sería posible que algo hubiera caído sobre ella cuando ya estaba muerta? —preguntó McGovern.

—No, no sucedió así.

Anoté la lesión en un diagrama y la dicté al grabador.

—Sangre en las vías respiratorias significan que ella la inhaló...

o la aspiró —expliqué—. Y eso significa, como es obvio, que respiraba cuando el trauma ocurrió.

—¿Qué clase de trauma? —preguntó entonces ella.

—Una lesión penetrante. Una puñalada o un corte en la garganta. No veo otras señales de trauma en la base del cráneo, los pulmones ni el cuello; no hay contusiones ni huesos rotos. Su hioides está intacto, y hay fusión entre las dos partes del hueso, lo cual posiblemente indica que tiene más de veinte años y es probable que no haya sido estrangulada manualmente ni con una ligadura.

Comencé a dictar de nuevo.

—La piel debajo del mentón y el músculo superficial se quemaron por completo —dije hacia el pequeño micrófono adherido a mi bata—. Hay sangre coagulada por el calor en la traquea distal y en los bronquios primario, secundario y terciario. Hemoaspiración y sangre en el esófago.

Realicé la incisión en Y para abrir ese cuerpo deshidratado y arruinado y, en su mayor parte, el resto de la autopsia fue más bien de rutina. Aunque los órganos estaban cocinados, se encontraban dentro de los límites normales, y los órganos reproductivos confirmaron su género como femenino. También en el estómago había sangre; fuera de eso, estaba vacío y tubular, algo que sugería que no había estado comiendo mucho. Pero no descubrí ninguna patología ni otras lesiones antiguas o nuevas.

No podía asegurar con certeza cuál era su altura, pero pude estimarla usando los gráficos con la fórmula de regresión de Trotter y Gleser para correlacionar la longitud del fémur con la estatura de la víctima. Me senté frente a un escritorio cercano y hojeé *Osteología humana*, de Bass, hasta encontrar la tabla apropiada para las mujeres norteamericanas blancas. Basándome en un fémur de 50,2 milímetros o de aproximadamente veinte pulgadas, la altura debería haber sido de un metro setenta y ocho.

Mi estimación del peso no fue exacta porque no había ninguna tabla, gráfico ni cálculo científico que pudiera decírmelo. En realidad, por lo general teníamos alguna idea del peso a partir de la ropa que quedaba y, en este caso, la víctima usaba jeans talle ocho. Así, que, basándome en los datos que tenía, intuí que pesaba entre cincuenta y cinco y cincuenta y nueve kilos.

—En otras palabras —le dije a McGovern—, era alta y muy delgada. También sabemos que tenía pelo rubio y largo, probablemente era sexualmente activa, puede haberse sentido cómoda con los caballos y ya estaba muerta en el interior de la casa de Sparkes en Warrenton antes de que el fuego llegara a ella. También sé que recibió una lesión premortem significativa en la parte superior del cuello y tuvo un corte aquí, en la sien izquierda —señalé—. Cómo le fueron infligidos es algo que ignoro.

Me levanté de la silla y tomé unos papeles mientras McGovern me miraba con expresión pensativa. Se quitó el visor y la máscara y se desató la parte de atrás de la bata.

—¿Existe alguna manera de comprobar si tenía un problema de drogas? —me preguntó mientras el teléfono sonaba y sonaba.

—Los de toxicología nos dirán sin ninguna duda si tenía drogas en el cuerpo —dije—. También podría tener cristales en los pulmones o granulomas de cuerpo extraño por agentes cortantes como talco, y fibras del algodón utilizado para quitarle las impurezas. Por desgracia, las zonas donde con mayor seguridad encontraríamos rastros de agujas han desaparecido.

—¿Y qué me dice del cerebro? ¿Un abuso crónico de drogas causaría un daño que usted pudiera detectar? Por ejemplo, si comenzaba a tener problemas mentales graves, se estaba poniendo psicótica o algo así. Parece que Sparkes creía que ella tenía algún tipo de enfermedad mental. —McGovern dijo entonces: —¿Por ejemplo, si fuera depresiva o maníaco-depresiva? ¿Lo podría descubrir usted?

A esa altura ya el cráneo estaba abierto y el cerebro gomoso y encogido por el fuego se encontraba seccionado e inmóvil sobre la tabla de corte.

—En primer lugar —contesté—, nada nos ayudará postmortem porque el cerebro está cocinado. Pero aunque no fuera así, buscar un correlato morfológico a un síndrome psiquiátrico particular es, en la mayoría de los casos, algo todavía teórico. Un ensanchamiento de los surcos, por ejemplo, y reducida materia gris debido a la atrofia podría representar un indicador si supiéramos cuál era el peso original de su cerebro cuando ella estaba sana. Entonces tal vez yo podría decir: *Muy bien, su cerebro pesa cien gramos menos ahora que antes, así que es posible que hubiera estado sufriendo alguna clase de enfermedad mental.* A menos que ella tenga una lesión o una antigua herida en la cabeza que podría sugerir un problema, la respuesta a su pregunta es no, no puedo saberlo.

McGovern quedó callada, y no puede no haberse dado cuenta de que mi actitud era clínica y para nada cordial. Aunque yo también tuve conciencia de ello, no me fue posible suavizar mi conducta. Paseé la vista por la sala en busca de Ruffin. Estaba junto al primer piletón de disección y suturaba una incisión en Y con largas puntadas de una aguja y cordel. Lo llamé por señas y él se acercó. Era demasiado joven para que le preocupara el hecho de que muy pronto cumpliría treinta años y había recibido su entrenamiento en un quirófano y una funeraria.

—Chuck, si puedes, termina aquí y llévala de vuelta a la cámara refrigeradora —le dije.

—Sí, doctora.

Regresó a su lugar para terminar la tarea que realizaba y yo me saqué los guantes y los arrojé, junto con mi barbijo, en uno de los contenedores rojos para material peligroso diseminados por la sala de autopsias.

—Vayamos a mi oficina y tomemos un café —le sugerí a McGovern en un intento de ser un poco más educada—. Allí continuaremos esta conversación.

En el vestuario nos lavamos con jabón bactericida y yo me vestí. Tenía preguntas para McGovern pero confieso que, además, sentía curiosidad con respecto a ella.

—Volviendo a la posibilidad de que haya padecido una enfermedad mental inducida por drogas —dijo McGovern cuando caminábamos por el pasillo—. Muchas de estas personas son autodestructivas, ¿verdad?

—En una u otra forma.

—Mueren en accidentes, se suicidan, y eso nos lleva de vuelta a la incógnita básica —dijo—. ¿Eso fue lo que sucedió? ¿Sería posible que estuviera drogada y cometiera suicidio?

—Lo único que yo sé es que tenía una lesión que fue infligida antes de su muerte —volví a señalar.

—Pero se la podría haber infligido ella misma si no estaba en sus cabales —dijo McGovern—. Sólo Dios sabe la clase de automutilaciones que hemos visto cuando las personas son psicóticas.

Era verdad. Yo había trabajado en casos en los que las personas se habían cortado la garganta o apuñalado en el pecho o amputado sus extremidades o disparado un arma contra sus órganos sexuales o internado en un río para ahogarse. Para no mencionar saltos desde lugares elevados y autoinmolaciones. La lista de las cosas horrendas que las personas se hacen a sí mismas era demasiado larga, y cada vez que yo creía haberlo visto todo, algo nuevo y más horripilante llegaba a nuestro patio.

La campanilla del teléfono sonaba cuando yo abrí la oficina con mi llave, y atendí justo a tiempo.

—Scarpetta —dije.

—Te tengo algunos resultados —dijo Tim Cooper, el toxicólogo—. En cuanto a etanol, metanol, isopropanol y acetona, cero. El monóxido de carbono es de menos del siete por ciento. Seguiré haciendo las otras pruebas.

—Gracias. ¿Qué haría sin ti? —dije.

Miré a McGovern y colgué el tubo, y le conté lo que Cooper acababa de decirme.

—Ella estaba muerta antes del incendio —le expliqué—, y la causa de su muerte fueron exanguinación y asfixia por la aspiración de sangre debido a una aguda herida en el cuello. En cuanto a la manera, esperaré hasta realizar una investigación más profunda, pero creo que deberíamos considerarlo un homicidio. Mientras tanto, necesitamos identificarla, y yo haré todo lo posible para comenzar a trabajar en ese sentido.

—¿Debo suponer que esa mujer le prendió fuego al lugar y quizá se cortó también el cuello antes de que las llamas la alcanzaran? —dijo con tono de furia.

Yo no respondí y me dediqué a medir el café para la cafetera automática que estaba sobre una mesada cercana.

—¿No le parece que eso es bastante descabellado? —continuó.

Vertí agua y apreté un botón.

—Kay, nadie querrá oír que es un homicidio —dijo—. A causa de Kenneth Sparkes y de lo que todo esto puede implicar. Espero que se dé cuenta de a qué se enfrenta.

—Y a lo que se enfrenta el ATF —dije y me senté detrás de mi escritorio abarrotado de cosas, frente a ella.

—Mire, no me importa quién es él —contestó—. Yo realizo cada trabajo como si realmente me propusiera hacer un arresto. No soy yo la que tengo que lidiar con los políticos de este lugar.

Pero en ese momento mi mente no estaba centrada en los medios ni en Sparkes. Pensaba que este caso me perturbaba en un nivel muy profundo y de manera que ni siquiera podía imaginar.

—¿Cuánto tiempo más estarán sus hombres en la escena? —le pregunté.

—Otro día. Cuanto mucho, dos —respondió—. Sparkes nos detalló a nosotros y a la compañía de seguros lo que había dentro de su casa, y sólo los muebles antiguos y el viejo piso de madera y el revestimiento de las paredes representaban una importante carga combustible.

—¿Y qué me dice del cuarto de baño principal? —pregunté—. Se supone que ése fue el punto de origen del fuego.

Ella vaciló.

—Obviamente, ése es el problema.

—Correcto. Si no se utilizó un acelerador o un derivado de petróleo, ¿entonces cómo?

—Los muchachos se están devanando el cerebro —dijo, y la noté desalentada—. Y también yo. Si trato de predecir cuánta energía se necesitaría en ese cuarto para que se dieran las condiciones de un punto de deflagración, allí no está la carga combustible. Según Sparkes, en el baño no había más que una alfombra pequeña y toallas. Los gabinetes y herrajes eran de acero pulido hecho a mano. La ducha tenía una puerta de vidrio y la ventana, cortinas de tela liviana.

Ella hizo una pausa y la cafetera borboteó.

—¿De qué estamos hablando? —continuó—. ¿De un total de quinientos o seiscientos kilovatios para una habitación de tres por cuatro metros y medio? Es evidente que hay otras variables, como por ejemplo cuánto aire se filtraba por la puerta...

—¿Y el resto de la casa? Usted acaba de decir que había una gran carga combustible allí, ¿verdad?

—Sólo nos interesa un cuarto, Kay: el cuarto donde se originó el fuego. Sin un origen, el resto de la carga combustible no tiene importancia.

—Entiendo.

—Sé que una llama hizo impacto en el cielo raso del baño, y sé qué altura debía tener esa llama y cuántos kilovatios de energía hacían falta para un punto de deflagración. Y una alfombra pequeña y quizás algunas toallas y cortinas no podían ni remotamente causar algo así.

Yo sabía que las ecuaciones de McGovern eran matemáticas, y no ponía en tela de juicio nada de lo que decía. A pesar de lo cual yo seguía con el mismo problema. Tenía motivos para pensar que nos enfrentábamos a un homicidio y que cuando se inició el incendio el cuerpo de la víctima estaba en el interior del cuarto de baño principal, con sus nada combustibles pisos de mármol, grandes espejos y acero. De hecho, la mujer pudo haber estado en la bañera.

—¿Y qué me puede decir de la claraboya abierta? —le pregunté a McGovern—. ¿Eso también encaja con su teoría?

—Podría ser. Porque, una vez más, las llamas debían de ser suficientemente altas como para romper el vidrio, y entonces el calor habría circulado por la abertura como por una chimenea. Cada incendio tiene su propia personalidad, pero ciertas conductas son siempre las mismas porque obedecen a las leyes de la física.

—Entiendo.

—Hay cuatro etapas —prosiguió, como si yo no supiera nada al respecto—. Primero está la columna de gases calientes, llamas y humo que se elevan del fuego. Eso habría sucedido, digamos, si la alfombra del baño se hubiera prendido fuego. Cuanto más se elevan los gases por encima de la llama, tanto más fríos y densos se vuelven. Se mezclan con productos secundarios de la combustión y entonces los gases calientes comienzan a caer y el ciclo se repite creando un humo turbulento que se desplaza en forma horizontal. Lo que debería haber sucedido a continuación es que esta capa caliente de humo hubiera continuado descendiendo hasta encontrar una abertura para ventilación... en este caso, daremos por sentado que sería la puerta del baño. Después, esa capa con humo sale por la abertura mientras el aire fresco ingresa. Si hay suficiente oxígeno, la temperatura del cielo raso subirá a más de seiscientos grados Celsius, y ¡bum! tenemos el punto de deflagración o un incendio en pleno desarrollo.

—Un incendio en pleno desarrollo en el cuarto de baño principal —dije.

—Que después pasa a otras habitaciones enriquecidas con oxígeno, donde las cargas combustibles eran suficientes como para quemar el edificio hasta los cimientos —replicó ella—. De modo que lo que me molesta no es la propagación del fuego sino su origen. Como ya le dije, una alfombra pequeña o las cortinas no eran suficientes, a menos que allí hubiera algo más.

—Tal vez lo había —dije y me puse de pie para servir el café—. ¿Cómo lo toma usted? —pregunté.

—Con crema y azúcar.

McGovern me siguió con la mirada.

—Nada de esas cosas artificiales, por favor.

Yo lo tomaba negro, y apoyé los jarros en el escritorio mientras McGovern paseaba la mirada por mi nueva oficina. Era, por cierto, más luminosa y moderna que la que había ocupado en el viejo edificio de la Catorce y Franklin, pero en realidad no tenía allí más espacio. Peor aún, me habían honrado con un rincón propio de la autoridad máxima del lugar, con ventanas, y cualquiera que conociera a los médicos sabía que lo que necesitábamos eran paredes para bibliotecas y no vidrios a prueba de balas con vista a una playa de estacionamiento y la Autopista Petersburg. Mis cientos de publicaciones científicas, ya sean médicas, legales y forenses, revistas e inmensos libros estaban apilados y, en algunos casos, ubicados en doble fila en los estantes. No era raro que Rose, mi secretaria, me oyera soltar una imprecación cuando no encontraba un libro de referencia que necesitaba en ese minuto.

—Teun —dije mientras bebía mi café—, me gustaría aprovechar esta oportunidad para agradecerle que haya cuidado a Lucy.

—Lucy se cuida sola —dijo ella.

—Eso no siempre fue así.

Sonreí en un intento de mostrarme cordial y de disimular el dolor y los celos que eran como una astilla clavada en mi corazón.

—Pero tiene razón —dije—. Creo que ahora ella lo hace y muy bien. Estoy segura de que le hará bien Filadelfia.

McGovern detectaba cada señal que yo le enviaba y supe que estaba enterada de más cosas de las que yo deseaba.

—Kay, el de Lucy no será un camino fácil —dijo—. No importa qué haga yo.

Hizo girar el café en el jarro, como si estuviera a punto de probar el primer sorbo de un vino fino.

—Yo soy su supervisora, no su madre —dijo McGovern.

Esto me irritó mucho, y se me notó cuando en forma abrupta tomé el teléfono y le pedí a Rose que no me pasara ningún llamado. Me puse de pie y cerré la puerta.

—Me imagino que no la transfieren a su oficina de campo porque necesita una madre —respondí con frialdad mientras regresaba a mi escritorio, que sería una barrera entre las dos—. Por sobre todo, Lucy es una profesional consumada.

McGovern levantó una mano para hacerme callar.

—Vaya —protestó—. Ya lo creo que lo es. Es sólo que yo no prometo nada. Lucy es una chica grande pero también tiene muchos obstáculos importantes. Habrá quienes usarán su pasado en el FBI y dirán que tiene un carácter muy fuerte y que nunca hizo nada importante.

—Ese estereotipo no durará demasiado —dije, y me di cuenta de que me estaba resultando muy difícil hablar objetivamente con ella de mi sobrina.

—Durará el tiempo que les lleve verla aterrizar un helicóptero o programar a un robot para que saque una bomba de una escena —dijo ella—. O realizar mentalmente cálculos Q-dot mientras el resto de nosotros ni siquiera logramos hacerlo con una calculadora.

Q-dot era nuestra jerga para las ecuaciones matemáticas, o evaluaciones científicas, utilizadas para estimar la física y química de un incendio en relación con lo que el investigador observó en la escena o el relato de testigos. Yo no estaba segura de que Lucy cosecharía amistades gracias a su capacidad para resolver mentalmente fórmulas tan esotéricas.

—Teun —dije y suavicé el tono—. Lucy es diferente, y eso no siempre es bueno. De hecho, en muchos sentidos, ser un genio es casi un impedimento tan grande como ser retardado.

—Absolutamente. Tengo más conciencia de ello de la que pueda imaginar.

—Siempre y cuando usted lo entienda —dije, como si de mala gana le estuviera entregando la posta en la carrera del difícil desarrollo de Lucy.

—Y siempre y cuando usted entienda que ella ha sido y seguirá siendo tratada como cualquier otra persona. Lo cual incluye las reacciones de otros agentes a sus antecedentes y también los rumores que corren con respecto a por qué dejó el FBI y lo que se dice de su vida personal —dijo con franqueza.

La miré fijo durante un buen rato y me pregunté cuánto sabía realmente sobre Lucy. A menos que McGovern hubiera sido informada al respecto por alguien del FBI, no existía ninguna razón para que yo pensara que debía estar enterada de la aventura de mi sobrina con Carrie Grethen y las implicaciones que podía tener esa relación cuando la causa fuera a juicio, suponiendo que lograran apresar a Carrie. Pero ese pensamiento arrojó una sombra sobre lo que ya había sido un día oscuro, y mi silencio incómodo invitó a McGovern a llenarlo.

—Tengo un hijo —dijo en voz baja, la vista fija en su café—. Sé lo que se siente al ver que un hijo crece y de pronto desaparece de nuestra vida. Emprende su propio camino y está demasiado ocupado para visitarnos o llamarnos por teléfono.

—Lucy creció hace mucho tiempo —me apresuré a decir, porque no quería que ella se compadeciera de mí—. Nunca vivió conmigo, al menos no en manera permanente. En cierta manera, siempre estuvo lejos.

Pero McGovern se limitó a sonreír cuando se levantó de la silla.

—Debo revisar mis tropas —dijo—. Supongo que será mejor que vaya a hacerlo.

6

A las cuatro de esa tarde, mi equipo seguía atareado en la sala de autopsias, y yo entré en busca de Chuck. Él y dos de mis residentes trabajaban en el cuerpo quemado de la mujer y la descarnaban lo mejor que podían con espátulas de plástico, porque cualquier cosa más dura podría arañar los huesos.

Chuck transpiraba debajo de su gorra quirúrgica y su barbijo mientras raspaba tejido del cráneo, y sus ojos marrones estaban como vidriosos detrás del visor. Era un muchacho alto, delgado y fuerte, con pelo corto y de un rubio color arena que tendía a pararse en todas direcciones por mucho gel que él usara. Era atractivo en un estilo adolescente y al cabo de un año de trabajar conmigo, yo todavía lo aterraba.

—¿Chuck? —dije de nuevo mientras inspeccionaba una de las tareas más truculentas de la medicina forense.

—Sí, doctora.

Dejó de raspar y me miró furtivamente. El hedor aumentaba minuto a minuto a medida que esa carne no refrigerada se descomponía, y a mí no me resultaba nada atractivo lo que debía hacer a continuación.

—Permíteme que verifique esto una vez más —le dije a Ruffin, que era tan alto que tendía a agacharse y su cuello se extendía hacia afuera como el de una tortuga cuando miraba a quienquiera hablara con él—. Nuestras viejas ollas no resistieron la mudanza.

—Creo que de alguna manera se perdieron —dijo él.

—Y lo más probable es que había llegado el momento de que así fuera —le dije—. Lo cual significa que tú y yo tenemos una tarea.

—¿Ahora?

—Sí, ahora.

Él no perdió tiempo en dirigirse al vestuario de hombres para sacarse su bata sucia y maloliente y ducharse el tiempo suficiente para eliminar el champú de su pelo. Todavía transpiraba y tenía la cara roja por el cepillado cuando nos reunimos en el pasillo y yo le entregué un juego de llaves. Nuestra furgoneta Tahoe color rojo oscuro se encontraba estacionada en el patio y yo me instalé en el asiento del acompañante para dejar que Ruffin condujera.

—Iremos al Cole's Restaurant Supply —le dije cuando el motor se encendió—. Queda a unas dos cuadras al oeste de Parham, sobre la calle Broad. Tomemos la 64 para bajar por la salida a Broad Oeste. Yo te indicaré el camino a partir de allí.

Él oprimió una tecla del control remoto del visor y la puerta del patio se levantó y dejó entrar la luz del sol que yo no había visto en todo el día. El tráfico de la hora pico acababa de comenzar y sería intransitable media hora después. Ruffin conducía como una mujer vieja: anteojos oscuros y agachado hacia adelante, mientras avanzaba a una velocidad de aproximadamente ocho kilómetros por hora menos que el límite de velocidad.

—Puedes conducir un poco más rápido —le dije con mucha calma—. La tienda cierra a las cinco, así que debemos apurarnos un poco.

Él apretó el acelerador, el vehículo pegó un salto hacia adelante y Chuck buscó en el cenicero cospeles para el peaje.

—¿Le importa si le pregunto algo, doctora Scarpetta? —dijo.

—En absoluto. Pregunta, no más.

—Es algo un poco extraño.

Volvió a mirar por el espejo retrovisor.

—Adelante.

—¿Sabe? He visto muchas cosas, en el hospital y la funeraria —comenzó a decir con bastantes nervios—. Y nada me impresionó demasiado.

Redujo la marcha al acercarse a la cabina de peaje y arrojó el cospel en la canasta. La barrera a rayas rojas se levantó y nos adelantamos mientras otras personas apuradas nos pasaban a toda velocidad. Ruffin volvió a levantar el vidrio de su ventanilla.

—Es normal que lo que estás viendo ahora te impresione —terminé por él su pensamiento, o por lo menos creí hacerlo.

—Verá, casi siempre llego a la morgue más temprano por la mañana que usted —dijo en cambio, la vista fija hacia adelante—. Así que yo soy el que contesta los llamados telefónicos y le prepara todo. Porque estoy allí solo.

Yo asentí, y no tenía la menor idea de lo que iba a decirme.

—Pues bien, esto comenzó hace alrededor de dos meses, cuando todavía estábamos en el viejo edificio. El teléfono empezó a sonar a eso de las seis y media de la mañana, justo después de que yo llegaba. Y cuando levantaba el tubo, no contestaba nadie.

—¿Con cuánta frecuencia ocurrió esto? —pregunté.

—Unas tres veces por semana. A veces todos los días. Y sigue sucediendo.

Ahora yo estaba más atenta a sus palabras.

—Pasa desde que nos mudamos —dije, porque quería estar segura.

—Por supuesto, tenemos el mismo número que antes —me recordó—. De hecho, volvió a suceder esta mañana, y confieso que me asusta un poco. Me preguntaba si deberíamos tratar de rastrear los llamados para averiguar qué ocurre.

—Explica exactamente lo que sucede cuando levantas el tubo —dije, mientras avanzábamos por la interestatal en el límite justo de velocidad.

—Yo digo Morgue, y la persona que está en el otro extremo no dice nada. Silencio total, como si la línea estuviera muerta. Así que yo digo: Hola, varias veces y finalmente corto. Pero estoy seguro de que hay alguien del otro lado. Es algo que intuyo.

—¿Por qué no me lo dijiste antes?

—Quería estar seguro de que no se trataba de una reacción exagerada de mi parte. Ni de que eran sólo imaginaciones mías, porque le aseguro que la morgue es un lugar un poco tétrico a primera hora de la mañana, cuando el sol todavía no salió y no hay nadie cerca.

—¿Y dices que esto empezó hace alrededor de dos meses?

—Más o menos —contestó—. En realidad, no le presté atención las primeras veces.

Me irritó que hubiera tardado tanto en pasarme esa información, pero ya no tenía sentido insistir en el tema.

—Se lo diré al capitán Marino —dije—. Mientras tanto, Chuck, debes informarme si vuelve a suceder, ¿entendido?

Él asintió y sus nudillos estaban blancos sobre el volante.

—Justo después del siguiente semáforo, buscamos un gran edificio color beige. Estará a la izquierda, en la cuadra numerada nueve mil, después de JoPa's.

Faltaban quince minutos para que Cole's cerrara y no había más que otros dos automóviles en el estacionamiento cuando llegamos. Ruffin y yo nos apeamos y el aire acondicionado estaba helado cuando ingresamos en un amplio espacio abierto con pasillos con estantes metálicos hasta el cielo raso. Apilados en ellos había absolutamente todo; desde calderos y cucharones para restaurantes a calentadores de comida para líneas de cafetería, cafeteras y licuadoras gigantes. Pero lo que a mí me interesaba eran las cacerolas y ollas y, después de una rápida revisión ocular, encontré la sección que buscaba en la parte posterior del salón, cerca de las sartenes eléctricas y las tazas para medir ingredientes.

Comencé a levantar enormes cacerolas y ollas de aluminio cuando de pronto apareció un vendedor. Tenía una calvicie incipiente, era barrigón y en el antebrazo derecho tenía un tatuaje que representaba mujeres desnudas que jugaban a las cartas.

—¿Puedo ayudarlo? —le preguntó a Ruffin.

—Necesito la olla más grande que tengan —respondí yo.

—Ésa sería la de cuarenta litros.

Extendió un brazo hacia un estante demasiado alto para mí y le entregó la olla monstruosa a Ruffin.

—Necesitaré también una tapa —dije.

—Habrá que ordenarla.

—¿Qué tiene que sea profundo y rectangular? —pregunté mientras imaginaba huesos largos.

—Tenemos una cacerola de veinte litros.

Extendió el brazo hacia otro estante y se oyó un ruido metálico cuando levantó una cacerola que probablemente había sido diseñada para contener una gran cantidad de puré de papas, vegetales o pastel de frutas.

—Supongo que tampoco tiene una tapa para esto —dije.

—Sí hay.

Tapas de diferentes tamaños resonaron cuando él extrajo una.

—Tiene aquí una muesca para el cucharón. Imagino que también querrá uno.

—No, muchas gracias —respondí—. Sólo algo largo para revolver, de madera o de plástico. Y también guantes resistentes al calor. Dos pares. ¿Qué más?

Miró a Ruffin mientras pensaba.

—Quizá deberíamos comprar también una olla de veinte litros, para trabajos más pequeños —reflexionó en voz alta.

—Me parece una buena idea —convino él—. La olla grande será muy pesada cuando esté llena de agua. Y no tiene sentido usarla si una más chica nos sirve, pero creo que esta vez necesitaremos la más grande o todo no cabrá adentro.

El desconcierto del vendedor iba en aumento al escuchar nuestra conversación evasiva.

—Usted dígame qué piensa cocinar y tal vez yo pueda darle algún consejo —dijo, una vez más dirigiéndose a Ruffin.

—Distintas cosas —contesté yo—. Más que nada la usaremos para hervir cosas.

—Ah, entiendo —dijo él, aunque no era así—. Bueno, ¿necesitan algo más?

—Eso es todo —respondí con una sonrisa.

Una vez junto al mostrador, él preparó una factura por ciento setenta y siete dólares mientras yo sacaba mi billetera y buscaba mi MasterCard.

—Por casualidad, ¿hacen ustedes descuentos a integrantes del gobierno del Estado? —pregunté y él me tomó la tarjeta.

—No —respondió y se frotó la papada al ver la tarjeta—. Creo haber visto su nombre en los informativos.

Me observó con recelo.

—Ya lo sé.

Chasqueó los dedos.

—Usted es la señora que se postuló para el senado hace algunos años. ¿O era para vicegobernadora? —dijo, complacido.

—No, ésa no fui yo —contesté—. Trato de mantenerme al margen de la política.

—También yo —dijo en voz bien alta mientras Ruffin y yo

transportábamos nuestras compras hacia la puerta—. ¡Son todos ladrones!

Cuando regresamos a la morgue le di instrucciones a Ruffin de que sacara los restos de la víctima quemada de la cámara refrigeradora y los llevara junto con las nuevas ollas y cacerolas a la sala de descomposición. Revisé los mensajes telefónicos, la mayoría de reporteros, y me di cuenta de que me estaba tirando nerviosamente del pelo cuando Rose apareció junto a la puerta que comunicaba mi oficina con la suya.

—Por su aspecto, parece que tuvo un mal día —dijo.

—No peor que lo habitual.

—¿Quiere una taza de té de canela?

—No, no lo creo —respondí—. Pero, gracias.

Rose puso una pila de certificados de defunción sobre mi escritorio, que se sumó a la interminable pila de documentos que yo debía inicialar o firmar. Vestía un elegante traje de chaqueta y pantalón color azul marino, blusa color púrpura vivo y, como de costumbre, zapatos abotinados de cuero negro.

Rose había pasado con creces la edad para jubilarse, aunque su rostro, majestuoso y sutilmente maquillado, no lo demostrara. Pero su pelo se había vuelto más fino y estaba completamente blanco, y la artritis le atacaba los dedos, la zona lumbar y las caderas, y le dificultaba la tarea de estar sentada frente a su escritorio y atenderme como lo había hecho desde el primer día que trabajaba allí.

—Ya son casi las seis —dijo y me miró con expresión bondadosa.

Levanté la vista hacia el reloj y comencé a hojear los papeles y a firmarlos.

—Tengo una cena en la iglesia —me anunció con tono diplomático.

—Qué agradable —dije y fruncí el entrecejo al seguir leyendo—. Maldición, ¿cuántas veces tengo que decirle al doctor Carmichael que no se debe poner paro cardíaco en un certificado de defunción como causa de muerte? Por Dios, si todo el mundo muere por paro cardíaco. Y también sigue poniendo paro respiratorio, aunque infinidad de veces he tenido que corregir sus certificados.

La furia me hizo suspirar.

—¿Hace cuántos años que es el médico forense del condado de Halifax? —Seguí con mi diatriba. —¿Por lo menos veinticinco?

—Doctora Scarpetta, no olvide que es obstetra. Y de edad muy avanzada —me recordó Rose—. Es un hombre agradable que no es capaz de aprender nada nuevo. Continúa escribiendo sus informes en una vieja Royal manual, nunca pone letras mayúsculas y todo eso. Y la razón por la que le mencioné la cena en la iglesia es que se supone que debo estar allí dentro de diez minutos.

Hizo una pausa y me miró por sobre sus anteojos de lectura.

—Pero puedo quedarme si me necesita —agregó.

—Yo tengo algunas cosas que hacer —le dije—. Y lo último que se me ocurriría es interferir una cena en la iglesia. La suya o la de cualquier otra persona. Ya tengo bastantes problemas con Dios sin hacerlo.

—Entonces le deseo buenas noches —dijo Rose—. Los dictados están en su canasto. La veré por la mañana.

Cuando el sonido de sus pisadas en el pasillo se desvaneció, me envolvió un silencio roto sólo por el crujido de los papeles que yo movía sobre el escritorio. Pensé varias veces en Benton y resistí el deseo de llamarlo porque yo no estaba lista para distenderme, o quizá simplemente porque no quería sentirme humana todavía. Después de todo, es difícil sentirse una persona normal con emociones normales cuando se está a punto de hervir restos humanos en lo que esencialmente es una enorme olla para sopa. Algunos minutos después de las siete avancé por el pasillo hasta la sala de descomposición, que quedaba a dos puertas y frente a la cámara refrigeradora.

Abrí la puerta con mi llave y entré en lo que no era más que una pequeña sala de autopsias con un refrigerador y una ventilación especial. Los restos estaban cubiertos con una sábana sobre una mesa transportable, y sobre una hornalla eléctrica que había debajo de una campana química estaba la nueva olla de cuarenta litros llena de agua. Me puse barbijo y guantes y encendí la hornalla a fuego bajo para que no dañara más los huesos. Agregué dos medidas de detergente para ropa y una taza de hipoclorito para apresurar la separación de las membranas fibrosas, los cartílagos y la grasa.

Al apartar las sábanas quedaron al descubierto huesos a los que se les había quitado la mayor parte de los tejidos; las extremidades estaban lastimeramente truncadas como palillos quemados. Con suavidad coloqué los fémures y las tibias en la olla, y después la pelvis y partes del cráneo. Las vértebras y las costillas siguieron a medida que el agua se calentaba y un vapor de olor fuerte comenzaba a elevarse. Yo necesitaba ver sus huesos desnudos y limpios porque tal vez ellos tenían algo que decirme, y sencillamente no había otra manera de hacerlo.

Durante un rato permanecí sentada en ese cuarto, y la campana chupaba aire mientras yo me adormilaba un poco. Me sentía cansada. Estaba emocionalmente agotada y me sentía muy sola. El agua se calentó y lo que quedaba de una mujer que yo pensaba había sido asesinada comenzó a procesarse en la olla, en lo que parecía una indignidad y un menosprecio más para quien ella era.

—Dios mío —suspiré, como si Dios de alguna manera estuviera dispuesto a escucharme—. Bendícela, dondequiera esté.

Costaba imaginar a un ser siendo reducido a los huesos en una olla, y cuanto más lo pensaba, más me deprimía. En alguna parte, alguien había amado a esa mujer, y ella había logrado algo en esta vida antes de que su cuerpo y su identidad le hubieran sido arrancados con tanta crueldad. Yo había pasado toda mi vida tratando de rechazar el odio, pero ahora era demasiado tarde. Era cierto que detestaba a las personas sádicas y malévolas cuya finalidad era atormentar la vida y tomársela, como si fuera de ellas, para apropiársela. Era cierto que las ejecuciones me perturbaban mucho, pero sólo porque eran como resucitar homicidios crueles y a las víctimas que la sociedad casi no recordaba.

El calor se elevó en un vapor caliente y húmedo e impregnó el aire con un hedor nauseabundo que disminuiría cuanto más tiempo se procesaran los huesos. Imaginé a una mujer delgada, alta y rubia, que usaba jeans y botas con cordeles, con un anillo de platino metido en el bolsillo de atrás. Sus manos habían desaparecido y yo jamás sabría el tamaño de sus dedos o si el anillo le cabía, pero no era probable. Sin duda Fielding tenía razón, y yo tenía una cosa más para preguntarle a Sparkes.

Pensé en las heridas de la mujer y traté de reconstruir la forma en que las había recibido y por qué su cuerpo vestido estaba en el cuarto de baño principal. Ese lugar, si nuestras conjeturas eran correctas, era un lugar inesperado y extraño. Ella no se había sacado los jeans, porque cuando recuperé el cierre automático estaba cerrado, y por cierto ella tenía las nalgas cubiertas. Basándome en la tela sintética que se había fusionado con su carne, tampoco tenía motivos para sospechar que sus pechos habían estado expuestos, ni que ninguno de estos hallazgos descartaba una agresión sexual. Pero todo parecía indicar que no se había producido.

Revisaba los huesos por entre un velo de vapor cuando sonó la campanilla del teléfono y me sobresalté. Al principio pensé que podría tratarse de una funeraria con un cuerpo que debía entregar, pero después me di cuenta de que la luz que titilaba era la de una de las líneas de la sala de autopsias. No pude evitar recordar lo que Ruffin me había contado sobre los inquietantes llamados matinales, y en cierto sentido esperaba no oír a nadie en el otro extremo de la línea.

—Hola —dije en forma abrupta.

—Soy yo —dijo Marino.

—Ah —dije, aliviada—. Lo siento, pensé que era alguien amigo de las bromas.

—¿A qué te refieres con eso de bromas?

—Te lo diré después —respondí—. ¿Qué sucede?

—Estoy sentado en tu espacio del estacionamiento y esperaba que me dejaras entrar.

—Enseguida voy para allá.

En realidad, me alegraba tener compañía. Me apresuré hacia el patio cerrado y oprimí un botón de la pared. La inmensa puerta comenzó a crujir, Marino se agachó para pasar y la noche oscura estaba borroneada con luces de vapor de sodio. Comprobé que el cielo estaba cubierto con nubes que presagiaban lluvia.

—¿Por qué estás aquí tan tarde? —preguntó Marino con su habitual tono gruñón mientras pitaba un cigarrillo.

—No quiero humo en mi oficina —le recordé.

—Como si a alguien en este lugar fuera a preocuparle el humo secundario.

—Algunos de nosotros todavía respiramos —dije.

Él arrojó el cigarrillo en el piso de cemento y con fastidio lo aplastó con un pie, como si nunca hubiéramos pasado por esa rutina. En realidad, se había convertido en un hecho cotidiano entre nosotros, algo así como una forma de reafirmar el vínculo que nos unía. Yo estaba bastante segura de que sería lesivo para los sentimientos de Marino el que yo no lo sermoneaba por alguna razón.

—Puedes seguirme a la sala de descomposición —le dije al cerrar la puerta del patio—. Estoy en medio de un procedimiento.

—Ojalá lo hubiera sabido —se quejó—. Me habría limitado a llamarte por teléfono.

—No te preocupes, no es nada espantoso. Sólo estoy limpiando algunos huesos.

—Tal vez para ti no sea espantoso —dijo él—, pero yo nunca me acostumbré al olor de gente cocida.

Entramos en la sala de descomposición y yo le entregué un barbijo. Verifiqué el procedimiento para ver cómo se desarrollaba y bajé el fuego cincuenta grados para estar segura de que el agua no herviría y así los huesos no chocarían unos contra otros y con los costados de la olla. Marino dobló un poco el barbijo para que le tapara la nariz y la boca y ató los cordones en la nuca. Vio una caja de guantes descartables, extrajo un par y se los puso. Resultaba irónico que le preocupara obsesivamente la posibilidad de que agentes externos invadieran su salud, cuando en realidad el mayor peligro era sencillamente la forma en que vivía. Transpiraba con profusión con sus pantalones color caqui, su camisa blanca y su corbata que en algún momento del día había recibido el ataque del ketchup.

—Tengo un par de cosas interesantes para ti, Doc —dijo y se inclinó hacia un piletón lustrado a espejo—. Hicimos averiguaciones sobre el Mercedes quemado que había detrás de la casa de Sparkes, y resultó que era un Benz 240D del 81 de color azul. Lo más probable es que el odómetro haya sido puesto a cero por lo menos dos veces. Según el registro de propiedad, pertenece a un tal doctor Newton Joyce, de Wilmington, Carolina del Norte. Está en la guía pero no pude comunicarme con él sino sólo con su contestador automático.

—Wilmington es el lugar donde Claire Rawley estudió y está bastante cerca de la casa de la playa de Sparkes —le recordé.

—Correcto. Hasta el momento, todo señala en esa dirección.

Marino se quedó mirando fijo la olla humeante que había sobre la hornalla.

—Ella conduce el auto de otra persona a Warrenton y de alguna manera logra entrar en la casa de Sparkes cuando él no está allí, y después es asesinada y provoca un incendio —dijo y se frotó las sienes—. Te digo que esto huele tan mal como eso que estás cocinando, Doc. Nos falta una pieza grande, porque nada tiene sentido.

—¿Hay algunos Rawley en la zona de Wilmington? —pregunté—. ¿Alguna posibilidad de que tenga familiares allí?

—Confeccionaron dos listas y ninguna de esas personas ha oído hablar jamás de una Rawley llamada Claire —respondió.

—¿Qué me dices de la universidad?

—Todavía no llegamos a eso —contestó y se acercó a la olla de nuevo—. Creí que lo harías tú.

—Lo haré por la mañana.

—¿Te quedarás aquí toda la noche cocinando esta mierda?

—En realidad —dije y apagué la hornalla—, lo dejaré reposar y me iré a casa. A propósito, ¿qué hora es? Dios, casi las nueve. Y por la mañana tengo que ir al juzgado.

—Salgamos de aquí —dijo Marino.

Cerré con llave la puerta de la sala de descomposición y abrí una vez más la que daba al patio. A través de ella vi enormes nubes negras que se desplazaban sobre la luna como barcos con la vela desplegada, y el viento era intenso y rugía por las esquinas de mi edificio. Marino me acompañó al auto y parecía no tener ningún apuro cuando sacó el paquete de cigarrillos y encendió uno.

—No quiero ponerte ideas en la cabeza —dijo—, pero hay algo que creo que deberías saber.

Abrí la puerta del auto y me senté detrás del volante.

—Me da miedo preguntar —dije, y era en serio.

—Esta tarde, a eso de las cuatro y media, recibí un llamado de Rex Willis desde el periódico. Es el que escribe los editoriales —dijo.

—Ya sé quién es.

Me sujeté el cinturón de seguridad.

—Al parecer hoy recibió una carta de una fuente anónima. Algo bastante serio.

—¿Sobre qué? —pregunté mientras una señal de alarma me recorría el cuerpo.

—Bueno, se supone que es de Carrie Grethen, y ella dice que escapó de Kirby porque fue incriminada por el FBI y sabía que la ejecutarían, por algo que no hizo, a menos que huyera. Alega que en el momento de los homicidios tú tenías una aventura con Benton Wesley, el principal encargado de perfiles del caso, y que todas las supuestas pruebas contra ella fueron manipuladas, inventadas, y que existió una conspiración entre ustedes dos para hacer que el FBI saliera bien parado.

—¿De dónde fue enviada esa carta? —pregunté mientras mi furia aumentaba.

—De Manhattan.

—¿Y estaba dirigida concretamente a Rex Willis?

—Sí.

—Y, desde luego, él no hará nada con ella.

Marino vaciló.

—Vamos, Doc —dijo—. ¿Cuándo fue la última vez que un reportero no hizo nada con algo?

—¡Por el amor de Dios! —salté mientras encendía el motor—. ¿Los medios se volvieron completamente locos? ¿Reciben una carta de una psicótica y piensan publicarla en el periódico?

—Tengo una copia, si quieres verla.

Sacó una hoja doblada de papel del bolsillo de atrás del pantalón y me la dio.

—Es un fax —explicó—. El original está ya en el laboratorio. La sección documentos verá qué puede hacer con él.

Desplegué la hoja con manos temblorosas y no reconocí esa prolija escritura con tinta negra. No se parecía nada a la que apareció en rojo en la carta que recibí de Carrie, y en esta nota las palabras eran bien articuladas y claras. Por un momento la leí, pasando un poco por alto la ridícula acusación de que la habían incriminado, y quedé helada al llegar al último párrafo largo.

En cuanto a la agente especial Lucy Farinelli, ha disfruta-do de una carrera exitosa sólo porque la influencia permanente de la jefa de médicos forenses, doctora Scarpetta, su tía, tapó durante años los errores y transgresiones de su sobrina. Cuando tanto Lucy como yo estábamos en Quantico, fue ella la que se me acercó y no al revés, como estoy segura se alegará en la corte. Si bien es cierto que por un tiempo fuimos amantes, todo fue una manipulación de su parte para que yo le sirviera de pantalla cuando una y otra vez fracasó con CAÍN. Después tomó el crédito de un trabajo que nunca hizo. Le juro por Dios que ésta es la verdad. Le pido que por favor publique esta carta para que todos la vean. No quiero tener que seguir escondién-dome el resto de mi vida, acusada por la sociedad de hechos

*terribles que yo no cometí. Mi única esperanza de libertad y
justicia es que la gente conozca la verdad y haga algo al
respecto.*

Tenga piedad de mí,

Carrie Grethen

Marino siguió fumando hasta que yo terminé de leer la carta, y
después dijo:

—Esta persona sabe demasiado. No tengo ninguna duda de que
esa hija de puta lo escribió.

—¿A mí me escribe una carta que parece obra de una mente
desquiciada y después sigue con esto, algo que parece completamente racional? —dije, y estaba tan trastornada que me sentía
descompuesta—. ¿Qué sentido tiene para ti, Marino?

Él se encogió de hombros y las primeras gotas de lluvia comenzaron a caer.

—Te diré lo que pienso —dijo—. Ella te estaba mandando una
señal. Quiere que sepas que maneja a todo el mundo. Para ella no
sería divertido si no pudiera enfurecerte y arruinarte el día.

—¿Benton está enterado de esto?

—No todavía.

—¿Y de veras crees que el periódico lo publicará? —pregunté
de nuevo con la esperanza de que esta vez la respuesta de Marino
fuera diferente.

—Ya sabes cómo son las cosas.

Él dejó caer al suelo la colilla de cigarrillo, que levantó algunas
chispas.

—La historia será que esa famosa homicida psicópata se ha
puesto en contacto con ellos mientras la mitad de las fuerzas del
orden la busca —dijo él—. Y la otra mala noticia es que no sabemos
si no ha mandado la misma carta también a otros lugares.

—Pobre Lucy —murmuré.

—Sí, bueno, pobres todos —dijo Marino.

7

La lluvia caía en forma oblicua y pinchaba como alfileres cuando emprendí el camino a casa, casi sin poder ver. Había apagado la radio porque no quería oír más noticias ese día, y estaba segura de que esa noche estaría demasiado nerviosa como para poder dormir. En dos oportunidades reduje la velocidad a cincuenta kilómetros por hora cuando mi pesado sedán Mercedes cruzaba charcos y salpicaba en todas direcciones como si fuera un barco. En la calle Cary Oeste, los pozos y los baches estaban tan llenos de agua que parecían bañeras, y las luces de emergencia que destellaban en colores rojo y azul por entre el aguacero me recordaron que debía tomarme mi tiempo.

Eran casi las diez cuando finalmente entré en el sendero de mi casa y de pronto sentí miedo cuando las luces del sensor de movimiento no se encendieron cerca de la puerta del garaje. La oscuridad era completa y sólo tenía el ronronero del motor de mi auto y el tamborilear de la lluvia para orientar mis sentidos con respecto a en qué mundo me encontraba. Por un momento vacilé entre abrir la puerta del garaje o salir de allí a toda velocidad.

—Esto es ridículo —me dije y oprimí un botón del visor.

Pero la puerta no se abrió.

—¡Maldición!

Puse la palanca de cambios en marcha atrás y retrocedí sin poder ver el sendero ni el borde de ladrillos o siquiera los arbustos. El árbol que raspé era pequeño y no se dañó, pero estaba segura de haber destrozado parte del parque al maniobrar hacia el frente de mi casa, donde los timers que tenía en el interior al menos encendieron las lámparas y la luz del foyer. En cuanto a las luces del sensor de movimiento a ambos lados de los peldaños del frente, también estaban apagadas. Me dije que el clima había provocado un corte de luz más temprano por la tarde y, por consiguiente, un cortocircuito.

La lluvia entró en el auto cuando abrí la puerta. Tomé la cartera y el maletín y subí los peldaños. Cuando finalmente abrí con mi llave la puerta de calle, estaba totalmente empapada y el silencio que me recibió me llenó de miedo. Las luces que bailoteaban en el keypad que había junto a la puerta significaban que la alarma contra ladrones había sonado, o quizás un corte de electricidad también la había descompuesto. Pero no importaba. A esa altura yo ya estaba aterrada y hasta tenía miedo de moverme. Así que me quedé parada en el foyer, con el agua goteando sobre el piso de parquet, mientras mi cerebro corría hacia el arma más cercana.

No podía recordar si había vuelto a poner el Glock en un cajón de la alacena de la cocina. Eso quedaría más cerca que mi estudio o mi dormitorio, que estaban en el otro extremo de la casa. Las paredes de piedra y las ventanas eran sacudidas por el viento y por la lluvia, y yo me esforzaba por oír cualquier otro sonido, como el crujido de un peldaño de la escalera o de pisadas sobre una alfombra. En un ataque de pánico, de pronto solté la cartera y el maletín y corrí por el comedor hacia la cocina, y mis pies mojados casi cedieron debajo de mí. Abrí el cajón inferior de la alacena y estuve a punto de gritar de alivio cuando tomé mi Glock.

Por un rato registré de nuevo mi casa y encendí las luces en cada habitación. Satisfecha de que no tenía huéspedes indeseables, revisé la caja de fusibles del garaje y encendí los disyuntores, que se habían desconectado. El orden estaba nuevamente instaurado, la alarma en funcionamiento, así que me serví una medida de whisky Black Bush Irish en un vaso y esperé a que mis nervios se tranquilizaran. Entonces llamé al Motel Johnson's de Warrenton, pero Lucy no estaba allí. Así que intenté en su departamento de D.C. y Janet contestó.

—Hola, soy Kay —dije—. Espero no haber despertado a nadie.

—Ah, hola, doctora Scarpetta —dijo Janet, quien no podía llamarme por mi nombre de pila ni tutearme por mucho que yo se lo hubiera pedido—. No, estoy aquí bebiendo una cerveza y esperando a Lucy.

—Ajá —dije, muy decepcionada—. ¿Ella va camino a su casa desde Warrenton?

—No por mucho tiempo. Debería ver este lugar. Cajas por todas partes. Es un caos.

—¿Cómo soportas todo esto, Janet?

—Todavía no lo sé —respondió, y detecté un leve temblor en su voz—. Tendré que adaptarme. Sólo Dios sabe que no es la primera vez que debo hacerlo.

—Y estoy segura de que saldrás de esta situación con éxito.

Bebí mi whisky y en realidad no creía lo que acababa de decir, pero por el momento agradecí haber podido escuchar una cálida voz humana.

—Cuando me casé —hace milenios— Tony y yo estábamos en dos planos totalmente diferentes —dije—. Pero nos ingeniamos para encontrar tiempo el uno con el otro, un tiempo especial. En algunos sentidos, fue mejor así.

—Y también se divorció —me señaló cortésmente.

—No al principio.

—Lucy no llegará hasta dentro de por lo menos una hora, doctora Scarpetta. ¿Quiere que le dé algún mensaje?

Vacilé, sin saber bien qué hacer.

—¿Está todo bien? —preguntó entonces Janet.

—En realidad, no —respondí—. Supongo que no te enteraste. Supongo que tampoco Lucy lo sabe.

Le hice un rápido resumen de la carta que Carrie envió a la prensa y, cuando terminé, Janet estaba tan silenciosa como una catedral.

—Te lo digo porque será mejor que estés preparada —agregué—. Mañana, al despertar, podrías verlo en los periódicos. O enterarte esta misma noche en los informativos de última hora.

—Es mejor que me lo haya dicho —dijo Janet en un hilo de voz, tanto que me costó mucho oírla—. Y se lo avisaré a Lucy en cuanto entre.

—Dile que me llame, si no está demasiado cansada.

—Se lo diré.

—Buenas noches, Janet.

—No, no es para nada una buena noche —dijo—. Esa perra nos ha estado arruinando la vida durante años. De una u otra manera. ¡Y su mierda ya fue suficiente para mí! Lamento haber utilizado esa palabra.

—Yo también la uso.

—¡Yo estaba allí, por el amor de Dios! —Comenzó a llorar. —Carrie estaba encima de ella, esa hija de puta psicótica y manejadora. Lucy nunca tuvo ninguna oportunidad. Por Dios, si era una criatura, la chiquilla genio que probablemente debería haberse quedado en el college, donde pertenecía, en lugar de hacer un internado en el maldito FBI. Mire, yo todavía soy del FBI, ¿sí? Pero reconozco la mierda. Y no se han portado bien con ella, lo cual la convierte en más vulnerable todavía a lo que Carrie hace.

La mitad de mi whisky ya había desaparecido y no había suficiente en el mundo para hacerme sentir mejor en ese momento.

—No quisiera que ella se alterara —continuó Janet en un arranque de franqueza, con respecto a su amante, que nunca le había oído—. No sé si se lo contó. De hecho, no creo que haya pensado hacerlo, pero hace dos años que Lucy ve a un psiquiatra, doctora Scarpetta.

—Bien. Me alegro de saberlo —dije, disimulando mi pena—. No, ella no me lo dijo, pero no necesariamente esperaría que me lo dijera —agregué con voz objetiva mientras el dolor de mi corazón se hacía más intenso.

—Ha tenido intentos de suicidio —dijo Janet—. Más de una vez.

—Me alegra que está viendo a un especialista —fue todo lo que se me ocurrió decir mientras se me acumulaban las lágrimas.

Me sentía desolada. ¿Por qué Lucy no había acudido a mí?

—La mayor parte de las personas que alcanzan logros tienen sus momentos muy difíciles —dije—. Me alegra que esté haciendo algo al respecto. ¿Toma alguna medicación?

—Sí, Wellbutrin. El Prozac le hizo mal. Por momentos parecía un zombie y al siguiente estaba acelerada.

—Ah. —Casi no podía hablar.

—A Lucy no le hace falta más estrés, cataclismos ni rechazos —continuó Janet—. Ni se imagina el mal que le hacen. Algo la desequilibra y se hunde en un pozo durante semanas, sale y vuelve a caer, y sigue así sintiéndose pésimamente mal un minuto y una supermujer al siguiente.

Puso una mano sobre el micrófono y se sonó la nariz. Yo quería saber el nombre del psiquiatra de Lucy pero tenía miedo de averiguar. Me pregunté si mi sobrina sería maníaco-depresiva y nadie se había dado cuenta.

—Doctora Scarpetta, yo no quiero que ella... —Luchó con las palabras y se atoró. —No quiero que se muera.

—No lo hará —dije—. Eso te lo prometo.

Cortamos la comunicación y yo me quedé un momento sentada en la cama, todavía vestida y temerosa de dormir debido al caos que tenía en la cabeza. Por un rato lloré con furia y pena. Lucy era capaz de herirme más que ninguna otra persona, y lo sabía. Podía golpearme hasta los huesos y destrozarme el corazón, y lo que Janet acababa de decirme era, por lejos, el golpe más espantoso que me había infligido. No pude dejar de pensar en la mente inquisitiva de Teun McGovern cuando estuvimos hablando en mi oficina, y cómo ella parecía saber tanto con respecto a las dificultades de Lucy. ¿Mi sobrina se lo habría contado a ella y no a mí?

Esperé el llamado de Lucy, pero no se produjo. Puesto que yo no había llamado a Benton, él finalmente se comunicó conmigo a la medianoche.

—¿Kay?

—¿Te enteraste? —pregunté, conmovida—. ¿De lo que hizo Carrie?

—Sé lo de la carta.

—Maldición, Benton. Malditos sean todos.

—Estoy en Nueva York —dijo y me sorprendió—. El FBI me hizo venir.

—Sí, está bien. Es lo que debían hacer. Tú la conoces.

—Lamentablemente.

—Me alegra que estés allí —dije—. De alguna manera me parece un lugar más seguro. ¿No te parece una ironía? ¿Desde cuándo Nueva York es una ciudad segura?

—Estás muy trastornada.

—¿Sabes algo más con respecto a dónde está Carrie? —Hice girar el hielo casi derretido en mi vaso.

—Sabemos que despachó su última carta de una zona con código postal 10036, que es Times Square. El matasellos tiene la fecha de ayer, martes diez de junio.

—El día que escapó.

—Sí.

—Y todavía ignoramos cómo lo hizo.

—Todavía no lo sabemos —dijo él—. Es como si se hubiera transportado mágicamente al otro lado del río.

—No, no es así —dije, cansada y de mal humor—. Alguien vio algo y probablemente la ayudó. Carrie siempre se las ingenia para conseguir que la gente haga lo que ella quiere.

—Nuestra unidad especializada en perfiles tuvo demasiados llamados como para contarlos —dijo él—. Al parecer ella envió la carta a todos los periódicos más importantes, incluyendo el *Post* y el *The New York Times*.

—¿Y?

—Y esto es demasiado jugoso como para que ellos lo arrojen al cesto de papeles, Kay. La cacería en busca de Carrie es tan importante como la de Unabomber o Cunanan, y ahora ella les escribe a los medios. La historia aparecerá. Demonios, creo que hasta publicarán su lista de compras de almacén y transmitirán sus eructos. Para ellos, Carrie es oro. Es tapa de revistas y protagonista de futuras películas.

—No quiero oír nada más —dije.

—Te extraño.

—No me extrañarías si estuvieras ahora aquí conmigo, Benton.

Nos deseamos buenas noches y yo sacudí la almohada que tenía detrás de la espalda y barajé la posibilidad de servirme otro whisky, pero lo pensé mejor y no lo hice. Traté de imaginar qué haría Carrie, y ese camino retorcido siempre conducía de vuelta a Lucy. De alguna manera ése sería el *tour de force* de Carrie porque estaba consumida por la envidia. Lucy era más talentosa, más honorable, más todo, y Carrie no descansaría hasta haberse apropiado de su belleza y haberle extraído hasta la última gota de vida. Comencé a comprender que Carrie ni siquiera tenía que estar presente para hacerlo. Todos nosotros nos estábamos acercando cada vez más a su agujero negro, y su fuerza de atracción era increíblemente poderosa.

Mi sueño fue torturado, y soñé con aviones que se desplomaban y con sábanas empapadas de sangre. Yo estaba en un automóvil y después en un tren, y alguien me perseguía. Cuando desperté a las seis y media, el sol se anunciaba en un cielo azul cobalto y en el césped brillaban los charcos de agua. Llevé mi Glock al baño, cerré la puerta con llave y me di una ducha rápida. Cuando cerré la canilla del agua escuché con atención para estar segura de que no estuviera sonando la alarma contra ladrones, y después revisé el teclado de mi dormitorio para verificar si el sistema seguía activado. Durante todo el tiempo tuve plena conciencia de lo paranoide e irracional que era mi conducta. Pero no podía evitarlo. Estaba asustada.

De pronto Carrie estaba en todas partes. Estaba en la mujer delgada con anteojos y gorra de béisbol que caminaba por la vereda, o la conductora del vehículo que estaba detrás del mío en el puesto de peaje o en la mujer sin techo cubierta con un abrigo informe que me miró fijo cuando crucé la calle Broad. Era cualquiera con peinado punk y top ajustado, o cualquier ser andrógino o estrafalariamente vestido, y todo el tiempo me decía que yo no veía a Carrie desde hacía más de cinco años. No tenía idea de qué aspecto tenía ahora y lo más probable era que no la reconocería hasta que fuera demasiado tarde.

La puerta del patio estaba abierta cuando estacioné detrás de mi oficina, y la Funeraria Bliley's cargaba en ese momento un cuerpo en la parte posterior de un lustroso coche fúnebre negro, mientras el ritmo de traer y llevar cadáveres continuaba.

—Buen tiempo —le comenté al empleado de prolijo traje negro.

—Sí, muy bueno, ¿cómo está usted? —fue la respuesta de alguien que ya no oía.

Otro hombre bien vestido bajó del vehículo para ayudar, las patas de la camilla sonaron al plegarse y el portón trasero del auto se cerró. Esperé que se hubieran alejado y cerré el gran portón.

Mi primera parada fue la oficina de Fielding. Todavía no eran las ocho y cuarto.

—¿Cómo vamos? —pregunté mientras llamaba a su puerta.

—Adelante —dijo.

Revisaba libros en los estantes de la biblioteca, y su guardapolvo estaba tenso alrededor de sus hombros fuertes. La vida era difícil para mi jefe asistente, quien rara vez encontraba ropa que le quedara bien, puesto que básicamente no tenía cintura y caderas. Recordé el primer picnic de la compañía en mi casa, cuando se puso a tomar sol cubierto sólo con jeans cortados. Me sorprendió e hizo sentir incómoda el hecho de que no le pudiera quitar los ojos de encima, no porque abrigara pensamientos de cama sino, más bien, porque su rara belleza física me tenía impresionada. No entendía cómo alguien podía encontrar tiempo para tener ese aspecto.

—Supongo que viste el periódico —dijo.

—La carta —dije, mientras el alma se me caía a los pies.

—Primera plana con una fotografía tuya y una vieja foto policial de ella. Lamento que tengas que soportar esta mierda —dijo mientras buscaba otros libros—. Los teléfonos se están volviendo locos.

—¿Qué tenemos esta mañana? —dije para cambiar de tema.

—El choque de anoche en la autopista Midlothian, el conductor y el pasajero murieron. DeMaio ya comenzó a trabajar en ellos. Fuera de eso, nada más.

—Es suficiente —dije—. Tengo que ir a tribunales.

—Pensé que estabas de vacaciones.

—También yo lo creí.

—En serio. ¿Qué harían si no las interrumpías? ¿Obligarte a venir de Hilton Head?

—Es el juez Bowls.

—Mmmm —dijo Fielding con disgusto—. ¿Cuántas veces te hizo algo igual? Creo que espera averiguar cuáles son tus días libres para fijar fecha de un juicio, convocarte y arruinarte todo. ¿Y después, qué? Vuelves corriendo aquí y la mitad del tiempo él sigue con la causa.

—Puedes comunicarte conmigo con el radiomensaje —dije.

—Y puedes adivinar qué estaré haciendo yo.

Señaló la pila de papeles que cubrían su escritorio.

—Estoy tan atrasado que necesitaré un espejo retrovisor —dijo.

—No tiene sentido sermonearte —dije.

El Edificio de Tribunales John Marshall quedaba a unos diez minutos de caminata desde nuestra nueva dirección, y pensé que el ejercicio me vendría bien. La mañana era luminosa, el aire fresco y limpio cuando caminé por la vereda por la calle Leigh y doblé hacia el sur en la Novena y pasé frente al departamento de policía, la cartera colgada del hombro y un archivo acordeón debajo del brazo.

La causa de esta mañana era el resultado de un narcotraficante que mató a otro, y me sorprendió ver al menos una docena de reporteros en el segundo piso, junto a la puerta del juzgado. Al principio pensé que Rose se había equivocado con mi agenda, porque en ningún momento creí que los medios podían estar allí por mí.

Pero tan pronto me vieron se me acercaron con cámaras de televisión al hombro, micrófonos y flashes que destellaban. Al principio me sorprendí, después me enfurecí.

—Doctora Scarpetta, ¿cuál es su respuesta a la carta de Carrie Grethen? —me preguntó un reportero del canal 6.

—Ningún comentario —dije mientras buscaba con la vista al abogado del Commonwealth que me había convocado para prestar testimonio en esa causa.

—¿Qué me dice de la acusación de conspiración?

—¿Entre usted y su amante del FBI?

—¿Se refería a Benton Wesley?

—¿Cuál es la reacción de su sobrina?

Me abrí paso por entre un camarógrafo, los nervios tensos y el corazón dolido. Me encerré en el pequeño cuarto sin ventanas para testigos y me senté en una silla de madera. Me sentí atrapada y tonta, y me pregunté cómo pude haber sido tan torpe como para no pensar que algo así sucedería después de lo que Carrie hizo. Abrí el archivo acordeón y comencé a hojear varios informes y diagramas que describían orificios de entrada y de salida de proyectiles y cuáles habían sido fatales. Permanecí en ese espacio sin aire durante casi media hora hasta que el abogado del Commonwealth me encontró. Hablamos varios minutos antes de que yo subiera a la barra de los testigos.

Lo que siguió llevó a un punto culminante lo que había sucedido en el pasillo momentos antes, y descubrí que me disociaba del centro de mi ser para sobrevivir a lo que no era más que un ataque despiadado.

—Doctora Scarpetta —dijo Will Lampkin, el abogado de la defensa, que durante años había estado tratando de sacarme de juicio—, ¿cuántas veces ha testificado usted en este tribunal?

—Objeción —dijo el C.A.

—No ha lugar —dijo el juez Bowls, mi admirador.

—Nunca las conté —respondí.

—Pero seguramente puede darnos un cálculo aproximado. ¿Más de una docena? ¿Más de cien? ¿Un millón?

—Más de cien veces —dije y tuve ganas de matarlo.

—¿Y siempre les dijo la verdad a los jurados y a los jueces?

Lampkin comenzó a caminar con lentitud, una expresión pía en su rostro florido, las manos entrelazadas en la espalda.

—Siempre dije la verdad —contesté.

—¿Y no le parece algo deshonesto, doctora Scarpetta, dormir con el FBI?

—¡Objeción! —saltó el C.A. y se puso de pie.

—Ha lugar —dijo el juez y miró fijo a Lampkin—. ¿Qué se propone, doctor Lampkin?

—Lo que deseo dejar establecido, Su Señoría, es un conflicto de intereses. Es bien sabido que la doctora Scarpetta tiene relaciones íntimas con por lo menos un individuo que pertenece a las fuerzas del orden con el que ha trabajado, y que ella también ha ejercido su influencia en las instituciones de fuerzas del orden —tanto el FBI como el AFT—, en lo referente a la carrera de su sobrina.

—¡Objeción!

—No ha lugar. Por favor, al grano, doctor Lampkin —dijo el juez, y tomó un poco de agua.

—Gracias, Su Señoría —dijo Lampkin con una insoportable deferencia—. Lo que trato de hacer es señalar un viejo patrón que existe aquí.

Los cuatro blancos y ocho negros sentados en el palco de los testigos comenzaron a mirar en forma alternada a Lampkin y a mí, como si observaran un partido de tenis. Algunos de ellos tenían un aspecto ceñudo. Uno se comía las uñas mientras otro parecía dormitar.

—Doctora Scarpetta, ¿no es verdad que usted tiende a manipular las situaciones como le conviene?

—¡Objeción! ¡Está importunando a la testigo!

—No ha lugar —dijo el juez—. Doctora Scarpetta, por favor conteste la pregunta.

—No, absolutamente no tiendo a hacer nada semejante —dije con vehemencia mientras miraba a los jurados.

Lampkin tomó la hoja de un periódico que había sobre la mesa donde su cliente delincuente de diecinueve años se encontraba sentado.

—Según este periódico de la mañana —dijo—, usted ha estado manipulando las fuerzas del orden desde hace años...

—¡Su Señoría! ¡Objeción! ¡Esto es una afrenta!

—No ha lugar —dijo fríamente el juez.

—¡Aquí, en blanco y negro, dice que usted conspiró con el FBI para enviar a la silla eléctrica a una mujer inocente!

Lampkin se acercó a los jurados y blandió la fotocopia del artículo en sus caras.

—¡Su Señoría, por el amor de Dios! —exclamó el C.A., transpirando a través del saco de su traje.

—Doctor Lampkin, por favor continúe con el interrogatorio —le dijo el juez Bowls al rechoncho Lampkin de cuello grueso.

Lo que yo dije sobre distancia y trayectorias, y cuáles órganos vitales habían recibido el impacto de proyectiles de diez milímetros, era una nebulosa. Apenas si recordaba una palabra de todo eso cuando salí del edificio de tribunales y me alejé deprisa sin mirar a nadie. Dos tenaces reporteros me siguieron durante media cuadra y finalmente se dieron media vuelta cuando advirtieron que sería más fácil hacer hablar a una piedra. La injusticia de lo que había sucedido en la barra de los testigos superaba cualquier palabra. Carrie sólo tuvo que disparar una bala y yo ya estaba herida. Sabía que esto no terminaría nunca.

Cuando abrí con la llave la puerta trasera de mi edificio, por un instante el resplandor del sol me dificultó ver bien cuando entré en el patio fresco y en sombras. Abrí la puerta que conducía al interior y me alivió ver a Fielding en el pasillo, que avanzaba hacia mí. Tenía puesta una bata quirúrgica nueva y di por sentado que habíamos recibido otro caso.

—¿Todo bajo control? —pregunté y puse los anteojos negros en la cartera.

—Un suicidio de Powhatan. Una jovencita de quince años se pegó un tiro en la cabeza. Parece que su papito le prohibió que siguiera viendo al inservible de su novio. Tienes un aspecto terrible, Kay.

—Se llama ataque de tiburones.

—Dios. Esos abogados hijos de puta. ¿Quién fue esta vez?

Estaba listo para pegarle una tunda a alguien.

—Lampkin.

—¡Esa porquería! —Fielding me oprimió el hombro. —Todo saldrá bien. Confía en mí. Te aseguro que así será. Sólo tienes que bloquear tu mente a toda esa mierda y seguir adelante con lo tuyo.

—Ya lo sé —dije y le sonreí—. Estaré en la sala de descomposición si me necesitas.

La tarea solitaria de trabajar con paciencia sobre los huesos representó un alivio bien recibido, porque yo no deseaba que nadie de mi equipo detectara mi rechazo ni mi miedo. Encendí las luces y cerré la puerta detrás de mí. Me até una bata sobre la ropa y me puse dos pares de guantes de látex; encendí la hornalla y saqué la tapa de la olla. Los huesos habían seguido procesándose después de que yo me fui la noche anterior y los moví con una cuchara de madera. Coloqué una sábana plastificada sobre una mesa. El cráneo había sido serruchado durante la autopsia y yo levanté con cuidado el calvarium y los huesos de la cara con sus dientes calcinados del agua tibia y grasosa. Los puse sobre la sábana para que se escurrieran.

Yo prefería los depresores linguales de madera a las espátulas plásticas para raspar tejidos de los huesos. Los instrumentos metálicos quedaban descartados porque provocarían un daño que podía impedir que encontráramos las verdaderas marcas de violencia. Trabajé con mucho cuidado, aflojando y descarnando mientras lo que quedaba de los restos del esqueleto se cocinaban en la olla humeante. Durante dos horas limpié y enjuagué hasta sentir dolor en las muñecas y los dedos. Me salteé el almuerzo, y en realidad en ningún momento pensé que tuviera ganas de comer. Cerca de las dos de la tarde encontré una muesca en el hueso de debajo de la zona temporal donde había descubierto hemorragia, y me detuve y me quedé mirándolo con incredulidad.

Acerqué más las lámparas quirúrgicas e inundé la mesa con luz. El corte del hueso era recto y lineal, de no más de unos tres centímetros de largo y tan poco profundo que con toda facilidad podría haberlo pasado por alto. La única vez que yo había visto una lesión similar a ésa fue en los cráneos del siglo XIX de personas a las que se les había quitado el cuero cabelludo. En aquellos casos, las melladuras o cortes no estaban asociados con el hueso temporal, pero en realidad ello no significaba nada.

Quitar el cuero cabelludo no era un procedimiento quirúrgico exacto y todo era posible. Aunque no había hallado pruebas de que a la víctima de Warrenton le faltaran partes del cuero cabelludo o de pelo, tampoco podría jurar lo contrario. Por cierto, cuando la encontramos, la cabeza no estaba intacta, y si bien el trofeo de un cuero cabelludo podría incluir a la mayor parte del cráneo, también podría significar la escisión de un único mechón de pelo.

Empleé una toalla para tomar el hueso porque mis manos no estaban en condiciones de tocar nada limpio. Llamé a Marino por el radiomensaje. Durante diez minutos esperé que él me devolviera el llamado mientras seguía con mi tarea de raspado. Pero no encontré otras marcas. Esto no significaba, desde luego, que no habían existido lesiones adicionales, porque al menos un tercio de los veintidós huesos del cráneo había desaparecido por obra del fuego. Pensé a toda velocidad en qué hacer. Me quité los guantes y los arrojé en el tacho de basura, y hojeaba mi índice telefónico que había sacado de la cartera cuando Marino llamó.

—¿Dónde demonios estás? —le pregunté, mientras el estrés lanzaba toxinas por todo mi cuerpo.

—Estoy comiendo en Liberty Valance.

—Gracias por llamarme tan pronto —dije con irritación.

—Vamos, Doc. Acabo de recibir el mensaje. ¿Qué cuernos pasa?

Alcanzaba a oír el ruido de fondo de personas que bebían y disfrutaban de una comida que estaba garantizado sería pesada y grasosa, pero que valía la pena.

—¿Estás en un teléfono público? —pregunté.

—Sí, y, por si no lo sabes, no estoy de servicio.

Bebió un trago de algo que supuse era cerveza.

—Tengo que ir a Washington mañana. Se ha presentado algo importante.

—Mmmm. Cuando lo dices se me prenden todas las luces de alarma.

—Encontré otra cosa.

—¿Me lo dirás o tengo que quedarme toda la noche caminando de aquí para allá?

Había estado bebiendo y yo no quería hablar de eso con él en ese momento.

—Mira, ¿puedes ir conmigo, suponiendo que el doctor Vessey pueda recibirnos?

—¿El especialista en huesos del Smithsonian?

—Lo llamaré a su casa en cuanto cortemos.

—Mañana estoy libre, así que supongo que puedo encontrar un lugar para ti.

Yo no dije nada y me quedé mirando la olla que hervía y le bajé un poco el fuego.

—Sí, cuenta conmigo —dijo Marino y volvió a tragar.

—Reúnete conmigo en casa —dije—. A las nueve.

—Allí estaré.

A continuación disqué el número de la casa particular del doctor Vessey en Bethesda y él contestó cuando la campanilla del teléfono había sonado apenas una vez.

—Gracias a Dios —dije—. ¿Alex? Soy Kay Scarpetta.

—¡Ah! Bueno, ¿cómo estás?

Siempre estaba un poco aturdido y desaparecido en acción para la gente que no se pasaba la vida "armando" personas. El doctor Vessey era uno de los mejores antropólogos forenses del mundo, y muchas veces antes me había ayudado.

—Me sentiré mucho mejor si me dice que mañana estará en la ciudad —dije.

—Estaré trabajando en el ferrocarril, como siempre.

—Tengo una muesca en un cráneo. Necesito su ayuda. ¿Está familiarizado con el incendio Warrenton?

—No puedo estar consciente y no saberlo.

—De acuerdo. Entonces lo entiende.

—No estaré allí hasta después de las diez, y no hay lugar para estacionar —dijo—. El otro día recibí un diente de cerdo que tenía pegado papel de aluminio —continuó con aire ausente sobre lo que había estado haciendo en los últimos tiempos—. Supongo que era de un cerdo asado y apareció en el jardín de atrás de alguien. El forense de Mississippi pensó que era un homicidio, un individuo al que le habían disparado en la boca.

Tosió y carraspeó. Lo oí beber algo.

—Todavía recibo patas de oso cada tanto —prosiguió—. Más forenses que creen que son manos humanas.

—Ya lo sé, Alex —dije—. Nada ha cambiado.

8

Marino entró temprano en el sendero de casa: a las nueve menos cuarto, porque quería café y algo para comer. Oficialmente no trabajaba, así que vestía jeans azules, una camiseta de la Policía de Richmond y botas de vaquero que habían vivido toda una existencia. Tenía peinado hacia atrás el poco pelo que los años le habían dejado y su aspecto era el de un viejo solterón con panza de bebedor de cerveza, a punto de llevar a su mujer a Billy Bob's.

—¿Vamos a un rodeo? —le pregunté cuando lo dejé entrar.

—Siempre encuentras la manera de fastidiarme, Doc.

Me lanzó una mirada de odio que no me hizo ningún efecto. Él lo decía en serio.

—Bueno, como diría Lucy, tienes un aspecto genial. Te puedo ofrecer café y granola.

—¿Cuántas veces tengo que decirte que no como ese horrible alimento para pájaros? —gruñó mientras me seguía por la casa.

—Y yo no cocino bizcochos de grasa.

—Si lo hicieras, tal vez no tendrías que pasar tantas noches sola.

—No lo había pensado.

—¿El tipo del Smithsonian te dijo dónde podremos estacionar? Porque no hay lugar para hacerlo en D.C.

Estábamos en mi cocina y el sol lucía dorado en las ventanas, mientras que las que daban al sur captaban el brillo del río por entre los árboles. Yo había dormido mejor la noche anterior, aunque no tenía idea de por qué, a menos que tuviera el cerebro tan sobrecargado que simplemente había muerto. No recordé ningún sueño y ese hecho me hizo sentirme agradecida.

—Tengo un par de pases para estacionamiento VIP de la última vez que Clinton estuvo en la ciudad —dijo Marino y se sirvió café—. Expedidos por la oficina del alcalde.

Sirvió también café para mí y deslizó el jarro hacia donde yo estaba, como se hace con la cerveza en el mostrador de un bar.

—Se me ocurrió que con tu Benz y todo eso, a lo mejor los policías piensan que tenemos inmunidad diplomática o algo por el estilo —continuó.

—Creí que habías notado los cepos que les ponen allá a los automóviles.

Corté en rebanadas un bagel con semillas de amapola y después abrí la puerta de la heladera para hacer un inventario de su contenido.

—Tengo queso suizo, cheddar Vermont y jamón crudo.

Abrí otro cajón plástico.

—Y parmesano reggiano... aunque no creo que sea muy rico. Pero no tengo queso crema, lo siento. Y creo que hay miel, si lo prefieres.

—¿Y qué me dices de una cebolla vidalia? —preguntó Marino mientras miraba por encima de mi hombro.

—Sí, eso tengo.

—Entonces comeré queso suizo, jamón crudo y una tajada de cebolla. Es justo lo que el médico me ordenó —dijo Marino, muy contento—. Esto es lo que yo llamo un buen desayuno.

—Pero nada de manteca —le dije—. Tengo que poner un límite en alguna parte para no sentirme responsable de tu muerte súbita.

—Sería bueno un poco de mostaza —dijo.

Extendí sobre el pan mostaza amarilla picante, después añadí jamón crudo y cebolla y el queso encima, y cuando el horno estuvo caliente me asaltó el antojo, me preparé lo mismo para mí y puse la granola de vuelta en su lata. Nos sentamos frente a la mesa de la cocina y bebimos café de Colombia y comimos mientras la luz del sol pintaba las flores de mi jardín de colores vibrantes y el cielo se teñía de un azul intenso. A las nueve y media avanzábamos por la I-95 hacia el norte y no tuvimos demasiado tráfico hasta Quantico.

Al pasar frente a la salida para la Academia del FBI y la base de la Infantería de Marina, me asaltaron recuerdos de épocas pasadas, de mi relación con Benton cuando era nueva y del orgullo que sentí por los logros de Lucy en una organización de aplicación de la ley que seguía siendo un club sólo para hombres tan políticamente correcto como lo había sido durante el reinado de Hoover. Sólo que ahora, los prejuicios y las luchas por el poder dentro del FBI eran más encubiertas mientras marchaba hacia adelante como un ejército en la noche, capturando jurisdicciones y créditos siempre que podía a medida que se acercaba cada vez más a convertirse en la fuerza policial federal oficial de los Estados Unidos.

Descubrir esas cosas me habían dejado desolada y en gran medida quedaron sin ser dichas, porque yo no quería lastimar al agente de campo individual que trabajaba duro y había entregado su corazón a lo que creía era una vocación noble. Sentí que Marino me miraba cuando arrojó ceniza por su ventanilla.

—¿Sabes, Doc? —dijo—. A lo mejor deberías renunciar.

Se refería al cargo que tenía hace tiempo de patóloga forense consultora para el FBI.

—Sé que en la actualidad están usando otros médicos forenses —continuó—. Que los llaman para sus casos en lugar de llamarte a ti. Enfrentémoslo, hace más de un año que no vas a la Academia, y no es accidental. No quieren tener nada que ver contigo por lo que le hicieron a Lucy.

—No puedo renunciar —dije—, porque no trabajo para ellos, Marino. Trabajo para policías que necesitan ayuda con sus casos y recurren al FBI. De ninguna manera seré yo la que me vaya. Y las cosas se mueven en ciclos. Los directores y los procuradores vienen y se van, y quizás algún día las cosas mejorarán nuevamente. Además, tú sigues siendo consultor, y ellos tampoco parecen llamarte a ti.

—Sí. Bueno, supongo que mi posición es igual a la tuya.

Arrojó la colilla de su cigarrillo, que cayó hacia atrás llevada por el viento de mi auto que avanzaba a toda velocidad.

—Es una porquería, ¿no? Ir allá y trabajar con buenas personas y beber cerveza en el Boardroom. A mí me afecta mucho, si quieres saberlo. Gente que odia a los policías y policías que odian a la gente.

Cuando yo empezaba en esta profesión, los viejos, los chicos, los padres... a ellos les alegraba mucho verme. Yo me sentía orgulloso de ponerme el uniforme y lustrarme bien los zapatos todos los días. Ahora, después de veinte años, desde las obras en construcción me arrojan ladrillos y los ciudadanos ni siquiera me contestan si yo les deseo buenos días. Yo me rompí el culo durante veintiséis años, y ellos me ascienden a capitán y me ponen a cargo del departamento de entrenamiento.

—Es probablemente el lugar donde más bien puedes hacer —le recordé.

—Sí, pero no fue por eso que me pusieron allí.

Se puso a mirar por la ventanilla y a ver pasar los carteles verdes de la autopista.

—Me pusieron allí a pastorear, con la esperanza de que me apure y me jubile o me muera. Y te digo una cosa, Doc: lo estoy pensando mucho. Salir en barco, pescar, tomar la RV, andar por los caminos y a lo mejor ir a ver el Gran Cañón, Yosemite, el lago Tahoe, todos esos lugares de los que siempre oí hablar. Pero después lo pienso mejor y sé que no sabría qué hacer conmigo mismo. Así que creo que moriré con las botas puestas.

—Para eso falta mucho —dije—. Y si llegaras a jubilarte, Marino, puedes hacer lo mismo que Benton.

—Con el debido respeto, yo no tengo tipo de consultor —dijo—. El Instituto de Justicia y el IBM no contratarían a un palurdo como yo. No importa cuánto sepa.

Yo no discrepé con él ni dije nada más porque, básicamente, lo que acababa de decir era cierto. Benton era un hombre apuesto y bien trajeado y suscitaba respeto cuando entraba en una habitación, y ésa era en realidad la única diferencia entre él y Pete Marino. Los dos eran honestos y compasivos y expertos en su campo.

—Muy bien, tenemos que tomar la 395 y enfilar hacia Constitution —pensé en voz alta al ver los carteles y no presté atención a los conductores apurados que casi tocaban el paragolpes de mi auto o pasaban raudos junto a nosotros porque avanzar en el límite permitido de velocidad no era suficientemente rápido. —Lo que no queremos hacer es pasarnos y terminar en la avenida Maine. Me ha ocurrido.

Encendí la luz de giro hacia la derecha.

—Un viernes por la noche cuando venía a ver a Lucy.

—Una buena manera de exponerse a los ladrones de automóviles —comentó Marino.

—Casi sucedió.

—¿En serio? —Me miró. —¿Qué hiciste?

—Comenzaron a rodear mi auto en círculos, así que pisé a fondo el acelerador.

—¿No atropellaste a nadie?

—Estuve a punto.

—¿Habrías seguido adelante sin detenerte, Doc? Quiero decir, si hubieras atropellado a uno de ellos.

—Con por lo menos una docena de sus compinches allí, te juro que sí.

—Bueno, te digo una cosa —dijo, la vista fija en sus pies—. Ellos no valen mucho.

Quince minutos más tarde estábamos en Constitution y pasábamos frente al Departamento del Interior mientras el Monumento a Washington nos observaba por sobre el centro comercial, donde se habían instalado carpas para celebrar el arte afronorteamericano, y los vendedores ofrecían cangrejos de la costa oriental y camisetas de la parte posterior de pequeñas camionetas. El pasto entre los quioscos estaba cubierto con la basura del día anterior y prácticamente cada dos minutos pasaba una ambulancia por allí haciendo sonar la sirena. Habíamos avanzado en círculos varias veces, y el Smithsonian estaba acurrucado a lo lejos como un oscuro dragón rojo. No había ningún lugar para estacionar el auto y las calles eran de una sola mano o terminaban en forma abrupta en mitad de una cuadra, mientras que otras tenían barricadas, y quienes debían viajar hacia allí todos los días para trabajar no se daban por vencidos ni aunque ello significara chocar contra la parte posterior de un ómnibus estacionado.

—Te diré lo que creo que deberíamos hacer —dije y doblé a la calle Virginia—. Dejaremos el auto en Watergate para que lo estacionen y tomaremos un taxi.

—¿Quién demonios puede querer vivir en una ciudad como ésta? —se quejó Marino.

—Por desgracia, muchos.

El valet uniformado del Watergate fue muy amable y no le pareció raro que yo le entregara mi automóvil y le pidiera que nos consiguiera un taxi. Mi preciosa carga estaba en el asiento de atrás, embalada en una caja fuerte de cartón llena de bolitas de telgopor. Marino y yo nos bajamos en la Doce y Constitution un poco antes del mediodía; subimos los escalones repletos de gente del Museo Nacional de Historia Natural. La seguridad se había intensificado desde las bombas de Oklahoma y el guardia nos avisó que el doctor Vessey tendría que bajar y escoltarnos al piso superior.

Mientras aguardábamos, examinamos una muestra llamada Joyas del Mar, en la que, entre otras cosas, se exhibían extrañas ostras del Atlántico y el cráneo de un antiquísimo ornitorrinco nos observaba desde una pared. Había anguilas y pescados y cangrejos en recipientes de vidrio, y tres caracoles y un lagarto mosasaurio marino hallado en un lecho de tiza de Kansas. Marino comenzaba a aburrirse cuando las puertas de bronce del ascensor se abrieron y el doctor Alex Vessey salió de él. Había cambiado poco desde la última vez que lo vi; todavía era de estructura ósea pequeña, tenía pelo blanco y ojos atractivos que, como los de muchos genios, estaban permanentemente enfocados en alguna otra parte. Tenía el rostro bronceado y quizá con más arrugas y todavía usaba los mismos anteojos con grueso armazón negro.

—Lo veo de muy buen aspecto —le dije cuando nos estrechamos la mano.

—Acabo de volver de vacaciones. Charleston. Supongo que has estado allí —dijo cuando los tres abordamos el ascensor.

—Sí —contesté—. Conozco muy bien al jefe de allá. ¿Recuerda al capitán Marino?

—Desde luego.

Ascendimos tres niveles por sobre el elefante africano de ocho toneladas que había en la rotonda, y las voces de los chicos flotaron hacia nosotros como columnas de humo. De hecho, el museo era poco más que un inmenso depósito de granito. Alrededor de treinta mil esqueletos humanos estaban almacenados en cajones verdes de madera apilados del piso al cielo raso. Era una exótica colección que se usaba para estudiar pueblos del pasado, concretamente, norteamericanos nativos que en los últimos tiempos habían decidido recuperar los huesos de sus antepasados. Se habían promulgado leyes y Vessey lo había pasado muy mal en el Capitolio, viendo cómo su trabajo de toda la vida estaba a punto de perderse y volver a un oeste ya no tan salvaje.

—Tenemos un equipo de repatriación que reúne datos para este grupo y el otro —decía cuando lo acompañamos por un pasillo oscuro y repleto de gente—. Las tribus respectivas tienen que ser informadas con respecto a qué tenemos, y en realidad depende de ellos determinar qué debe hacerse. En otro par de años, nuestro material indio norteamericano puede estar de nuevo en la tierra, sólo para ser recuperado de nuevo en las excavaciones realizadas por arqueólogos del siglo venidero. Al menos eso es lo que creo que sucederá.

Siguió hablando mientras caminaba.

—Cada grupo está tan furioso en la actualidad que no se dan cuenta de lo mucho que se lastiman mutuamente. Si no aprendemos de los muertos, ¿de quién lo haremos?

—Alex, le está cantando al coro —dije.

—Sí, bueno, si mi bisabuelo estuviera en uno de esos cajones —retrucó Marino—, no creo que me sentiría muy bien.

—Pero la cuestión es que no sabemos quién está en estos cajones, y tampoco lo saben las personas que están tan enojadas —dijo Vessey—. Lo que sí sabemos es que esos especímenes nos han ayudado a saber mucho más sobre las enfermedades de la población india norteamericana, lo cual representa sin ninguna duda un beneficio para los que ahora se sienten amenazados. Bueno, mejor que no siga.

El lugar donde Vessey trabajaba era una serie de pequeños laboratorios que eran un revoltijo de mostradores negros, piletas y publicaciones profesionales. Aquí y allá estaban las habituales cabezas encogidas y cráneos y distintos huesos animales tomados por humanos. Sobre un panel de corcho había grandes y penosas fotografías de la secuela de Waco, donde Vessey había pasado semanas recuperando e identificando los restos quemados y en descomposición de los integrantes de la secta davidiana.

—Veamos qué tienes para mí —dijo Vessey.

Coloqué mi paquete sobre un mostrador y él cortó la cinta engomada con un cortaplumas de bolsillo. El telgopor chirrió cuando metí la mano para sacar los huesos de la cabeza y, después, la frágil porción inferior del cráneo que incluía los huesos de la cara. Los puse sobre una tela azul limpia y él encendió lámparas y buscó una lupa.

—Justo aquí —dije y le mostré el leve corte del hueso—. Se corresponde con hemorragia en la zona temporal. Pero alrededor de ella, la carne estaba demasiado quemada como para que yo me diera cuenta con qué clase de herida nos enfrentamos. No tenía la menor idea hasta que encontré esto en el hueso.

—Una incisión muy precisa —dijo mientras hacía girar con lentitud el cráneo para observarlo desde distintos ángulos—. ¿Estás segura de que esto no se hizo accidentalmente durante la autopsia, cuando, por ejemplo, el cuero cabelludo se tiró hacia atrás para extraer el sincipucio?

—Sí, estoy segura —respondí—. Y como puede ver al poner las dos juntas —calcé de nuevo en su sitio los huesos de la cabeza—, el corte está ubicado a alrededor de tres centímetros y medio debajo del lugar donde el cráneo se abrió durante la autopsia. Y es un ángulo que no tendría sentido al llevar hacia atrás el cuero cabelludo. ¿Ve?

Mi dedo índice fue de pronto enorme cuando miré por la lupa y señalé.

—Esta incisión es vertical y no horizontal —dije para confirmar mis palabras.

—Tienes razón —dijo, y en su rostro se dibujó una expresión de vibrante interés—. Como consecuencia de una autopsia esto no tendría ningún sentido, a menos que el asistente de tu morgue estuviera borracho.

—¿Podría ser quizás una clase de herida de defensa? —sugirió Marino—. Ya sabe, si alguien la atacara con un cuchillo. Luchan y ella recibe un corte en la cara...

—Por cierto que eso es posible —dijo Vessey mientras pasaba a procesar cada milímetro de hueso—. Pero me resulta curioso el que esta incisión sea tan fina y exacta. Y parece tener la misma profundidad de un extremo al otro, lo cual sería poco usual si alguien la hubiera atacado con un cuchillo. Por lo general, el corte sería más profundo en el hueso allí donde la hoja golpeó primero, y después más superficial a medida que la hoja descendía.

Hizo una demostración blandiendo un cuchillo imaginario por el aire.

—También debemos recordar que mucho depende de la posición del atacante con respecto a la víctima cuando se produjo el corte —comenté—. ¿La víctima estaba de pie o acostada? ¿El atacante estaba frente a ella, detrás, a un lado o sobre ella?

—Muy cierto —dijo Vessey.

Se acercó a un gabinete oscuro de roble con puertas de vidrio y tomó un viejo cráneo marrón de un estante. Lo trajo hacia nosotros y me lo entregó, mientras señalaba un corte burdo en la zona parietal y occipital izquierda o en el lado izquierdo, bastante más arriba de la oreja.

—Me preguntaste sobre extracción de cuero cabelludo —me dijo—. Esto pertenece a una persona de ocho o nueve años a la que le quitaron el cuero cabelludo y después quemaron. Ignoro su género, pero sé que la pobre criatura tenía una infección en el pie. Así que él o ella no podía correr. Los cortes y las muescas como éstos son bastante típicos en la extracción de cuero cabelludo.

Sostuve el cráneo y por un momento imaginé lo que Vessey acababa de decir. Imaginé una criatura lisiada y muerta de miedo, y la sangre que corría hasta la tierra mientras su pueblo era masacrado entre alaridos y el campamento ardía en llamas.

—Mierda —murmuró Marino con furia—. ¿Cómo se le hace una cosa así a un chiquillo?

—¿Cómo se hace una cosa así? —dije. Después, a Vessey, agregué: —Este corte aquí —señalé el cráneo que yo había llevado— sería poco usual en una extracción de cuero cabelludo.

Vessey hizo una inspiración profunda y exhaló con lentitud.

—¿Sabe, Kay? —dijo—, nunca es algo exacto. Es lo que sucedió en ese momento. Eran muchas las formas en que los indios le quitaban el cuero cabelludo al enemigo. Por lo general, se hacía una incisión en círculo en la piel sobre el cráneo, que descendía a la galea y el periostio para poder extraerlo con facilidad de la bóveda craneana. Algunas de estas operaciones eran sencillas, otras incluían las orejas, los ojos, la cara, el cuello. En algunos casos se quitaban múltiples trozos de cuero cabelludo de la misma víctima, o quizá sólo la pequeña zona de la coronilla. Por último, y esto es lo que por lo general se ve en los westerns, la víctima es violentamente aferrada por el pelo y se secciona la piel con un cuchillo o un sable.

—Trofeos —dijo Marino.

—Eso y el más preciado símbolo macho de la habilidad y la valentía —dijo Vessey—. Desde luego, existen asimismo motivos culturales, religiosos y hasta medicinales. En tu caso —agregó dirigiéndose a mí—, sabemos que en ella esa operación no fue realizada con éxito porque todavía tenía su pelo, y lo que puedo decirte es que la lesión al hueso me parece que fue infligida con mucho cuidado y con un instrumento muy filoso. Un cuchillo muy afilado. Tal vez una navaja o cutter, o incluso algo como un escalpelo. Fue infligida mientras la víctima estaba con vida y no fue la causa de su muerte.

—No. Lo que la mató fue la lesión en el cuello —convine.

—No encuentro ningún otro corte, excepto posiblemente aquí.

Acercó más la lupa a la zona del arco zigomático izquierdo, o hueso de la mejilla.

—Algo muy leve —murmuró—. Demasiado leve como para que yo esté seguro. ¿Lo ves?

Me incliné más cerca para mirar.

—Tal vez —dije—. Es casi como un hilo o una tela de araña.

—Exactamente. Es así de tenue. Y quizá no sea nada, pero lo interesante es que está posicionado casi en el mismo ángulo que el otro corte. Vertical versus horizontal o en forma oblicua.

—Esto se está poniendo truculento —dijo Marino—. ¿Qué es lo que decimos? ¿Que un degenerado le cortó la garganta a esta señora y después le mutiló la cara? ¿Y después le prendió fuego a la casa?

—Supongo que es una posibilidad —dijo Vessey.

—Bueno, mutilar un rostro se vuelve algo personal —continuó Marino—. A menos que se trate de un chiflado, no es habitual encontrar asesinos que mutilan el rostro de víctimas con las que no tienen ninguna conexión.

—En general, eso es cierto —convine—. En mi experiencia, esto no es así cuando el atacante es una persona muy desorganizada y resulta ser psicótica.

—Quienquiera quemó la caballeriza de Sparkes era cualquier cosa menos desorganizado —dijo Marino.

—De modo que para ti éste podría ser un homicidio de naturaleza más doméstica —dijo Vessey mientras lentamente registraba los huesos de la cabeza con la lupa.

—Tenemos que contemplar todas las posibilidades —dije—. Pero confieso que me resulta imposible imaginar que Sparkes matara a todos sus caballos. Sencillamente no puedo.

—Tal vez tuvo que matarlos para salvarse de una acusación de homicidio —dijo Marino—. Para que la gente dijera lo que tú acabas de decir.

—Alex —dije—, quienquiera le hizo esto a ella se aseguró de

que nunca encontráramos la marca de este corte. Y si no fuera porque una puerta de vidrio se le cayó encima a la mujer, lo más seguro es que virtualmente no habría quedado nada de ella que pudiera darnos una pista de lo que sucedió. Por ejemplo, si no hubiéramos recuperado ningún tejido, no habríamos sabido que estaba muerta antes del incendio, porque no habríamos podido obtener un nivel de monóxido de carbono. ¿Qué ocurre entonces? Declaran que la de ella fue una muerte accidental, a menos que demostremos que se trató de un incendio intencional, algo que hasta el momento no hemos podido hacer.

—A mí no me cabe ninguna duda de que éste es un caso clásico de homicidio encubierto por incendio intencional —dijo Vessey.

—¿Entonces por qué quedarse para tajear a alguien? —preguntó Marino—. ¿Por qué no matarla, prenderle fuego a todo y huir a toda velocidad? Por lo general, cuando estos chiflados mutilan, les gusta que la gente vea su trabajo. Dios, si hasta muestran los cuerpos en un parque, en una colina junto a un camino, en un sendero para aerobistas, en medio del living, para que todos lo vean.

—Quizás esta persona no quiere que nosotros lo veamos —dije—. Es muy importante que no sepamos que esta vez dejó su firma. Y creo que habrá que realizar una búsqueda exhaustiva por computadora lo antes posible, para ver si algo remotamente similar a esto sucedió en alguna otra parte.

—Si lo haces convocarás a muchas otras personas —dijo Marino—. Programadores, analistas, tipos que manejan las computadoras en el FBI y en los departamentos de policía grandes como Houston, Los Ángeles y Nueva York. Te garantizo que alguien abrirá el pico y que en cualquier momento esta mierda aparecerá en todos los periódicos.

—No necesariamente —dije—. Depende a quién se le pide ayuda.

Tomamos un taxi en Constitution y le dijimos al conductor que enfilara hacia la Casa Blanca y después se dirigiera a la cuadra con numeración seiscientos de la calle Quince. Mi intención era invitar a Marino a comer en el Old Ebbitt Grill, y a las cinco y media no fue necesario que hiciéramos cola para entrar y nos dieron un reservado de terciopelo verde. Siempre me habían producido mucho placer los vitrales, los espejos y las lámparas de bronce a gas de ese restaurante. Tortugas, jabalíes y antílopes habían sido montados sobre el mostrador del bar, y los cantineros no parecían reducir el ritmo de su trabajo no importaba qué hora del día fuera.

Detrás de nosotros, un hombre de aspecto distinguido y su esposa hablaban acerca de tener entradas para el Kennedy Center y del ingreso de su hijo en Harvard en otoño, mientras dos muchachos jóvenes discutían sobre si podrían cargar el almuerzo en la cuenta de gastos. Puse mi caja de cartón junto a mí sobre el asiento. Vessey había vuelto a sellarla con metros de cinta adhesiva.

—Supongo que deberíamos haber pedido una mesa para tres —comentó Marino mirando la caja—. ¿Seguro que no tiene mal olor? ¿Y si alguien detecta con la nariz lo que traes allí?

—No tiene mal olor —dije y abrí el menú—. Y creo que sería prudente cambiar de tema para que podamos comer. Las hamburguesas son tan buenas aquí que hasta yo cedo a la tentación y pido una.

—Yo pensaba más bien en pescado —dijo, con gran afectación—¿Alguna vez lo comiste aquí?

—Vete al diablo, Marino.

—Está bien, me convenciste Doc. Será una hamburguesa. Ojalá fuera el fin del día, así podría tomarme una cerveza. Para mí es una tortura venir a un lugar como éste y no tomarme una Jack Black o una de esas altas en un jarro helado. Apuesto a que también preparan julepes de menta. No he vuelto a tomar uno desde que salía con esa chica de Kentucky. Sabrina. ¿La recuerdas?

—Tal vez si me la describes —dije un poco distraída mientras paseaba la vista por el lugar y trataba de distenderme.

—Solía llevarla al FOP. Tú estuviste allí una vez con Benton y yo me acerqué y se las presenté. Tenía pelo rojizo, ojos azules y linda piel. Participaba en competencias de patinaje.

Yo no tenía la menor idea acerca de a quién se refería.

—Bueno —él seguía estudiando el menú—, no duró mucho. Creo que ella no me habría dado la hora si no hubiera sido por mi camioneta. Cuando estaba sentada allí arriba, en la cabina, cualquiera pensaría que saludaba a todo el mundo como desde una carroza en el desfile de Rose Bowl.

Me eché a reír y la expresión de estupor de su rostro sólo empeoró las cosas. Yo reía tanto que me empezaron a llorar los ojos y el camarero hizo una pausa y decidió volver más tarde. Marino parecía enojado.

—¿Qué demonios te pasa? —preguntó.

—Supongo que lo que pasa es que estoy cansada —dije—. Y si quieres una cerveza, adelante, tómala. Es tu día libre y yo conduzco el coche.

Esto hizo que su estado de ánimo cambiara de manera radical, y no mucho después bebía su primer medio litro de Samuel Adams, mientras nos servían su hamburguesa con queso y mi pollo con ensalada César. Por un rato comimos y conversamos un poco de cosas intrascendentes mientras las personas que nos rodeaban hablaban en voz alta y sin parar.

—Le pregunté: "¿Quieres viajar a alguna parte para tu cumpleaños?" —un hombre de negocios le decía a otro—. "Estás acostumbrada a ir donde se te antoje."

—Mi esposa es igual —le contestó el otro hombre sin dejar de masticar—. Actúa como si yo nunca la llevara a ninguna parte. Demonios, si salimos a cenar casi todas las semanas.

—En Oprah vi que una de cada diez personas debe más dinero del que puede pagar —le confió una mujer mayor a una compañera cuyo sombrero de paja colgaba del perchero que había junto al reservado—. ¿No te parece increíble?

—No me sorprende en absoluto. Es como todo lo demás en estos días.

—Aquí tienen estacionamiento valet —dijo uno de los hombres de negocios—. Pero yo generalmente vengo caminando.

—¿Y si es de noche?

—¿Bromeas? ¿En D.C.? No a menos que uno tenga deseos de muerte.

Me disculpé y bajé al baño de damas, que era enorme y de mármol color gris claro. No había nadie más allí así que entré en el compartimento para lisiados para tener suficiente espacio y lavarme las manos y la cara en privado. Traté de llamar a Lucy con el teléfono celular, pero la señal pareció rebotar en las paredes y volver. Así que utilicé un teléfono público y me alegró muchísimo encontrarla en casa.

—¿Estás empacando? —pregunté.

—¿Alcanzas a oír el eco? —contestó ella.

—Mmmm. Puede ser.

—Bueno, yo sí. Deberías ver este lugar.

—Hablando de eso, ¿estás de ánimo de recibir visitas?

—¿Dónde estás? —Su tono fue receloso.

—En el Old Ebbitt Grill. En un teléfono público ubicado junto al baño para damas, para ser exacta. Marino y yo fuimos esta mañana al Smithsonian a ver a Vessey. Me gustaría pasar por allí. No sólo a verte sino a hablar contigo de una cuestión profesional.

—Sí, claro —contestó—. No estamos por ir a ninguna parte.

—¿Quieres que te lleve algo?

—Sí. Comida.

No tenía sentido pasar a buscar mi auto porque Lucy vivía en la parte noroeste de la ciudad, cerca del Dupont Circle, donde el estacionamiento sería algo tan complicado como en el resto de la ciudad. Marino le silbó a un taxi cuando salimos del restaurante y uno clavó los frenos y nos subimos a él. La tarde estaba calma y sobre los techos y los parques había banderas y en alguna parte sonaba sin cesar una alarma para autos. Tuvimos que atravesar la Universidad George Washington y pasar frente al Ritz y a Blackie's Steakhouse para llegar al vecindario de Lucy y Janet.

Era un sector bohemio y poblado en su mayor parte por gays, con bares sombríos como The Fireplace y Mr.P's que siempre estaban repletos de hombres de cuerpo musculoso y muy trabajado. Yo lo sabía porque había estado muchas veces en el pasado para visitar a mi sobrina, y noté que la librería lesbiana se había mudado y parecía haber en su lugar una nueva dietética naturista no muy lejos de un Burger King.

—Nos bajaremos aquí —le dije al chofer.

Él clavó los frenos de nuevo y giró las ruedas hacia el cordón de la vereda.

—Mierda —dijo Marino cuando el taxi azul se alejó a toda velocidad—. ¿Crees que habrá algún norteamericano en esta ciudad?

—Si no fuera por la existencia de los no norteamericanos en las ciudades como ésta, tú y yo no estaríamos aquí —le recordé.

—Ser italiano es diferente.

—¿De veras? ¿Diferente de qué? —pregunté en la cuadra de los dos mil de la calle P, donde entramos en el D.C.Café.

—De ellos —respondió él—. En primer lugar, cuando los nuestros se bajaron del barco en la isla Ellis, aprendieron a hablar inglés. Y no se pusieron a conducir un taxi sin saber adónde demonios iban. Epa, este lugar parece bastante lindo.

El café estaba abierto las veinticuatro horas del día, y el aire estaba pesado con el aroma a bifes y cebollas saltadas. Sobre las paredes había pósters de gyros, té verde y cerveza del Líbano, y un artículo periodístico enmarcado alardeaba que los Rolling Stones habían comido allí una vez. Una mujer barría el piso con lentitud como si fuera su única misión en la vida. No nos prestó atención.

—Relájate —le dije a Marino—. Esto sólo debería llevarnos un minuto.

Él encontró una mesa para fumadores mientras yo me acercaba al mostrador y estudiaba el menú iluminado con luces amarillas que había sobre la parrilla.

—Sí —dijo el cocinero mientras apretaba un bife sobre la parrilla y golpeaba, cortaba y arrojaba al aire cebollas picadas.

—Una ensalada griega —dije—. Y un pollo gyro en pita y, déjeme ver. —Seguí leyendo. —Creo que un Kefte Jabob Sandwesh. Supongo que así es como se dice.

—¿Para llevar?

—Sí.

—La llamaré —dijo él mientras la mujer seguía barriendo.

Me senté junto a Marino. Había allí un televisor y él miraba *Viaje a las estrellas* por entre un hervidero de estática fuerte.

—No será lo mismo cuando ella esté en Filadelfia —dijo.

—Así es.

Observé impávida la silueta difusa del capitán Kirk, que apuntaba su rayo a un klingon o a algo por el estilo.

—No lo sé —dijo Marino y apoyó la barbilla en la mano mientras soltaba humo—. De alguna manera hay algo que no me cierra, Doc. Ella lo tenía todo planeado y había trabajado duro para lograrlo. No me importa lo que diga sobre el traslado, no creo que en realidad quiera ir. Lo que pasa es que no cree tener otra opción.

—Yo tampoco estoy segura de que desee seguir en el camino que eligió.

—Diablos, creo que uno siempre tiene una opción. ¿Ves un cenicero en alguna parte?

Vi uno sobre el mostrador y se lo llevé.

—Supongo que ahora yo soy cómplice —dije.

—Tú me regañas sólo porque te da algo que hacer.

—En realidad, me gustaría que siguieras vivo por un tiempo, si

153

no tienes inconveniente —dije—. Tengo la sensación de que me paso la mitad del tiempo tratando de mantenerte con vida.

—Eso se parece bastante a una ironía, considerando cómo pasas el resto de tu tiempo, Doc.

—¡Listo el pedido! —gritó el cocinero.

—¿Qué tal si me compras un par de esos baklavas? El que tiene pistachos.

—No —respondí.

9

Lucy y Janet vivían en un edificio de departamentos de diez pisos llamado The Westpark, ubicado en la cuadra de los dos mil de la calle P, a pocos minutos de allí. Era un edificio de ladrillos color tostado, en cuya planta baja había una tintorería y, al lado, una estación Embassy Mobile. Había bicicletas estacionadas en pequeños balcones y los inquilinos jóvenes se encontraban sentados afuera, disfrutando esa noche cálida, bebiendo y fumando, mientras alguien practicaba escalas con una flauta. Un hombre sin camisa sacó el brazo para cerrar su ventana. Toqué el timbre del departamento 503.

—¿Quién es? —preguntó la voz de Lucy por el intercomunicador.

—Somos nosotros —respondí.

—¿Quiénes son nosotros?

—Los que venimos con tu cena —dije.

Se oyó un clic cuando la puerta de calle se abrió, así que entramos y tomamos el ascensor.

—Con lo que paga por vivir aquí podría tener un penthouse en Richmond —comentó Marino.

—Paga alrededor de mil quinientos por mes por un departamento de dos dormitorios.

—Dios mío. ¿Cómo hará Janet para pagarlo sola? EL FBI no puede estarle pagando más de cuarenta mil.

—Su familia tiene dinero —dije—. Fuera de eso, no sé.

—Te digo que a mí no me gustaría estar empezando en estos días.

Sacudió la cabeza y en ese momento se abrieron las puertas del ascensor.

—En Nueva Jersey, cuando estuve poniéndome las pilas, mil quinientos me habrían permitido vivir en la abundancia durante un año. Los crímenes no eran como ahora y la gente era más agradable, incluso en mi barrio de porquería. Y aquí estamos, tú y el que suscribe, trabajando por una pobre señora a la que cortaron y quemaron en un incendio, y cuando terminemos con ella será alguna otra persona. Es como no me acuerdo quién, que hacía rodar una roca grande hacia la cima de una colina, y cada vez que se acerca, la piedra vuelve a rodar hacia abajo. Te juro que por momentos me pregunto por qué nos tomamos esa molestia, Doc.

—Porque sería peor si no lo hiciéramos —dije, me detuve frente a la conocida puerta color anaranjado pálido y toqué el timbre.

Oí cómo el cerrojo se abría y enseguida Janet nos dejó pasar. Estaba transpirada con shorts del FBI y una camiseta que parecía una sobra del college.

—Adelante —dijo con una sonrisa mientras en el trasfondo Annie Lennox sonaba a gran volumen—. Algo huele muy bien.

El departamento tenía dos dormitorios pequeños y dos cuartos de baños y daba a la calle P. Cada mueble estaba repleto de libros y cubierto con ropa, y en el piso había docenas de cajas. Lucy estaba en la cocina y reunía cubiertos, platos y toallas de papel como servilletas. Hizo lugar en la mesa de café y me tomó las bolsas con la comida.

—Acaban de salvarnos la vida —me dijo—. Me estaba poniendo hipoglucémica. A propósito, Pete, también es un gusto verte.

—Maldición, qué calor hace aquí —dijo él.

—No es tan terrible —dijo Lucy, quien también transpiraba.

Ella y Janet llenaron sus platos. Se sentaron en el piso y comieron mientras yo me instalaba en un brazo del sofá y Marino entraba una silla plástica del balcón. Lucy usaba shorts Nike y musculosa, y estaba sucia de la cabeza a los pies. Las dos jóvenes parecían exhaustas y confieso que no pude imaginar qué sentían.

Sin duda era un momento muy difícil para ellas. Cada vez que vaciaban un cajón y cerraban otra caja tenía que ser un golpe más al corazón, una muerte, un final, cuando se estaba en ese momento de la vida.

—¿Cuánto tiempo vivieron aquí? ¿Tres años? —pregunté.

—Más o menos —dijo Janet al servirse un tenedor lleno de ensalada griega.

—Y tú te quedarás en este mismo departamento —le dije a Janet.

—Sí, por el momento. En realidad no tengo ningún motivo para mudarme, y cuando Lucy venga de visita tendrá un lugar para quedarse.

—Detesto tener que tocar un tema desagradable —dijo Marino—, pero, ¿existe algún motivo para que Carrie sepa dónde viven ustedes?

Por un momento se hizo un silencio mientras las dos mujeres comían. Extendí el brazo hacia el reproductor de CD para bajar el volumen.

—¿Motivo? —dijo finalmente Lucy—. ¿Por qué tendría que haber un motivo para que ella supiera algo de mi vida en estos días?

—Por suerte no existe ningún motivo —dijo Marino—. Pero tenemos que pensar en ello, les guste o no a ustedes dos. Ésta es la clase de vecindario especial para ella, así que lo que me pregunto es: si yo fuera Carrie y estuviera de nuevo en las calles, ¿querría descubrir dónde está Lucy?

Nadie dijo nada.

—Y creo que todos conocemos la respuesta a esa pregunta —continuó Marino—. Descubrir dónde vive Doc no es ningún problema. Ha aparecido en todos los diarios, y si se la encuentra a ella se encuentra a Benton. ¿Pero tú?

Señaló a Lucy.

—Tú eres el desafío, porque Carrie había estado encerrada durante siete años cuando ustedes se mudaron aquí. Y ahora te mudas a Filadelfia, y Janet queda aquí sola. Y, para ser sincero, eso tampoco me gusta nada.

—Ninguna de ustedes figura en la guía telefónica, ¿verdad? —pregunté.

—Por supuesto que no —dijo Janet mientras jugaba con su ensalada.

—¿Y si alguien viene a este edificio y pregunta por alguna de las dos?

—No se supone que den información de esa naturaleza —dijo Janet.

—No se supone —dijo Marino con tono irónico—. Sí, estoy seguro de que este lugar tiene medidas de seguridad de última generación. Aquí deben de vivir toda clase de personas de perfil alto, ¿verdad que sí?

—No podemos estar aquí sentadas preocupándonos por esto todo el tiempo —dijo Lucy y comenzaba a enojarse—. ¿No podemos hablar de otra cosa?

—Hablemos del incendio Warrenton —dije.

—Hagámoslo.

—Yo estaré empacando en el otro cuarto —dijo Janet en forma muy oportuna, ya que ella era del FBI y no estaba involucrada en este caso.

La observé desaparecer en un dormitorio y después dije:

—Encontré algunas cosas insólitas e inquietantes durante la autopsia. La víctima fue asesinada. Estaba muerta antes de que se iniciara el fuego, lo cual señala sin ninguna duda a un incendio intencional. ¿Se ha adelantado algo más con respecto a cómo se inició el fuego?

—Sólo a través de álgebra —dijo Lucy—. La única esperanza aquí es construir un modelo de incendio puesto que no se encontró ninguna prueba física que señale que se trata de un incendio intencional; sólo pruebas circunstanciales. Estuve mucho tiempo jugueteando con el Simulador de Fuego en mi computadora, y todas las predicciones llevan siempre a lo mismo.

—¿Qué demonios es el Simulador de Fuego —quiso saber Marino.

—Una de las rutinas del FPEtool, el software que utilizamos para los modelos de incendio —le explicó Lucy con paciencia—. Por ejemplo, supongamos que el punto de deflagración se alcanza a los seiscientos grados Celsius, o mil ciento doce grados Farenheit. Así que ingresamos los datos que conocemos, como por ejemplo la abertura de ventilación, el área de superficie, la energía disponible del material combustible, el punto de origen virtual del fuego, los materiales que tapizan la habitación, los materiales de las paredes y así sucesivamente. Y al fin del día deberíamos tener una buena predicción en cuanto al sospechoso o el fuego en cuestión. Y, ¿adivinen qué? No importa cuántos algoritmos, procedimientos o programas de computación intentemos en este caso, la respuesta es siempre la misma. No existe ninguna explicación lógica de cómo un incendio tan veloz y caliente pudo haberse iniciado en el cuarto de baño principal.

—Y estamos absolutamente seguros de que se originó allí —dije.

—Sí, claro —dijo Lucy—. Como probablemente saben, ese cuarto de baño fue un agregado relativamente moderno construido a partir del dormitorio principal. Y si miramos las paredes de mármol, el cielo raso tipo catedral que recuperamos, es posible armar esa forma angosta y definida en V, con el ápice que señala alguna zona en la mitad del piso, sin duda donde estaba la alfombra, lo cual quiere decir que el fuego se desarrolló con mucha rapidez y calor en ese preciso lugar.

—Hablemos de la famosa alfombra —dijo Marino—. Si se la enciende, ¿qué fuego se obtiene?

—Una llama perezosa —respondió Lucy—. De alrededor de sesenta centímetros de altura.

—Bueno, eso no fue lo que produjo el incendio —dije.

—Y lo que es también muy revelador —continuó ella— es la destrucción del techo que está directamente encima. Hablamos ahora de llamas de por lo menos dos metros y medio por sobre el origen del fuego, con una temperatura que alcanza alrededor de los ochocientos grados para que el vidrio de la claraboya se derrita. Aproximadamente el ochenta por ciento de los incendios intencionales empiezan en el suelo, en otras palabras, el flujo radiante de calor...

—¿Qué demonios es el flujo radiante? —preguntó Marino.

—El calor radiante tiene la forma de una ola electromagnética, y es emitido de una llama en forma casi idéntica en todas direcciones, trescientos sesenta grados. ¿Me siguen hasta ahora?

—Sí —respondí.

—Una llama también emite calor en la forma de gases calientes, que pesan menos que el aire, así que suben —continuó Lucy, la física—. En otras palabras, una transferencia convectiva de calor. Y en las primeras etapas del fuego, la mayor parte de la transferencia de calor es convectiva. Asciende desde su punto de origen. En este caso, el piso. Pero una vez que el fuego arde durante un rato y se han formado capas de gas-humo calientes, la forma dominante de la transferencia de calor se vuelve radiante. Fue durante esta etapa que creo que la puerta de vidrio de la ducha entró en fatiga y cayó sobre el cuerpo de la mujer.

—¿Y qué me dices del cuerpo? —pregunté—. ¿Dónde debería haber estado durante todo esto?

Lucy tomó un bloc de papel de encima de una caja y abrió una lapicera. Hizo el dibujo de una habitación con una bañera y una ducha y, en el medio del piso, un fuego angosto y alto que hacía impacto sobre el cielo raso.

—Si el fuego tenía la energía suficiente para proyectar llamas hacia el cielo raso, entonces hablamos de un flujo radiante alto. El cuerpo quedaría severamente dañado a menos que existiera una barrera entre él y el fuego. Algo que absorbiera el calor radiante y la energía —la bañera y la puerta de la ducha— y que podría proteger algunas zonas del cuerpo. También creo que el cuerpo se encontraba por lo menos a cierta distancia del punto de origen. Esa distancia podría ser de entre treinta centímetros y uno o dos metros.

—No veo de qué otra manera podría haber sucedido —convine—. Es obvio que algo protegió bastante el cuerpo.

—Correcto.

—¿Cómo demonios se enciende una antorcha así sin una suerte de acelerante? —preguntó Marino.

—Lo único que podemos hacer es confiar en que el laboratorio encontrará algo —dijo mi sobrina—. ¿Saben?, puesto que la carga de combustible no explica el patrón de fuego observado, entonces algo se agregó o modificó, algo que indica incendio intencional.

—Y ustedes están trabajando en una auditoría financiera —le dijo Marino.

—Como es natural, todos los registros de Sparkes se quemaron en el incendio. Pero sus agentes financieros y contadores han contribuido bastante a darle crédito a ese tipo. Hasta el momento no existe nada que indique que el dinero fue un problema.

Me alivió oírlo. Hasta el momento, todo lo que sabía del caso se oponía a la idea de que Sparkes no era más que una víctima. Pero estaba segura de que esta opinión no era compartida por la mayoría de las personas.

—Lucy —dije cuando ella terminó su gyro pita—. Creo que todos estamos de acuerdo en que el modus operandi de este crimen es único.

—Decididamente.

—Supongamos —continué— que algo similar ocurrió antes, en algún otro lugar. Que Warrenton es sólo parte de un patrón de incendios utilizados para ocultar homicidios cometidos por el mismo individuo.

—Es posible —dijo Lucy—. Cualquier cosa lo es.

—¿Podemos hacer una búsqueda en la computadora? —pregunté entonces—. ¿Existe alguna base de datos capaz de vincular modus operandi similares en incendios?

Ella se puso de pie y arrojó los contenedores de comida en una gran bolsa de basura que había en la cocina.

—Si quieres hacerlo, podemos hacerlo —dijo—. Con el Arson Incident System, o AXIS.

Yo estaba familiarizada con ese sistema y con la nueva red supersónica de computación de área amplia de la ATF llamada ESA, que era un acrónimo de Enterprise Sytem Architecture, el resultado de que el Congreso le hubiera encargado al ATF crear un repositorio nacional de incendios intencionales y explosivos. A la ESA se le designaron doscientos veinte *sites* y cualquier agente, no importaba dónde estuviera, tenía acceso a la base central de datos y podía ingresar a AXIS con su laptop siempre y cuando tuviera un módem o una línea celular segura. Esto incluía a mi sobrina.

Ella nos condujo a su diminuto dormitorio, que ahora estaba deprimentemente vacío salvo por las telarañas en los rincones y las motas de polvo en el piso de madera. Los elásticos estaban vacíos, la cama todavía hecha con sábanas arrugadas color durazno y contra la pared y enrollada en un rincón estaba la colorida alfombra de seda que yo le había regalado en su último cumpleaños. Los cajones vacíos de la cómoda estaban apilados en el suelo. Su oficina era una laptop Panasonic ubicada encima de una caja de cartón. La computadora portátil estaba en un estuche de magnesio y acero color gris tiburón que cumplía con las especificaciones militares por su resistencia, lo cual significaba que era a prueba de vapor y de polvo y de absolutamente todo y por supuesto se la podía dejar caer y la podía pisar un Humvee.

Lucy se sentó en el suelo, estilo Buda, como si estuviera por adorar al gran dios de la tecnología. Oprimió la tecla enter para sacar el protector de pantalla y ESA se encendió en hileras de píxeles al mismo tiempo de color azul eléctrico y en la siguiente pantalla formaron un mapa de los Estados Unidos. En el prompt ella tipió su nombre de usuario y contraseña, respondió a otros prompts de seguridad para iniciar su ingreso en el sistema, navegar en forma invisible por puertas secretas de la Web y pasar por un nivel por vez. Cuando logró entrar en el archivo de casos, me hizo señas de que me sentara junto a ella.

—Puedo traerte una silla si lo deseas —dijo.

—No, estoy bien así.

El piso era duro y poco bondadoso con la zona lumbar de mi columna. Pero yo era una buena deportista. Un prompt le pidió que ingresara una palabra, palabras o frases que ella deseaba que el sistema buscara por la totalidad de la base de datos.

—No te preocupes por el formato —dijo Lucy—. Este programa es muy completo. Podemos probar, con cualquier cosa, desde el tamaño de la manguera de incendios empleada a los materiales con que la casa fue construida... toda esa información sobre seguridad contra incendios que está en los formularios y que deben llenar los departamentos de bomberos. O puedes empezar con tus propias preguntas.

—Intentemos con muerte, homicidio, sospecha de incendio intencional —dije.

—Mujer —añadió Marino—. Y riqueza.

—Corte, incisión, hemorragia, rápido, caliente —seguí pensando.

—¿Y qué les parece no identificada? —preguntó Lucy mientras seguía tecleando.

—Bien —respondí—. Y cuarto de baño, supongo.

—Demonios, pon también caballos —dijo Marino.

—Sigamos adelante y hagamos la prueba —propuso Lucy—. Siempre podemos agregar más palabras a medida que se nos vayan ocurriendo.

Ejecutó una búsqueda y después extendió las piernas. Oí que Janet lavaba los platos en la cocina y en menos de un minuto la computadora volvió con 11.873 registros buscados y 453 palabras clave encontradas.

—Eso es desde 1988 —nos dijo Lucy—. Y también incluye cualquier caso del extranjero en el que el atf fue llamado para colaborar.

—¿Podemos imprimir los cuatrocientos cincuenta y tres registros? —pregunté.

—¿Sabes? La impresora ya está embalada, tía Kay —dijo Lucy y me miró con cara de disculpa.

—Entonces, ¿qué tal si bajas los registros a mi computadora? —sugerí.

Ella no parecía estar muy segura.

—Supongo que está bien —dijo—, siempre y cuando te asegures que... Oh, no importa.

—No te preocupes, estoy acostumbrada a tener información confidencial. Me aseguraré de que nadie más se apodere de ella.

Supe que era una estupidez tan pronto como lo dije. Lucy se quedó mirando el monitor de la computadora.

—Esto es un SQL con base UNIX. —Parecía no estar hablándole a nadie en especial. —Me vuelve loca.

—Bueno, si ellos tuvieran dos dedos de frente, pondrían a tu cargo todo la referente a computación —dijo Marino.

—Yo lo acepto —replicó Lucy—. Estoy tratando de pagar mis deudas. Te enviaré esos archivos, tía Kay.

Salió de la habitación y nosotros la seguimos a la cocina, donde Janet envolvía vasos en papel de diario y los ponía cuidadosamente en una caja de cartón.

—Antes de que yo me vaya —le dije a mi sobrina—, ¿podríamos salir a caminar alrededor de la manzana o algo? ¿Así nos ponemos al día?

Ella me lanzó una mirada que era todo menos confiada.

—¿Qué? —dijo.

—Es posible que no vuelva a verte por un tiempo —dije.

—Podemos sentarnos en el balcón.

—Me parece espléndido.

Nos sentamos sobre sillas plásticas blancas al aire libre por encima de la calle, y yo cerré las puertas corredizas detrás de nosotros y observé cómo la gente cobraba vida por la noche. Los taxis no paraban y el hogar que había en la vidriera de The Flame bailoteaba detrás del vidrio mientras los hombres bebían unos con otros en la oscuridad.

—Sólo quiero saber cómo estás —le dije—. Últimamente no hemos estado hablando mucho.

—Lo mismo digo.

Enfocó la vista hacia adelante con una sonrisa burlona, y su perfil era atractivo y fuerte.

—Yo estoy bien, Lucy. Supongo que tan bien como siempre. Demasiado trabajo. ¿Qué otra cosa ha cambiado?

—Siempre te preocupas por mí.

—Lo hice desde que naciste.

—¿Por qué?

—Porque alguien debería hacerlo.

—¿Te conté que mamá se va a hacer un lifting?

Pensar en mi única hermana me endureció el corazón.

—El año pasado se puso coronas en la mitad de sus dientes, y ahora esto —continuó Lucy—. Su actual novio, Bo, está con ella desde hace casi un año y medio. ¿Qué te parece? ¿Cuántas veces se puede coger antes de necesitar que nos saquen o acomoden otra cosa?

—Lucy.

—No seas mojigata, tía Kay. Tú sientes lo mismo que yo con respecto a ella. ¿Cómo terminé con semejante mierda de madre?

—Esto no te está ayudando nada —le dije—. No la odies, Lucy.

—Ella no ha dicho ni una sola palabra sobre mi traslado a Filadelfia. Jamás me pregunta por Janet, ni tampoco por ti. Voy a buscarme una cerveza. ¿Quieres una?

—No, gracias.

La esperé en la creciente oscuridad mientras observaba moverse las formas de las personas, algunas hablando fuerte y sosteniéndose unas con otras, mientras otras avanzaban solas. Tenía ganas de preguntarle a Lucy sobre lo que Janet me había contado, pero me dio miedo sacar el tema. Lucy debía decírmelo sola, recordé, y mi voz de médica me ordenó que recuperara el control. Lucy abrió una botella de Miller Lite y regresó al balcón.

—Hablemos de Carrie lo suficiente como para que te tranquilices —dijo Lucy como al pasar mientras bebía un trago de cerveza—. Tengo una Browning High-Power, y mi Sig de ATF, y una escopeta... calibre doce, siete proyectiles. Puedo conseguir lo que se te ocurra. Pero, ¿sabes una cosa?, creo que mis manos desnudas bastarían si se atreviera a presentarse. Ya tuve suficiente.

Volvió a levantar la botella.

—Con el tiempo tomamos una decisión y seguimos adelante.

—¿Qué clase de decisión? —pregunté.

Ella se encogió de hombros.

—Decidimos que no podemos darle a alguien más poder del

que tenemos. No podemos pasarnos los días teniéndoles miedo ni odiándolos —explicó—. Así que en cierto sentido nos damos por vencidos. Seguimos adelante con lo nuestro, sabiendo que si el monstruo alguna vez llega a cruzarse en nuestro camino, será mejor que esté preparado para la vida o la muerte.

—Creo que ésa es una actitud bastante positiva —dije—. Quizá la única actitud posible. No estoy demasiado segura de que te sientes así, pero espero que sí.

Se quedó mirando la luna irregular y tuve la impresión de que trataba de evitar las lágrima, pero no podía tener certeza al respecto.

—Lo cierto es, tía Kay, que yo podría hacer todo el trabajo de computación del FBI con un solo brazo.

—Probablemente podrías hacer todo el trabajo de computación del Pentágono con un solo brazo —dije con suavidad mientras el corazón me dolía más.

—No quiero presionar demasiado.

No supe qué contestarle.

—Hice enojar a suficiente gente porque sé volar un helicóptero y... Bueno, ya sabes.

—Sé todo lo que sabes hacer, y que la lista no haría más que crecer y crecer, Lucy. Debes de sentirte muy sola.

—¿Alguna vez te sentiste así? —susurró ella.

—Solamente toda mi vida —le contesté en voz baja—. Y ahora sabes por qué siempre te he querido tanto.

Ella me miró. Extendió el brazo y con dulzura me tocó la muñeca.

—Será mejor que te vayas —dijo—. No quiero que conduzcas cuando estás tan cansada.

10

Era casi la medianoche cuando reduje la velocidad junto a la garita del guardia de mi vecindario, y el agente de seguridad que estaba de servicio salió para detenerme. Esto era muy poco usual, y temí que me dijera que mi alarma contra ladrones había estado sonando la mitad de la noche o que algún tipo raro había tratado de pasar frente a casa para ver si yo estaba allí. Marino había estado dormitando durante la última hora y media y despertó cuando yo bajé el vidrio de la ventanilla.

—Buenas noches —le dije al guardia—. ¿Cómo está, Tom?

—Estoy muy bien, doctora Scarpetta —dijo y se inclinó hacia mi auto—. Pero usted ha tenido algunos hechos nada usuales dentro de la última hora, así que pensé que algo andaba mal cuando traté de comunicarme con usted y no estaba en casa.

—¿Qué clase de hechos? —pregunté mientras trataba de imaginar cualquier cantidad de cosas amenazadoras.

—Dos individuos que le llevaban pizzas se presentaron casi al mismo tiempo. Después, tres taxis vinieron a llevarla al aeropuerto, uno después del otro. Y alguien trató de colocar un volquete en su jardín. Cuando no pude comunicarme con usted, los hice ir a cada uno. Todos dijeron que usted los había llamado.

—Bueno, por cierto que no lo hice —dije, y mi desconcierto aumentó—. ¿Todo esto desde qué hora?

—Bueno, supongo que el camión con el volquete llegó aquí alrededor de las cinco de esta tarde. Todo lo demás a partir de esa hora.

Tom era un hombre de edad que probablemente no habría tenido idea de cómo defender el vecindario si se hubiera presentado un verdadero peligro. Pero era comedido, se consideraba un auténtico integrante de las fuerzas del orden y seguramente se creía armado y con experiencia en combate. Era especialmente protector conmigo.

—¿Tomó los nombres de algunos de esos individuos? —preguntó Marino en voz alta desde el asiento del acompañante.

—Eran de Domino's y de Pizza Hut.

El rostro animado de Tom estaba en sombras debajo de la visera de su gorra de béisbol.

—Y los taxis eran Colonial, Metro y Yellow Cab. La compañía constructora que trajo el volquete era Frick. Me tomé la libertad de hacer algunos llamados. Cada una de esas empresas tenía pedidos a su nombre, doctora Scarpetta, incluyendo las horas en que usted los había llamado. Lo tengo todo por escrito.

Tom no podía ocultar lo satisfecho que se sentía cuando me pasó una hoja de papel de un anotador que tenía en el bolsillo de atrás del pantalón. Su papel había superado lo habitual esa noche, y ese hecho casi lo había embriagado. Encendí la luz interior del auto y Marino y yo revisamos la lista. Los pedidos de taxi y de pizza habían sido realizados entre las diez y diez y las once, mientras que el del volquete se registró más temprano, con instrucciones de enviarlo a última hora de la tarde.

—Sé que al menos en Domino's dijeron que quien llamó fue una mujer. Yo mismo hablé con el despachante. Era un muchacho joven. Según él, usted llamó y pidió que le llevaran una porción grande de pizza supreme de media masa al portón y que se encargaría de recogerlo de allí. También tengo anotado su nombre —informó Tom con gran orgullo—. ¿Así que nada de esto provino de usted, doctora Scarpetta? —Quería asegurarse de que así era.

—No, señor —respondí—. Si alguna otra cosa se presenta esta noche, quiero que me llame enseguida.

—Sí, y llámeme también a mí —dijo Marino y le escribió su

número de teléfono en una tarjeta comercial—. No importa la hora que sea.

Le entregué la tarjeta de Marino por la ventanilla y Tom la observó con atención, aunque Marino había pasado por esos portones más veces de las que yo podía acordarme.

—De acuerdo, capitán —dijo Tom con una inclinación de cabeza—. Sí, señor. Si alguna otra persona se presenta lo llamaré enseguida y, si quiere, puedo retenerla hasta que usted venga aquí.

—No haga eso —dijo Marino—. Cualquier muchacho con una pizza no sabrá una palabra de nada. Y si se trata de un problema real, no quiero que usted se meta con esa persona.

Me di cuenta entonces de que pensaba en Carrie.

—Yo soy bastante enérgico. Pero de acuerdo, capitán.

—Hiciste un gran trabajo, Tom —lo felicité—. No puedo agradecerte lo suficiente.

—Para eso estoy aquí.

Señaló su control remoto y levantó el brazo para dejarnos pasar.

—Estoy escuchando —le dije a Marino.

—Algún tarado te quiere hostigar —dijo, su rostro ceñudo con la iluminación intermitente de los faroles de la calle—. Trata de fastidiarte, de atemorizarte, de enfurecerte. Y podría añadir que lo está consiguiendo.

—No pensarás que Carrie...

—No lo sé —me interrumpió Marino—. Pero no me sorprendería nada. El lugar donde vives ha aparecido en los informativos suficiente veces.

—Supongo que sería interesante saber si los pedidos se realizaron localmente —comenté.

—Dios —dijo cuando doblé al sendero de casa y estacioné detrás de su vehículo—. Espero que no. A menos que se trate de alguien que quiere jorobarte.

—Saca un número y ponte en la fila.

Apagué el motor.

—Puedo dormir en el sofá si lo deseas —dijo Marino cuando abrió su puerta.

—Desde luego que no —dije—. Estaré bien. Siempre y cuando no aparezcan más volquetes. Ésa sería la última gota con mis vecinos.

—De todos modos, no sé por qué vives aquí.

—Sí que lo sabes.

Sacó un cigarrillo y era obvio que no quería ir a ninguna parte.

—Correcto. La garita con el guardia. Mierda, y después hablan de los placebos.

—Si no te sientes en condiciones de manejar, con todo gusto puedes quedarte en mi sofá —dije.

—¿Quién, yo?

Accionó el encendedor y soltó el humo por la puerta abierta del auto.

—No estoy preocupado por mí, Doc.

Me bajé y me quedé de pie en el sendero, esperándolo. Su contorno era grande y cansado en la oscuridad, y de pronto sentí una oleada de afecto y de pena por él. Marino estaba solo y probablemente se sentía como el demonio. No podía tener recuerdos que valieran mucho, entre la violencia en su trabajo y malas relaciones el resto del tiempo. Supuse que yo era la única constante en su vida, y aunque por lo general era cortés con él, no siempre me mostraba afectuosa. Sencillamente no podía.

—Vamos, entra —dije—. Te prepararé un Toddy y puedes pasar la noche en casa. Tienes razón. Tal vez yo no quiero estar sola y recibir cinco pizzas y más taxis.

—Eso me pareció —dijo con fingido profesionalismo.

Abrí la puerta de calle con mi llave y desconecté la alarma, y muy poco después Marino se encontraba instalado en el sofá de mi living, con un bourbon Booker's con hielo en la mano. Preparé su nido con sábanas perfumadas y una manta de algodón suave como para un bebé, y por un rato nos quedamos conversando en la oscuridad.

—¿Alguna vez piensas que podríamos perder al final? —murmuró con voz soñolienta.

—¿Perder? —pregunté.

—Ya sabes, "los buenos siempre ganan". ¿Hasta qué punto es eso realista? No para los demás, como por ejemplo para esa mujer que se quemó en la casa de Sparkes. Los buenos no siempre ganan. Es así, Doc. De ninguna manera es cierto.

Se incorporó como un hombre enfermo, bebió un trago de bourbon y luchó por recuperar el aliento.

—Carrie también cree que ganará, por si eso nunca se te cruzó por la mente —agregó—. Ha tenido cinco años de mierda en Kirby para pensarlo.

Cada vez que Marino estaba cansado o medio borracho, repetía mucho la palabra mierda. En realidad, era una palabra que expresaba lo que uno sentía por el mero hecho de pronunciarla. Pero yo le había explicado infinidad de veces que no a todos les caía bien. A mí nunca me molestó; en mi opinión, servía para dar énfasis a las palabras.

—No puedo pensar que las personas como ella ganarán —dije en voz baja mientras bebía un trago de borgoña tinto—. Jamás lo pensaré.

—Puras ilusiones.

—No, Marino. Fe.

—Sí. —Bebió más bourbon—. Una fe de mierda. ¿Sabes cuántos tipos he conocido que caen muertos de un infarto o son muertos en el lugar de trabajo? ¿Cuántos de ellos crees que tenían fe? Probablemente todos. Nadie piensa que morirá, Doc. Tú y yo no lo pensamos, por mucho que sepamos que sucederá. Mi salud es un desastre, ¿sí? ¿Crees que no sé que todos los días pego un mordisco de un bizcocho envenenado? ¿Puedo evitarlo, acaso? No. No soy más que un viejo patán que tiene que comer su bife y tomar whisky y cerveza. Me ha dejado de importar lo que dicen los médicos. Así que pronto desapareceré de la escena.

Su voz comenzaba a ser ronca y él empezaba a ponerse sensiblero.

—Así que un puñado de policías vendrá a mi funeral, y tú le dirás al siguiente detective que tendrás a tu lado que no fue tan malo trabajar conmigo —continuó.

—Marino, duérmete —dije—. Y sabes que no es eso lo que siento. Que ni se me cruza por la cabeza que pueda pasarte algo, pedazo de idiota grandulón.

—¿Lo dices en serio? —Se animó un poco.

—Sabes bien que sí —dije, y me di cuenta de que también yo estaba agotada.

Él terminó su bourbon e hizo sonar el hielo en su vaso, pero yo no le presté atención porque ya había bebido suficiente.

—¿Sabes qué, Doc? —dijo con voz gruesa—. Me gustas mucho, aunque seas bastante insoportable.

—Gracias —dije—. Te veré por la mañana.

—Ya es la mañana.

De nuevo hizo sonar el hielo en su vaso vacío.

—Duérmete —dije.

. . .

Yo no apagué la lámpara de mi mesa de noche hasta las dos de la mañana y, gracias a Dios, le tocaba a Fielding pasar el sábado en la morgue. Eran casi las nueve cuando apoyé los pies en el piso, los pájaros cantaban en mi jardín y el sol hacía rebotar su luz sobre el mundo como un chico con una pelota. La cocina estaba tan iluminada que era casi blanca, y todo lo que era en ella de acero inoxidable brillaba como espejos. Preparé café y traté de despejarme la cabeza mientras pensaba en los archivos que Lucy había cargado en mi computadora. Pensé en abrir las persianas y las ventanas para disfrutar de ese aire primaveral, pero en ese momento la cara de Carrie se me apareció una vez más.

Fui al living a ver a Marino. Dormía igual como vivía: luchando contra su existencia física como si fuera el enemigo, la manta pateada hasta el medio del cuarto, las almohadas aplastadas y las sábanas envueltas alrededor de las piernas.

—Buenos días —dije.

—No todavía —farfulló él.

Se dio media vuelta y golpeó la almohada para que le quedara cómoda debajo de la cabeza. Usaba calzoncillos azules y una camiseta a la que le faltaban quince centímetros para cubrirle su abultado abdomen, y siempre me había maravillado el hecho de que a los hombres no les diera vergüenza mostrar su gordura, como les sucedía a las mujeres. A mi manera, yo procuraba siempre estar en forma, y cada vez que sentía que la ropa comenzaba a apretarme en la cintura, tanto mi disposición general como mi libido se volvían mucho menos agradables.

—Puedes dormir unos minutos más —le dije.

Levanté la manta y lo cubrí con ella. Marino comenzó a roncar como un jabalí salvaje herido y yo me dirigí a la mesa de la cocina y llame a Benton a su hotel de Nueva York.

—Espero no haberte despertado —dije.

—En realidad, ya casi estaba en la puerta. ¿Cómo estás?

Me pareció afectuoso pero preocupado.

—Estaría mejor si tú estuvieras aquí y Carrie de nuevo detrás de las rejas.

—El problema es que yo conozco sus pautas y ella sabe que las conozco. Así que no sirve de nada que las conozca, si entiendes lo que quiero decir —dijo, en ese tono controlado que significaba que estaba enojado—. Anoche, varios de nosotros nos disfrazamos de personas sin techo y nos internamos en los túneles del Bowery. Una hermosa manera de pasar la noche, podría agregar. Volvimos a visitar el lugar donde Gault fue muerto.

Benton siempre tenía el cuidado de decir "donde Gault fue muerto" en lugar de "donde tú mataste a Gault".

—Estoy convencido de que ella volvió allá y regresará a ese lugar —prosiguió Benton—. Y no porque lo extrañe, sino porque cualquier cosa que le recuerde los crímenes violentos que ambos cometieron juntos la excita. La sola idea de la sangre de Gault la excita. Para ella, es como una gran calentura, una fuerza a la que es adicta, y tú y yo sabemos lo que eso significa, Kay. Muy pronto necesitará una dosis, si no ha conseguido ya una que todavía no hemos descubierto. Lamento ser un ave de mal agüero, pero tengo la fuerte sensación de que lo que haga será mucho peor de lo que hizo antes.

—Cuesta imaginar que algo podría ser peor que eso —dije, aunque en realidad no lo creía.

Cada vez que yo pensaba que los seres humanos no podían ser peores, lo eran. O quizás era simplemente que el mal primitivo parecía más chocante en una civilización de seres humanos muy evolucionados que viajaban a Marte y se comunican a través del ciberespacio.

—Y hasta el momento no hay señales de ella —dije.

—Hemos recibido cientos de pistas que no conducen a ninguna parte. El Departamento de Policía de Nueva York asignó una fuerza especial de tareas al caso, como sabes, y hay un centro de comando con hombres que reciben llamados las veinticuatro horas del día.

—¿Cuánto tiempo más te quedarás allí?

—No lo sé.

—Bueno, estoy segura de que si Carrie sigue en la zona, sabe muy bien dónde estás tú. En el The New York Athletic Club, donde siempre te hospedas. A sólo dos edificios de donde ella y Gault tenían una habitación por aquel entonces. —De nuevo me sentía trastornada. —Supongo que la idea del FBI es encerrarte en una jaula para tiburones y esperar a que ella venga y te ataque.

—Una buena analogía —dijo él—. Esperemos que funcione.

—¿Qué pasará si es así? —dije, mientras el miedo se infiltraba en mi sangre y aumentaba mi furia—. Ojalá vinieras a casa y dejaras que el FBI hiciera su trabajo. No me resigno a esto: te jubilas y ellos no paran hasta usarte de señuelo...

—Kay...

—¿Cómo puedes dejar que ellos te usen...?

—No es así. Es mi elección, un trabajo que tengo que terminar. Carrie fue mi caso desde el principio y, por lo que sé, lo sigue siendo. No puedo quedarme descansando en la playa mientras ella está suelta y volverá a matar. ¿Cómo quieres que mire en otra dirección cuando tú, Lucy, Marino... cuando es posible que todos nosotros estemos en peligro?

—Benton, por favor no te conviertas en el capitán Acab, ¿sí? No permitas que esto se transforme en tu obsesión. Por favor.

Él se echó a reír.

—Tómame en serio, maldito seas.

—Te prometo que me mantendré alejado de las ballenas blancas.

—Ya estás lanzado a la caza de una.

—Te amo, Kay.

Mientras yo avanzaba por el pasillo hacia mi estudio, me pregunté por qué me molestaba en decirle siempre lo mismo. Conocía su comportamiento casi tan bien como el mío, y la idea de que no haría exactamente lo que estaba haciendo en este momento era algo tan impensable como que yo permitiera que otro patólogo forense se ocupara del caso Warrenton porque yo tenía derecho de tomármelo con calma en esta etapa de mi vida.

Encendí la luz de mi espacioso estudio revestido de madera y abrí las persianas para dejar entrar la mañana. Mi lugar de trabajo se comunicaba con mi dormitorio, y ni siquiera mi casera sabía que todas las ventanas de mis recintos privados, al igual que las de mi oficina del centro, tenían cristal a prueba de balas. Lo que me preocupaba no eran sólo las Carries de este mundo. Por desgracia, había incontables homicidas convictos que me culpaban de su condena y la mayoría no se quedaba encerrado para siempre. Yo había recibido mi cuota de cartas de violentos ofensores que prometían venir a verme cuando salieran. Les gustaba mi aspecto o la manera que hablaba o vestía. Juraban hacer algo al respecto.

Sin embargo, la verdad deprimente era que yo no tenía que ser detective ni especialista en perfiles ni jefa de médicos forenses para ser un blanco potencial de predadores. La mayoría de las víctimas era vulnerable. Estaban en su automóvil o llevando provisiones a su casa o caminando por una playa de estacionamiento, sencillamente, como se dice, en el lugar equivocado en el momento equivocado. Ingresé al América Online y encontré en mi buzón los archivos repositorios del ATF que Lucy me había mandado. Ejecuté el comando imprimir y volví a la cocina en busca de más café.

Marino entró en el momento en que yo contemplaba la posibilidad de comer algo. Estaba vestido, los faldones de la camisa le colgaban y su cara estaba sucia con vestigios de barba.

—Ya estoy aquí —dijo con un bostezo.

—¿Quieres café?

—No. Comeré algo en el camino. Probablemente me detendré en Liberty Valance —dijo, como si nunca hubiéramos tenido una discusión sobre sus hábitos alimentarios.

—Gracias por quedarte a pasar la noche en casa —dije.

—Ningún problema.

Me saludó con la mano al salir de casa y yo conecté la alarma. Regresé a mi estudio, y la pila cada vez más alta de papeles que había sobre el escritorio me desalentó. Después de imprimir quinientas páginas, tuve que volver a llenar la bandeja para papel y la impresora siguió funcionando otros treinta minutos. La información incluía nombres, fechas y lugares, y los comentarios de investigadores. Además, había bosquejos de las escenas del crimen y resultados de laboratorio y, en algunos casos, fotografías escaneadas. Sabía que me llevaría al menos el resto del día leer esa cantidad de información. Ya casi sentía que lo más probable era que la mía había sido una idea peregrina y demasiado optimista que terminaría siendo una pérdida de tiempo.

Había revisado no más de una docena de casos cuando me sobresaltó el timbre de la puerta de calle. No esperaba a nadie y casi nunca recibía a visitantes no anunciados en mi vecindario privado y cerrado. Sospeché que podía tratarse de uno de los chicos del barrio que vendía rifas o suscripciones a revistas o caramelos, pero cuando miré por la pantalla del portero eléctrico me asombró ver a Kenneth Sparkes de pie junto a la puerta.

—¿Kenneth? —pregunté y no pude disimular la sorpresa en mi voz.

—Doctora Scarpetta, me disculpo —dijo en el micrófono—. Pero necesito hablar con usted.

—Enseguida iré a abrirle.

Caminé de prisa por la casa y abrí la puerta de calle. Sparkes parecía cansado; usaba pantalones color caqui arrugados y una chomba verde manchada de transpiración. De su cinturón colgaban un teléfono celular y un pager, y llevaba un portafolio de cuero de cocodrilo con cierre.

—Pase, por favor —dije.

—Conozco a la mayoría de sus vecinos —dijo—. Por si se pregunta cómo pasé por la garita del guardia.

—Tengo café hecho.

Cuando entramos en la cocina percibí el aroma de su colonia.

—Una vez más, espero que me perdone por presentarme así —dijo, y su preocupación parecía genuina—. No sé con quién más hablar, doctora Scarpetta, y tenía miedo de que si le preguntaba si podía venir a verla, usted me contestara que no.

—Probablemente lo habría hecho.

Saqué dos jarros de una alacena.

—¿Cómo le gusta?

—Tal cual sale de la cafetera —contestó.

—¿Le gustaría una tostara o algo por el estilo?

—No. Pero gracias.

Nos sentamos frente a la mesa que estaba delante de la ventana, y yo abrí la puerta que daba afuera porque de pronto mi casa me pareció caliente y sofocante. Por mi mente desfilaron toda clase de recelos cuando me recordé que Sparkes era el sospechoso de un homicidio y que yo estaba muy involucrado en el caso y allí estaba, a solas con él en mi casa un sábado por la mañana. Él puso el portafolio sobre la mesa y lo abrió.

—Supongo que usted sabe todo lo que tiene lugar en una investigación —dijo.

—En realidad, yo nunca lo sé todo sobre nada.

Bebí mi café.

—Yo no soy ingenua, Kenneth —dije—. Por ejemplo, si usted no tuviera influencias, no habría podido entrar en mi vecindario y tampoco estaría sentado aquí ahora.

Él sacó un sobre de papel manila del portafolio y lo deslizó por la mesa hacia mí.

—Fotografías —dijo en voz baja—. De Claire.

Yo vacilé.

—Pasé las últimas noches en mi casa de la playa —explicó.

—¿En Wrightsville Beach? —pregunté.

—Sí, Y recordé que tenía estas fotografías en el cajón de un mueble archivo. No las había vuelto a ver o siquiera pensado en ellas desde que rompimos. Eran de una sesión de tomas. No recuerdo los detalles, pero Claire me dio varias copias cuando comenzamos a salir. Creo haberle dicho que ella era modelo fotográfico.

Deslicé del sobre lo que deben de haber sido alrededor de veinte copias color de veinte por veinticinco centímetros, y la de arriba era sorprendente. Lo que Sparkes me había dicho en la caballeriza Hootowl era cierto: Claire Rawley era físicamente magnífica. El pelo le llegaba a la mitad de la espalda, perfectamente lacio, y parecía brillar como el oro cuando ella permanecía de pie en la playa, con shorts y una musculosa que apenas le cubría los pechos. En la muñeca derecha usaba lo que parecía ser un gran reloj para buceo con pulsera plástica negra y cuadrante color anaranjado. Claire Rawley tenía el aspecto de una diosa nórdica: sus facciones eran afiladas y atractivas; su cuerpo bronceado, atlético y sensual. Detrás de ella, en la arena, había una tabla de surf amarilla y, a lo lejos, el océano.

Otras fotografías habían sido tomadas en varios escenarios espectaculares. En algunas estaba sentada en el porche de una mansión gótica sureña en decadencia, o en un banco de piedra de un cementerio o jardín con pasto crecido, o desempeñando el papel de compañera trabajadora rodeada de pescadores en uno de los jabegueros de Wilmington. Algunas de las poses eran algo forzadas, pero eso no tenía importancia. En conjunto, Claire Rawley era una obra maestra de carne humana, una obra de arte cuyos ojos reflejaban una tristeza insondable.

—No sabía si estas fotos les servirían de algo —dijo Sparkes al cabo de un prolongado silencio—. Después de todo, no sé qué vieron ustedes, quiero decir, lo que estaba... Bueno.

Nerviosamente tamborileó la mesa con el dedo índice.

—En casos como éste —le dije con toda calma—, una identificación visual sencillamente no es posible. Pero nunca se sabe cuándo algo como esto puede ayudar. Al menos en estas fotografías no hay nada que pueda decirme que el cuerpo no pertenece a Claire Rawley.

Volví a mirar las fotografías para ver si notaba algunas alhajas.

—Aquí usa un reloj interesante —dije mientras hojeaba una vez más las copias.

Él sonrió y miró. Después suspiró.

—Yo se lo regalé. Es uno de esos relojes deportivos de moda muy populares entre los que practican surf. Tenía un nombre tonto y divertido: Animal. ¿Qué le parece?

—Es posible que mi sobrina haya tenido uno en una época —recordé—. ¿Es relativamente económico? ¿Cuesta ochenta o noventa dólares?

—No recuerdo cuánto lo pagué. Pero sí que lo compré en la tienda de artículos para surf que ella frecuentaba. La Sweetwater Surf Shop en South Lumina, donde están Vito's, Reddog's y Buddy's Crab. Ella vivía cerca con otras mujeres. Un viejo y no tan atractivo edificio de departamentos en la calle Stone.

Yo lo anotaba.

—Pero estaba casi siempre sobre el agua. Y es allí donde ella quería estar.

—¿Y qué me dice de alhajas? ¿Recuerda si usaba algo fuera de lo común?

Él tuvo que pensar.

—¿Tal vez una pulsera?

—No lo recuerdo.

—¿Un llavero?

Él sacudió la cabeza.

—¿Y un anillo? —pregunté entonces.

—Ella usaba algunos horribles de vez en cuando. Ya sabe, esos de plata que no cuestan mucho.

—¿Y uno sencillo de platino?

Él vaciló, sorprendido.

—¿Dijo platino? —preguntó.

—Sí, y bastante grande.

Le miré las manos.

—De hecho, creo que le cabría a usted.

Él se echó hacia atrás en la silla y miró el cielo raso.

—Por Dios —dijo—. Ella debió de habérselo llevado. Yo tengo un anillo sencillo de platino que solía usar cuando Claire y yo estábamos juntos. Ella solía bromear que significaba que yo estaba casado conmigo mismo.

—¿De modo que ella lo tomó de su dormitorio?

—De una caja de cuero. Debió de hacerlo.

—¿Tiene noticia de que falte alguna otra cosa de la casa? —pregunté entonces.

—Un arma de mi colección no se encontró. El ATF recuperó el resto. Desde luego, están arruinadas.

Sparkes comenzaba a deprimirse cada vez más.

—¿Qué clase de arma era?

—Una Calico.

—Espero que no ande por las calles —dije.

La Calico era una ametralladora especialmente letal que se parecía a una Uzi con un gran cilindro adherido encima. Era un arma de nueve milímetros y podía disparar tanto como cien proyectiles.

—Debe informar todo esto a la policía, al ATF —le dije.

—En parte ya lo he hecho.

—No en parte. Todo, Kenneth.

—Entiendo —dijo—. Y lo haré. Pero quiero saber si es ella, doctora Scarpetta. Por favor entienda que en este momento lo demás no me importa. Le confieso que la llamé a su departamento. Ninguna de las amigas con las que vivía la ha visto desde hace más de una semana. La última vez que pasó la noche en su casa fue la noche del viernes antes del incendio, en otras palabras, el día anterior. La jovencita con la que hablé dijo que Claire parecía preocupada y deprimida cuando se cruzaron en la cocina. Y no dijo nada de salir de la ciudad.

—Veo que es todo un investigador —dije.

—¿No lo sería también usted en mi lugar? —preguntó.

—Sí.

Nuestras miradas se encontraron y yo leí su pena. Pequeñas gotas de sudor seguían la línea de su pelo, y él hablaba como si tuviera la boca seca.

—Volvamos a las fotos —dije—. ¿Exactamente por qué se tomaron esas fotografías? ¿Para quién posaba? ¿Lo sabe usted?

—Lo único que recuerdo es que era algo local —dijo y enfocó su vista más allá de la ventana—. Creo que me dijo que era para la Cámara de Comercio o algo así, algo para ayudar a publicitar la playa.

—¿Y le regaló a usted todas estas copias por esa razón?

Lentamente continué repasando las fotografías.

—¿Sólo porque usted le gustaba? ¿Quizá porque quería impresionarlo?

Él rió con pesar.

—Ojalá ésas hubieran sido las únicas razones —replicó—. Ella sabía que yo tengo influencias, que conozco a gente de la industria del cine y personas así. Me dijo que quería que yo me guardara, por favor, esas fotos.

—De modo que esperaba que usted la ayudara en su carrera —dije y lo miré.

—Por supuesto.

—¿Y usted lo hizo?

—Doctora Scarpetta, es un hecho simple de la vida que yo debo tener cuidado de quién y qué promociono —dijo con ingenuidad—. Y no me habría parecido apropiado empezar a repartir fotografías de mi joven, hermosa y blanca amante con la esperanza de poder ayudarla en su carrera. Yo tiendo a mantener mis relaciones lo más privadas posible.

La indignación brilló en sus ojos cuando tocó su jarro de café.

—Yo no soy de los que publicitan su vida personal. Nunca lo fui. Y podría agregar que usted no debería creer todo lo que lee.

—Jamás lo hago —dije—. Justamente yo sé que no debo hacerlo, Kenneth. Para ser sincera, me interesa menos su vida personal que saber por qué decidió darme esas fotografías en lugar de entregárselas a investigadores del condado de Fauquier o al ATF.

Él me miró fijo y después respondió:

—Por motivos de identificación que ya le di. Pero también porque confío en usted, y ése es el elemento más importante de la ecuación. A pesar de nuestras diferencias, sé que usted no sería capaz de hacer encarcelar a alguien con cargos falsos o acusar con falsedad.

—Entiendo.

Yo me sentía cada vez más incómoda y francamente deseaba que él se decidiera a irse para no tener que echarlo.

—Verá, resultaría mucho más conveniente echarme la culpa de todo. Y allá afuera hay muchas personas que han estado detrás de mí durante años, personas a las que les encantaría verme arruinado, preso o muerto.

—Ninguno de los investigadores con los que trabajo piensan de esa manera —dije.

—Los que me preocupan no son usted, Marino ni el ATF —se apresuró a decir—. Son facciones que tienen poder político. Supremacistas blancos, tipos de milicia que secretamente se acuestan con personas cuyos nombres usted conoce. Confíe en mí.

Miró en otra dirección y apretó las mandíbulas.

—Las cartas están en contra de mí —continuó—. Si alguien no llega al fondo de lo que ocurrió aquí, mis días están contados. Lo sé. Y alguien que mata caballos inocentes e indefensos es capaz de cualquier cosa.

Su boca tembló y en sus ojos brillaron lágrimas.

—¡Quemarlos vivos! —exclamó—. ¡Qué clase de monstruo pudo hacer algo así!

—Un monstruo muy terrible —dije—. Y parece que en la actualidad existen muchos de esos monstruos terribles en el mundo. ¿Qué puede decirme del potrillo? ¿El que vi cuando estuve en la escena? Supuse que, de alguna manera, uno de sus caballos logró escapar.

—Windsong —Sparkes confirmó lo que yo pensaba mientras se secaba los ojos con la servilleta. —Ese hermoso pequeñín. En realidad tiene un año. Nació en mi granja y el padre y la madre eran caballos de carrera muy valiosos. Murieron en el incendio. —Volvió a ahogarse. —No tengo la menor idea de cómo hizo Windsong para escapar. Es de lo más extraño.

—A menos que Claire —si se trata de Claire— lo hubiera sacado y después no tuvo oportunidad de llevarlo de nuevo al box —sugerí—. Quizás ella había conocido a Windsong en una de sus visitas a la granja.

Sparkes respiró hondo y se frotó los ojos.

—No, no creo que Windsong hubiera nacido todavía. De hecho, recuerdo que Wind, su madre, estaba preñada durante las visitas de Claire.

—Entonces Claire puede haber supuesto que Windsong era el potrillo de Wind.

—Sí, es posible.

—¿Dónde está ahora Windsong? —pregunté.

—Gracias a Dios fue capturado y está en la caballeriza Hootowl, donde se encuentra a salvo y será muy bien cuidado.

El tema de sus caballos le resultaba muy penoso, y a mí no me pareció que estuviera actuando. A pesar de sus habilidades de figura pública, Sparkes no podía ser tan buen actor. Su autocontrol estaba a punto de derrumbarse, y él luchaba denodadamente y estaba a punto de sucumbir. Empujó hacia atrás la silla y se puso de pie.

—Debo decirle otra cosa —dijo cuando lo acompañé a la puerta de calle—. Si Claire estuviera viva, creo que de alguna manera habría tratado de ponerse en contacto conmigo. Aunque sólo fuera por carta. Siempre y cuando estuviera enterada de lo del incendio, y no sé cómo podría no saberlo. Era muy sensible y bondadosa, al margen de sus dificultades.

—¿Cuándo fue la última vez que la vio? —Abrí la puerta.

Sparkes me miró a los ojos y una vez más la intensidad de su personalidad me resultó apremiante y perturbadora. No podía dejar de pensar que de alguna manera él todavía me intimidaba.

—Supongo que hace alrededor de un año.

Su Jeep Cherokee plateado estaba en el sendero y yo esperé a que él subiera para cerrar la puerta. No pude evitar preguntarme qué pensarían mis vecinos si lo reconocían. En otra ocasión tal vez me habría reído, pero en la visita de Sparkes no encontré nada divertido. Por qué había venido personalmente en lugar de enviarme las fotografías era mi pregunta más importante.

Pero él no se había mostrado incorrecto en su curiosidad con respecto al caso. No había usado su poder y su influencia para tratar de manipularme. No había tratado de ejercer influencia sobre mis opiniones o mis sentimientos hacia él, al menos no que yo me hubiera dado cuenta.

11

Calenté mi café y volví al estudio. Durante un rato estuve sentada en mi silla ergonómica y volví a mirar una y otra vez las fotografías de Claire Rawley. Si su asesinato había sido premeditado, ¿entonces por qué ocurrió justo donde no se suponía que ella estaría?

Incluso si la culpa la tenían los enemigos de Sparkes, ¿no era demasiada coincidencia que dieran el golpe justo cuando por casualidad ella se había presentado, sin ser invitada, en su casa? ¿El más frío de los racistas sería capaz de quemar caballos vivos, sólo para castigar a su propietario?

No había respuestas a esas preguntas, y comencé a repasar una vez más los casos de la ATF y a revisar página tras página mientras pasaban las horas y mi visión entraba y salía de foco. Había incendios de iglesias, de residencias particulares y de empresas comerciales, y también en una serie de canchas de bolos en los que el punto de origen era siempre la misma cancha. Departamentos, destilerías, compañías químicas y refinerías habían ardido hasta su destrucción total, y en todos los casos se sospechaba incendio intencional aunque no se lo hubiera podido probar.

En cuanto a homicidios, eran menos frecuentes y por lo general habían sido perpetrados por un ladrón bastante poco hábil o por un cónyuge que no entiende de que cuando una familia completa desaparece, y en un pozo de la parte de atrás de la casa donde se quema la basura se descubren fragmentos de huesos, lo más probable es que se llame a la policía. Además, las personas ya muertas no respiran monóxido de carbono ni tienen en el cuerpo balas que aparecen en rayos X. Sin embargo, a las diez de la noche yo ya había encontrado dos muertes que me llamaron la atención. Una se había producido el pasado marzo; la otra, seis meses antes. El caso más reciente ocurrió en Baltimore y la víctima fue un varón de veinticinco años llamado Austin Hart que cursaba cuarto año en la facultad de medicina de la Universidad de Johns Hopkins cuando murió en el incendio de una casa situada no demasiado lejos del campus. En ese momento era la única persona en la casa porque eran las vacaciones de primavera.

Según el breve informe policial, el fuego se inició un domingo por la tarde y ya estaba en pleno desarrollo cuando llegaron los bomberos. Hart estaba tan quemado que sólo pudo ser identificado por las notables similitudes en las raíces de los dientes, los rebordes óseos alveolares y las estructuras trabeculares en las radiografías antemortem y postmortem. El origen del fuego fue un cuarto de baño de la planta baja, y no se detectaron acelerantes ni arcos voltaicos.

El ATF se había visto envuelto en el caso por invitación del Departamento de Bomberos de Baltimore. Me resultó interesante que Teun McGovern hubiera sido llamada desde Filadelfia para prestar asesoramiento y que, al cabo de semanas de cernir los escombros, entrevistar testigos y realizar exámenes en los laboratorios de Rockville del ATF, las pruebas sugirieron que el incendio había sido intencional y, por consiguiente, la muerte, un homicidio. Pero no fue posible probar ninguna de las dos cosas, y el modelo de incendio no podía explicar cómo un fuego de desarrollo tan rápido podía haberse originado en un pequeño cuarto de baño de azulejos que sólo contenía un lavatorio y un inodoro de porcelana, una persiana y una bañera detrás de una cortina de plástico.

El incendio anterior, el de octubre, había sucedido en Venice Beach, California, también por la noche, en una casa frente al mar y a unas diez cuadras del legendario gimnasio Muscle Beach. Marlene Faber era una actriz de veintitrés años cuya carrera consistía en su mayor parte en pequeños papeles en telenovelas y series unitarias y casi todos sus ingresos eran por comerciales de televisión. Los detalles del incendio que quemó por completo su casa de madera de cedro eran tan someros e inexplicables como los de Austin Hart.

Cuando leí que se creía que el fuego se había originado en el cuarto de baño principal de su amplia mansión, sentí una descarga de adrenalina. La víctima estaba tan quemada que quedó reducida a una serie de fragmentos blancos y calcinados, y se hizo una comparación antemortem y postmortem con rayos x de sus restos con una radiografía de rutina que le habían tomado dos años antes. La identificaron, básicamente, por una costilla. No se detectaron aceleradores ni había ninguna explicación de qué cosa de ese cuarto de baño podía haber encendido una llamarada que se elevó dos metros y medio para prenderle fuego al primer piso. Desde luego, un inodoro, una bañera, un lavatorio y una repisa con cosméticos no eran suficientes para provocarla. El Servicio Meteorológico Nacional por satélite informó que no se había producido la caída de ningún rayo en un perímetro de un kilómetro y medio de la dirección de esa casa durante las pasadas cuarenta y ocho horas.

Yo reflexionaba sobre esto con una copa de pinot noir cuando Marino me llamó cerca de la una de la mañana.

—¿Estás despierta? —preguntó.

—¿Importa acaso?

Tuve que sonreír, porque él siempre me hacía la misma pregunta cuando me llamaba a horas nada corteses.

—Sparkes tenía cuatro Mac diez con silenciadores que supuestamente compró por unos mil seiscientos dólares cada uno. Tenía una espada escocesa de dos filos que compró por mil cien, y una ametralladora MP40. Y escucha esto: noventa granadas vacías.

—Estoy escuchando —dije.

—Dice que luchó en la Segunda Guerra Mundial y que fue coleccionando todo ese material con el tiempo, lo mismo que sus barriles de bourbon, que procedían de una destilería de Kentucky que quebró hace cinco años. Por el bourbon no recibe más que una cachetada, porque a la luz de todo lo demás, a quién cuernos le importa eso. En cuanto a las armas, todas están registradas y él pagó los impuestos. Así que en este sentido está limpio, pero este chiflado investigador de Warrenton piensa que la actividad secreta de Sparkes es vender armas a grupos anticastristas del sur de la Florida.

—¿Con qué fundamento? —quise saber.

—No lo sé, pero los investigadores de Warrenton siguen esa pista como un perro que persigue al cartero. La hipótesis es que la chica que se quemó sabía algo, y Sparkes no tuvo más remedio que librarse de ella, aunque significara prenderle fuego a todo lo que poseía, incluyendo sus caballos.

—Si fuera un traficante de armas —dije con impaciencia—, habría tenido mucho más que un par de ametralladoras y un puñado de granadas vacías.

—Van tras él, Doc. Porque es quien es, tal vez les lleve más tiempo.

—¿Qué hay del Calico que falta?

—¿Cómo demonios sabes eso?

—¿Tengo razón de que falta un Calico?

—Es lo que él dice, pero ¿cómo sabes tú...?

—Él vino hoy a verme.

Larga pausa.

—¿Qué dices? —preguntó, muy confundido—. ¿Te fue a ver adónde?

—A casa. Sin invitación. Tenía fotografías de Claire Rawley.

Marino se quedó callado tanto tiempo que me pregunté si no se habría cortado la comunicación.

—No es mi intención ofenderte —dijo por último—, pero ¿seguro que ese tipo no te está embaucando porque es un...?

—No —lo interrumpí.

—Bueno, ¿podrías contarme algo de lo que estuviste mirando?

—Sólo te puedo decir que su supuesta ex novia era extraordinariamente bonita. Su pelo se corresponde con el de la víctima, lo mismo que la estimación de su estatura y peso. Usaba un reloj que me resultó parecido al que encontré y las amigas con las que vivía no la han vuelto a ver desde el día anterior al incendio. Es un punto de partida, pero no suficiente para seguir adelante.

—Y lo único que el Departamento de Policía de Wilmington pudo averiguar de la universidad es que tienen registrada allí a una tal Claire Rawley. Ha asistido a cursos de manera esporádica, pero no desde el otoño último.

—Que vendría a ser más o menos la época en que Sparkes rompió con ella.

—Si lo que él dijo fuera verdad —señaló Marino.

—¿Qué me dices de los padres de la muchacha?

—En la universidad no nos dijeron nada más sobre ella. Típico. Tenemos que conseguir una orden judicial, y ya sabes cómo es eso. Se me ocurrió que tú podrías intentar hablar con el decano o alguien así, para ablandarlos un poco. La gente prefiere tratar con médicos en lugar de hacerlo con policías.

—¿Se sabe algo del dueño del Mercedes? Supongo que todavía no apareció.

—El Departamento de Policía de Wilmington tiene su casa bajo vigilancia —contestó Marino—. Espiaron por las ventanas y olisquearon por el buzón de la puerta para comprobar si dentro hay alguien en descomposición. Pero hasta el momento, nada. Es como si se hubiera desvanecido en el aire, y no tenemos una causa probable para entrar por la fuerza.

—¿Qué edad tiene ese individuo?

—Cuarenta y dos años. Pelo y ojos color marrón, un metro ochenta de estatura y un peso de setenta y tres kilos.

—Bueno, alguien debe de saber dónde está o, al menos, cuándo fue visto por última vez. Ningún profesional se manda a mudar de su casa sin que nadie lo advierta.

—Pues hasta el momento todo parece indicar que lo hizo. La gente sigue yendo a su casa para cumplir con la cita convenida. Nadie los llamó ni nada. El tipo sencillamente se esfumó. Lo vecinos no lo han visto a él ni a su automóvil desde hace por lo menos una semana. Nadie lo vio irse, solo o acompañado. Al parecer, una anciana que vive en la casa de al lado habló con él la mañana del cinco de junio, el jueves anterior al incendio. Los dos recogieron el periódico al mismo tiempo, se saludaron con la mano y se desearon buenos días. Según la mujer, él estaba apurado y no se mostró tan cordial como de costumbre. Por el momento, es lo único que tenemos.

—Me pregunto si Claire Rowley puede haber sido paciente suya.

—Sólo espero que ese tipo esté con vida —dijo Marino.

—Sí —dije—. Yo también.

• • •

Un médico forense no es un agente del orden sino una persona objetiva que presenta pruebas, un detective intelectual cuyos testigos están muertos. Pero hubo momentos en que yo no le presté demasiada atención a esas leyes o definiciones.

La justicia era algo más grande que los códigos, sobre todo cuando yo creía que nadie escuchaba los hechos. Fue movida no por mucho más que una intuición cuando el domingo por la mañana, durante el desayuno, decidí visitar a Hughey Dorr, el herrero que había herrado a los caballos de Sparkes dos días antes del incendio.

Las campanas de las iglesias bautista y presbiteriana repicaron cuando yo enjuagaba mi taza de café en la pileta. Busqué en mis notas el número de teléfono que los investigadores de incendios del ATF me habían dado. El herrero no estaba en casa cuando lo llamé, pero su esposa sí se encontraba allí y yo me presenté.

—Él está en Crozier —dijo ella—. Will estará allí todo el día, en Red Feather Point. Queda cerca de Lee Road, en la margen norte del río. No puede perderse.

Pero yo sabía que sí podía perderme. Ella hablaba de una zona de Virginia que virtualmente estaba compuesta sólo por caballerizas y confieso que casi todas me parecían idénticas. Le pedí que me diera algunos detalles para orientarme mejor.

—Bueno, está justo frente al presidio estatal, del otro lado del río. Es donde los presos trabajan en granjas lecheras y todo eso —agregó—. Así que usted debe de saber dónde es eso.

Por desgracia, lo sabía. Había estado allí en el pasado cuando los presos se colgaban en su celda o se mataban unos a otros. Conseguí un número telefónico y llamé a la caballeriza para estar segura de que estaba bien que yo fuera allí. Como era típico de la gente dedicada a los caballos, no pareció interesarles nada mi tarea y me dijeron que encontraría al herrero en el galpón, que era verde. Volví a mi dormitorio a ponerme una remera, jeans y botas acordonadas, y llamé a Marino.

—Puedes venir conmigo. De lo contrario tendré mucho gusto en hacerlo sola —le dije.

De su televisor salía el sonido de un partido de béisbol y el teléfono hizo ruido cuando lo apoyó en alguna parte. Lo oí respirar.

—Mierda —dijo.

—Ya lo sé —convine—. Yo también estoy cansada.

—Dame media hora.

—Te pasaré a buscar para ahorrarte un poco de tiempo —sugerí.

—Sí, de acuerdo.

Él vivía al sur del James, en un barrio con lotes arbolados, cerca de la zona de la Autopista Midlothian repleta de centros comerciales, donde se podían comprar armas de puño, motocicletas o hamburguesas, o hacer lavar el auto con o sin cera. La pequeña casa blanca de Marino con una pared de aluminio estaba en el Ruthers Road, a la vuelta de la esquina de la Tintorería Bon Aire y Ukrop's. Tenía una enorme bandera norteamericana en el jardín, una cerca de alambre tejido en el fondo y un cobertizo para su remolque.

El sol se reflejaba en las tiras de luces de Navidad apagadas que seguían cada línea y cada ángulo del hábitat de Marino. Las lamparitas multicolores estaban alojadas en los arbustos y entrelazadas en los árboles. Había miles de ellas.

—Todavía opino que no deberías dejar allí todas esas luces —le dije una vez más cuando él abrió la puerta.

—Sí claro —dijo él, tal como lo hacía siempre—. Entonces tengo que sacarlas y después volver a ponerlas cuando llegue el Día de Acción de Gracias ¿Tienes idea del tiempo que eso me llevaría, sobre todo cuando cada año agrego más?

Su obsesión había alcanzado el punto en que tenía una caja de fusibles separada para sus decoraciones de Navidad, que en todo su esplendor incluían un Papá Noel en un trineo llevado por ocho ciervos y hombres de nieve alegres, caramelos, juguetes y Elvis en la mitad del jardín cantando villancicos por los altoparlantes. Ese despliegue de Marino era tan imponente que su luz se alcanzaba a ver desde kilómetros y su residencia figuraba en la guía oficial de Richmond. Todavía me maravillaba que a alguien tan antisocial no le importara ver una fila interminable de autos y limusinas, y borrachos que le hacían bromas.

—Todavía trato de imaginar cómo se te ocurrió hacer todo esto —dije cuando él entró en mi auto—. Hace dos años jamás habrías hecho una cosa así. De pronto, sin decir agua va, conviertes tu residencia privada en un parque de atracciones. Me preocupas. Para no mencionar el peligro de un incendio por algún desperfecto eléctrico. Sé que no es la primera vez que te doy mi opinión al respecto, pero estoy convencida de que...

—Tal vez yo también esté convencido de lo que hago.

Se puso el cinturón de seguridad y sacó un cigarrillo.

—¿Cómo reaccionarías tú si yo empezara a decorar mi casa así y dejara luces colgando afuera durante todo el año?

—Igual que si te compraras una casa rodante, hicieras construir una pileta sobre el nivel del suelo y comenzaras a comer bizcochos Bojangles todos los días. Pensaría que has perdido el juicio.

—Y estarías en lo cierto —dije.

—Mira.

Se puso a juguetear con el cigarrillo apagado.

—Quizás he llegado a un punto de la vida en el que se trata de hacerlo o de perderlo —dijo—. Al demonio con lo que piense la gente. Sólo viviré una vez y, mierda, de todos modos quién puede saber cuánto tiempo seguiré en este mundo.

—Marino, te estás poniendo demasiado tétrico.

—Se llama realidad.

—Y la realidad es que, si mueres, vendrás a mí y terminarás en una de mis mesas. Eso debería darte suficiente incentivo para seguir entre nosotros durante mucho tiempo.

Él calló y se puso a mirar por la ventanilla mientras yo seguía la Ruta 6 a través del condado de Goochland, donde los bosques eran espesos y a veces no se veían automóviles por muchos kilómetros. La mañana estaba despejada pero tendía a ser húmeda y cálida, y pasé frente a casas con techos de latón y porches agradables y baños para aves en los jardines. Manzanas verdes inclinaban las ramas de los árboles hacia el suelo y los girasoles colgaban sus pesadas cabezas como en oración.

—Lo cierto es, Doc —dijo Marino—, que es algo así como una premonición. Siempre tengo la sensación de que me falta poco. Pienso en mi vida y creo que ya lo he hecho todo. Si no hiciera nada más, igual habría hecho mucho. Así que mentalmente veo esa pared frente a mí y del otro lado no hay nada para mí. Mi camino termina. Estoy fuera de aquí. Es sólo cuestión de cómo y cuándo. Por eso decidí hacer lo que se me antoje. Más me vale, ¿no?

Yo no estaba segura de qué decir, y la imagen de su casa chillona en Navidad hizo que los ojos se me llenaran de lágrimas. Me alegré de tener puestos anteojos oscuros.

—No lo conviertas en una profecía cumplida por ti, Marino —le dije—. A veces las personas piensan demasiado en algo y terminan tan agotadas que lo hacen realidad.

—Como Sparkes —dijo él.

—Realmente no entiendo qué tiene esto que ver con Sparkes.

—Tal vez él pensó demasiado en algo y lo hizo suceder. Como por ejemplo si uno es un hombre negro odiado, y le preocupa mucho que los tarados le quiten lo que es suyo, termina quemándolo todo. Y, en el proceso, matando a sus caballos y a su amiga blanca. Y al final se queda sin nada. Demonios, el dinero del seguro no reemplaza lo que perdió. De ninguna manera. Lo cierto es que Sparkes está listo, se lo mire por donde se lo mire. O perdió todo lo que amó en su vida, o irá a la cárcel.

—Si estuviéramos hablando sólo de incendio intencional, me inclinaría más a sospechar que él fue el culpable —dije—. Pero también hablamos de una mujer joven que fue asesinada. Y hablamos de que sus caballos terminaron muertos. Es allí donde, en mi opinión, el cuadro se distorsiona.

—Si me preguntas, de nuevo me suena a O. J. Un hombre negro rico y poderoso. A su ex novia blanca le cortan el cuello. ¿Los paralelos no te molestan un poco? Mira, tengo que fumar. Echaré el humo por la ventanilla.

—Si Kenneth Sparkes asesinó a su antigua novia, ¿entonces por qué no lo hizo en algún lugar en el que nadie pudiera asociarlo? —comenté—. ¿Por qué destruir todo lo que tiene en el proceso y hacer que todo lo señale?

—No lo sé, Doc. Tal vez las cosas se salieron de control y todo se fue a la mierda. A lo mejor él nunca planeó matarla ni incendiar su propiedad.

—En este incendio no hay nada que me dé la impresión de ser producto de un impulso —dije—. Creo que alguien sabía con exactitud lo que hacía.

—Eso o tuvo suerte.

El camino estrecho estaba moteado por luz y por sombra, y los pájaros en los cables de teléfono me hicieron pensar en música. Cuando nos acercamos al restaurante Polo Norte, con su cartel con el oso polar, recordé los almuerzos después de tribunales en Goochland, de detectives y científicos forenses que desde entonces se habían jubilado. Esos antiguos casos de homicidio me resultaban vagos porque a esta altura tenía tantos asesinatos en la mente, y el hecho de pensar en ellos y en los colegas que extrañaba me pusieron triste por un momento. Red Feather Point estaba al fondo de un largo camino de grava que conducía a una imponente caballeriza que daba al río James. El polvo se levantaba detrás de mi automóvil cuando traspuse tranqueras blancas que rodeaban terrenos con pasto verde en los que cada tanto había restos de heno.

La casa blanca de madera de tres plantas tenía el aspecto imperfecto e inclinado de un edificio que no era de este siglo, y los silos envueltos en enredaderas también eran un resabio de tiempos pasados. Varios caballos merodeaban en un campo lejano y el picadero de tierra roja se encontraba vacío cuando estacionamos. Marino y yo entramos en un gran galpón verde y seguimos el sonido del acero por los golpes de un martillo. Caballos muy finos estiraban sus espléndidos cuellos de los boxes, y no pude resistir la tentación de acariciar los belfos aterciopelados de animales cazadores de zorros, pura sangre y árabes. Me detuve para decirles cosas tiernas a un potrillo y a su madre mientras ambos me miraban fijo con sus enormes ojos marrones. Marino se mantuvo a distancia y se dedicó a apartar moscas.

—Mirarlos es una cosa —comentó—. Pero haber sido mordido por uno en una oportunidad fue suficiente para mí.

Los cuartos de monturas y de forraje estaban en silencio, y de las paredes de madera colgaban ganchos y mangueras enrolladas. En la parte posterior de las puertas había mantas y no encontré a nadie salvo una mujer con ropa de montar y casco que transportaba una montura inglesa.

—Buenos días —dije mientras el martilleo lejano cesaba—. Estoy buscando al herrero. Soy la doctora Scarpetta —añadí—. Llamé por teléfono más temprano.

—Está por allá.

Ella señaló sin detenerse.

Marino y yo pegamos la vuelta por una esquina y encontramos a Dorr sentado en un banquito, con la pata delantera de una gran yegua blanca firmemente sujeta entre las rodillas. Era calvo, con grandes hombros y brazos, y usaba un delantal de cuero. Sudaba con profusión y estaba cubierto de polvo mientras extraía clavos de una herradura de aluminio.

—Hola —nos dijo, y la yegua echó las orejas hacia atrás.

—Buenas tardes, señor Dorr. Soy la doctora Scarpetta y éste es el capitán Marino —dije—. Su esposa me dijo que lo encontraría aquí.

Levantó la vista y nos miró.

—La gente me llama Hughey, porque ése es mi nombre. ¿Usted es veterinaria?

—No, no, soy médica forense. El capitán Marino y yo estamos involucrados en el caso Warrenton.

Sus ojos se ensombrecieron cuando arrojó a un lado la vieja herradura. Sacó un cuchillo curvo de un bolsillo de su delantal y comenzó a cortar el candado de adentro del vaso del caballo. Tenía incrustada una piedra.

—Al que hizo eso deberían matarlo de un tiro —dijo, sacó unas tenazas de otro bolsillo y siguió desvasando al animal.

—Estamos haciendo todo lo que está a nuestro alcance para descubrir qué fue lo que sucedió —dijo Marino.

—La parte que a mí me toca es identificar a la mujer que murió en el incendio —expliqué— y obtener una mejor idea de qué fue exactamente lo que le sucedió.

—Para empezar —dijo Marino—, por qué esa señora estaba en casa de Sparkes.

—Sí, oí hablar de eso. Muy extraño —contestó Dorr.

Ahora utilizaba una escofina mientras la yegua, irritada, mostraba los dientes.

—No sé por qué estaba en casa de él —dijo.

—Tengo entendido que usted estuvo en la caballeriza varios días antes. ¿Es así? —preguntó Marino y escribió cosas en su libreta.

—El incendio fue el sábado por la noche —dijo Dorr.

Comenzó a limpiar la parte de abajo del casco con un cepillo de acero.

—Yo estuve allí buena parte del jueves. Todo estaba como de costumbre. Les puse herraduras a ocho de sus caballos y me ocupé de uno que tenía una enfermedad en la que las bacterias se meten en la pared del casco. Lo pinté con formaldehído, algo que supongo todos ustedes conocen —me dijo.

Bajó la pata derecha y levantó la izquierda, y la yegua se movió un poco y sacudió la cola. Dorr le dio unos golpecitos en el morro.

—Eso fue para darle algo en qué pensar —nos explicó—. Tiene un mal día. Los caballos son como los chicos, nos ponen todo el tiempo a prueba. Y creemos que nos aman, pero lo único que quieren es comida.

La yegua movió los ojos y mostró los dientes cuando el herrero le arrancó más clavos. Trabajaba con sorprendente velocidad y no bajaba el ritmo al hablar.

—¿Alguna vez cuando usted estaba allá, Sparkes tenía de visita a una mujer joven? —pregunté—. Era alta, muy hermosa y con pelo rubio largo.

—No. Cuando yo iba, por lo general pasábamos todo el tiempo con los caballos. Él me ayudaba como podía. Estaba chiflado con esos animales.

Volvió a tomar su cuchillo para vasos.

—Todas estas historias sobre que andaba con mujeres —continuó Dorr—, yo nunca lo vi. Siempre daba la impresión de ser un tipo solitario, lo cual al principio me sorprendió por ser quien es.

—¿Cuánto hace que trabaja para él? —preguntó Marino y cambió de posición en una forma en que me indicaba que ahora él se hacía cargo de la situación.

—Van para seis años —respondió Dorr y tomó la escofina—. Un par de veces por mes.

—Cuando lo vio aquel jueves, ¿le mencionó que pensaba salir del país?

—Sí, claro. Por eso fui en esa oportunidad. Al día siguiente viajaba a Londres, y puesto que su peón se había ido, Sparkes no tenía a nadie más allí cuando yo llegué.

—Parece que la víctima conducía un viejo Mercedes azul. ¿Alguna vez vio un auto así en el rancho?

Dorr se echó hacia atrás en su banquito bajo de madera y llevó consigo la caja de herraduras. Tomó una de las patas traseras del animal.

—No recuerdo haber visto un coche así.

Arrojó a un lado otra herradura.

—No. No puedo decir que recuerde el que acaba de describirme.

Sujetó el caballo colocándole una mano sobre el anca.

—Tiene malos pies —nos dijo.

—¿Cómo se llama?

—Molly Brown.

—Por la forma de hablar, diría que usted no es de por acá —comenté.

—Nací y pasé la infancia en el sur de la Florida.

—Yo también. En Miami —dije.

—Bueno, eso queda tan al sur que ya casi es Sudamérica.

12

Un beagle había entrado y olía el piso cubierto de heno en busca de limaduras de vasos. Molly Brown apoyó elegantemente la otra pata trasera sobre el banco como si estuviera por ser atendida por una manicura en un salón de belleza.

—Hughey —dije—, hay circunstancias en este incendio que suscitan muchas, muchas preguntas. Hay un cuerpo, a pesar de que no se suponía que nadie estuviera en el interior de la casa de Sparkes. La mujer que murió es mi responsabilidad, y quiero hacer todo lo posible por averiguar por qué estaba allí y por qué no salió cuando el fuego empezó. Es posible que usted haya sido la última persona que visitó la caballeriza antes del incendio, y le pido que busque en su memoria para ver si hay algo, lo que sea, que le haya impresionado ese día como no usual.

—Así es —dijo Marino—. Por ejemplo, ¿oyó que Sparkes mantenía una conversación telefónica privada y personal? ¿Tiene idea de si esperaba una visita? ¿Alguna vez lo oyó mencionar el nombre de Claire Rawley?

Dorr se puso de pie y acarició de nuevo a la yegua en el anca, mientras mis instintos me mantenían bien lejos del alcance de esas poderosas patas traseras. El beagle me chumbó como si yo fuera una perfecta desconocida.

—Ven aquí, pequeño.

Me agaché y extendí una mano.

—Doctora Scarpetta, me doy cuenta de que usted confía en Molly Brown, y también ella lo sabe. En cuanto a usted —dijo y asintió en dirección a Marino—, le tiene miedo a los caballos, y ellos lo perciben. Sólo le estoy avisando.

Dorr se alejó y nosotros lo seguimos. Marino se apretó contra la pared cuando tuvo que caminar detrás de un caballo que tenía por lo menos un metro y medio de alzada. El herrero rodeó una esquina y se acercó al lugar donde tenía estacionado su camión. Era una pickup roja, con una fragua atrás a gas propano. Giró una perilla y brotó una llama azul.

—Puesto que sus vasos no están nada bien, tengo que darles una forma especial a sus herraduras para que les calcen bien. Es algo así como la ortopedia para los humanos —comentó, tomó una herradura de aluminio con pinzas y la sostuvo sobre el fuego.

"Cuento hasta cincuenta a menos que la fragua esté bien caliente —continuó, y yo olí a metal caliente—. De lo contrario cuento hasta treinta. En el aluminio no se produce un cambio de color, así que sólo lo caliento un poco para hacerlo maleable.

Llevó la herradura al yunque y le practicó los agujeros. Fabricó clavos y los acható con el martillo. Para eliminar los bordes filosos usó una amoladora, que hacía un ruido intenso parecido al de una sierra Stryker. Dorr parecía echar mano de su profesión para esquivarnos, para tener tiempo para reflexionar o, quizá, para dar un rodeo con respecto a lo que nosotros queríamos saber. Yo no tenía ninguna duda de que era totalmente leal a Kenneth Sparkes.

—Al menos —le dije—, la familia de esa señora tiene derecho a saberlo. Tengo que notificarles su muerte, pero no puedo hacerlo hasta estar segura de quién es. Y me preguntarán qué le sucedió. Necesito saberlo.

Pero él no tenía nada que decir, y lo seguimos hacia Molly Brown. La yegua había defecado y pisado la bosta, y Dorr, irritado, apartó el estiércol con una escoba vieja mientras el beagle daba vueltas por allí.

—¿Saben? La mejor defensa del caballo es la huida —dijo finalmente Dorr al sujetar con firmeza una pata delantera del animal entre sus rodillas—. Lo único que quiere es mandarse a mudar, no importa cuánto creemos que nos quiere.

Martilló los clavos en el vaso y dobló las puntas que sobresalían.

—Las personas no son muy diferentes cuando se las acorrala —agregó.

—Espero no estar haciéndolo sentir acorralado —dije.

—Juro que yo no podría herrar ese caballo —dijo Marino—. Y juro que tampoco querría hacerlo.

—Son capaces de levantarnos con los dientes y arrojarnos lejos. Golpean con las manos, patean y nos sacuden la cola en los ojos. Hay que dejar bien establecido quién es el que manda o estamos fritos.

Dorr se enderezó y se frotó la espalda. Volvió a la fragua para preparar otra herradura.

—Mire, Hughey —dijo Marino mientras lo seguíamos—. Le estoy pidiendo ayuda porque creo que usted quiere dárnosla. A usted le importaban esos caballos. Tiene que importarle también que alguien haya muerto.

El herrero se metió en un compartimento que había en el costado de su camión. Sacó una nueva herradura y la sujetó con pinzas.

—Lo único que puedo hacer es hablarles de mi teoría particular.

Sostuvo la herradura sobre la llama de la fragua.

—Soy todo oídos —dijo Marino.

—Creo que fue un golpe profesional y que la mujer fue parte de él por alguna razón que ignoro.

—De modo que lo que usted dice es que ella era incendiaria.

—Sí, quizás uno de ellos. Pero le tocó el palo más corto.

—¿Qué le hace pensar eso? —pregunté.

Dorr colocó la herradura caliente en una morsa.

—¿Sabe? El estilo de vida del señor Sparkes no le cae bien a mucha gente, sobre todo a los nazis —respondió.

—Todavía no me queda claro por qué cree que la mujer tuvo algo que ver con el incendio —dijo Marino.

Dorr hizo una pausa para estirar la espalda. Rotó la cabeza y el cuello le sonó.

—Tal vez quienquiera lo hizo no sabía que él abandonaría la ciudad. Necesitaban a una chica para hacer que él les abriera la puerta. Quizás incluso una chica con la que él tenía un pasado.

Marino y yo lo dejamos hablar.

—Él no es la clase de persona capaz de cerrarle la puerta a

alguien que conocía. En realidad, creo que siempre fue demasiado descuidado y agradable para su propio bien.

Los golpes y el ruido de la amoladora puntuaban la furia del herrero, y la herradura pareció lanzar un silbido de advertencia cuando Dorr la sumergió en un balde de agua. Él no nos dijo nada cuando regresó junto a Molly Brown y volvió a sentarse en el banquito. Comenzó a probar la nueva herradura y pasarle la escofina a un borde y a sacar el martillo. La yegua se puso intranquila, pero en líneas generales parecía aburrida.

—Les diré otra cosa que, para mí, encaja con mi teoría —dijo mientras trabajaba—. Mientras yo estaba ese jueves en su caballeriza, ese maldito helicóptero volaba bajo sobre la zona. Por allí nadie los usa para pulverizar la cosecha, así que el señor Sparkes y yo no sabíamos si estaba perdido o tenía problemas y buscaba un lugar para aterrizar. Lo cierto es que estuvo dando vueltas durante unos quince minutos y después se dirigió al norte.

—¿De qué color era? —pregunté al recordar el que había sobrevolado la escena del incendio cuando yo estuve allí.

—Blanco. Parecía una luciérnaga blanca.

—¿Era un helicóptero pequeño con motor a pistón? —preguntó Marino.

—No entiendo mucho de esos pájaros voladores, pero sí, era pequeño. Calculo que de dos asientos, y no tenía ningún número pintado. Es algo que llama la atención, ¿no? Como si alguien estuviera haciendo vigilancia aérea.

El beagle tenía los ojos semicerrados y la cabeza apoyada en mi zapato.

—¿Nunca antes vio ese helicóptero volando cerca de la caballeriza de Sparkes? —preguntó Marino, y me di cuenta de que también él recordaba el helicóptero blanco, pero no quería parecer demasiado interesado.

—No, señor. Warrenton no es amigo de los helicópteros. Asustan a los caballos.

—En la zona hay un parque aéreo, un circo aéreo y un puñado de pistas de aterrizaje privadas —puntualizó Marino.

Dorr volvió a ponerse de pie.

—He sumado dos más dos para ustedes lo mejor que pude —dijo.

Sacó un pañuelo del bolsillo de atrás del pantalón y se secó la cara.

—Les dije todo lo que sé. Maldición. Me duele todo.

—Una última cosa —dijo Marino—. Sparkes es un hombre importante y muy ocupado. Sin duda debió de utilizar helicópteros cada tanto. Por ejemplo, para llegar al aeropuerto, puesto que la caballeriza está en un lugar tan apartado.

—Sí, claro, han aterrizado en su propiedad —respondió Dorr.

Le lanzó a Marino una mirada prolongada llena de recelo.

—¿Alguno se parecía al helicóptero blanco que usted vio? —preguntó entonces Marino.

—Ya les dije que no lo había visto antes.

Dorr nos miró fijo mientras Molly Brown tironeaba del cabestro y mostraba sus dientes manchados.

—Les diré otra cosa —dijo Dorr—. Si lo que se proponen es meter en la cárcel al señor Sparkes, no se molesten en volver a asomar la nariz por aquí.

—No nos proponemos meter a nadie en la cárcel —dijo Marino, y también él mostró una actitud desafiante—. Sólo buscamos la verdad. Como reza el dicho, ella habla por sí misma.

—Eso sí que sería bueno, para variar —dijo Dorr.

En el viaje de regreso a casa me sentí muy preocupada y traté de repasar lo que sabía y lo que se había dicho. Marino hizo algunos comentarios y cuanto más nos acercábamos a Richmond, más sombrío era su estado de ánimo. Cuando entrábamos en su sendero de su casa sonó su pager.

—Ese helicóptero no parece encajar con nada —dijo cuando estacioné detrás de su camión—. Y tal vez no tiene que ver con nada.

Siempre existía esa posibilidad.

—¿Qué demonios es esto?

Tomó su pager y leyó lo que estaba escrito en el display.

—Mierda. Parece que pasa algo. Creo que será mejor que entres.

No era frecuente que yo entrara en casa de Marino, y creo que la última vez fue durante las vacaciones, cuando yo pasé por allí con pan hecho en casa y un container con mi guiso especial. Desde luego, en aquella oportunidad sus estrafalarias decoraciones se encontraban puestas y hasta el interior de la casa estaba repleto de luces de colores y un árbol cargado de adornos. Recordé que un tren eléctrico avanzaba en círculos sobre las vías rodeando un pueblo navideño cubierto de nieve. Marino había preparado un ponche de leche y huevo y, francamente, yo no debería haber seguido viaje a casa.

Ahora, su casa parecía en penumbras y desnuda, con su living con una alfombra gastada y el sillón reclinable favorito de Marino. Es verdad que en la repisa de la chimenea había varios trofeos de bolos que él había ganado a lo largo de los años, y, sí, el televisor de pantalla gigante era la pieza de mobiliario más agradable. Lo acompañé a la cocina, donde observé la parte superior engrasada de los quemadores y el tacho de basura rebosante de cosas, lo mismo que la pileta. Abrí la canilla de agua caliente, mojé una esponja y me puse a lavar lo que podía mientras él discaba un número en el teléfono.

—No tienes por qué hacer eso —me susurró.

—Alguien debe hacerlo.

—Sí —dijo en el tubo—. Habla Marino. ¿Qué sucede?

Escuchó por un buen rato, tenso, el entrecejo fruncido y la cara cada vez más roja. Yo empecé a lavar los platos, que no eran precisamente pocos.

—¿Se fijaron bien? —preguntó Marino—. No, quiero decir, ¿se aseguraron de que alguien esté en su asiento? ¿Ah, sí? ¿Sabemos que así fue esta vez? Sí, correcto. Nadie lo recuerda. El mundo está lleno de personas que no recuerdan un carajo. Eso y que no vieron nada, ¿verdad?

Enjuagué con cuidado los vasos y los puse sobre una toalla para que se escurrieran.

—Estoy de acuerdo en que el equipaje es lo que llama la atención —continuó.

Usé lo que quedaba del líquido para lavavajilla de Marino y tuve que recurir también a una barra de jabón que encontré debajo de la pileta.

—Ya que estás —decía Marino—, ¿por qué no tratas de averiguar todo lo posible sobre un helicóptero blanco que sobrevolaba la caballeriza de Sparkes? —Hizo una pausa y, después: —Tal vez antes y decididamente después porque yo lo vi con mis propios ojos cuando estuvimos en la escena.

Marino escuchó un momento más mientras yo comenzaba a lavar los cubiertos. Para mi sorpresa, de pronto dijo:

—Antes de cortar, ¿no quieres saludar a tu tía?

Mis manos se paralizaron y lo miré.

—Toma —dijo y me pasó el teléfono.

—¿Tía Kay?

Lucy parecía tan sorprendida como yo.

—¿Qué haces en la casa de Marino? —preguntó.

—Limpio.

—¿Qué?

—¿Está todo bien? —le pregunté.

—Marino te informará de las novedades. Averiguaré lo del pájaro blanco. Tuvo que conseguir combustible en otra parte. Tal vez presentó un plan de vuelo con FSS en Leesburg, pero lo dudo. Tengo que cortar.

Colgué el tubo y de pronto me sentí temerosa y furiosa, pero sin saber muy bien por qué.

—Creo que Sparkes está metido en un buen lío, Doc —dijo Marino.

—¿Qué pasó? —pregunté.

—Parece que el día anterior al incendio, o sea el viernes, él se presentó en Dulles para un vuelo de las veintiuna y treinta. Despachó el equipaje pero nunca lo recogió en el otro extremo, o sea Londres. Lo cual significa que es posible que él haya despachado las valijas y entregado la tarjeta en la puerta de embarque y que después se haya dado media vuelta, salido y abandonado el aeropuerto.

—En los vuelos internacionales se cuentan los pasajeros —alegué—. Su ausencia en el avión debería haberse notado.

—Quizá. Pero no llegó a ser lo que es sin ser astuto.

—Marino...

—Un momento. Déjame terminar. Lo que Sparkes dice es que los de seguridad lo esperaban tan pronto su avión aterrizó en Heathrow a las nueve y cuarenta y cinco de la mañana siguiente, sábado. Y hablamos de la hora de Inglaterra, mientras que aquí serían las cuatro y cuarenta y cinco. Le informaron del incendio y él se dio media vuelta y tomó un vuelo de United a Washington sin molestarse en recoger su equipaje.

—Supongo que si uno estuviera suficientemente preocupado, haría lo mismo —dije.

Marino calló un momento y me miró fijo mientras yo ponía el jabón sobre la pileta y me secaba las manos.

—Doc, tienes que dejar de tratar de defenderlo —dijo.

—No lo hago. Sólo intento ser más objetiva que el resto de las personas. Y sin duda los de seguridad de Heathrow recordarán haberlo notificado cuando se bajó del avión.

—No todavía. Y de todos modos no entendemos cómo los de seguridad sabían lo del incendio. Por supuesto que Sparkes tiene una explicación para todo. Dice que seguridad siempre toma previsiones especiales cuando él viaja y lo reciben en la puerta de arribos. Al parecer, el incendio ya había aparecido en los informativos de la mañana de Londres, y el hombre de negocios con el que Sparkes debía encontrarse llamó a British Air para pedirles que le dieran la noticia a Sparkes en cuanto bajara a tierra.

—¿Alguien habló con ese hombre de negocios?

—No, todavía. Recuerda que ésta es la versión de Sparkes. Detesto tener que decírtelo, Doc, pero no creas que la gente no estaría dispuesta a mentir por él. Si Sparkes está detrás de todo esto, te garantizo que lo tenía planeado hasta el menor detalle. Y permíteme agregar también que cuando él llegó a Dulles para tomar el vuelo a Londres, el incendio ya se había declarado y la mujer estaba muerta. ¿Cómo saber si él no la mató y después utilizó algún dispositivo de tiempo para que el fuego se iniciara cuando él hubiera abandonado la granja?

—Es imposible saberlo —convine—. Y también probarlo. No parecen existir demasiadas posibilidades de que sepamos una cosa así a menos que algún material se presente en los exámenes forenses que señalen la existencia de algún artefacto explosivo accionado por control remoto como deflagrador.

—En la actualidad, la mitad de las cosas que uno tiene en su casa pueden ser utilizadas como timers. Relojes despertadores, videograbadores, computadoras, relojes digitales.

—Es verdad. Pero tiene que haber algo que las active, como cápsulas detonantes, chispas, un fusible, fuego —dije—. A menos que necesites que lave o limpie algo más —agregué con tono seco—, me voy para casa.

—No te enojes conmigo —dijo Marino—. Todo lo que está pasando no es culpa mía.

Me detuve junto a la puerta de calle y lo miré. Unos mechones ralos de pelo entrecano colgaban de su cabeza sudorosa. Lo más probable es que en su dormitorio hubiera ropa sucia tirada por todas partes, y nadie podía limpiar y ordenar lo suficiente en su casa. Recordé a Doris, su esposa, e imaginé su servidumbre hasta el día en que de pronto lo abandonó y se enamoró de otro hombre.

Era como si a Marino le hubieran hecho una transfusión con la sangre equivocada. Por buenas que fueran sus intenciones o por brillante que fuera su trabajo, siempre estaba en conflicto con su medio. Y eso lo estaba matando lentamente.

—Hazme un favor —le dije con mi mano en el picaporte de la puerta.

Él se secó la cara con la manga de la camisa y sacó su paquete de cigarrillos.

—No alientes a Lucy a que saque conclusiones apresuradas —dije—. Sabes tan bien como yo que es un problema que atañe a las fuerzas del orden locales y a la política local. Marino, no creo que nos hayamos acercado siquiera a saber de qué se trata todo esto, así que no crucifiquemos a nadie todavía.

—Me sorprendes —dijo él—. Después de todo lo que hizo ese hijo de puta para sacarte de tu cargo. ¿Y ahora, de pronto, es un santo?

—No dije que fuera un santo. Francamente, no conozco a ningún santo.

—Sparkes, el mujeriego —continuó Marino—. Si no supiera que no es así, pensaría que te estás enamorando de él.

—No dignificaré eso con una respuesta.

Salí al porche y estuve tentada de cerrarle la puerta en la cara.

—Sí. Es lo que todos dicen cuando son culpables.

Salió detrás de mí.

—No creas que no me doy cuenta cuando Wesley y tú no se llevan bien...

Giré la cabeza y lo apunté con el dedo como si fuera un arma.

—Ni una palabra más —le advertí—. No te metas en mi vida privada y no se te ocurra poner en tela de juicio mi profesionalismo, Marino.

Bajé los peldaños del frente y subí a mi auto. Puse marcha atrás y retrocedí con lentitud. No lo miré al alejarme de allí.

13

La mañana del lunes trajo una tormenta que golpeó a la ciudad con vientos huracanados y lluvias torrenciales. Conduje el auto al trabajo con los limpiaparabrisas funcionando a toda velocidad y el aire acondicionado encendido para eliminar la niebla de los cristales. Cuando abrí la ventanilla para arrojar un cospel en el puesto de peaje, se me empapó una manga del traje y después, justo ese día, dos funerarias habían estacionado en el interior del patio, Y tuve que dejar el auto afuera. Los quince segundos que me llevó atravesar corriendo la playa de estacionamiento y abrir con mi llave la puerta de atrás de mi edificio completaron mi castigo. Estaba ensopada. El agua goteaba de mi pelo y los zapatos hacían ruido cuando caminé por el patio.

Revisé el libro de entradas en la oficina de la mañana para ver qué había entrado durante la noche. Un bebé había muerto en la cama de sus padres. Una mujer de edad pareció haberse suicidado bebiendo una sobredosis. Y, por supuesto, se había producido un tiroteo relacionado con drogas en uno de los proyectos edilicios en los límites de lo que se había convertido en un centro ciudadano más civilizado y saludable. En los últimos años, la ciudad había sido catalogada como una de las más violentas de los Estados Unidos, con tantos como ciento sesenta homicidios por año para una población de menos de un cuarto de millón de personas.

Se culpó a la policía. También yo lo hice si las estadísticas compiladas por mi oficina no les venían bien a los políticos o si las acusaciones tardaban en llegar a los juzgados. La irracionalidad de todo esto no dejaba de impresionarme, porque los que estaban en el poder no parecían darse cuenta de que existe tal cosa como la medicina preventiva y que, después de todo, es la única manera de detener una enfermedad letal. Por ejemplo, es realmente mejor vacunar contra la poliomielitis que tener que enfrentarse a ella una vez que ataca. Cerré el registro, salí de la oficina y mis zapatos mojados me trasladaron por el pasillo vacío.

Entré en el vestuario porque empezaba a sentir frío. Me saqué enseguida la blusa y el traje pegajosos y me puse primero la bata quirúrgica y después el guardapolvo, me sequé el pelo con una toalla y me pasé los dedos para apartármelo de la cara. El rostro que me miró desde el espejo parecía ansioso y cansado. Yo no había estado comiendo ni durmiendo bien, y tampoco me había controlado nada con el café y el alcohol. Todo eso se traslucía en mis ojos. Gran parte se debía a mi temor y furia subyacentes con respecto a Carrie. No teníamos idea de dónde estaba, pero en mi mente ella aparecía en todas partes.

Entré en la sala de descanso, donde Fielding, que evitaba la cafeína, preparaba un té de hierbas. Su obsesión por todo lo que fuera saludable no contribuyó a que me sintiera mejor. Hacía más de una semana que yo no hacía gimnasia.

—Buen día, doctora Scarpetta —dijo con tono animado.

—Esperemos que lo sea —repliqué y tomé la cafetera—. Parece que hasta el momento no tenemos demasiado trabajo. Te lo dejo a ti, lo mismo que la reunión con el equipo. Yo tengo mucho que hacer.

Fielding parecía fresco y recién planchado con la camisa amarilla con puños franceses, la corbata de colores vivos y los pantalones negros. Estaba perfectamente afeitado y olía bien. Hasta sus zapatos estaban bien lustrados porque, a diferencia de mí, jamás permitía que las circunstancias de la vida interfirieran la forma en que se cuidaba.

—No sé cómo lo haces —dije y lo miré de arriba abajo—. Jack, ¿nunca sufres de cosas normales como depresión, estrés, necesidad imperiosa de comer chocolate, de fumar un cigarrillo, de beber un scotch?

—Tiendo a perder el control cuando tomo demasiado alcohol —dijo, bebió un trago de té y me observó por entre el vapor—. Entonces me hago daño.

Caviló un momento.

—Ahora que me lo haces pensar, creo que mi peor pecado es mantener a distancia a mi mujer y mis hijos. Encontrar excusas para no estar en casa. Soy un canalla insensible y ellos me odian por un rato. De modo que, sí, yo también soy autodestructivo. Pero te aseguro —me dijo— que si encontraras tiempo para caminar a paso vivo, andar en bicicleta y hacer gimnasia, te sorprendería.

Se alejó, diciendo:

—Son las morfinas naturales del cuerpo, ¿no te parece?

—Gracias —le grité, lamentando haberle hecho esa pregunta.

Casi no había terminado de instalarme detrás de mi escritorio cuando Rose apareció con un peinado alto, y con su elegante traje azul marino tenía el aspecto de un gerente general.

—No sabía que estaba aquí —dijo y puso los protocolos dictados sobre una pila de papeles—. Acaban de llamar del ATF. Era McGovern.

—¿Ah, sí? —pregunté con interés—. ¿Sabe por qué asunto?

—Dijo que estaba en D.C. por el fin de semana y necesita verla.

—¿Cuándo y sobre qué?

Comencé a firmar cartas.

—Debe de estar por llegar —respondió Rose.

La miré, sorprendida.

—Llamó desde su automóvil y me dijo que le avisara que estaba cerca de Kings Dominion y que llegaría aquí en unos veinte o treinta minutos —continuó Rose.

—Entonces debe de ser importante —murmuré y abrí un archivo de cartón que contenía portaobjetos.

Hice girar la silla y le saqué la cubierta plástica a mi microscopio y encendí el iluminador.

—No se sienta obligada a abandonarlo todo —dijo la siempre protectora Rose—. No es como si ella hubiera concertado una cita o preguntado siquiera si podía recibirla.

Puse un portaobjetos en la platina y observé por el ocular una sección de tejido del páncreas, células rosadas y encogidas que parecían hialinizadas o cicatrizales.

—La prueba de toxinas dio negativo —le dije a Rose y puse otro portaobjetos en la platina—. Salvo por la acetona —agregué—. El producto secundario de un metabolismo defectuoso de la glucosa. Y los riñones presentan vacuolización hiperosmolar de las células proximales, convolutas y tubulares que lo revisten. Lo cual significa que, en lugar de ser cuboidales y rosadas, son claras, engrosadas y aumentadas.

—Sonny Quinn de nuevo —dijo Rose.

—Tenemos, además, una historia clínica de aliento con olor frutado, pérdida de peso, sed, micción frecuente. Nada que la insulina no habría curado. No es que yo no crea en la oración, al revés de lo que la familia les dijo a los reporteros.

Sonny Quinn era el hijo de once años de una pareja de seguidores de la ciencia cristiana. Había muerto hacía ocho semanas, y aunque nunca hubo ninguna duda con respecto a la causa de su muerte, al menos no para mí, yo no había dado por terminado el asunto hasta completar otros estudios y pruebas. En resumen, el chiquillo había muerto porque no recibió tratamiento médico adecuado. Sus padres se habían opuesto con vehemencia a la autopsia. Salieron por televisión y me acusaron de llevar a cabo una persecución religiosa y de mutilar el cuerpo de su hijo.

Rose había tenido que soportar muchas veces mi reacción a este hecho, y ahora me preguntó:

—¿Quiere llamarlos?

—Querer o no no tiene nada que ver. De modo que, sí.

Ella hojeó el grueso registro de Sonny Quinn y me escribió el número de teléfono.

—Buena suerte —dijo al pasar a la oficina contigua.

Yo disqué el número con miedo en el corazón.

—¿Señora Quinn? —dije, cuando una voz femenina contestó.

—Sí.

—Soy la doctora Kay Scarpetta. Tengo los resultados de la autopsia de Sonny y...

—¿No nos ha lastimado ya bastante?

—Pensé que le gustaría saber por qué murió su hijo...

—No necesito que usted me diga nada sobre mi hijo —saltó.

Oí que alguien le quitaba el tubo y el corazón comenzó a latirme con fuerza.

—Habla el señor Quinn —dijo el hombre cuyo escudo era la libertad religiosa y cuyo hijo, como resultado, estaba muerto.

—La causa de la muerte de Sonny fue una neumonía aguda debida a una cetoacidosis aguda provocada por la aparición de una diabetes mellitus aguda. Lamento el dolor de ustedes, señor Quinn.

—Esto no es más que una equivocación. Un error.

—No hay ninguna equivocación, señor Quinn. Ningún error —dije, y fue lo único que pude hacer para controlar la furia de mi voz—. Sólo puedo sugerirles que si sus otros hijos más chicos exhiben los mismos síntomas que Sonny, los sometan enseguida a un tratamiento médico. Así no tendrán que volver a sufrir como ahora...

—Yo no necesito que ningún médico forense me diga cómo criar a mis hijos —dijo él con frialdad—. Señora, nos veremos en un juzgado.

Ya lo creo que sí, pensé, porque sabía que el Estado los acusaría a él y su esposa con el cargo grave de abuso y negligencia con respecto a un hijo.

—No vuelva a llamarnos —dijo el señor Quinn, y cortó la comunicación.

Yo colgué el tubo con el corazón pesado y al levantar la vista vi a Teun McGovern de pie en el pasillo, del otro lado de mi puerta. Por la expresión de su rostro me di cuenta de que había oído cada palabra de la conversación.

—Teun, pase —dije.

—Y pensar que yo creí que mi trabajo era duro. —No me sacó la vista de encima cuando tomó una silla y la puso directamente frente a mí. —Sé que usted tiene que hacer esto todo el tiempo, pero supongo que en realidad nunca lo había oído personalmente. Yo también tengo que hablar todo el tiempo con familias, pero gracias a Dios no me toca decirles con exactitud lo que el hecho de inhalar humo le hizo a la tráquea o a los pulmones de sus seres queridos.

—Es la parte más difícil —me limité a decir, y el peso que sentía en el corazón no me abandonaba.

—Supongo que usted es el mensajero que ellos desean matar.

—No siempre —dije, y supe que en la soledad de mi ser interior en carne viva, volvería a oír las palabras duras y acusadoras de Quinn por el resto de mi vida.

Ahora eran tantas las voces, los gritos y las súplicas de rabia y dolor y a veces de censura porque yo me había atrevido a tocar las heridas y porque estaba dispuesta a escuchar. Yo no quería hablar de esto con McGovern. No quería que ella se sintiera más cerca de mí.

—Tengo que hacer un llamado más —le dije—. ¿Le gustaría un café? O tal vez preferiría distenderse un minuto. Estoy segura de que le interesará lo que yo pueda averiguar.

Llamé a la Universidad de Carolina del Norte en Wilmington y, aunque todavía no eran las nueve, el jefe de registros y archivos se encontraba allí. Se mostró muy cortés pero no muy dispuesto a ayudarme.

—Entiendo perfectamente por qué llama y le aseguro que deseamos ayudarla —dijo—. Pero no puedo hacerlo sin una orden judicial. No podemos proporcionar información personal sobre ninguno de nuestros estudiantes. Y menos todavía por teléfono.

—Señor Shedd, estamos hablando de un homicidio —le recordé mientras la impaciencia comenzaba a hacer presa de mí.

—Lo entiendo —repitió.

Esto continuó y no parecíamos llegar a ninguna parte. Por último me di por vencida y corté la comunicación. Me sentía desalentada cuando volví a centrar mi atención en McGovern.

—Se están cubriendo por si la familia trata después de caerles encima —McGovern me dijo lo que yo ya sabía—. Necesitan que no les demos otra opción, así que supongo que eso es lo que haremos.

—Correcto —dije—. ¿Qué la trae por aquí? —pregunté.

—Tengo entendido que ya llegaron los resultados de laboratorio, o al menos algunos de ellos. Yo llamé por teléfono el viernes pasado —dijo.

—Para mí es una novedad.

Me sentía muy fastidiada. Si el encargado de examinar las micropruebas había llamado a McGovern antes que a mí, tendría que oírme. Levanté el tubo y llamé a Mary Chan, una joven forense que era nueva en el laboratorio.

—Buenos días —dije—. Tengo entendido que usted tiene algunos informes para mí.

—En este momento estaba por llevárselos abajo.

—Son los que envió al ATF.

—Sí. Los mismos. Puedo enviárselos por fax o llevárselos personalmente.

Le di el número del fax de mi oficina y no le comuniqué mi irritación. Pero se la insinué.

—Mary, en el futuro será mejor que me informe a mí de mis casos antes de empezar a enviar los resultados de laboratorio a otras personas —dije con voz calma.

—Lo siento —dijo, y me di cuenta de que era en serio—. El investigador llamó a las cinco cuando yo casi estaba en la puerta.

Los informes estaban en mis manos dos minutos más tarde, y McGovern abrió su baqueteado portafolio para recuperar sus copias. Me observó mientras yo leía. El primero era un análisis de las virutas de aspecto metálico que yo había recuperado del corte en la región temporal izquierda de la mujer muerta. De acuerdo con el microscopio de electrones y la radiografía de energía dispersiva, la composición básica del material en cuestión era el magnesio.

En cuanto a los desechos derretidos recuperados del cabello de la víctima, los resultados eran igualmente inexplicables. Un FTIR o espectrofotómetro Fourir infrarrojo de transformación había hecho que las fibras absorbieran luz infrarroja en forma selectiva. El patrón característico resultó ser el de un polímero químico polisiloxane, o silicona.

—Un poco raro, ¿no lo cree? —me preguntó McGovern

—Empecemos con el magnesio —dije—. Lo que me viene a la mente es agua de mar. En ella hay bastante magnesio. O la persona era un químico industrial o trabajaba en un laboratorio de investigación. ¿Qué me dice de explosivos?

—Si apareció cloruro de potasio, entonces sí. Ése podría ser el polvo de ignición —respondió ella—. O RDX, estifnato de plomo. Azida plúmbica de un fulminante de mercurio si hablamos, por ejemplo, de detonantes. O ácido nítrico, ácido sulfúrico, glicerina, nitrato de amonio, nitrato de sodio. Nitroglicerina, dinamita, etc., Y yo agregaría que Pepper habría detectado explosivos de esa potencia.

—¿Y magnesio? —pregunté.

—Pirotecnia o fuegos artificiales —dijo ella—. Para producir una luz blanca brillante. O señales luminosas. —Se encogió de hombros. —Aunque se prefiere el polvo de aluminio porque se mantiene mejor, a menos que las partículas de magnesio estén cubiertas con algo como aceite de linaza.

—Señales luminosas —pensé en voz alta—. Uno las enciende, las coloca en un lugar estratégico y se va. Eso podría proporcionar por lo menos varios minutos.

—Con la carga combustible apropiada, sí podría.

—Pero eso no explica cómo una viruta de esa sustancia no quemada se incrustó en la herida de la mujer, que al parecer se transfirió del instrumento muy filoso con el que la cortaron.

—No se emplea magnesio para fabricar cuchillos —señaló McGovern.

—No, nada así. Es demasiado blando. ¿La industria aeroespacial no lo emplea porque es tan liviano?

—Decididamente. Pero en esos casos, existen aleaciones que habrían aparecido durante las pruebas.

—Correcto. Pasemos entonces a la silicona, que no parece tener ningún sentido. A menos que ella se hubiera hecho implantes de silicona en los pechos antes de que fueran prohibidos, lo cual es obvio que esa mujer no hizo.

—Puedo decirle que la goma siliconada se emplea en la aislación eléctrica, los fluidos hidráulicos y como repelente del agua. Nada de lo cual tiene sentido, a menos que en el cuarto de baño hubiera algo, tal vez en la bañera. Algo rosado... no sé qué.

—¿Sabemos si Sparkes tenía una alfombra para la bañera... alguna cosa de goma y rosada en el baño? —pregunté.

—Sólo hemos empezado a revisar su casa con Sparkes —respondió—. Pero él asegura que la decoración del baño principal era en su mayor parte en negro y blanco. Las paredes y el piso de mármol eran negros. El lavatorio, los gabinetes y la bañera, blancos. La puerta de la ducha era europea y no de vidrio templado, razón por la cual no se desintegró en miles de millones de pequeñas bolas de vidrio cuando la temperatura excedió los doscientos grados centígrados.

—Ello explica por qué prácticamente se derritió sobre el cuerpo —dije.

—Sí, casi lo envolvió.

—No del todo —dije.

—La puerta tiene bisagras de bronce y no posee marco. Lo que recuperamos fue compatible con eso. De modo que los recuerdos del magnate de los medios amigo suyo resultan exactos al menos en ese punto.

—¿Y en otros?

—Sólo Dios lo sabe, Kay.

Se desabrochó la chaqueta de su traje como si de pronto se le hubiera ocurrido relajarse mientras, paradójicamente, miraba el reloj.

—Nos enfrentamos a un hombre muy astuto —dijo—. Hasta allí sabemos.

—¿Y el helicóptero? ¿Qué piensa de él, Teun? Doy por sentado que ya tiene conocimiento del pequeño Schweizer blanco, o Robinson, o lo que sea que el herrero vio el día anterior al incendio. Quizás el mismo que usted y yo vimos dos días después.

La mirada de Teun era penetrante.

—Tal vez él inició el incendio y después necesitó llegar bien rápido al aeropuerto —continuó—. Así que el día antes, el helicóptero hace un vuelo de reconocimiento sobre la caballeriza porque el piloto sabe que tendrá que aterrizar allí y después despegar cuando ya esté oscuro. ¿Me sigue hasta ahora?

Asentí.

—Llega el viernes. Sparkes asesina a la muchacha y prende fuego a su casa. Sale corriendo y se sube al helicóptero, que lo transporta a algún lugar cerca de Dulles, donde su Cherokee está escondido. Llega al aeropuerto y hace lo suyo con los recibos y quizá su equipaje. Después desaparece hasta que llegue el momento de presentarse en la caballeriza Hootowl.

—¿Y cuál es la razón para que helicóptero apareciera el lunes, cuando trabajábamos en la escena? —pregunté entonces—. ¿Cómo encaja eso?

—A los incendiarios les gusta contemplar el espectáculo —aseguró—. Demonios, por lo que sabemos, Sparkes estaba allí arriba en persona viéndonos rompernos el culo trabajando. Si no otra cosa, es un paranoico. Creyó que nosotros pensaríamos que era el helicóptero de un informativo, cosa que así fue.

—Éstas son puras especulaciones —dije, y ya me había enterado de suficientes cosas.

Comencé a ordenar la pila interminable de papeles que tenía sobre el escritorio. McGovern me observaba de nuevo. Se puso de pie y cerró las puertas.

—Muy bien, es hora de que tengamos una charla —dijo—. Tengo la impresión de que yo no le gusto. Y quizá si me lo dice con franqueza, podremos hacer algo al respecto, lo que sea.

—Si quiere saberlo, no estoy segura de qué pienso de usted.

La miré fijo.

—Lo más importante es que todos cumplamos con nuestro trabajo y tratemos de no perder perspectiva. Puesto que nos enfrentamos a una persona que fue asesinada.

—Ahora quiere hacerme enojar.

—No intencionalmente, se lo aseguro.

—Como si a mí no me importara nada que asesinaran a alguien. ¿Eso es lo que quiso dar a entender? ¿Usted piensa que yo llegué al lugar en que estoy en la vida porque me importa un cuerno quién provocó el incendio y por qué?

Se arremangó la camisa, como alguien listo para la lucha.

—Teun —dije—, no tengo tiempo para esto, porque no creo que sea constructivo.

—Esto es sobre Lucy, ¿verdad? Cree que yo me propongo reemplazarla a usted o sólo Dios sabe qué. Ése es el asunto, ¿no es así, Kay?

Ahora era ella la que aguijoneaba.

—Usted y yo hemos trabajado juntas antes, ¿no? —continuó—. Hasta ahora jamás tuvimos ningún problema serio. Así que cabe preguntarse qué cambió. Y la respuesta es bastante obvia. La diferencia es que, incluso mientras estamos hablando, su sobrina se está mudando a su nuevo departamento en Filadelfia, para trabajar en mi oficina de campo, bajo mi supervisión. La mía. No la suya. Y a usted no le hace nada de gracia. Y, ¿sabe otra cosa? Si yo estuviera en su lugar, creo que tampoco me gustaría.

—No es el momento ni el lugar para esta discusión —dije con tono firme.

—Muy bien.

Ella se puso de pie y se colgó la chaqueta del brazo.

—Entonces iremos a alguna otra parte —decidió—. Me propongo resolver esto antes de volver al norte.

Por un instante quedé como petrificada en medio de ese lugar que era mi reino, con mi escritorio con las pilas de carpetas, de artículos de publicaciones que exigían ser leídos y legiones de mensajes y correspondencia que jamás me dejarían en libertad. Me saqué los anteojos y me masajeé la cara. Cuando McGovern quedó fuera de foco, lo que debía hacer me resultó más fácil.

—La llevaré a almorzar —dije—, siempre y cuando esté dispuesta a quedarse por aquí otras tres horas. Mientras tanto —dije y me levanté del sillón—, tengo huesos en una olla que deben ser calentados. Puede acompañarme si tiene un buen estómago.

—No me asustará con eso. —McGovern parecía complacida.

· · ·

McGovern no era la clase de persona que sigue mansamente a otra, y cuando encendí la hornalla en la sala de descomposición, permaneció allí el tiempo suficiente para que comenzara a elevarse vapor. Después enfiló hacia la oficina de campo de la ATF en Richmond y reapareció de pronto una hora más tarde. Estaba tensa y casi sin aliento cuando entró. En ese momento yo revolvía con cuidado los huesos.

—Tenemos otro —se apresuró a decir.

—¿Otro qué? —pregunté.

Apoyé la larga cuchara de plástico sobre una mesada.

—Otro incendio. Provocado por otro chiflado. Esta vez en el condado de Lehigh, que queda a eso de una hora de Filadelfia. ¿Viene conmigo?

Pensé a toda velocidad qué sucedería si dejaba todo y me iba con ella. Para empezar, me acobardaba la perspectiva de estar durante cinco horas las dos solas en el interior de un automóvil.

—Es residencial —prosiguió—. Se inició ayer por la mañana y se halló un cuerpo. El de una mujer. En el cuarto de baño principal.

—Oh, no —dije.

—Está claro que el fuego tenía como propósito ocultar el asesinato de la mujer —dijo, y pasó a explicar por qué era posible que el caso estuviera relacionado con el de Warrenton.

Cuando se descubrió el cuerpo, la policía del Estado de Pennsylvania enseguida solicitó la asistencia del ATF. Los investigadores de incendios del ATF que acudieron a la escena ingresaron datos en sus laptops y se conectaron con la red ESA. Al llegar la noche, ya el caso Lehigh había comenzado a adquirir una enorme trascendencia, y el FBI ofreció la colaboración de agentes y Benton, y la policía estatal aceptó el ofrecimiento.

—La casa estaba construida sobre una losa —me explicaba McGovern cuando entramos en la I-95 Norte—, así que gracias a Dios no tenemos que preocuparnos por un sótano. Nuestra gente ha estado allí desde las tres de esta mañana, y lo curioso de este caso es que el fuego no cumplió bien su cometido. Los sectores de la suite principal, un cuarto de huéspedes, justo encima en el primer piso, y el living de la planta baja, están bastante quemados, con un daño masivo en el cielo raso del baño y fragmentación del piso de concreto del garaje.

La fragmentación ocurre cuando un calor intenso y repentino

hace que la humedad quede atrapada en el concreto y hierve y fragmenta la superficie.

—¿Dónde estaba ubicado el garaje? —pregunté mientras trataba de imaginar lo que Teun me describía.

—Del mismo lado de la casa que el dormitorio principal. También allí el fuego fue muy caliente y veloz. Pero la destrucción no fue completa, y gran parte de la superficie quedó chamuscada. En cuanto al resto de la casa, hablamos sobre todo de daños por el humo y el agua. Lo cual es compatible con el trabajo del individuo que prendió fuego a la caballeriza de Sparkes. Salvo por un detalle importante. Hasta el momento, no parece que se hubiera empleado ningún tipo de acelerante, y en el cuarto de baño no había suficiente carga combustible como para explicar la altura de las llamas.

—¿El cuerpo estaba dentro de la bañera? —pregunté.

—Sí. Hace que se me pongan los pelos de punta.

—Debería. ¿En qué estado se encuentra la víctima? —fue mi pregunta más importante mientras McGovern mantenía la velocidad del Ford Explorer quince kilómetros por encima del límite permitido por su gobierno.

—No estaba tan quemada como para que el médico forense no pudiera observar que tenía el cuello cortado.

—Entonces ya le hicieron la autopsia —supuse.

—Para ser sincera, en realidad no sé cuánto se le ha hecho. Pero la víctima no irá a ninguna parte. Es su campo de acción, Kay. El mío es ver qué más es posible encontrar en la escena del incendio.

—¿De modo que no me va a usar a mí para excavar en los escombros? —pregunté.

McGovern se echó a reír y encendió el reproductor de CD Confieso que yo no esperaba oír *Amadeus*.

—Puede excavar todo lo que quiera —dijo con una sonrisa que hizo desaparecer gran parte de la tensión—. No lo hace nada mal, por ser alguien que probablemente no corre a menos que la estén persiguiendo. O que sólo trabaja en problemas intelectuales.

—Cuando se practican bastantes autopsias y se mueven bastantes cadáveres, no hace falta levantar pesas —dije, distorsionando gravemente la verdad.

—Extienda las manos.

Lo hice y ella las observó mientras seguía manejando.

—Maldición. Supongo que no se me ocurrió lo que las sierras, los escalpelos y las podadoras de cercos harían para el tono muscular —comentó.

—¿Podadoras de cercos?

—Ya sabe, lo que usted usa para abrir los pechos.

—Tijeras para costillas, por favor.

—Bueno, en algunas morgues he visto podadoras de cercos, y también agujas de tejer para explorar heridas de bala.

—No en mi morgue. Al menos no en la que tengo ahora. Aunque debo reconocer que en las primeras épocas uno aprendía a improvisar —me sentí obligada a decir mientras sonaba la música de Mozart.

—Uno de los pequeños secretos del oficio que nadie quiere que salgan a relucir en un juzgado —confesó McGovern—. Algo así como esconder la mejor botella de licor destilado ilegalmente en un cajón secreto del escritorio. O los policías que se guardan recuerdos de las escenas, como pipas para marihuana y armas estrafalarias. O médicos forenses que coleccionan caderas artificiales o cráneos fracturados que en realidad deberían estar enterrados con los cuerpos.

—No negaré que algunos de mis colegas no siempre se portan como es debido —dije—. Pero, si me lo pregunta, quedarse con partes de un cuerpo sin permiso no está en la misma categoría que robar una botella de licor.

—Usted es terriblemente recta y estrecha, ¿no, Kay? —dijo McGovern—. A diferencia del resto de nosotros, usted nunca parece emitir un juicio equivocado ni hacer nada mal. Lo más probable es que jamás coma de más ni se emborrache. Y, para ser sincera, hace que el resto de nosotros tengamos miedo de estar cerca de usted, tengamos miedo de que usted nos mire y nos censure.

—Dios Santo, qué imagen tan espantosa —exclamé—. Espero que no se me vea así.

Ella no dijo nada.

—Juro que yo no me veo así —dije—. Muy por el contrario, Teun. Quizá soy más reservada porque debo serlo. Tal vez soy más independiente y poco comunicativa porque siempre lo fui, y no, no tiendo a confesar públicamente mis pecados. Pero yo no me lo paso mirando en todas direcciones y juzgando. Y le prometo que soy mucho más severa conmigo misma de lo que sería con usted.

—Eso no es lo que yo sentí. Creo que me evalúa de arriba abajo y de adentro a afuera para asegurarse de que soy la persona adecuada para entrenar a Lucy y no seré una influencia perniciosa para ella.

No pude contestar a ese cargo, porque era cierto.

—Ni siquiera sé dónde está ella —me di cuenta de pronto.

—Bueno, yo puedo decírselo. Está en Filadelfia. Saltando de la oficina de campo a su nuevo departamento.

Durante un rato, la música fue nuestra única conversación, y mientras la ruta nos llevaba alrededor de Baltimore, no pude evitar pensar en una estudiante de medicina que también había muerto en un incendio dudoso.

—Teun —dije—. ¿Cuántos hijos tiene?

—Uno. Un varón.

Comprendí que no era un tema feliz.

—¿Qué edad tiene? —pregunté.

—Joe tiene veintiséis años.

—¿Vive cerca?

Me puse a mirar por la ventanilla los carteles reflectivos que pasaban junto a nosotros y anunciaban las salidas a calles de Baltimore que yo solía conocer muy bien cuando estudiaba medicina en Johns Hopkins.

—Si quiere que le diga la verdad, no tengo idea de dónde vive —respondió—. Nunca estuvimos muy cerca el uno del otro. Tampoco estoy segura de que alguien haya estado cerca de Joe. No estoy segura de que alguien querría estarlo.

No insistí, pero ella quería hablar.

—Supe que algo estaba mal con él cuando empezó a abrir el mueble con las bebidas alcohólicas a la tierna edad de diez años, y a beber gin y vodka y a rellenar después las botellas con agua, pensando que podía engañarnos. A los dieciséis ya era un alcohólico consumado, que entraba y salía de tratamiento, borracho y alborotador, ladrón, una cosa después de la otra. Se fue de casa a los diecinueve, anduvo dando vueltas aquí y allá y con el tiempo cortó todo contacto conmigo. Si quiere que le sea franca, creo que probablemente debe de estar en alguna parte convertido en un chico de la calle.

—Usted sí que ha tenido una vida difícil —dije.

14

Los Atlanta Braves se alojaban en el Sheraton Hotel ubicado en Society Hill cuando McGovern me dejó allí a eso de las siete de la tarde. Los fanáticos de la banda, viejos y jóvenes, estaban todos vestidos con chaquetas y gorros de béisbol, y vagaban por pasillos y bares con enormes fotografías en la mano que harían autografiar por sus ídolos. Se había llamado a agentes de seguridad y un hombre desesperado me detuvo cuando yo salía de la puerta giratoria.

—¿Usted los vio? —me preguntó mientras miraba en todas direcciones.

—¿Si vi a quién? —dije.

—¡A los Braves!

—¿Qué aspecto tienen? —pregunté.

Esperé en una cola para registrarme, y lo único que me interesaba era un prolongado baño de inmersión. Habíamos estado detenidas dos horas en el tráfico al sur de Filadelfia, donde cinco automóviles y una camioneta habían chocado entre sí y arrojado vidrios rotos y metal retorcido a lo largo de seis carriles. Era demasiado tarde para seguir viaje en el auto otra hora a la morgue del condado de Lehigh. Eso tendría que esperar hasta la mañana, así que tomé el ascensor al tercer piso y deslicé mi tarjeta de plástico para abrir la cerradura electrónica de la habitación. Abrí las cortinas y contemplé el río Delaware y los mástiles del *Moshulu* anclados en Penn's Landing. De pronto, estaba en Filadelfia con mi bolso, el estuche de aluminio y la cartera.

La luz de mis mensajes titilaba, y escuché la voz grabada de Benton que me avisaba que se hospedaba en mi mismo hotel y que llegaría tan pronto como pudiera librarse de Nueva York y de su tráfico. Debía esperarlo a eso de las nueve. Lucy me había dejado su nuevo número de teléfono y no sabía si me vería o no. Marino tenía las últimas novedades que me daría cuando yo lo llamara, y Fielding dijo que los Quinn habían salido por un informativo de televisión más temprano esa tarde para decir que iniciarían juicio contra la oficina de médicos forenses y contra mí por violar la separación de la iglesia y del Estado y causarles un daño emocional irreparable.

Me senté en el borde de la cama y me saqué los zapatos. Mis medias tenían una corrida y me las quité y las arrojé en el canasto de papeles. La ropa había tomado mi forma porque la había usado demasiado tiempo e imaginé que en mi pelo se notaría el hedor de huesos humanos cocinándose.

—¡Mierda! —exclamé en voz baja—. ¿Qué clase de vida es ésta?

Me saqué el traje, la blusa y el slip y los arrojé del revés sobre la cama. Me aseguré de que la tranca de la puerta estuviera puesta y comencé a llenar la bañera con agua lo más caliente posible. El sonido del agua que corría me tranquilizó. Me cubrí el cuerpo con un gel espumoso para baño que olía a frambuesas secadas al sol. Estaba un poco confusa con respecto a ver a Benton. ¿Cómo había ocurrido eso? Amantes, colegas, amigos, lo que fuera que se suponía que éramos se había fusionado en una mezcla extraña, como dibujos trazados en la arena. Nuestra relación era un diseño de colores delicados, intrincados y secos que podían desdibujarse con facilidad. Él llamó cuando yo me estaba secando.

—Lamento que sea tan tarde —dijo.

—¿Cómo estás? —le pregunté.

—¿Estás lista para bajar al bar?

—No si los Braves están allí. No necesito meterme en un alboroto.

—¿Los Braves? —preguntó.

—¿Por qué no vienes a mi habitación? Tengo un minibar.

—Estaré allí en dos minutos.

Se presentó con su típico uniforme de traje oscuro y camisa blanca. Las dos cosas exhibían lo difícil que había sido su día, y necesitaba afeitarse. Me tomó en sus brazos y quedamos un buen rato abrazados y sin hablar.

—Hueles a fruta —dijo contra mi pelo.

—Se suponía que estaríamos en Hilton Head —murmuré—. ¿Cómo es que de pronto terminamos en Filadelfia?

—Es un verdadero lío —dijo él.

Benton se apartó de mí con suavidad y se quitó el saco. Lo colgó sobre mi cama y abrió el minibar.

—¿Lo de siempre? —preguntó.

—Sólo un poco de Evian.

—Pues yo necesito algo más fuerte.

Desenroscó la tapa de un Johnnie Walker.

—De hecho, me tomaré un whisky doble, y al demonio con el hielo —dijo.

Me pasó el agua mineral y yo lo observé acercar la silla del escritorio y sentarse. Yo apilé las almohadas de la cama y me puse cómoda mientras los dos nos visitábamos desde cierta distancia.

—¿Qué ocurre? —pregunté—. Además de todo.

—El problema habitual cuando el ATF y el FBI están de pronto juntos en un caso —dijo mientras bebía su whisky—. Hace que me alegre de haberme retirado.

—Pues no pareces muy retirado —dije con tono irónico.

—Es cierto. Como si no fuera suficiente tener que estar preocupado por Carrie. Entonces me llaman por este homicidio y, si quieres que te sea franco, Kay, el ATF tiene sus propios especialistas en perfiles y no creo que el FBI debería meter la nariz en este asunto.

—Dime algo que yo no sepa, Benton. Tampoco yo veo cómo justifican estar involucrados en el asunto, a menos que aleguen que la muerte de esta señora es un acto de terrorismo.

—El vínculo potencial con el homicidio de Warrenton —me dijo—. Como ya sabes. Y no le costó nada al jefe de la unidad llamar a los investigadores de la policía del Estado y decirles que el FBI haría lo que fuera necesario para cooperar. Entonces invitaron al FBI a participar, y aquí me tienes. Hoy, más temprano, hubo dos agentes en la escena del incendio, y ya todos están furiosos.

—Aunque, supuestamente, todos estamos del mismo lado —dije, y este viejo problema volvió a hacerme enojar.

—Al parecer, este agente del FBI que está con la oficina de campo de Filadelfia escondió un cartucho en la escena para ver si Pepper lo descubría.

Benton hizo girar lentamente el scotch en su vaso.

—Por supuesto que Pepper no lo hizo porque ni siquiera le habían dado la orden de ponerse a trabajar —continuó—. Y al agente le resultó divertido, y dijo algo sobre que la nariz del perro necesitaba un arreglo.

—¿Qué clase de idiota haría una cosa así? —pregunté, indignada—. Tiene suerte de que la persona que maneja el perro no lo haya agarrado a golpes.

—De modo que aquí estamos —continuó él con un suspiro—. Con el mismo viejo problema. En los buenos tiempos, los agentes del FBI eran más sensatos. No se lo pasaban mostrando su placa frente a la cámara ni tomando a su cargo investigaciones que no están preparados para manejar. Me siento muy incómodo. Más que incómodo, estoy furioso porque esos nuevos idiotas que están allá afuera arruinan mi reputación junto con la de ellos, después de veinticinco años de trabajo... Bueno. Te aseguro que no sé qué voy a hacer, Kay.

Nuestras miradas se cruzaron mientras él bebía.

—Sólo haz tu trabajo, Benton —le dije—. Por triviales que te parezcan estas palabras, es lo único que podemos hacer. No lo hacemos por el FBI ni por el ATF ni por la policía del estado de Pennsylvania sino por la víctima y las víctimas potenciales. Siempre por ellos.

Benton terminó el whisky y puso el vaso sobre el escritorio. Las luces de Penas Landing eran festivas del otro lado de mi ventana, y Camden y Nueva Jersey titilaban en la otra margen del río.

—No creo que Carrie siga en Nueva York —dijo entonces y perdió la mirada en la noche.

—Un pensamiento muy alentador.

—Y no tengo ninguna prueba para asegurarlo, fuera de que nadie la vio y no existe ninguna señal de que esté en la ciudad. ¿De dónde saca el dinero, por ejemplo? Con frecuencia, allí es donde empieza la pista. Robos, de tarjetas de crédito por ejemplo. Hasta el momento nada que nos haga pensar que está haciendo cosas así.

Desde luego, eso no significa que no esté. Pero estoy convencido de que tiene un plan y que lo está siguiendo.

El perfil de Benton era neto en las sombras mientras seguía con la vista fija en el río. Estaba deprimido. Parecía cansado y derrotado, y yo me puse de pie y me le acerqué.

—Deberíamos meternos en la cama —dije y le masajeé los hombros—. Los dos estamos cansados y todo parece entonces peor, ¿no es así?

Él sonrió un poco y cerró los ojos mientras yo trabajaba en sus sienes y le besaba la nuca.

—¿Cuánto cobras por hora? —murmuró.

—Más de lo que tú puedes gastar —respondí.

No dormimos juntos porque las habitaciones eran pequeñas y ambos necesitábamos descansar. A mí me gustaba ducharme por la mañana y a él también, y ésa era la diferencia entre una relación que es nueva y otra en la que los dos se sienten cómodos. Hubo una época en la que nos quedábamos despiertos toda la noche consumiéndonos mutuamente, porque trabajábamos juntos y él estaba casado y no podíamos evitar que cada uno sintiera hambre del otro. Confieso que yo extrañaba sentirme así de viva. Con frecuencia ahora, cuando estábamos juntos, mi corazón estaba o sentía una pena dulce, y me veía envejeciendo.

El cielo estaba gris y las calles, mojadas por haber sido lavadas cuando Benton y yo avanzábamos en el auto por la calle Walnut poco después de las siete de la mañana siguiente. Los sin techo dormían en las veredas o debajo de mantas roñosas en los parques, y un hombre parecía muerto debajo de un cartel de PROHIBIDO DETENERSE, justo frente al departamento de policía. Yo conducía mientras Benton repasaba el contenido de su portafolio. Tomaba notas en un bloc y reflexionaba sobre asuntos que yo desconocía. Doblé hacia la Interestatal 76 Oeste, donde las luces de cola de los automóviles eran como un collar de cuentas rojas hasta donde alcanzaba a ver, y detrás de nosotros el sol era fuerte.

—¿Por qué habría alguien de elegir un cuarto de baño como punto de origen de un incendio? —pregunté—. ¿Por qué no algún otro sector de la casa?

—Es evidente que significa algo para él, si hablamos de asesinatos en serie —respondió Benton—. Tal vez sea algo simbólico. Quizá le resultó conveniente por alguna otra razón. Mi hipótesis es que si nos enfrentamos al mismo autor, y el baño es el punto de origen que todos los incendios tienen en común, entonces la causa es simbólica. Representa algo para él, quizá su propio punto de origen de esos homicidios. Si algo le sucedió en un cuarto de baño cuando era chico, por ejemplo. Abuso sexual, abuso infantil, ser testigo de algo tremendamente traumático.

—Una pena que no podamos revisar los registros de las cárceles en busca de ese hecho.

—El problema es que descubrirías que eso le pasó a la mitad de la población carcelaria. Casi todas esas personas sufrieron un abuso de alguna naturaleza. Que después repiten en otros.

—Que repiten de manera peor —dije—. Ellos no fueron asesinados.

—Lo fueron en cierto sentido. Cuando a una persona la golpean y la violan en su infancia, su vida queda asesinada, aunque no lo haya sido su cuerpo. Pero esto no explica en realidad la psicopatía. Que yo sepa, nada lo hace, a menos que creamos en la maldad y en que las personas hacen elecciones.

—Eso es exactamente lo que yo creo.

Él me miró y dijo:

—Ya lo sé.

—¿Qué me dices de la infancia de Carrie? ¿Cuánto sabemos sobre las razones por las que tomó sus decisiones? —pregunté.

—Ella nunca nos dejó entrevistarla —me recordó—. En sus evaluaciones psiquiátricas no hay demasiado, salvo su manipulación de ese momento. Loca hoy, no mañana. Disociación, Deprimida y nada sumisa. O una paciente modelo. Estas personas tienen más derechos civiles que nosotros, Kay. Y las prisiones y los centros psiquiátricos forenses protegen tanto sus salas que cualquiera diría que nosotros somos los malos.

La mañana se estaba haciendo más luminosa y el cielo estaba teñido de violeta y blanco en perfectas franjas horizontales. Avanzamos por entre granjas y peñascos intermitentes de granito corrugado color rosado, con perforaciones de taladros para la dinamita que había abierto lugar para los caminos. La bruma que se elevaba de estanques me recordó ollas con agua hirviendo, y cuando pasamos frente a columnas de humo, pensé en incendios. A lo lejos, las montañas eran una sombra y las torres de agua punteaban el horizonte como globos brillantes.

Tardamos una hora en llegar al Hospital de Lehigh Valley, un extenso complejo de concreto todavía en construcción, con un hangar para helicópteros y un centro de trauma en el nivel uno. Estacioné el auto en la playa para visitas y el doctor Abraham Gerde se reunió con nosotros en el interior del luminoso lobby nuevo.

—Kay —dijo con tono afectuoso cuando me estrechó la mano—. ¿Quién habría dicho que me visitaría aquí algún día? Usted debe de ser Benton. Tenemos aquí una cafetería muy buena, por si les gustaría tomar un café o comer algo primero.

Benton y yo declinamos cortésmente. Gerde era un joven patólogo forense de pelo oscuro y llamativos ojos azules. Había hecho una rotación en mi oficina tres años antes y era todavía suficientemente nuevo en su profesión como para que rara vez lo llamaran a tribunales en calidad de testigo experto. Pero era humilde y meticuloso, y esos atributos eran para mí mucho más valiosos que la experiencia, sobre todo en este caso. A menos que Gerde hubiera cambiado muchísimo, era poco probable que hubiera tocado el cuerpo después de saber que yo iría.

—Cuéntame cómo estamos en esto —le dije mientras caminábamos por un amplio pasillo gris lustrado.

—La hice pesar y medir y realizaba el examen externo cuando me llamó el pesquisidor. No bien me dijo que el ATF estaba involucrado y que usted venía para aquí, detuve todo.

El condado de Lehigh tenía un pesquisidor elegido que decidía en cuáles casos debía practicarse una autopsia y después determinaba la forma de la muerte. Por suerte para Gerde, el pesquisidor era un ex agente de policía que no interfería la labor de los patólogos forenses y que por lo general aceptaba sus decisiones. Pero esto no era así en otros estados ni en otros condados de Pennsylvania, donde las autopsias a veces se realizaban sobre las mesas de embalsamamiento en las funerarias, y algunos pesquisidores eran políticos consumados que no diferenciaban un orificio de entrada de uno de salida, y tampoco les importaba.

Nuestras pisadas resonaron en la caja de la escalera, y al pie de ella, Gerde empujó puertas dobles y nos encontramos en un galpón lleno de cajas de cartón desarmadas y personas con cascos protectores y muy atareadas. Pasamos a una parte diferente del edificio y seguimos otro pasillo hasta la morgue. Era pequeña, con piso de baldosas rosadas y dos mesas fijas de acero inoxidable. Gerde abrió un gabinete y nos entregó batas estériles descartables, delantales plásticos y botas también descartables. Nos las pusimos sobre nuestra ropa y nuestros zapatos y después nos pusimos guantes de látex y capuchas con visores.

La muerta había sido identificada como Kellie Shephard, una mujer negra de treinta y dos años que había trabajado como enfermera en el mismo hospital en el que ahora era almacenada junto a los muertos. Estaba dentro de una bolsa negra sobre una camilla, en el interior de una cámara refrigeradora con entrada para personas, en la que ese día no había otros huéspedes que paquetes color anaranjado claro con especímenes quirúrgicos y bebés nacidos muertos que aguardaban ser cremados. Empujamos la camilla con la mujer y la llevamos a la sala de autopsias.

—¿Le sacaron radiografías? —le pregunté a Gerde.

—Sí, y tenemos asimismo sus huellas dactilares. El dentista confeccionó ayer un mapa de sus dientes y los comparó con los registros premortem.

Gerde y yo abrimos el cierre de la bolsa, sacamos las sábanas ensangrentadas y expusimos el cuerpo mutilado al resplandor cruel de las lámparas quirúrgicas. El cuerpo estaba rígido y frío; sus ojos ciegos semiabiertos en un rostro cubierto de sangre coagulada. Gerde todavía no la había lavado, y su piel estaba resquebrajada con sangre bastante oscura y su pelo estaba duro con ella. Sus heridas eran tan numerosas y violentas que irradiaban un aura de furia. Me pareció sentir la furia y el odio del asesino, y comencé a imaginar la lucha feroz que ella había entablado con él.

Los dedos y las palmas de ambas manos habían sido cortados hasta el hueso cuando ella intentó protegerse tomando el filo del cuchillo. Tenía cortes profundos en la parte posterior de antebrazos y muñecas, de nuevo al tratar de usarlos como escudos, y cortes en las piernas que probablemente se debían al hecho de que estaba en el suelo y trataba de apartar las cuchilladas con patadas. Las heridas por cuchilladas estaban concentradas en una constelación salvaje sobre sus pechos, el abdomen y los hombros, y también en la espalda y las nalgas.

Muchas de las heridas eran grandes e irregulares, y causadas por la torsión del cuchillo cuando la víctima se movía o la hoja era extraída. El patrón de las configuraciones individuales de heridas sugería un cuchillo de un solo filo, con una guarda que había dejado abrasiones. Una herida algo superficial iba de la mandíbula derecha a la mejilla, y le habían cortado la garganta en una dirección que iba de debajo de la oreja derecha y continuaba hacia abajo y, después, a lo largo de la línea media del cuello.

—Concuerda con el hecho de que le cortaron la garganta desde atrás —dijo, mientras Benton miraba en silencio y tomaba notas—. La cabeza tirada hacia atrás, la garganta expuesta.

—Supongo que cortarle la garganta fue el gran final del individuo —dijo Gerde.

—Si ella hubiera recibido una lesión como ésta al principio, habría muerto con demasiada rapidez como para presentar cualquier clase de lucha. De modo que, sí, es muy posible que él le haya cortado la garganta al final, tal vez cuando ella estaba boca abajo en el piso. ¿Qué tienes con respecto a la ropa?

—Iré a traerla —contestó Gerde—. ¿Sabe? Recibo aquí los casos más raros. Esos terribles choques de automóviles que resulta se debieron a que algún tipo tuvo un ataque cardíaco mientras conducía. Así que termina arrojado por los aires y mata a otras cuatro personas. No hace mucho tuvimos un homicidio por Internet. Y aquí los maridos no se limitan a dispararles a sus esposas. Las estrangulan, las aporrean y las decapitan.

Siguió hablando mientras se acercaba a un rincón distante donde la ropa se secaba en perchas sobre un recipiente poco profundo. Las prendas estaban separadas por sábanas de plástico, para asegurar que las micropruebas y los fluidos corporales que había en una no se transfirieran accidentalmente a la otra. Yo cubría la segunda mesa de autopsias con una sábana estéril cuando Teun McGovern entró acompañada por un asistente de la morgue.

—Pensé que me daría una vuelta por aquí antes de ir a la escena —dijo.

Estaba vestida con pantalones de fajina y botas, y llevaba un sobre de papel manila. McGovern no se molestó en ponerse bata ni guantes al hacer un reconocimiento visual de esa carnicería.

—Dios Santo —dijo.

Ayudé a Gerde a extender un par de piyamas sobre la mesa que yo acababa de cubrir. La parte superior y la inferior tenían todavía olor a humo sucio y tenían tanto hollín y estaban tan saturadas de sangre que ni siquiera pude ver de qué color eran. La tela de algodón estaba cortada y perforada adelante y atrás.

—¿Vino vestida con esto? —pregunté.

—Sí —replicó Gerde—. Todo bien abotonado. Y no puedo evitar preguntarme si parte de la sangre no será del asesino. En una lucha como ésta, no me sorprendería que él se hubiera cortado.

Le sonreí.

—Alguien te enseñó muy bien —dije.

—Sí, fue una médica de Richmond —contestó él.

—A primera vista esto parecería muy doméstico. —El que habló fue Benton. —Ella está en casa de piyama, tal vez tarde por la noche. Un caso clásico de sadismo, como con tanta frecuencia se encuentran en los homicidios que involucran a dos personas que han tenido una relación. Pero lo que me resulta bastante insólito —se acercó más a la mesa— es su cara. Fuera de este corte aquí. —Señaló. —No parece haber ninguna herida. Lo habitual, cuando el asesino ha tenido una relación con la víctima, es que dirija gran parte de su violencia hacia la cara, porque la cara es la persona.

—El corte que tiene en la cara es mucho menos profundo que los otros —comenté y con mucha suavidad abrí la herida con mis dedos enguantados—. Es más profunda en la mandíbula, y después la profundidad va disminuyendo al subir a su mejilla.

Di un paso atrás y volví a observar el piyama.

—Es interesante que no falte ninguno de los botones o broches —dije—. Y la tela no está rota en ninguna parte, como cabría esperar después de una lucha como ésta, en la que el asesino toma a la víctima y trata de controlarla.

—Creo que, aquí, la palabra importante es control —dijo Benton.

—O su ausencia —dijo McGovern.

—Exactamente —convino Benton—. Esto es un ataque devastador. Algo le pasó a ese individuo que lo llevó a un estado de furia asesina. Dudo mucho que se hubiera propuesto que las cosas llegaran a semejante extremo, lo cual se nota también en el incendio. Todo parece indicar que también perdió el control con respecto a eso.

—Para mí que el tipo no se quedó mucho tiempo después de matarla —dijo McGovern—. Le prendió fuego al lugar al irse, pensando que así taparía su trabajo sucio. Pero usted tiene mucha razón. No hizo un buen trabajo. A lo cual se suma que cuando sonó la alarma contra incendios de la mujer a la una y cincuenta y ocho de la madrugada, los bomberos llegaron aquí en menos de cinco minutos. Así que el daño fue mínimo.

Kellie Shephard tenía quemaduras de segundo grado en la espalda y los pies, y eso era todo.

—¿Qué me dice de una alarma contra ladrones? —pregunté.

—No estaba conectada —contestó McGovern.

Ella abrió el sobre de papel manila y comenzó a cubrir un escritorio con fotografías de la escena. Benton, Gerde y yo nos tomamos nuestro tiempo para estudiarlas. La víctima, en su piyama ensangrentado, estaba boca abajo en el portal del cuarto de baño, con un brazo debajo del cuerpo y el otro extendido frente a ella como si hubiera tratado de alcanzar algo. Tenía las piernas extendidas y muy juntas, y los pies llegaban casi al inodoro. El agua mezclada con hollín que cubría el piso hacía que fuera imposible encontrar las marcas de sangre de cuando la arrastraron, si es que existían, pero los primeros planos del marco de la puerta y la pared circundante exhibían cortes evidentes en la madera que parecían nuevos.

—El punto de origen del fuego —dijo McGovern— está justo aquí.

Señaló una fotografía del interior del cuarto de baño chamuscado.

—Este rincón cerca de la bañera, donde hay una ventana abierta con una cortina —dijo—. Y en ese sector, como pueden ver, hay restos quemados de un mueble de madera y almohadones de un sofá.

Le dio golpecitos a la fotografía.

—De modo que tenemos una puerta abierta y una ventana abierta, o un cañón de chimenea y una chimenea, por así decirlo. Igual que un hogar —continuó—. El fuego se inicia aquí, en el piso de baldosas, e involucra las cortinas. Pero esta vez las llamas no tenían la energía necesaria para involucrar del todo el cielo raso.

—¿Por qué cree que es así? —pregunté.

—Sólo puede existir una buena razón —respondió ella—. La maldita cosa no estaba bien construida. Lo que quiero decir es que es evidente que el asesino apiló muebles, almohadones de un sofá y lo que se le ocurriera en el cuarto de baño para provocar el incendio. Pero nunca llegó a ser lo que él quería. El fuego inicial no pudo involucrar esa carga combustible apilada por culpa de la ventana abierta y el hecho de que la llama se inclinara hacia ella. El individuo tampoco se quedó allí un momento para observar, o se habría dado cuenta de su fracaso. Esta vez, el fuego no hizo mucho más que lamer el cuerpo como la lengua de un dragón.

Benton estaba tan callado que parecía una estatua cuando sus ojos recorrieron las fotografías. Me di cuenta de que tenía mucho en la mente pero que, para variar, se mostraba muy cauteloso con sus palabras. Nunca antes había trabajado con McGovern y no conocía al doctor Abraham Gerde.

—Esto nos llevará bastante tiempo —le dije.

—Yo me voy a la escena —contestó.

Su cara parecía de piedra, como siempre le sucedía cada vez que sentía la maldad como una corriente helada. Nuestras miradas se cruzaron.

—Puede ir conmigo —se ofreció McGovern.

—Gracias.

—Otra cosa —dijo McGovern—. La puerta de atrás de la casa no estaba cerrada con llave, y en el pasto, junto a los escalones, encontramos, vacío, un cajón para el aserrín del gato.

—¿Así que ustedes creen que ella salió para vaciar el cajón? —les preguntó Gerde a los dos—. ¿Y que ese tipo la estaba esperando?

—Es nada más que una teoría —dijo McGovern.

—Yo no lo sé —dijo Wesley.

—¿Entonces el asesino sabía que ella tenía un gato? —pregunté—. ¿Y que en algún momento lo dejaría salir esa noche o sacaría el cajón para vaciarlo?

—No sabemos si no vació el cajón más temprano y lo dejó afuera para que se aireara —señaló Wesley mientras se sacaba la bata—. Ella puede haber desconectado la alarma y abierto la puerta tarde, esa noche, o en las primeras horas de la mañana, por alguna otra razón.

—¿Y el gato? —pregunté—. ¿Apareció?

—No todavía —respondió McGovern, y ella y Benton se fueron.

—Voy a empezar a limpiar —le dije a Gerde.

Él tomó una cámara y comenzó a tomar fotografías mientras yo arreglaba la luz. Estudié el corte de la cara y tomé varias fibras de ella y un pelo marrón enrulado, de doce centímetros de largo, que supuse le pertenecía. Pero también había otros pelos, rojizos y cortos, y noté que habían sido teñidos recientemente porque cerca de la raíz eran oscuros. Desde luego, había pelos de gato seguramente transferidos a las superficies ensangrentadas del cuerpo cuando la víctima estaba en el suelo.

—¿Será un gato persa, quizá? —preguntó Gerde—. ¿De pelaje largo y muy fino?

—Así parece —dije.

15

La tarea de reunir micropruebas era abrumadora y era preciso emprenderla antes que cualquier otra cosa. La gente por lo general no tiene idea del chiquero microscópico que lleva encima hasta que alguien como yo empieza a registrar la ropa y los cuerpos en busca de restos apenas visibles. Encontré astillas de madera, posiblemente del piso y las paredes, y desechos de gato, suciedad, trozos de insectos y de plantas, y la lógica ceniza y residuos del fuego. Pero el descubrimiento más revelador provino de la tremenda herida del cuello de la mujer. Con una lupa encontré dos diminutas motas metálicas brillantes. Las tomé con la punta del dedo meñique y las transferí delicadamente a un cuadrado de tela blanca y limpia de algodón.

Sobre un viejo escritorio metálico había un microscopio de disección; ajusté la magnificación en veinte y regulé el iluminador. Casi no pude creerlo cuando vi esas partículas diminutas, achatadas y retorcidas en ese luminoso círculo de luz.

—Esto es muy importante —comencé a hablar muy rápido—. Lo embalaré en algodón en el interior de un envase para pruebas, y necesitamos asegurarnos de que ninguna otra cosa como ésta está en ninguna de las otras heridas. A simple vista, brilla como un trozo de plata.

—¿Cree que fue transferido del arma?

Gerde también estaba excitado, y se acercó a echar un vistazo.

—Estaban incrustados bien hondo en la herida del cuello. De modo que, sí, diría que fue una transferencia, similar a la que hallé en el caso Warrenton —respondí.

—¿Y qué sabemos de eso?

—Magnesio de un torno —respondí—. Y nada de esto se lo mencionamos a nadie. No queremos que se filtre a la prensa. Yo informaré a Benton y a McGovern.

—De acuerdo —dijo.

Había veintisiete heridas, y después de un penoso escrutinio de todas, no encontramos otras partículas de ese metal brillante, y esto me resultó muy desconcertante porque había supuesto que el último corte había sido el del cuello. De ser así, ¿por qué las partículas no se transfirieron a una herida anterior? En mi opinión, deberían haberse transferido, en especial en los casos en que el cuchillo penetró hasta la guarda y el tejido muscular y elástico limpió la hoja cuando se la extrajo.

—No es imposible pero sí inconsistente —le dije a Gerde cuando empecé a medir el corte de la garganta—. Tiene una longitud de diecisiete centímetros y cuarto —dije y anoté el dato sobre un diagrama del cuerpo—. Es poco profunda alrededor de la oreja derecha, después honda a través de los músculos strap y la tráquea, después poco profunda de nuevo en el lado opuesto del cuello. Compatible con el hecho de que el corte hubiera sido hecho desde atrás por un zurdo.

Eran casi las dos de la tarde cuando finalmente empezamos a lavar el cuerpo y, durante minutos, el agua que bajaba de la superficie de acero de la mesa era de color rojo claro. Fregué la sangre rebelde con una gran esponja blanda y las heridas de la mujer parecieron mucho más abiertas y mutiladas cuando su piel tensa y marrón estuvo limpia. Kellie Shephard había sido una mujer hermosa, con pómulos altos y un cutis impecable tan suave como la madera lustrada. Tenía un metro setenta y dos de estatura y una figura delgada y atlética. Sus uñas no estaban pintadas y no usaba joyas cuando la encontraron.

Cuando la abrimos, la cavidad del pecho estaba llena de casi un litro de sangre de los grandes vasos que iban al corazón y a los pulmones y procedían de ellos. Después de recibir esas heridas, ella habría muerto desangrada, cuanto mucho en minutos, y yo ubiqué el momento de esos ataques más tarde durante la lucha, cuando la mujer comenzaba a debilitarse y a darse por vencida. El ángulo de esas heridas era suficientemente leve como para que yo sospechara que ella se movía muy poco sobre el piso cuando se las infligieron desde arriba. Entonces logró rodar, tal vez en un último esfuerzo por protegerse, y conjeturé que fue ése el momento en que le cortaron la garganta.

—Alguien debería tener una enorme cantidad de sangre encima —comenté cuando comenzaba a medir los cortes de las manos.

—¿En serio?

—Tuvo que lavarse en alguna parte. Uno no entra en el lobby de un motel con esa facha.

—A menos que viva aquí cerca.

—O subió a su vehículo y esperó que no lo detuvieran por algo.

—Ella tiene un poco de fluido amarronado en el estómago.

—Así que no había comido hacía poco, probablemente no desde la cena —dije—. Supongo que debemos averiguar por qué su cama no estaba tendida.

Comenzaba a formarme la imagen de una mujer dormida cuando algo pasó a última hora de la noche del sábado y a primera hora de la mañana del domingo. Por alguna razón, se levantó, desconectó la alarma y le sacó la llave a la puerta de atrás. Gerde y yo usamos broches quirúrgicos para cerrar la incisión en Y poco después de las cuatro. Me lavé en el pequeño vestuario de la morgue, donde un maniquí utilizado para poner en escena muertes violentas en tribunales se encontraba en un estado de desaliño total y desnudez sobre el piso de la ducha.

Excepto los adolescentes que queman viejas casas de granjas, los incendios intencionales eran muy poco frecuentes en Lehigh. En la prolija subdivisión de clase media llamada Wescosville donde Shephard había vivido, la violencia era algo inaudito. Allí, el crimen nunca había sido más serio que hacer destrozos y robar, cuando un ladrón veía una billetera dentro de una casa, y entonces entraba por la fuerza y la tomaba. Puesto que en Lehigh no había departamento de policía, cuando los policías estatales respondían al sonido de la alarma contra ladrones, ya el ladrón se había ido hacía mucho.

Tomé mis pantalones de fajina y mis botas con refuerzo de acero de mi bolso y compartí el vestuario con el maniquí. Gerde tuvo la bondad de llevarme a la escena del incendio, y me impresionaron los costosos abetos y los jardines floridos que daban a la calle y, cada tanto, una iglesia bien mantenida y discreta. Doblamos a Hanover Drive, donde las casas eran modernas, de ladrillos y madera, espaciosas y de dos plantas, con aros de básquet, bicicletas y otras señales de la existencia de chicos.

—¿Tienes idea del nivel de precios? —pregunté mientras veía pasar más casas.

—De doscientos a trescientos mil —respondió—. Aquí viven muchos ingenieros, enfermeras, corredores de Bolsa y ejecutivos. Además, la I-78 es la principal arteria que atraviesa el valle de Lehigh, y por ella se puede estar en Nueva York en una hora y media. Así que algunas personas viajan a la ciudad todos los días para ir a su trabajo.

—¿Qué más hay por aquí? —pregunté.

—Muchos parques industriales están a diez o quince minutos. Coca-Cola, Air Products, los depósitos de Nestlé, Perrier. De todo. Y terrenos aptos para cultivo.

—Pero ella trabajaba en el hospital.

—Así es. Y queda, cuanto mucho, a diez minutos de viaje en auto.

—¿Recuerdas haberla visto antes?

Gerde pensó un momento.

—Estoy bastante seguro de haberla visto antes en la cafetería —respondió—. Es difícil no advertir a alguien con ese aspecto. Puede haber estado en una mesa con otras enfermeras, no lo recuerdo bien. Pero no creo que hayamos hablado.

La casa de Shephard era de tablas de chilla, pintada de amarillo con chambrana blanca, y aunque era posible que el fuego fuera difícil de contener, el daño por el agua y por las hachas que practicaban enormes agujeros para lograr que el fuego se ventilara fuera del techo, era devastador. Lo que quedaba era un rostro triste y cubierto de hollín, con una cabeza hueca y cavada y ventanas rotas como ojos sin vida. Los canteros con flores salvajes estaban pisoteados, el césped prolijamente cortado se había convertido en barro y un modelo antiguo de Camry estacionado en el sendero de acceso estaba cubierto de cenizas. Los del departamento de incendios y los investigadores del ATF se encontraban trabajando adentro, mientras que dos agentes del FBI en traje de fajina merodeaban por el perímetro.

Encontré a McGovern en el patio de atrás hablando con una vehemente mujer joven vestida con jeans cortados, sandalias y camiseta.

—¿Y cuándo fue eso? ¿Cerca de las seis? —le preguntaba McGovern.

—Así es. Yo estaba preparando la cena y la vi entrar en el sendero y estacionar exactamente donde está su auto ahora —relató con mucho entusiasmo la mujer—. Entró y unos treinta minutos después salió y empezó a arrancar maleza. Le gustaba trabajar en el jardín, cortar ella misma el césped y todo eso.

McGovern me observó cuando yo me acerqué.

—Ésta es la señora Harvey —me dijo—. La vecina de la casa de al lado.

—Hola —le dije a la señora Harvey, cuyos ojos estaban brillantes con una excitación que se acercaba al miedo.

—La doctora Scarpetta es una médica forense —explicó McGovern.

—Ah —dijo la señora Harvey.

—¿Volvió a ver a Kellie esa noche? —preguntó entonces McGovern.

La mujer negó con la cabeza.

—Entró —dijo— y supongo que eso fue todo. Sé que trabajaba mucho y que por lo general no se quedaba levantada hasta tarde.

—¿Qué me dice de una relación? ¿Ella estaba saliendo con alguien?

—Sí, pasó por una serie —contestó la señora Harvey—. Un médico aquí y allá, diferentes personas del hospital. Recuerdo que el año pasado comenzó a salir con un hombre que había sido su paciente. En mi opinión, nada duraba demasiado. Ella es tan hermosa que creo que ése es el problema. Los hombres querían una cosa, pero ella tenía otra cosa en mente. Lo sé porque ella me solía hacer comentarios al respecto.

—¿Pero nadie recientemente? —preguntó McGovern.

La señora Harvey tuvo que pensar.

—No, sólo sus amigas —replicó—. Tiene un par de personas con las que trabaja, y a veces caían a visitarla o salían juntas. Pero no recuerdo ninguna actividad esa noche. Quiero decir, que yo haya notado. Alguien pudo haber venido sin que necesariamente yo lo oyera.

—¿Encontraron el gato? —pregunté.

McGovern no contestó.

—Ese maldito gato —dijo la señora Harvey—. Pumpkin. Un animal muy, muy malcriado.

Sonrió y se le llenaron los ojos de lágrimas.

—Era como su hijo —dijo Harvey.

—¿Un gato para vivir adentro? —pregunté entonces.

—Sí, absolutamente. Kellie nunca lo dejaba salir de la casa, lo trataba como un tomate de invernadero.

—En el patio de atrás encontraron su cajón de arena —le dijo McGovern—. ¿Kellie solía vaciarlo y dejarlo afuera toda la noche? ¿O por lo menos tenía la costumbre de vaciarlo por las noches? ¿Salir cuando ya estaba oscuro, abrir la puerta y desconectar la alarma?

Harvey parecía confundida, y supuse que no tenía la menor idea de que su vecina había sido asesinada.

—Bueno —dijo—, en realidad nunca la vi vaciar el cajón del gato, pero siempre pone una bolsa en el tacho de basura. Así que no tendría sentido que lo hiciera por la noche. Se me ocurre que quizá lo vació y lo dejó afuera para que se aireara. O tal vez no tuvo tiempo de manguerearlo y pensaba hacerlo al día siguiente. Pero, igual, ese gato estaba muy bien educado, así que no sería problema estar una noche sin su cajón de arena.

Se quedó mirando un auto de la policía estatal que circulaba por allí.

—Nadie me dijo cómo empezó el fuego —continuó la señora Harvey—. ¿Lo saben ustedes?

—Estamos trabajando en eso —dijo McGovern.

—Ella no murió... quiero decir, fue rápido, ¿no?

Entrecerró los ojos por el sol poniente y se mordió el labio inferior.

—No quisiera pensar que sufrió —dijo.

—La mayoría de las personas que mueren en incendios no sufren —respondí, evadiendo la pregunta con palabras afectuosas—. Por lo general, el monóxido de carbono les hace perder el conocimiento

—Gracias a Dios —dijo ella.

—Estaré adentro —me dijo McGovern.

—Señora Harvey —dije—, ¿conocía bien a Kellie?

—Hemos sido vecinas durante casi cinco años. No puedo decir que hayamos estado mucho tiempo juntas, pero sí, la conocía.

—Me pregunto si por casualidad no tendrá fotografías recientes de ella o si sabe quién puede tenerlas.

—Yo podría tener algo.

—Tengo que estar segura de la identificación —dije entonces, aunque mi motivo era otro.

Quería ver por mí misma cuál había sido el aspecto de Shephard en vida.

—Y si hay alguna otra cosa que puede decirme sobre ella, se lo agradecería mucho —continué—. Por ejemplo, ¿tenía familiares aquí?

—No —respondió Harvey, mirando la casa arruinada de su vecina—. Era un poco de todas partes. Su padre era militar, y creo que él y su madre viven en alguna parte de Carolina del Norte. Kellie era muy mundana por haberse mudado tantas veces. Yo solía decirle que desearía ser tan fuerte e inteligente como ella. No le tenía miedo a nada. En una oportunidad había una serpiente en mi porche, y yo la llamé, histérica. Ella vino, la persiguió por el jardín y la mató con una pala. Supongo que tenía que ser así porque los hombres no la dejaban en paz. Yo siempre le decía que podía ser una estrella de cine, y ella me contestaba: "Pero, Sandra, yo no sé actuar." Y entonces yo le contestaba: "¡Tampoco saben hacerlo la mayoría de las actrices!"

—O sea que era bastante inteligente y experimentada —dije.

—Ya lo creo. Por eso se hizo colocar una alarma contra ladrones. Combativa y experimentada, ésa era Kellie. Si me acompaña a casa, veré si puedo encontrar algunas fotografías.

—Si no le importa... —dije—. Es muy bondadoso de su parte.

Atravesamos el cerco y yo ascendí detrás de ella los peldaños y entramos en su cocina amplia y luminosa. A juzgar por esa despensa bien provista y por la cantidad de artefactos eléctricos, era obvio que a Harvey le gustaba cocinar. Las ollas y sartenes colgaban del techo y lo que se cocinaba en la cocina despedía un delicioso olor a carne y cebollas, tal vez un bife a la Strogonoff o un guiso.

—Si quiere tomar asiento allí, junto a la ventana, yo iré a buscar lo que tengo en el estudio —dijo.

· · ·

Me senté frente a la mesa de desayuno y por la ventana miré la casa de Kellie Shephard. Vi gente que pasaba del otro lado de ventanas rotas, y alguien había encendido luces porque el sol ya estaba bajo y comenzaba a ocultarse. Me pregunté con cuánta frecuencia su vecina la había visto ir y venir.

Era indudable que Harvey sentía curiosidad por la vida de una mujer suficientemente atractiva como para ser estrella de cine, y me pregunté si alguien podría haber acechado a Shephard sin que su vecina advirtiera la presencia de un auto desconocido o de una persona en la zona. Pero debía tener cuidado con lo que preguntaba, porque públicamente no se sabía que la de Shephard había sido una muerte violenta.

—Bueno, no puedo creerlo —me gritó Harvey cuando regresaba a la cocina—. Tengo algo mejor. ¿Sabe? un equipo de televisión estuvo en el hospital la semana pasada filmando un corto sobre el centro de trauma. Se pasó en el informativo de la noche y Kellie estaba en él, así que lo grabé. No puedo creer que me llevara tanto tiempo recordarlo, pero mi cerebro no está funcionando nada bien, si entiende lo que quiero decir.

Tenía en la mano un videocasete. La acompañé al living, donde insertó el casete en la videograbadora. Me senté en un sillón azul sobre una alfombra del mismo color, mientras ella rebobinaba la cinta y luego oprimía la tecla play. Los primeros cuadros eran del hospital de Lehigh Valley desde la perspectiva de un helicóptero que aterrizaba con un caso de emergencia. Entonces me di cuenta de que Kellie era en realidad una paramédica para vuelos y no tan sólo una enfermera de una sala.

Más adelante la cinta mostró a Kellie en un atuendo de paracaidista, que corría por un pasillo con otros integrantes del equipo de vuelo que acababan de ser convocados por radiollamada..

—Discúlpenme, discúlpenme —dijo en el video mientras se abría camino por entre la gente que le cerraba el paso.

Era un ejemplo espectacular del genoma humano que trabajaba bien, y la cámara estaba enamorada de cada ángulo de sus facciones y huesos finos. No costaba mucho imaginar que los pacientes se sintieran atraídos por ella. Entonces la película la mostraba en la cafetería, después de cumplir otra misión imposible.

—Siempre es una carrera contra el tiempo —le decía Shephard al reportero—. Uno sabe que hasta un minuto de demora puede costar una vida. No le digo nada de la descarga de adrenalina que nos recorre.

Mientras ella continuaba con esa entrevista intrascendente, el ángulo de la cámara cambió.

—No puedo creer que yo haya grabado eso, pero no es muy a menudo que alguien que conozco aparece por televisión —decía Harvey.

Al principio no me di cuenta.

—¡Detenga la cinta! —dije—. Rebobine. Sí, justo ahí. Congele la imagen.

En el cuadro aparecía alguien almorzando en segundo plano.

—No —dije en voz baja—. No puede ser.

Carrie Grethen usaba jeans y camisa, y comía un sandwich frente a una mesa con otros empleados del hospital. Al principio no la reconocí porque el pelo le llegaba hasta debajo de las orejas y era de color rojo henna, y la última vez que la vi lo llevaba corto y casi blanco. Pero lo que me atrajo finalmente fueron sus ojos, como un agujero negro. Ella miraba directamente hacia la cámara mientras masticaba, y su mirada era tan fría y malévola como la recordaba.

Me levanté del sillón, me acerqué a la videograbadora y saqué el video.

—Necesito llevarme esto —dije, mi voz al borde del pánico—. Le prometo que se lo devolveremos.

—Está bien. Siempre y cuando no lo olviden. Es la única copia que tengo. —También Sandra Harvey se puso de pie. —¿Se siente bien? Por su aspecto parece que hubiera visto un fantasma.

—Tengo que irme. Gracias de nuevo —dije.

Corrí a la casa de al lado y subí al trote los escalones de la parte de atrás, donde el agua fría formaba un lago de tres centímetros en el piso y seguía goteando desde el techo. Los agentes se movían de aquí para allá tomando fotografías y hablando entre ellos.

—¡Teun! —grité.

Con cuidado me interné más en la casa, pisé zonas donde el piso estaba ausente e hice lo posible por no tropezar. Tuve una vaga conciencia de que un agente dejaba caer el cuerpo quemado de un gato en una bolsa plástica.

—¡Teun! —volví a llamar.

Oí el ruido de pies que chapoteaban y que pisaban partes caídas del techo y de las paredes. De pronto ella estaba a centímetros de mí y me sujetaba el brazo con la mano.

—Epa. Cuidado —comenzó a decir.

—Tenemos que encontrar a Lucy —dije.

—¿Qué ocurre?

Empezó a escoltarme hacia afuera.

—¿Dónde está ella? —pregunté.

—Nos llegó una alarma contra incendios en el centro de la ciudad. Es un almacén y probablemente se trata de un incendio intencional. Kay, ¿qué demonios...?

Estábamos en el jardín y yo aferraba el videocasete como si fuera mi única esperanza de vida.

—Teun, por favor —dije y le sostuve la mirada—. Lléveme a Filadelfia.

—Vamos —dijo.

16

McGovern hizo el viaje de vuelta a Filadelfia en cuarenta y cinco minutos, porque conducía a toda velocidad. Se comunicó por radio con su oficina de campo y habló con ellos por un canal seguro. Aunque todavía era muy cuidadosa con lo que transmitía, dejó bien en claro que quería a todos los agentes disponibles en la calle en busca de Carrie. Mientras esto sucedía, yo hablé con Marino por mi teléfono celular y le dije que abordara un avión enseguida.

—Ella está aquí —le dije.

—Mierda. ¿Benton y Lucy lo saben?

—Lo sabrán en cuanto los encuentre.

—Salgo ya mismo —dijo él.

Yo no creía, y tampoco McGovern, que Carrie estuviera todavía en el condado de Lehigh. Ella quería estar donde pudiera causar más daños, y yo estaba convencida de que de alguna manera sabía que Lucy se había mudado a Filadelfia. Cabía incluso la posibilidad de que Carrie hubiera estado acechándola. Una cosa que pensaba pero que no parecía tener sentido era que los homicidios de Warrenton y el de aquí tenían como objetivo atraer a aquellas personas que habían derrotado a Carrie en el pasado.

—Pero Warrenton pasó antes de que ella escapara de Kirby —me recordó McGovern al doblar a la calle Chestnut.

—Ya lo sé —dije, y el miedo volvió estático mi pulso—. No entiendo nada, salvo que de alguna manera ella está involucrada en todo esto. No es una coincidencia que ella estuviera en ese clip del informativo. Sabía que después del asesinato de Kellie Shephard revisaríamos cualquier cosa que encontráramos. Carrie sabía perfectamente bien que veríamos esa grabación.

El incendio se había producido en un suburbio de la Universidad de Pennsylvania. Ya estaba oscuro y los destelladores de emergencia eran visibles desde kilómetros. Los patrulleros policiales habían cerrado dos cuadras de la calle. Había por lo menos ocho autobombas y cuatro camiones con escaleras, y a más de veinte metros de altura, los bomberos trataban de controlar el fuego del techo humeante. En la noche se oían los motores diesel y el estruendo del agua a alta presión que caía sobre la madera y rompía vidrios. Las mangueras hinchadas serpenteaban por la calle y el agua llegaba a las tazas de los automóviles estacionados que tardarían bastante en ir a alguna parte.

Fotógrafos y equipos de informativos recorrían las veredas y de pronto se pusieron alertas cuando McGovern y yo nos apeamos.

—¿El ATF está involucrado en este caso? —preguntó una reportera de televisión.

—Sólo estamos aquí para echar un vistazo —respondió McGovern mientras seguíamos caminando.

—Entonces, ¿se sospecha que éste es un incendio intencional como el de los otros almacenes?

El micrófono nos seguía y nuestras botas salpicaban.

—Se está investigando —dijo McGovern—. Y usted tiene que quedarse aquí, señora mía.

La reportera quedó junto al capó de una autobomba mientras McGovern y yo nos acercábamos más a la tienda. Las llamas habían alcanzado también la barbería de al lado, donde bomberos con hachas y picos practicaban agujeros cuadrados en el techo. Agentes del ATF con chalecos antibala entrevistaban a testigos potenciales, e investigadores en traje de fajina y cascos entraban y salían del sótano. Alcancé a oír algo sobre interruptores de palanca, medidores y robo de servicio. Se elevaban columnas de humo negro y parecía haber sólo un sector en el *plenum* que se empecinaba en mantener las llamas.

—Ella puede estar adentro —me dijo McGovern al oído.

La seguí más de cerca. La vidriera estaba abierta y parte de su contenido fluía hacia afuera en un río de agua fría. Latas de atún, bananas ennegrecidas, papel higiénico, bolsas de papas fritas y frascos de aderezo para ensalada navegaban alegremente hacia el exterior, y un bombero rescató una lata de café y se encogió de hombros al arrojarla al interior de su camión. Los fuertes haces de los reflectores hendían el interior negro y humeante de ese almacén devastado e iluminaban vigas retorcidas como si fueran melcocha y cables que colgaban, enmarañados, de los tirantes.

—¿Lucy Farinelli está aquí? —gritó McGovern.

—La última vez que la vi estaba afuera hablando con el dueño —gritó de vuelta una voz de hombre.

—Tengan cuidado allá adentro —dijo McGovern en voz alta.

—Sí, bueno, el problema que tenemos es cortar la electricidad. Debe de tener la entrada en el sótano. ¿Podría fijarse si es así?

—Lo haré.

—De modo que esto es lo que hace mi sobrina —dije cuando McGovern y yo retrocedíamos hacia la calle vadeando de nuevo el agua en la que más alimentos enlatados pasaban flotando.

—En sus buenos días. Creo que su unidad es la número 718. Veré si puedo comunicarme con ella.

McGovern se acercó a los labios el transmisor portátil y buscó a Lucy por el aire.

—¿Qué tienes? —preguntó la voz de mi sobrina.

—¿Estás en medio de algo?

—Ya estoy terminando.

—¿Puedes reunirte con nosotros en el frente?

—Ya voy.

Mi alivio fue evidente, y McGovern me sonrió. Los bomberos estaban negros con el hollín y el sudor. Los observé moverse con lentitud con sus botas, arrastrar mangueras sobre los hombros y beber un líquido verde que quitaba la sed que mezclaban en jarras plásticas. En un camión se habían instalado luces intensas y el resplandor era duro y confuso y convertía la escena en algo irreal. Los amantes del fuego habían brotado de la oscuridad y tomaban fotografías con cámaras descartables, mientras una serie de vendedores ofrecían incienso y relojes falsos.

Cuando Lucy finalmente se reunió con nosotros, el humo había disminuido y era blanco, lo cual indicaba la presencia de mucho vapor. El agua estaba llegando al origen del fuego.

—Bien —comentó McGovern al observarlo—. Creo que ya casi lo logramos.

—La teoría del dueño —fue lo primero que dijo Lucy—, es que se debió a las ratas que se comieron los cables eléctricos.

Me miró con expresión extraña.

—¿Qué te trajo aquí? —preguntó.

—Parece que Carrie está involucrada en el incendio intencional y el homicidio de Lehigh —contestó McGovern por mí—. Y es posible que todavía esté en la zona, quizás incluso aquí, en Filadelfia.

—¿Qué? —Lucy parecía atónita—. ¿Cómo? ¿Y lo de Warrenton?

—Ya lo sé —repliqué—. Parece inexplicable. Pero existen paralelos muy definidos.

—Así que tal vez éste no es más que una copia —dijo entonces mi sobrina—. Ella leyó lo del otro e hizo esto para hacer que nos moviéramos de un lugar a otro.

Pensé de nuevo en la partícula metálica y en el punto de origen del fuego. En las noticias no habían aparecido detalles como esos. Como tampoco se informó que Claire Rawley había sido asesinada con un instrumento cortante muy filoso, como un cuchillo, y yo no podía dejar de pensar en otra similitud: tanto Rawley como Shephard eran hermosas.

—Tenemos muchos agentes en la calle —le dijo McGovern a Lucy—. La cuestión es estar siempre alerta, ¿sí? Y, Kay —dijo y me miró—. Éste puede no ser el mejor lugar para que usted esté.

Yo no le contesté. En cambio, le dije a Lucy:

—¿Tuviste noticias de Benton?

—No.

—No lo entiendo —murmuré—. Me pregunto dónde puede estar.

—¿Cuándo fue la última vez que hablaste con él?

—En la morgue. Se fue diciendo que iba a la escena. ¿Y se quedó allí alrededor de una hora? —le pregunté a McGovern.

—Más o menos. ¿No habrá vuelto a Nueva York, o quizás a Richmond? —me preguntó.

—Estoy segura de que me lo habría dicho. Trataré de localizarlo con el pager. Tal vez cuando llegue aquí Marino sabrá algo de él

—agregué mientras las mangueras de incendio seguían disparando agua y una fina llovizna se instalaba sobre nosotros.

Era casi la medianoche cuando Marino vino a mi habitación del hotel, y él no sabía nada de Benton.

—No me parece que deberías quedarte aquí sola —dijo enseguida, y estaba agitado y desaliñado.

—¿Me puedes decir dónde estaría más a salvo? No sé qué está ocurriendo. Benton no me dejó ningún mensaje y no responde a su pager.

—Ustedes dos no se habrán peleado o algo así, ¿verdad que no?

—Por el amor de Dios —dije, exasperada.

—Bueno, tú me lo preguntaste y yo sólo trato de ayudar.

—Ya lo sé.

Respiré hondo y traté de serenarme.

—¿Qué hay de Lucy?

Se sentó en el borde de mi cama.

—Se declaró un incendio bastante grande cerca de la universidad. Lo más probable es que ella siga allá —respondí.

—¿Un incendio intencional?

—No creo que lo sepan todavía.

Estuvimos callados un momento, y mi tensión aumentó.

—Mira —dije—. Podemos quedarnos aquí y esperar sólo Dios sabe qué. O podemos salir. Yo no estoy en condiciones de dormir.

Comencé a pasearme por la habitación.

—No pienso quedarme aquí sentada toda la noche mientras me preocupo por lo que estará haciendo Carrie, maldición.

Los ojos se me llenaron de lágrimas.

—Benton tiene que estar allá afuera en alguna parte. Tal vez en la escena del incendio con Lucy. No sé.

Le di la espalda y contemplé el puerto por la ventana. Me temblaba la respiración en el pecho y tenía las manos tan frías que las uñas se me habían puesto azules.

Marino se puso de pie y supe que me observaba.

—Ven —dijo—. Vayamos a comprobarlo.

Cuando llegamos a la escena del incendio de la calle Walnut, la actividad había disminuido en forma considerable. Casi todas las autobombas se habían ido y los pocos bomberos que seguían trabajando se sentían exhaustos y en ese momento enrollaban las mangueras. Un humo cargado de vapor se elevaba de la zona del *plenum* de la tienda, pero no alcancé a ver llamas, y desde el interior se oían voces y pisadas cuando el haz de luz intenso de los reflectores cortaba la oscuridad y se reflejaba en los trozos de vidrio roto. Avancé por el agua junto a más escombros y productos de almacén pasaban flotando, y cuando llegué a la entrada oí la voz de McGovern. Decía algo sobre un médico forense.

—Tráiganlo aquí enseguida —ladró—. Y tengan cuidado al caminar, ¿entendido? No sabemos bien qué hay diseminado por el piso y no quiero que pisemos nada.

—¿Alguien tiene una cámara?

—Muy bien, yo tengo un reloj de hombre con caja de acero inoxidable. El cristal está astillado. ¿Tenemos un par de esposas?

—¿Qué dijiste?

—Ya me oíste. Esposas marca Smith & Wesson, auténticas. Y cerradas con llave, como si alguien las tuviera puestas. De hecho, tienen dos vueltas de llave.

—Bromeas.

Seguí abriéndome camino mientras gruesas gotas de agua fría caían sobre mi casco y me corrían por el cuello. Reconocí la voz de Lucy, pero no llegué a entender lo que decía. Parecía casi histérica, y de pronto hubo muchas salpicaduras y una gran conmoción.

—¡Sosténte, sosténte! —ordenó McGovern—. ¡Lucy! ¡Que alguien la saque de aquí!

—¡No! —gritó Lucy.

—Vamos, vamos —dijo McGovern—. Tengo tu brazo. Tranquila, ¿sí?

—¡No! —gritó Lucy—. ¡No! ¡No! ¡No!

Entonces se oyó ruido a una gran salpicadura y un grito de sorpresa.

—Por Dios. ¿Estás bien? —preguntó McGovern.

Yo estaba a mitad de camino cuando vi que McGovern ayudaba a Lucy a ponerse de pie. Mi sobrina estaba histérica y la mano le sangraba, pero no parecía importarle. Caminé por el agua hacia ellas con el corazón apretado y de pronto tuve la sensación de que mi sangre se había vuelto tan fría como el agua sobre la que chapoteaba.

—Déjame ver —dije y con mucha suavidad tomé la mano de Lucy y la iluminé con mi linterna.

La pobre temblaba muchísimo.

—¿Cuándo fue la última vez que te diste la vacuna contra el tétano? —pregunté.

—Tía Kay —gimió—. Tía Kay.

Lucy se me prendió del cuello y las dos estuvimos a punto de caer. Lloraba tanto que no podía hablar, y su abrazo era como una morsa contra mis costillas.

—¿Qué pasó? —le pregunté a McGovern.

—Las sacaré a las dos de aquí ahora —dijo ella.

—¡Dígame qué ocurrió!

No pensaba ir a ninguna parte hasta que me lo dijera. Ella volvió a vacilar.

—Encontramos algunos restos humanos. Una víctima quemada. Kay, por favor.

Me tomó del brazo y yo me aparté de ella de un tirón.

—Tenemos que salir —dijo.

Me alejé de ella y miré hacia un rincón que quedaba a mis espaldas, donde los investigadores hablaban entre sí y salpicaban y vadeaban mientras los haces de luz sondeaban.

—Hay más huesos allá —decía alguien—. No, bórralo. Es madera quemada.

—Bueno, esto no es madera.

—Mierda. ¿Dónde está el médico forense?

—Yo me ocuparé de esto —le dije a McGovern como si ésa fuera mi escena—. Saque a Lucy y envuélvale la mano con una toalla limpia. Yo la atenderé dentro de un momento. Lucy —le dije entonces a mi sobrina—. Estarás bien.

Solté sus brazos de mi cuello y comencé a temblar. De alguna manera, lo supe.

—Kay, no vaya hacia allá. —McGovern alzó la voz. —¡No lo haga!

Pero ahora supe que debía hacerlo, y de pronto las dejé y avancé hacia ese rincón, y casi tropecé cuando se me aflojaron las rodillas. Los investigadores callaron cuando yo me acerqué, y al principio no supe qué estaba mirando cuando seguí los haces de luz de sus linternas hasta algo chamuscado que estaba mezclado con papel y aislación empapados con agua, algo sobre yeso caído y trozos de madera ennegrecida.

Entonces vi la forma de un cinturón y su hebilla, y el fémur que asomaba parecía un palo grueso quemado. El corazón me latía con tanta fuerza que parecía querer salírseme del pecho cuando esa forma se convirtió en los restos quemados de un cuerpo unido a una cabeza ennegrecida que no tenía facciones, sólo parches de pelo plateado tiznado.

—Déjenme que vea su reloj —dije, mirando fijo a los investigadores.

Uno de ellos lo extendió y yo se lo tomé de la mano. Era un Breitling de hombre de acero inoxidable, modelo Aerospace.

—No —murmuré mientras me arrodillaba en el agua—. Por favor, no.

Me cubrí la cara con las manos y mi mente se puso en blanco. Me balanceé y mi visión falló. Entonces una mano me sujetó. Y me subió bilis a la garganta.

—Vamos, Doc —dijo con suavidad una voz mientras un par de manos me levantaban y me ponían de pie.

—No puede ser él —grité—. Dios, por favor, no permitas que lo sea. Por favor, por favor, por favor.

Yo no parecía poder mantenerme en pie, y fue necesario que dos agentes me sacaran mientras yo hacía lo que podía para reunir los fragmentos de lo que quedaba de mí. No hablé con nadie cuando me devolvieron a la calle, y caminé como un espectro hacia el Explorer de McGovern, en cuya parte de atrás estaba ella y en ese momento sostenía una toalla empapada en sangre alrededor de la mano izquierda de Lucy.

—Necesito un kit de primeros auxilios —me oí decirle a McGovern.

—Quizá sería mejor llevarla al hospital. —Su voz volvió a mí mientras me miraba fijo y en sus ojos había miedo y lástima.

—Consígalo —dije.

McGovern extendió el brazo por sobre el asiento para buscar algo atrás. Puso un estuche color anaranjado sobre el asiento y lo abrió. Lucy estaba casi en shock, se sacudía con violencia y tenía la cara blanca como el papel.

—Necesita una manta —dije.

Le saqué la toalla y le lavé la mano con agua envasada. Un trozo grueso de piel de su dedo pulgar estaba casi separado, y lo pinté generosamente con betadina, y el olor a yodo me perforó los senos frontales mientras todo lo que acababa de ver se convirtió en un mal sueño. No era verdad.

—Necesita unos puntos —dijo McGovern.

No había sucedido. Era una pesadilla.

—Deberíamos ir al hospital para que le cosan la herida.

Pero yo ya había sacado los apósitos esterilizados y me disponía a unir los bordes de la herida con un adhesivo porque sabía que no sería posible dar puntos. Me corrían lágrimas por la cara cuando terminé mi trabajo con una gruesa capa de gasa. Cuando levanté la vista y miré por la ventanilla, comprobé que Marino se encontraba de pie junto a mi portezuela. Su cara estaba distorsionada por la pena y la furia. Parecía a punto de vomitar. Salí del Explorer.

—Lucy, tienes que venir conmigo —dije y la tomé del brazo. Yo siempre había podido funcionar mejor cuando me ocupaba de otra persona. —Vamos.

Las luces de emergencia destellaron en nuestras caras, y la noche y las personas que la poblaban me parecieron desconectadas y extrañas. Marino se alejó de allí con nosotros mientras la furgoneta del médico forense se acercaba. Habría rayos x, registros dentales, incluso quizás estudios de ADN para confirmar la identificación. Lo más probable era que el proceso llevara tiempo, pero no importaba. Yo ya lo sabía. Benton estaba muerto.

17

Según la mejor reconstrucción que se pudo hacer de los hechos, Benton fue atraído a su espantosa muerte. No teníamos ninguna pista con respecto a qué lo hizo ir a ese pequeño almacén de la calle Walnut o si, quizás, había sido secuestrado en alguna otra parte y después obligado a subir al *plenum* de ese pequeño edificio en esa parte siniestra de la ciudad. Pensamos que en algún momento lo habían esposado y la búsqueda continua también encontró alambre torcido en forma de ocho con el que posiblemente habían atado los tobillos que después se quemaron.

Se recuperaron las llaves de su auto y su billetera, pero no su pistola Sig Sauer de nueve milímetros ni su anillo de sello de oro. Había dejado algunas prendas de vestir en la habitación del hotel, y su portafolio, que fue revisado y después me entregaron a mí. Yo me quedé a pasar la noche en la casas de Teun McGovern. Ella tenía agentes apostados en la propiedad, porque Carrie todavía estaba allá afuera en alguna parte, y era sólo cuestión de tiempo.

Ella terminaría lo que había empezado, y la pregunta trascendental era, en realidad, quién sería el siguiente y si tendría éxito. Marino se había mudado al pequeño departamento de Lucy y montaba guardia desde su sofá. Ninguno de los tres tenía nada que decirle a los otros porque en realidad no había nada que decir. Lo hecho estaba hecho.

McGovern había tratado de llegar a mí. En varias oportunidades de la noche previa me llevó té o comida a mi habitación, que tenía una ventana con cortinas azules que daba a las paredes de ladrillo y los faroles de bronce de la hilera de casas de Society Hill. Fue lo suficientemente sabia como para no forzar nada, y yo estaba demasiado destruida como para hacer otra cosa que dormir. Desperté sintiéndome descompuesta y entonces comprendí por qué.

Yo no recordaba mis sueños. Lloré hasta tener los ojos tan hinchados que casi no podía abrirlos. El jueves por la mañana, tarde, me di una ducha prolongada y entré en la cocina de McGovern. Ella usaba un traje azul Prusia, bebía café y leía el periódico.

—Buenos días —dijo, sorprendida y satisfecha de que yo me hubiera aventurado fuera de la puerta cerrada de mi cuarto—. ¿Cómo se siente?

—Dígame qué está pasando —dije.

Me senté frente a ella. McGovern apoyó su taza de café sobre la mesa y empujó hacia atrás su silla.

—Le serviré un café —dijo.

—Dígame qué está pasando —repetí—. Quiero saber, Teun. ¿Ya encontraron algo? Me refiero a la morgue.

Por un momento ella pareció confundida, y contempló por la ventana una vieja planta de magnolia llena de flores fláccidas y marrones.

—Todavía están trabajando en él —dijo por último—. Pero todo parece indicar que es posible que le cortaran la garganta. Había cortes en los huesos de su cara. Aquí y allá.

Se señaló la mandíbula izquierda y el espacio entre los ojos.

—No había hollín ni quemaduras en su tráquea, y tampoco monóxido de carbono. Así que ya estaba muerto cuando se inició el fuego —me dijo—. Lo siento, Kay... Bueno, no sé qué decir.

—¿Cómo es posible que nadie lo haya visto entrar en el edificio? —pregunté como si no hubiera caído en la cuenta del horror de lo que ella acababa de decir—. ¿Alguien tal vez lo obliga a entrar a punta de pistola y nadie vio nada?

—El almacén cerró a las cinco de la tarde —respondió ella—. No hay señales de que alguien haya forzado la puerta y por alguna razón la alarma contra ladrones no estaba conectada, así que no sonó. Hemos tenido problemas con esos lugares que se prenden fuego para cobrar el dinero del seguro. De una manera o de otra, siempre termina involucrada la misma familia paquistaní.

Bebió un sorbo de café.

—El mismo modus operandi —prosiguió ella—. El fuego se inicia poco después del cierre de la tienda, y nadie del vecindario vio nada.

—¡Esto no tiene nada que ver con el dinero del seguro! —dije con repentina furia.

—Por supuesto que no —fue la respuesta tranquila de ella—. O al menos, no directamente. Pero si quiere escuchar mi teoría, se la diré.

—Dígamela.

—Quizá Carrie fue quien...

—¡Desde luego que sí!

—Lo que digo es que es posible que ella hubiera conspirado con el dueño para prenderle fuego al lugar. Hasta cabe la posibilidad de que él le haya pagado para hacerlo, sin tener la menor idea de cuál era el propósito real de ella. Como es lógico, esto debe de haber exigido cierto planeamiento.

—Durante años ella no tuvo otra cosa que hacer que planearlo.

Volví a sentir el pecho apretado y las lágrimas me formaron una bola en la garganta y me llenaron los ojos.

—Me voy a casa —anuncié—. Tengo que hacer algo. No puedo quedarme aquí.

—Creo que para usted será mejor... —intentó protestar ella.

—Tengo que calcular qué hará Carrie a continuación —dije, como si eso fuera posible—. Tengo que imaginar cómo está haciendo lo que hace. Debe haber un plan maestro, alguna rutina, algo más en todo esto. ¿Encontraron algunas partículas metálicas?

—No era mucho lo que quedaba. Él estaba en el *plenum,* el punto de origen. Allí había una carga de combustible de alguna clase, pero no sabemos en qué consistía, salvo que había muchas bolitas de telgopor flotando por todas partes. Y esas cosas sí que arden. Hasta el momento no se detectaron acelerantes.

—Teun, las virutas metálicas del caso Shephard. Llevémoslas a Richmond para poder compararlas con lo que tenemos. Sus investigadores pueden entregárselas a Marino.

Ella me miró con una expresión que era escéptica, cansada y triste.

—Usted necesita enfrentar esto, Kay —dijo—. Permita que nosotros hagamos el resto.

—Lo estoy enfrentando, Teun.

Me levanté de la silla y la miré.

—De la única manera que puedo —dije—. Por favor.

—Realmente no debería estar más en este caso. Y pondré a Lucy en una licencia administrativa durante por lo menos una semana.

—Usted no me apartará de este caso —le dije—. De ninguna manera lo permitiré.

—Usted no está en condiciones de ser objetiva.

—¿Qué haría usted si fuera yo? —pregunté—. ¿Se iría a su casa y no haría nada?

—Pero yo no soy usted.

—Respóndame —dije.

—Nadie podría impedirme trabajar en el caso. Estaría obsesionada. Haría justo lo que está haciendo usted —dijo y también se puso de pie—. Haré lo que pueda para ayudarla.

—Gracias —dije—. Que Dios la bendiga, Teun.

Me observó un momento, apoyada contra la mesada, las manos metidas en los bolsillos de los pantalones.

—Kay, no se culpe por esto —dijo.

—Culpo a Carrie —contesté, y en mis ojos se agolparon lágrimas amargas—. Es exactamente a ella a quien culpo.

18

Varias horas después, Marino nos llevaba a Lucy y a mí de vuelta a Richmond. Fue el viaje en auto más espantoso que recuerdo: los tres mirábamos hacia afuera y no decíamos nada, y en el aire flotaba una depresión opresiva. No parecía verdad, y cada vez que la verdad volvía a golpearme, fue como recibir un puñetazo en el pecho. Las imágenes de Benton eran intensas en mí mente. Yo no sabía si era una gracia o una inmensa tragedia el que no hubiéramos pasado nuestra última noche juntos en la misma cama.

En cierto modo, no estaba segura de poder soportar los recuerdos recientes de su roce, su aliento, la forma en que se sentía en mis brazos. Entonces deseé abrazarlo y hacer el amor de nuevo con él. Mi mente siguió diferentes caminos hacia espacios sombríos en los que los pensamientos quedaban atrapados con la realidad de tener que enfrentar las posesiones de Benton que había en mi casa, incluyendo su ropa.

Sus restos tendrían que ser enviados a Richmond y, a pesar de todo lo que yo sabía sobre la muerte, ninguno de los dos había dedicado mucha atención a la nuestra ni a los servicios fúnebres que desearíamos ni dónde queríamos ser enterrados. No quisimos pensar en nuestras muertes, así que no lo hicimos.

La I-95 era una autopista borrosa que se prolongaba eterna-
mente por entre un tiempo detenido. Cuando las lágrimas se agolparon en mis ojos, giré hacia la ventanilla y oculté mi cara. Lucy
estaba en silencio en el asiento trasero, su furia, dolor y miedo tan
palpable como una pared de concreto.

—Voy a abandonar mi trabajo —dijo por último cuando
pasábamos por Fredericksburg—. Basta para mí. Encontraré un
empleo en alguna parte. Quizás en algo que tenga que ver con computación.

—Mentira —dijo Marino, que la miraba por el espejo retrovisor—. Es justo lo que esa hija de puta quiere que hagas. Que aban-
dones un organismo de aplicación de la ley. Quiere que seas una
perdedora y una fracasada.

—Soy una perdedora y una fracasada.

—Otra maldita mentira —dijo él.

—Ella lo mató por culpa mía —continuó Lucy con el mismo
tono monocorde.

—Lo mató porque quería. Y podemos quedarnos aquí sentados
y llorar, o podemos tratar de pensar qué haremos antes de que ella
liquide a uno de nosotros.

Pero mi sobrina no quería ser consolada. En forma indirecta,
nos había expuesto a todos a Carrie hacía mucho tiempo.

—Carrie quiere que tú te culpes por todo esto —le dije.

Lucy no me contestó y yo giré la cabeza para mirarla. Vestía
pantalones de fajina sucios y botas, y su pelo era un caos. Todavía
tenía olor a fuego, porque no se había bañado. Por lo que sabía,
tampoco había comido ni dormido. Su mirada era chata y dura. Sus
ojos tenían el brillo frío de la decisión que acababa de tomar, y yo
había visto antes esa expresión, cuando la desesperación y la hos-
tilidad la volvían autodestructiva. Una parte de ella deseaba morir,
o quizás una parte suya ya había muerto.

Llegamos a casa a las cinco y media, y los rayos oblicuos del sol
eran cálidos y brillantes, y el cielo azul era brumoso pero sin nubes.
Levanté los periódicos que había en los escalones del frente y me
resultó muy doloroso ver en la primera página titulares sobre la
muerte de Benton. Aunque la identificación era tentativa, se creía
que había muerto en un incendio en circunstancias muy sospechosas mientras cooperaba con el FBI en una cacería nacional en
busca de la fugitiva asesina Carrie Grethen. Los investigadores se

negaban a precisar por qué estaba Benton en el interior de ese pequeño almacén que se había incendiado o si de alguna manera lo habrían atraído hacia allí.

—¿Qué quieres hacer con todo esto? —preguntó Marino.

Había abierto el baúl del auto, donde tres grandes bolsas de papel marrón contenían los efectos personales recogidos de la habitación que Benton ocupaba en el hotel. Yo no me decidía.

—¿Quieres que lo ponga en tu oficina? —preguntó—. O, si quieres, puedo revisarlo, Doc.

—No, sólo déjalo aquí —dije.

El papel crujió cuando él entró las bolsas en la casa y las llevó al hall. Sus pasos eran pesados y lentos, y cuando regresó al frente de la casa, yo seguía parada junto a la puerta abierta.

—Te llamaré más tarde —dijo—. Y no se te ocurra dejar esta puerta abierta, ¿me has oído? La alarma debe estar conectada y Lucy no debería ir a ninguna parte.

—No te preocupes.

Lucy había dejado caer su equipaje en su dormitorio, cerca de la cocina, y por la ventana observaba alejarse a Marino en su auto. Yo me le acerqué por atrás y con suavidad le puse las manos en los hombros.

—No dejes tu trabajo —le dije y apoyé la frente sobre su nuca.

Ella no giró la cabeza y sentí cómo el pesar la estremecía.

—Estamos en esto juntas, Lucy —continué en voz baja—. En realidad somos todo lo que queda. Sólo tú y yo. Benton querría que estuviéramos unidas en esto. No querría que tú renunciaras. ¿Qué haría yo entonces, eh? Si renuncias, también estarás renunciando a mí.

Lucy comenzó a sollozar.

—Te necesito. —Casi no podía hablar. —Más que nunca.

Ella se dio media vuelta y se colgó de mí como solía hacerlo cuando era una chiquilla asustada que tenía hambre de afecto. Sus lágrimas me mojaron el cuello y por un rato nos quedamos de pie en medio de un cuarto todavía lleno de equipos de computación y libros de escuela, con paredes tapizadas con pósters de los héroes de su adolescencia.

—Es mi culpa, tía Kay. Todo es culpa mía. ¡Yo lo maté! —gritó.

—No —dije y la apreté fuerte mientras mis lágrimas fluían.

—¿Cómo podrás perdonarme alguna vez? ¡Yo te lo quité!

—No es así. Tú no hiciste nada, Lucy.

—No puedo vivir con esto.

—Puedes y lo harás. Necesitamos ayudarnos mutuamente a vivir con esto.

—Yo también lo amaba. Hizo tantas cosas por mí. Consiguió que entrara en el FBI; me dio esa oportunidad. Y me apoyó siempre. En todo.

—Todo estará bien —dije.

Lucy se apartó de mí, se desplomó en el borde de la cama y se secó la cara con el faldón de su camisa azul llena de hollín. Apoyó los codos en las rodillas y dejó caer la cabeza, mientras observaba cómo sus propias lágrimas caían como una lluvia sobre el piso de madera.

—Te juro que es así, y tienes que escucharme —dijo en voz baja y dura—. No estoy segura de poder seguir, tía Kay. Para todos hay un punto, un punto en que todo empieza y todo termina. En que no pueden seguir adelante. Ojalá ella me hubiera matado a mí, en cambio. Tal vez me habría hecho un favor.

La observé estar dispuesta a morir frente a mis ojos.

—Si yo no sigo, tía Kay, tienen que entenderlo y no culparte de nada —farfulló y se secó la cara con la manga.

Me acerqué y le levanté el mentón. Estaba caliente y el olor de su aliento y de su cuerpo no era muy agradable.

—Ahora escúchame tú —dije, con una intensidad que en el pasado la habría asustado—. Sácate esa idea de la cabeza ahora mismo. Te alegras de no haber muerto, y no vas a suicidarte, si eso es lo que quisiste dar a entender, y yo opino que sí. ¿Sabes qué hay detrás de un suicidio, Lucy? Furia y venganza. ¿Le harás eso a Benton? ¿Se lo harás a Marino? ¿Me lo harás a mí?

Le sostuve la cara con las manos hasta que me miró.

—¿Permitirás que esa porquería que es Carrie te haga eso? —pregunté—. No te atrevas a hacerme pasar el resto de mi vida con el eco de un disparo resonando interminablemente en mi mente. No creí que eras cobarde.

—No lo soy.

Sus ojos se enfocaron en los míos.

—Mañana iniciaremos el contraataque —expresé.

Ella asintió y tragó fuerte.

—Ve a ducharte —dije.

Esperé hasta oír que el agua corría en su cuarto de baño y entonces fui a la cocina. Necesitábamos comer, aunque dudaba que alguna de las dos tuviera ganas de hacerlo. Descongelé pechugas de pollo y las cociné en caldo con los vegetales frescos que pude encontrar. Fui liberal con el romero, las hojas de laurel y el jerez, pero no con cosas más fuertes, ni siquiera pimienta, porque necesitábamos algo sedante. Marino llamó dos veces mientras comíamos para asegurarse de que estuviéramos bien.

—Puedes venir a visitarnos —le dije—. Hice sopa, aunque tal vez esté un poco liviana para ti.

—Estoy bien —dijo él, y yo sabía que no lo decía en serio.

—Tengo suficiente espacio, si quieres pasar la noche aquí. Debería habértelo preguntado más temprano.

—No, Doc. Tengo cosas que hacer.

—Yo iré a la oficina a primera hora de la mañana —dije.

—No sé cómo puedes hacerlo —replicó con tono de censura, como si el hecho de que pensar en el trabajo significara que yo no demostraba lo que debería estar demostrando en este momento.

—Tengo un plan. Y pienso llevarlo adelante llueva o truene —dije.

—Detesto cuando comienzas a planear cosas.

Corté la comunicación y levanté los platos de sopa vacíos de la mesa de la cocina, y cuanto más pensaba en lo que iba a hacer, más maníaca me ponía.

—¿Cuánto te costaría conseguir un helicóptero? —le pregunté a mi sobrina.

—¿Qué? —Parecía atónita.

—Ya me oíste.

—¿Te importa que te pregunte para qué? Ya sabes, no puedo pedir uno como si fuera un taxi.

—Llama a Teun —dije—. Dile que yo me hago cargo del negocio y que necesito toda la cooperación que pueda recibir. Dile que si todo sale como espero, necesitaré que ella y su equipo se reúnan conmigo en Wilmington, Carolina del Norte. Todavía no sé cuándo. Quizá ya mismo. Pero necesito rienda libre. Tendrán que confiar en mí.

Lucy se puso de pie y se acercó a la pileta para llenar su vaso de agua.

—Esto es una locura —dijo.

—¿Puedes o no conseguir un helicóptero?

—Si me dan permiso, sí. La Patrulla de Frontera los tiene. Son los que usamos por lo general. Lo más probable es que pueda conseguir uno de D.C.

—Bien —dije—. Consíguelo lo más pronto que puedas. Por la mañana iré a los laboratorios para confirmar lo que ya creo saber. Entonces tal vez nos vayamos a Nueva York.

—¿Por qué?

Parecía interesada, pero escéptica.

—Aterrizaremos en Kirby y me propongo llegar al fondo de las cosas —le contesté.

Marino volvió a llamar cerca de las diez, y una vez más le aseguré que Lucy y yo estábamos tan bien como cabía esperarse, y que nos sentíamos a salvo en el interior de mi casa, con su sofisticado sistema de alarma, de luces y de armas. La voz de él me pareció turbia y gruesa, y me di cuenta de que había estado bebiendo. Tenía el televisor a todo volumen.

—Necesito que te reúnas conmigo a las ocho en el laboratorio —dije.

—Ya lo sé, ya lo sé.

—Es muy importante, Marino.

—Eso no necesitas decírmelo, Doc.

—¿Por qué no duermes un rato?

—Lo mismo digo.

Pero no pude hacerlo. Permanecí sentada frente a mi escritorio en el estudio y me puse a repasar las muertes sospechosas en casos de incendio, incluidas en la ESA. Estudié la muerte de Venice Beach, y después la de Baltimore, y me esforcé por ver qué tenían en común, si es que lo tenían, los casos y las víctimas, además del punto de origen del fuego y del hecho de que aunque se sospechaba que el incendio había sido intencional, los investigadores no habían podido encontrar ninguna prueba de ello. Llamé primero al departamento de policía de Baltimore y en la división detectives encontré a alguien dispuesto a conversar.

—Johnny Montgomery trabajó en ese caso —dijo el detective, y oí que fumaba.

—¿Usted sabe algo al respecto? —pregunté.

—Será mejor que hable con él. Lo más probable es que Johnny necesite alguna manera de saber que usted es quien dice ser.

—Puede llamarme por la mañana a mi oficina para verificarlo —dije y le di el número de teléfono—. Yo estaré allí a partir de las ocho. ¿Qué me dice del correo electrónico? ¿El investigador Montgomery tiene una dirección a la que yo podría enviar una nota?

—Eso sí puedo dárselo.

—Tengo la sensación de que la he oído antes —dijo el detective con tono pensativo—. Usted debe ser la médica forense que creo. Y por cierto es muy bonita, a juzgar por lo que vi por televisión. Mmmm. ¿Alguna vez va a Baltimore?

—Yo asistí a la facultad de medicina en su ciudad.

—Bueno, ahora sí que sé que es inteligente.

—Austin Hart, el joven que murió en el incendio, también había estudiado en Johns Hopkins —dije para acicatearlo.

—También era un homosexual. Personalmente, creo que fue un homicidio movido por el odio.

—Lo que necesito es una fotografía de él y cualquier cosa sobre su vida, sus hábitos, sus pasatiempos. —Aproveché el momentáneo silencio del detective.

—Sí, claro. —Fumó. —Era uno de esos maricas. Oí decir que trabajaba de modelo para poder costearse sus estudios de medicina. Avisos de Calvin Klein y esa clase de cosas. Probablemente lo hizo un amante celoso. La próxima vez que venga a Baltimore, Doc, tiene que ir a Camden Yards. ¿Está enterada de la existencia del nuevo estadio?

—Por supuesto —repliqué, mientras procesaba lo que él acababa de decirme.

—Si quiere, le puedo conseguir entradas.

—Eso sería muy agradable. Me pondré en contacto con el investigador Montgomery. Le agradezco mucho su ayuda.

Corté antes de que él pudiera preguntarme cuál era mi equipo preferido de béisbol, y enseguida le envié a Montgomery un e-mail en el que le delineaba mis necesidades, aunque sentía que ya tenía suficiente. A continuación traté de comunicarme con la División Pacífico del Departamento de Policía de Los Ángeles, que cubría Venice Beach, y tuve suerte. El investigador que había trabajado en el caso de Marlene Farber estaba de turno esa noche y acababa de entrar. Se llamaba Stuckey y no necesitó verificar que yo era quien alegaba ser.

—Ojalá alguien pudiera solucionar el caso por mí —dijo sin ambages—. Seis meses y todavía nada. Ni un dato que sirviera de algo.

—¿Qué puede decirme de Marlene Farber? —pregunté.

—Trabajaba cada tanto en Hospital General. Y en Northern Exposure. ¿La vio alguna vez?

—No suelo ver mucha televisión. Sólo PBS.

—¿A ver? ¿Dónde más trabajó? Ah, sí. En Ellen. Ningún papel importante, pero quién sabe hasta dónde podía haber llegado. Era una preciosura. Salía con algún productor, y estamos bastante seguras de que él no tuvo nada que ver con lo que pasó. Lo único que le importaba a ese tipo era la cocaína y acostarse con todas las jóvenes estrellas a las que les conseguía un papel. Después de que me asignaron al caso, estuve viendo un montón de videos de los programas en los que ella actuaba. No era mala actriz. Es una lástima.

—¿Alguna cosa extraña en la escena del incendio? —pregunté.

—Todo era extraño allí. No tengo la menor idea de cómo pudo haberse iniciado el fuego en el cuarto de baño principal de la planta baja, y tampoco supo explicárselo el ATF. Allí no había nada combustible salvo el papel higiénico y las toallas. Ninguna señal tampoco de que alguien hubiera entrado por la fuerza, y la alarma contra ladrones no sonó.

—Investigador Stuckey, ¿por casualidad los restos de esa mujer se encontraron en la bañera?

—Ésa es otra cosa extraña, a menos que fuera una suicida. Tal vez encendió el fuego y se cortó las muñecas o algo así. Muchas personas se cortan las muñecas en la bañera.

—¿Alguna microprueba que valiera la pena?

—Señora, ella estaba convertida en tiza. Parecía salida de un crematorio. Quedaba suficiente de la zona del torso para que la identificaran con rayos X, pero más allá de eso, hablamos de algunos dientes, trozos de hueso y algo de cabello.

—¿Por casualidad ella trabajó como modelo? —pregunté entonces.

—Eso, comerciales de televisión y avisos para revistas. Tenían bastante buen pasar. Conducía un Viper negro y vivía en una casa muy linda con vista al mar.

—¿Puede enviarme por correo electrónico las fotografías y los informes que tenga?

—Déme su dirección y veré qué puedo hacer.

—Lo necesito muy rápido, investigador Stuckey —dije.

Cuando colgué, mi mente era un remolino. Cada una de las víctimas era físicamente hermosa y tenía que ver con la fotografía o con la televisión. Era un común denominador que no podía ser pasado por alto, y yo creía que Marlene Farber, Austin Hart, Claire Rawley y Kellie Shephard habían sido elegidas por una razón que era importante para el asesino. Ése era el punto de partida de todo. El patrón encajaba con el de un asesino serial, como Bundy, que seleccionaba a mujeres con pelo lacio largo que se parecían a la novia que había tenido. La que no encajaba era Carrie Grethen. En primer lugar, ella estaba encerrada en Kirby cuando tuvieron lugar las tres primeras muertes, y su modus operandi nunca fue parecido a ése.

Estaba desconcertada. Carrie no se encontraba allí y, al mismo tiempo, sí estaba. Dormité un rato en la silla y a las seis de la mañana desperté con un sobresalto. Me ardía el cuello por estar inclinada en una posición equivocada, y la espalda me dolía y estaba dura. Lentamente me levanté y me desperecé, y sabía lo que debía hacer pero no estaba segura de poder hacerlo. La sola idea me llenó de terror y mi corazón protestó con violencia. Sentí que el pulso me golpeaba como un puño contra una puerta, y miré las bolsas de papel marrón que Marino había puesto frente a una biblioteca repleta de libros judiciales. Estaban cerradas con cintas adhesivas y etiquetadas, y yo las recogí. Caminé por el pasillo hacia el cuarto de Benton.

Aunque habíamos compartido mi cama, el ala opuesta de la casa era la suya. Allí trabajaba y guardaba sus pertenencias, porque con los años habíamos aprendido que el espacio era nuestro amigo más confiable. Ello hacía que nuestras peleas fueran menos sangrientas, y las ausencias durante el día convertían a las noches en más tentadoras. Su puerta estaba abierta de par en par, tal como él la dejó. Las luces estaban apagadas y las cortinas, abiertas. Las sombras se hicieron más profundas cuando yo me quedé allí, paralizada por un instante, contemplando ese cuarto. Tuve que apelar a todo mi coraje para encender la luz del techo.

Su cama, con el acolchado y las sábanas azules, estaba prolijamente tendida, porque Benton era siempre meticuloso, por apurado que estuviera. Nunca esperó a que yo le cambiara las sábanas ni me ocupara de lavar su ropa, y parte de ello se debía a una independencia y un muy fuerte sentido de identidad que jamás disminuyó, ni siquiera conmigo. Él tenía que hacerlo todo a su modo. En ese aspecto nos parecíamos mucho, y me maravilló que hubiéramos estado juntos. Tomé el cepillo del pelo de la cómoda, porque sabía que podría resultar útil para una comparación de ADN si no existía otro medio de identificación. Me acerqué a la pequeña mesa de luz color cereza para mirar los libros y las gruesas carpetas apiladas allí.

Había estado leyendo *Cold Mountain*, y utilizó la solapa rota de un sobre para marcar el lugar adonde había llegado: poco antes de la mitad del libro. Desde luego, había páginas de la última revisión de un manual para clasificación de crímenes que estaba compilando, y el hecho de ver su escritura me hizo derrumbarme. Con ternura fui pasando esas hojas manuscritas y deslicé los dedos sobre las palabras apenas legibles escritas por él mientras las lágrimas volvían a tenderme una trampa. Entonces puse las bolsas sobre la cama y las abrí.

La policía había revisado apresuradamente el placard y los cajones, y nada de lo que pusieron en las bolsas estaba prolijamente doblado, sino más bien hecho un bollo. Una por una fui abriendo las camisas blancas de algodón, las corbatas y dos pares de suspensores. Él había empacado dos trajes livianos, y los dos estaban arrugados como papel crepé. Había también zapatos de vestir, ropa de gimnasia, medias y calzoncillos, pero lo que me detuvo fue su equipo para afeitarse.

Manos metódicas lo habían registrado, y la tapa a rosca de un frasco de Givenchy III estaba suelta y la colonia se había volcado afuera. Esa fragancia conocida y masculina me conmovió. Me parecía sentir sus mejillas recién afeitadas. De pronto lo vi detrás de su escritorio en su antigua oficina en la Academia del FBI. Recordé sus facciones atractivas, su atuendo prolijo y su olor, cuando yo ya me estaba enamorando de él y no lo sabía. Doblé con cuidado su ropa en una pila y abrí la otra bolsa. Puse el portafolio de cuero negro sobre la cama y abrí las cerraduras.

Lo que faltaba a primera vista era la pistola Colt Mustang .380 que él se sujetaba a veces al tobillo, y me pareció significativo que hubiera llevado el arma con él la noche de su muerte. Siempre llevaba su nueve milímetros en la pistolera que le colgaba del hombro, pero la Colt era su refuerzo si sentía que la situación era amenazadora. Este único hecho me indicó que Benton participaba en una misión poco después de abandonar la escena del incendio de Lehigh. Sospeché que había ido a encontrarse con alguien, y no entendí por qué no le avisó a nadie, a menos que se hubiera vuelto descuidado, cosa que dudaba mucho.

Tomé su agenda de cuero marrón y la hojeé en busca de cualquier cita reciente que me llamara la atención. Figuraban un corte de pelo, una cita con el dentista y los viajes que tenía previstos, pero nada escrito con lápiz para el día de su muerte, salvo el cumpleaños de su hija Michelle a mitad de la semana siguiente. Imaginé que Michelle y sus hermanas se encontraban con su madre Connie, que era la ex esposa de Benton. Me espantaba la idea de que con el tiempo yo tendría que compartir su dolor, al margen de lo que ellas sintieran con respecto a mí.

Benton había anotado comentarios y preguntas sobre el perfil de Carrie, el monstruo que poco después había causado su muerte. Esa ironía me resultaba inconcebible, y lo imaginé tratando de disecar la conducta de Carrie con la esperanza de anticipar lo que ella haría. Supuse que él no había pensado jamás que, justo cuando se concentraba en ella, era bastante probable que también ella estuviera pensando en él. Carrie había planeado lo del condado de Lehigh y lo del videocasete, y seguramente a esta altura pasaba por integrante del equipo de producción.

Mis ojos se concentraron en frases escritas como "relación/fijación ofensora-víctima" y "fusión de identidad/erotomanía" y "la víctima percibida como alguien de un status superior". "¿Cómo encaja esto con la elección de víctimas de Carrie? Kirby. ¿Qué acceso tenía a Claire Rawley? Al parecer, ninguno. Inconsistente. ¿Sugiere un ofensor diferente? ¿Un cómplice? Gault. Bonnie y Clyde. Su modus operandi original. A lo mejor planea algo aquí. Carrie no está sola. ¿W/M 28-45? ¿El helicóptero blanco?"

Un escalofrío me recorrió el cuerpo cuando comprendí qué pensaba Benton cuando estaba de pie en la morgue, tomaba notas y nos observaba trabajar a Gerde y a mí. Benton pensaba en lo que de pronto me pareció tan obvio. Carrie no estaba sola en esto. De alguna manera se había aliado con un socio malévolo, tal vez mientras estaba encerrada en Kirby. De hecho, estaba segura de que esta alianza le había permitido escapar, y me pregunté si durante los cinco años que ella estuvo en Kirby habría conocido a otro paciente psicópata que después fue dado de alta. Quizás ella mantuvo correspondencia con esa persona con la misma libertad y audacia con que lo había hecho con los medios y conmigo.

También era significativo que el portafolio de Benton estuviera en su habitación del hotel, cuando yo sabía que lo llevaba consigo más temprano cuando estuvo en la morgue. Era evidente que había vuelto a su cuarto poco después de abandonar la escena del incendio de Lehigh. Pero dónde había ido después seguía siendo un enigma. Leí más notas sobre el homicidio de Kellie Shephard. Benton había subrayado las palabras "sadismo extremo, frenética" y "desorganizada". También escribió "pérdida de control" y "la respuesta de la víctima no estuvo de acuerdo con el plan. Se arruinó el ritual". "No se suponía que sucediera así. Rabia. Volverá a matar."

Cerré el portafolio y lo dejé sobre la cama. Salí del dormitorio, apagué la luz y cerré la puerta, sabiendo que la siguiente vez que entrara en él sería para vaciar el placard y los cajones de Benton y, de alguna manera, decidir vivir con su resonante ausencia. Pasé a ver cómo estaba Lucy y la encontré dormida, su pistola sobre la mesa que había junto a la cama. Mi nervioso deambular me llevó al foyer, donde desconecté la alarma el tiempo suficiente para tomar el periódico del porche. A las siete y media ya estaba lista para salir para la oficina, y Lucy ni se había movido. En silencio volví a entrar en su cuarto, y el sol brillaba apenas alrededor de la cortinilla y le rozaba la cara con suave luz.

—¿Lucy? —Le rocé un hombro.

Ella se sobresaltó y se incorporó en la cama.

—Me voy —dije.

—Yo también tengo que levantarme.

Apartó las sábanas.

—¿Quieres tomar una taza de café conmigo? —pregunté.

—Sí, claro.

Bajó los pies al piso.

—Deberías comer algo —dije.

Ella había dormido con shorts y una camiseta, y me siguió con el sigilo de un gato.

—¿Quieres un poco de cereal? —pregunté mientras sacaba un jarro para café de una alacena.

Ella no dijo nada sino que me observó abrir la lata de granola casera que Benton había comido casi todas las mañanas con banana o frutillas frescas. Ese aroma bastó para destrozarme de nuevo el corazón, y se me cerró la garganta y se me apretó el estómago. Me quedé allí indefensa por un momento prolongado, incapaz de levantar un bol o hacer la cosa más insignificante.

—No, tía Kay —dijo Lucy, que sabía exactamente lo que estaba pasando—. De todos modos no tengo apetito.

Las manos me temblaron cuando cerré la lata.

—No sé cómo harás para quedarte aquí —dijo.

Ella se sirvió su propio café.

—Éste es el lugar donde vivo, Lucy.

Abrí la heladera y le pasé un cartón de leche.

—¿Dónde está su automóvil? —preguntó y le puso leche a su café.

—Supongo que en el aeropuerto de Hilton Head. Desde allí tomó un vuelo directo a Nueva York.

—¿Qué harás con respecto a eso?

—No lo sé.

Empecé a sentirme cada vez peor.

—En este momento, su auto ocupa un lugar bastante bajo en mi lista. Tengo todas sus cosas en casa —le dije.

Hice una inspiración profunda.

—No puedo tomar decisiones, sobre todo ya mismo —dije.

—Deberías deshacerte de todo hoy mismo.

Lucy se recostó contra la mesada, bebió el café y me observó con esa misma expresión chata en sus ojos.

—Lo digo en serio —continuó en un tono sin emoción.

—Bueno, no pienso tocar nada hasta que su cuerpo haya vuelto a casa.

—Puedo ayudarte, si quieres.

Volvió a beber un poco de café. Comenzaba a irritarme con ella.

—Haré esto a mi modo, Lucy —dije, y el dolor comenzó a irradiarse a cada célula de mi cuerpo—. Por una vez no pegaré un portazo y saldré corriendo. Es lo que hice durante casi toda mi vida, en particular cuando mi padre murió. Entonces Tony se fue y a Mark lo mataron, y yo fui progresando cada vez más en la tarea de vaciar cada relación como si fuera una casa vieja. Alejándome como si nunca hubiera vivido allí. Y, ¿sabes qué? No sirve.

Ella tenía la vista fija en sus pies desnudos.

—¿Hablaste con Janet? —pregunté.

—Ella sabe. Ahora está muy mal porque yo no quiero verla. No quiero ver a nadie.

—Cuanto más trates de huir, más permanecerás en el mismo lugar —dije—. Si no has aprendido otra cosa de mí, Lucy, al menos aprende eso. No esperes a que se te haya pasado la vida.

—He aprendido muchas cosas de ti —dijo mi sobrina cuando las ventanas apresaron la mañana y llenaron de luz mi cocina—. Más de lo que crees.

Durante un largo rato quedó con la vista fija en la puerta abierta que conducía al living.

—No hago más que pensar que en cualquier momento entrará por allí —murmuró.

—Ya lo sé —dije—. A mí me pasa lo mismo.

—Llamaré a Teun. En cuanto sepa algo, te avisaré por radiollamada —dijo.

El sol brillaba con fuerza en el este y otras personas que se dirigían a su trabajo entrecerraban los ojos frente a ese resplandor que prometía un día despejado y muy caluroso. El tráfico de la calle Ninth me arrastró por delante de la Capitol Square, con sus prístinos edificios blancos y monumentos, hasta Stonewall Jackson y George Washington. Pensé en Kenneth Sparkes, en su influencia política. Recordé el miedo y la fascinación que yo solía sentir cuando él me llamaba con exigencias y quejas. Ahora sentí mucha lástima por él.

Todo lo que había sucedido en los últimos tiempos no había despejado las sospechas que pesaban sobre él por la simple razón de que incluso aquellos de nosotros que sabíamos que podíamos enfrentarnos con homicidios en serie no nos estaba permitido pasarle esa información a la prensa. Yo estaba segura de que Sparkes no lo sabía. Deseaba desesperadamente hablar con él, tranquilizarlo de alguna manera como si quizás al hacerlo lograría serenarme yo. La depresión me apretó el pecho con manos frías de acero, y cuando doblé de la calle Jackson al patio de mi edificio, la visión de un coche fúnebre del que bajaban un cuerpo dentro de una bolsa negra de plástico me sobresaltó como no lo había hecho nunca antes.

Traté de no pensar en los restos de Benton envueltos de esa

manera, ni la oscuridad de ese espacio frío de acero del otro lado de la puerta de la cámara refrigeradora. Era terrible saber todo lo que yo sabía. La muerte no era una abstracción, y yo podía imaginar cada procedimiento, cada sonido y olor en un lugar donde no existía el roce amoroso sino sólo un objetivo clínico y un crimen a resolver. Me apeaba del auto cuando Marino se acercó con el suyo.

—¿Te importa si dejo mi coche aquí? —preguntó, aunque sabía que el estacionamiento del patio no era para policías.

Marino no hacía más que quebrar siempre las reglas.

—Adelante, hazlo —contesté—. Una de las furgonetas está en el taller. O al menos eso creo. No estarás aquí mucho tiempo.

—¿Cómo demonios lo sabes?

Cerró con llave las puertas del vehículo y arrojó ceniza de su cigarrillo. Marino era de nuevo el grosero de siempre y eso me resultó increíblemente tranquilizador.

—¿Irás primero a tu oficina? —preguntó mientras ascendíamos por una rampa hacia las puertas que conducían al interior de la morgue.

—No. Iré derecho arriba.

—Entonces te diré qué hay probablemente ya sobre tu escritorio —dijo—. Conseguimos una identificación positiva de Claire Rawley. Del cabello en su cepillo.

No me sorprendía, pero la confirmación de nuevo me llenó de tristeza.

—Gracias —le dije—. Al menos lo sabemos.

19

Los laboratorios de micropruebas estaban en el segundo piso, y mi primera parada fue junto al microscopio electrónico de escaneo, al que llamaban SEM, que exponía un espécimen, como por ejemplo las virutas metálicas del caso Shephard, a un haz de electrones. La composición elemental que formaba el espécimen emitía electrones, y las imágenes aparecían en un display de video.

En suma, el SEM reconocía casi la totalidad de los ciento tres elementos, se tratara de carbono o zinc, y debido a su profundidad de foco, su alta resolución y el elevado aumento del microscopio, las micropruebas como un residuo de disparo de arma de fuego o los pelos en una hoja de marihuana podían ser vistas en sorprendente detalle.

El SEM marca Zeiss estaba colocado en un cuarto sin ventanas con alacenas y estantes color azul verdoso oscuro, mostrador y piletas. Debido a que ese instrumento sumamente costoso era muy sensible a la vibración mecánica, los campos magnéticos y las perturbaciones eléctricas y termales, lo que lo rodeaba estaba controlado con precisión.

Los sistemas de ventilación y de aire acondicionado eran independientes de los del resto del edificio y la iluminación fotográficamente segura era suministrada por lámparas a filamento que no provocaban interferencia eléctrica y estaban dirigidas hacia el cielo raso para iluminar con suavidad el cuarto por reflexión. Los pisos y las paredes eran de concreto reforzado con acero grueso para aislar la sala del barullo de los seres humanos o el tráfico de la autopista.

Mary Chan era pequeña y de piel clara, una especialista en microscopía de primer nivel, en este momento hablaba por teléfono rodeada de sus complejos aparatos. Con sus paneles de instrumentos, unidades eléctricas, pistola de electrones y columna óptica, analizador de rayos X y cámara al vacío unida a un cilindro de nitrógeno, el SEM parecía la consola de un transbordador espacial. Chan tenía el guardapolvo abotonado hasta el mentón, y su ademán cordial me indicó que tardaría un minuto en atenderme.

—Tómale la temperatura de nuevo y prueba con tapioca. Si no la retiene en el estómago, vuélveme a llamar, ¿de acuerdo? —le decía Chan a alguien—. Ahora debo cortar.

"Se trata de mi hija —me dijo en tono de disculpa—. Tiene una descompostura de estómago, seguro que por todos los helados que comió anoche. Se metió en el Chunky Monkey cuando yo no miraba.

Su sonrisa era valiente pero cansada, y sospeché que había estado levantada casi toda la noche.

Marino le entregó nuestro paquete con las pruebas.

—Otras virutas metálicas —le expliqué a Chan—. Detesto cargarla con esto ahora, Mary, pero ¿podría verlo ahora mismo? Es urgente.

—¿Otro caso o el mismo?

—El incendio en el condado de Lehigh, Pennsylvania —contesté.

—¿En serio? —Parecía sorprendida cuando cortó el papel marrón con un escalpelo. —Dios —dijo—, ese caso sí que parece terrible, a juzgar por lo que oí por los informativos. Y, después, ese hombre del FBI también. Extraño, muy extraño.

Ella no tenía por qué estar enterada de mi relación con Benton.

—Entre esos casos y el de Warrenton, cabe preguntarse si no habrá un piromaníaco chiflado suelto —prosiguió.

—Eso es lo que estamos tratando de averiguar —dije.

Chan le quitó la tapa a un pequeño envase metálico para pruebas y con pinzas extrajo una capa de algodón color blanco nieve, con lo cual quedaron expuestas dos virutas brillantes diminutas. Echó hacia atrás su sillón giratorio hasta una mesada que había detrás de ella y procedió a colocar un cuadrado de cinta adhesiva carbónica bifaz sobre un diminuto trozo de aluminio. Sobre esto montó las virutas que parecían tener más área de superficie. Su tamaño era quizá de la mitad de una pestaña normal. Encendió un microscopio óptico estéreo, posicionó la muestra sobre la platina y reguló la luz para observar con un aumento menor antes de llevarla al SEM.

—Estoy viendo dos superficies diferentes —dijo al regular el foco—. Una muy brillante y la otra de un gris opaco.

—Entonces es distinta de la muestra de Warrenton —dije—. En ese caso las dos superficies eran brillantes, ¿no?

—Correcto. En mi oponión, por alguna razón una de las superficies de esta muestra estuvo expuesta a la oxidación atmosférica.

—¿Me permite? —pregunté.

Ella se apartó y yo espié por el ocular. Con un aumento de cuatro dioptrías, la partícula metálica parecía una cinta de papel metálico arrugado, y apenas si pude notar las finas estrías producidas por lo que se había usado para afeitar el metal. Mary tomó varias fotografías Polaroid y después hizo rodar su sillón hacia la consola del SEM. Oprimió un botón para ventilar el recinto o eliminar el vacío.

—Esto llevará algunos minutos —nos dijo—. Ustedes pueden esperar aquí o irse y después volver.

—Yo iré a tomar un café —dijo Marino, quien nunca había sido un fanático de la tecnología sofisticada y probablemente quería fumar.

Chan abrió una válvula para llenar el recinto de nitrógeno a fin de eliminar toda contaminación, como por ejemplo la humedad. Después oprimió un botón de la consola y colocó nuestra muestra sobre una mesa de óptica electrónica.

—Ahora debemos llevarlo de diez a menos seis milímetros de mercurio. Ése es el nivel de vacío necesario para encender el haz. Por lo general, esto lleva dos o tres minutos. Pero me gustaría bajarlo un poco más que eso para obtener un vacío realmente bueno —explicó y tomó su jarro de café—. Creo que lo que dicen los informativos es muy confuso —dijo entonces—. Muchas insinuaciones.

—Vaya novedad —fue mi comentario irónico.

—Dígamelo a mí. Cada vez que leo los comentarios sobre el testimonio prestado por mí en un juicio, siempre me pregunto si no habrá sido otra persona la que estuvo en la barra de los testigos. Lo que quiero decir es que ellos primero metieron a Sparkes en el asunto, y para serle franca, yo estuve a punto de pensar que tal vez él había quemado su propiedad y a alguna chica. Después, se producen esos otros dos incendios en Pennsylvania, y mueren otras dos personas, y se sugiere que todos están relacionados. ¿Y dónde ha estado Sparkes durante todo esto?

Bebió un poco de café.

—Perdóneme, doctora Scarpetta. Ni se lo pregunté. ¿Puedo ofrecerle un café?

—No, gracias —respondí.

Observé cómo la luz verde se movía en el indicador a medida que el nivel de mercurio ascendía lentamente.

—También me parece extraño que esa mujer psicótica haya escapado de ese instituto psiquiátrico de Nueva York... ¿cómo era que se llamaba? ¿Carrie algo? Y que el especialista en perfiles del FBI a cargo de la investigación de pronto haya terminado muerto. Bueno, creo que ya estamos listas —dijo.

Encendió el haz de electrones y el display de video. El aumento estaba regulado a quinientas dioptrías, y ella lo redujo y comenzamos a tomar fotografías de la corriente del filamento en la pantalla. Al principio parecía una ola, pero después se fue achatando. Chan oprimió más teclas y redujo esta vez el aumento a veinte, y entonces empezamos a tener un cuadro de las señales provenientes de la muestra.

—Cambiaré el tamaño del haz para obtener un poco más de energía.

Accionó entonces algunos botones y selectores.

—Se parece a nuestra viruta metálica, casi tiene el aspecto de una cinta curvada —anunció.

La topografía era sencillamente una versión aumentada de lo que habíamos visto momentos antes en el microscopio óptico, y puesto que la imagen no era muy luminosa, esto sugería un elemento con un número atómico menor. Ella reguló la velocidad de escaneo de la imagen y eliminó parte del ruido, que parecía una tormenta de nieve en la pantalla.

—Aquí se puede ver con claridad la parte brillante en contraposición con la gris —dijo.

—Y usted piensa que se debe a la oxidación —dije y acerqué una silla.

—Bueno, tenemos dos superficies del mismo material. Me animaría a decir que el lado brillante corresponde al que se separó del metal original hace menos tiempo.

—Tiene sentido.

Ese metal encrespado parecía metralla suspendida en el espacio.

—El año pasado tuvimos un caso —dijo Chan mientras oprimía el botón de grabar para obtener algunas fotografías para mí—. Un tipo aporreado con un caño de un taller mecánico. Y el tejido de su cuero cabelludo tenía limaduras metálicas de un torno. Que se transfirieron a la herida. Muy bien, veamos ahora qué clase de radiografía obtenemos —dijo y realizó algunos ajustes.

La pantalla de video se puso gris y se inició una cuenta digital de segundos. Mary tocó otros botones en su panel de control y un espectro color anaranjado brillante de pronto apareció en la pantalla con un fondo de color azul fuerte. Ella movió el cursor y expandió lo que parecía una estalagmita psicodélica.

—Veamos si hay otros metales.

Ella hizo otros ajustes.

—No —dijo—. Está muy limpio. Creo que tenemos de nuevo el mismo sospechoso. Vamos a buscar magnesio para ver si se produce una coincidencia de líneas.

Ella superpuso el espectro de magnesio sobre el de nuestra muestra, y eran idénticos. Puso en pantalla una tabla de elementos y el cuadrado correspondiente a magnesio se puso rojo. Habíamos confirmado nuestro elemento, y aunque yo esperaba la respuesta que obtuvimos, fue un impacto para mí.

—¿Tiene usted alguna explicación de por qué el magnesio puro puede ser transferido a una herida? —le pregunté a Chan cuando Marino regresó.

—Bueno, ya le conté la historia del caño —contestó ella.

—¿Cual caño? —preguntó Marino.

—En lo único que puedo pensar es en un taller mecánico —continuó Chan—. Pero se me ocurre que tornear magnesio sería bastante insólito. Quiero decir, no puedo imaginar para qué.

—Gracias, Mary. Todavía nos queda otra parada, pero necesitaré que usted me entregue las virutas del caso Warrenton para que yo pueda llevarlas al laboratorio de armas de fuego.

Ella consultó su reloj y el teléfono volvió a sonar, e imaginé el trabajo que la esperaba.

—Enseguida —me dijo con toda generosidad.

Los laboratorios de armas de fuego y de marcas de herramientas estaban en el mismo piso y eran, en realidad, la misma sección de ciencia, puesto que las partes planas y los surcos y las impresiones del percutor sobre los cargadores de proyectiles y las balas eran, de hecho, las marcas de herramientas que dejaban las armas de fuego. En el nuevo edificio, el espacio parecía un estadio en comparación con el anterior y, lamentablemente, esto hablaba del permanente deterioro de la sociedad del otro lado de nuestras puertas.

No era raro que los niños escondieran armas de puño en sus armarios escolares, ni que los mostraran en los cuartos de baño y los llevaran con ellos en los ómnibus escolares, y no era extraño que los delincuentes violentos tuvieran once y doce años. Las armas de fuego seguían siendo el recurso elegido para matarse uno mismo y a su cónyuge, o incluso al vecino cuyo perro no para de ladrar. Más temor producían los locos y malhumorados que entraban en lugares públicos y comenzaban a disparar, lo cual explicaba por qué mi oficina y el lobby estaban protegidos por cristal antibalas.

El sector de trabajo de Rich Sinclair estaba alfombrado y bien iluminado y daba al anfiteatro, que siempre me recordaba un hongo de metal a punto de levantar vuelo. Rich usaba pesas para probar la resistencia del gatillo de una pistola Taurus, y cuando Marino y yo entramos se oyó el ruido del martillo contra el percutor. Yo no estaba de ánimo para conversar y traté de no ser descortés cuando le dije directamente a Sinclair lo que necesitaba, y que lo necesitaba enseguida.

—Éstas son las virutas metálicas de Warrenton —le dije y abrí el pequeño recipiente para pruebas—. Y estas otras son las que recuperamos del cuerpo de la víctima del incendio de Lehigh.

Y abrí entonces el otro recipiente.

—Los dos tienen estrías que son claramente visibles en el SEM —expliqué.

El objetivo era ver si las estrías, o marcas de herramientas, eran idénticas, lo cual indicaría que se había utilizado el mismo instrumento para producir las virutas de magnesio recuperadas hasta el momento. Las cintas de metal eran muy frágiles y delgadas, y Sinclair usó una angosta espátula de plástico para recogerlas. Le costó un poco hacerlo porque las virutas parecían escapar cuando él trataba de extraerlas de su mar de algodón. Él utilizó cuadrados de cartón negro para entrar las virutas de Warreton en uno, y las de Lehigh en el otro. Después las colocó en las platinas del microscopio de comparación.

—Sí —dijo enseguida Sinclair—. Tenemos aquí muy buen material.

Manipuló las virutas con la espátula y las acható un poco mientras incrementaba el aumento a cuarenta dioptrías.

—Tal vez se trate de algún tipo de hoja —dijo—. Las estrías probablemente se originan en los procesos de acabado y terminan siendo un defecto, porque ningún proceso de acabado es perfectamente liso. Quiero decir, el fabricante puede quedar satisfecho, pero no está aquí viendo esto. Allí está la zona mejor, creo.

Se apartó un poco para que pudiéramos mirar los dos. Marino fue el primero en inclinarse hacia los oculares.

—Parecen huellas de esquí en la nieve —fue su comentario—. Y eso es de la hoja, ¿no? ¿O de qué?

—Sí, son imperfecciones o marcas de herramientas, producidas por lo que afeitó este metal. ¿Ve cómo coinciden cuando unas virutas están alineadas con las otras?

Marino no alcanzaba a apreciarlo.

—Venga usted, doctora, y observe —dijo Sinclair y se apartó.

Lo que vi por el microscopio era suficiente bueno para un tribunal: las estrías de las virutas de Warrenton en un campo, se correspondían con las estrías del otro campo. Resultaba evidente que la misma herramienta había afeitado algo hecho de magnesio en ambos casos de homicidio. La cuestión era cuál podía ser esa herramienta y, como las virutas eran tan delgadas, cabía considerar que se trataba de una hoja filosa de algún tipo. Sinclair tomó varias fotografías Polaroid para mí y las puso en sobres transparentes.

—Muy bien, ¿y ahora, qué? —preguntó Marino al seguirme por el centro del laboratorio de armas de fuego y pasar junto a científicos que, muy atareados, procesaban ropa ensangrentada debajo de visores protectores, mientras otros examinaban un destornillador Phillips y un machete sobre una gran mesa en forma de U.

—Ahora me iré de compras —respondí.

No reduje la marcha mientras hablaba pero, en realidad, mi desesperación aumentaba porque sabía que se acercaba el momento de reconstruir lo que Carrie o su cómplice o alguien había hecho.

—¿Qué quieres decir con eso de que te vas de compras?

A través de la pared alcancé a oír el sonido apagado de los disparos de prueba en el polígono de tiro.

—¿Por qué no averiguas cómo está Lucy? —dije—. Yo volveré más tarde con ustedes.

—No me gusta nada eso de más tarde —dijo Marino cuando las puertas del ascensor se abrieron—. Significa que andarás correteando de aquí para allá sola y metiendo la nariz donde no deberías. Éste no es momento para que estés en la calle sin nadie que te acompañe. No tenemos idea de dónde está Carrie.

—Tienes razón, no lo sabemos —dije—. Pero confío en que eso cambiará.

Nos bajamos en la planta baja y yo enfilé hacia la salida al patio, donde abrí la puerta de mi auto. Marino parecía tan desalentado que tuve miedo de que me hiciera una escena.

—¿Me puedes decir adónde demonios vas? —exigió saber a los gritos.

—A una tienda de artículos deportivos —contesté y encendí el motor—. La más grande que encuentre.

Ésa resultó ser Jumbo Sports al sur de James, muy cerca del barrio donde Marino vivía, que era la única razón por la que yo conocía la existencia de la tienda, ya que rara vez se me ocurría andar en busca de pelotas de básquet, frisbees, pesas y palos de golf.

Tomé la autopista Powhite y dos cabinas de peajes más tarde doblé a la salida a Midlothian y me dirigí al centro de la ciudad. La tienda de artículos deportivos era un enorme edificio de ladrillos rojos, con las paredes exteriores cubiertas de pósters de atletas en marcos blancos. El estacionamiento estaba insólitamente lleno para esa hora del día, y me pregunté cuántas personas pasaban allí la hora del almuerzo.

No tenía idea de dónde estaba nada y me llevó un buen rato estudiar los carteles que había sobre miles de hileras. Los guantes de box estaban en oferta, y había máquinas para ejercicios capaces de torturas que yo desconocía. Los percheros con prendas para cada deporte imaginable eran interminables y en toda clase de colores, y me pregunté qué había sido del color blanco que yo todavía usaba en las raras ocasiones en que encontraba tiempo para jugar al tenis. Deduje que los cuchillos estarían junto a los artículos para camping y caza, un sector generoso contra la pared del fondo. Había allí arcos y flechas, blancos, carpas, canoas, elementos para preparar la comida y camuflaje, y a esa hora, yo era la única mujer que aparecía interesada. Al principio nadie me atendió mientras yo permanecía pacientemente frente a una vitrina con cuchillos.

Un hombre bronceado buscaba una pistola BB para el décimo cumpleaños de su hijo, mientras un hombre de más edad y traje blanco preguntaba sobre equipos contra mordeduras de serpientes y repelentes contra mosquitos. Cuando mi paciencia se agotó, lo interrumpí.

—Disculpe —dije.

El empleado, que tenía edad para asistir a un college, al principio no pareció oírme.

—Creo que debería consultar a un médico antes de usar un kit contra mordeduras de serpientes —le decía el vendedor al hombre mayor de blanco.

—¿Cómo demonios quiere que haga eso cuando estoy en medio de un bosque en alguna parte y una serpiente acaba de morderme?

—Quise decir que lo consultara antes de internarse en un bosque, señor.

Mientras escuchaba esa lógica retrospectiva, de pronto no pude soportarlo más.

—Los kits para mordeduras de serpientes no sólo son inútiles sino nocivos —dije—. Hacer torniquetes y una incisión local, y después chupar el veneno y todo eso sólo empeora las cosas. Si lo muerde una serpiente —le dije al hombre de blanco—, lo que debe hacer es inmovilizar esa parte del cuerpo, evitar los primeros auxilios perjudiciales e ir enseguida a un hospital.

Los dos hombres estaban atónitos.

—¿Así que no tiene sentido llevarme algo con ese fin? —me preguntó el hombre de blanco—. ¿Lo que me dice es que no tiene sentido comprar nada?

—Nada más que un buen par de botas y un bastón —contesté—. Manténgase alejado de los pastos altos y no meta las manos en agujeros ni huecos. Puesto que el veneno es transportado por el cuerpo por el sistema linfático, los grandes vendajes de compresión son excelentes, y también una tablilla para mantener el miembro absolutamente inmovilizado.

—¿Usted es médica? —preguntó el empleado.

—Me he enfrentado antes a mordeduras de serpientes.

No agregué que en esos casos las víctimas no habían logrado sobrevivir.

—Me pregunto si ustedes tienen afiladores de cuchillos —le dije al vendedor.

—¿Para cocina o para campamento?

—Empecemos con los de campamento —respondí.

Me señaló una pared donde había una enorme variedad de amoladoras y otros tipos de afiladores que colgaban de ganchos. Algunos eran de metal y otros, cerámicos. Ninguna de las etiquetas con la marca revelaba la composición del artículo. Miré algunos más y mi mirada se detuvo en un pequeño paquete que había en el estante de abajo. Debajo de un plástico transparente había un sencillo bloque rectangular de un metal grisáceo plateado. El artículo en cuestión se llamaba encendedor de fogatas y era de magnesio. Mi entusiasmo creció al leer las instrucciones. Para encender un fuego, lo único que se debía hacer era raspar la superficie del magnesio con un cuchillo y formar una pila de virutas del tamaño de una moneda. No hacían falta fósforos porque se incluía un chispero para el encendido.

Caminé deprisa por la tienda con media docena de esos encendedores de magnesio en la mano y en mi apuro me perdí en una sección y después en otra. Anduve dando vueltas por las de bolas y zapatos de bowling, guantes para béisbol, y terminé en una de natación, donde enseguida quedé cautivada por un exhibidor de gorras de baño en colores flúo. Una de ellas era rosada. Pensé en los restos hallados en el cabello de Claire Rawley. Desde el principio pensé que tenía algo puesto en la cabeza cuando la asesinaron, o al menos cuando el fuego la alcanzó.

Yo había barajado la posibilidad de que se tratara de una de esas gorras de plástico para la ducha, pero después la deseché porque ese material delgado no habría resistido ni cinco segundos a semejante temperatura. Lo que en ningún momento se me pasó por la cabeza era la posibilidad de que fuera una gorra para natación, y cuando busqué en los exhibidores descubrí que todas estaban confeccionadas con Lycra, látex o siliconas.

La rosada era de siliconas, un material que yo sabía soportaría temperaturas extremas mucho mejor que los otros. Compré varias. Conduje el auto de vuelta a mi oficina y tuve suerte de que no me hicieran una boleta porque no hice más que pasar gente por cualquier carril que empleara. Una serie de imágenes desfilaron por mi mente, y eran demasiado penosas y horripilantes como para soportarlas. Ésta era una ocasión en que esperé que mi teoría estuviera equivocada. Conducía a toda prisa a los laboratorios porque necesitaba saberlo.

—Oh, Benton —murmuré, como si él estuviera cerca de mí—. Por favor, no permitas que esto sea así.

20

Era la una y media cuando estacioné de nuevo en el patio y me apeé del auto. Caminé deprisa al ascensor y regresé al segundo piso. Buscaba a Jerri Garmon, que había examinado el residuo rosado al principio y me informó que era silicona.

Después de espiar en varias puertas, la localicé en un cuarto que tenía un instrumental de avanzada utilizado para analizar sustancias orgánicas que iban desde la heroína hasta aglutinantes de pintura. En ese momento usaba una jeringa para inyectar una muestra en una cámara recalentada del cromatógrafo de gas y no notó mi presencia hasta que hablé.

—Jerri —dije, casi sin aliento—. Detesto molestarte, pero tengo algo que creo que querrás ver.

Sostuve en alto la gorra de baño rosada. La miró con cara inexpresiva.

—Silicona —dije.

Los ojos de Jerri se iluminaron.

—¡Caramba! ¿Una gorra para natación? ¿Quién lo habría pensado? —dijo—. Esto no hace más que demostrar lo mucho que debemos actualizarnos en estos días.

—¿Podemos quemarla? —pregunté.

—Lo que estaba haciendo llevará un buen rato. De modo que sí, ven. Ahora también yo siento curiosidad.

Los laboratorios de micropruebas, donde se procesaban las pruebas antes de examinarlas con instrumentos complicados como el SEM y el espectrómetro de masas, era amplio pero ya le estaba quedando chico. Enormes pilas de latas de pintura de aluminio vacías y herméticas utilizadas en la recolección de escombros de incendios y residuos inflamables formaban pirámides en los estantes, y había también enormes frascos de Drierite granular azul y cajas de Petri, cubetas, tubos de carbón y las habituales bolsas de papel para pruebas. El examen que yo tenía en mente era sencillo y rápido.

El horno de mufla se encontraba en un rincón y tenía el aspecto de un pequeño crematorio beige de cerámica del tamaño del minibar de un hotel, y podía producir una temperatura de cerca de mil cuatrocientos grados centígrados. Ella lo encendió y el medidor muy pronto comenzó a registrar la temperatura. Jerri puso la gorra dentro de una bandeja de porcelana blanca no muy diferente de un bol para cereales, y abrió un cajón para sacar un guante grueso de amianto que la protegería hasta el codo. Permaneció allí de pie con pinzas hasta que la temperatura trepó hasta los treinta y ocho grados. A los ciento veinte verificó nuestra gorra. No estaba afectada en absoluto.

—Te puedo decir ya mismo que a esta temperatura, el látex y el Lycra lanzarían humo y comenzarían a fundirse —me dijo Jerri—. Pero este material ni siquiera se puso pegajoso todavía y el color no cambió.

La gorra de silicona no empezó a largar humo hasta los doscientos sesenta grados. A los cuatrocientos comenzaba a ponerse gris en los bordes. Estaba pegajosa y comenzaba a derretirse. Poco antes de los quinientos cuarenta ardía en llamas y Jerri tuvo que buscar un guante más grueso.

—Esto es sorprendente —dijo.

—Supongo que esto nos demuestra por qué la silicona se utiliza como aislante. —A mí también me maravilló.

—Será mejor que te apartes un poco.

—No te preocupes.

Me alejé cuando ella extrajo el bol con pinzas y llevó nuestro experimento en llamas en su mano cubierta de amianto. El hecho de estar expuesto a aire frío aumentó las llamas, y cuando ella colocó la gorra debajo de una campana química y encendió el extractor de aire, la superficie exterior de la gorra ardía fuera de control y obligó a Jerri a cubrirla con una tapa.

Con el tiempo las llamas cesaron y Jerri sacó la tapa para ver qué quedaba. El corazón me golpeó en el pecho cuando noté ceniza blanca parecida al papel y sectores de silicona no quemada que todavía eran visiblemente rosados. La gorra de baño no se había vuelto viscosa ni convertido en líquido. Sencillamente se había desintegrado hasta que una temperatura más fría o una ausencia de oxígeno o quizás incluso un golpe de agua había interrumpido el proceso. El resultado final de nuestro experimento era del todo compatible con lo que yo había recuperado del pelo largo y rubio de Claire Rawley.

La imagen de su cuerpo en la bañera, con una gorra de baño rosada en la cabeza, era fantasmal, y su implicación era casi más de lo que yo alcanzaba a comprender. Cuando el cuarto de baño se convirtió en una llamarada explosiva, la puerta de la ducha se hundió. Sectores del vidrio y de los costados de la bañera protegieron el cuerpo cuando las llamas se elevaron del punto de origen y llegaron al cielo raso. Dentro de la bañera, la temperatura nunca superó los quinientos cuarenta grados, y ese pequeño trozo de la gorra de baño de silicona había sido preservado por la sencilla razón de que la puerta de la ducha era vieja y estaba hecha con una única plancha de vidrio grueso.

Mientras volvía a casa en el auto, la hora pico del tráfico me aprisionó y me pareció más agresiva porque mi apuro era mayor. Varias veces estuve a punto de tomar el teléfono, desesperada por llamar a Benton y contarle lo que había descubierto. Entonces veía agua y escombros en el fondo de un almacén quemado de Filadelfia. Vi lo que quedaba del reloj de acero inoxidable que le había regalado para Navidad. Vi lo que quedaba de él. Imaginé el alambre que le había sujetado los tobillos, y las esposas cerradas con llave. Ahora sabía qué le había sucedido y por qué. Benton había sido asesinado como las otras personas, pero esta vez fue por despecho, por venganza, para satisfacer la lujuria diabólica de Carrie que quería convertirlo en su trofeo.

Las lágrimas me cegaban cuando entré en el sendero de casa. Corrí y cerré la puerta de calle detrás de mí. Lucy emergió de la cocina. Vestía pantalones color caqui y camiseta negra, y en la mano tenía un frasco de aderezo para ensalada.

—¡Tía Kay! —exclamó y corrió hacia mí—. ¿Qué ocurre, tía Kay? ¿Dónde está Marino? Por Dios, ¿él está bien?

—No se trata de Marino —logré decir.

Me rodeó con un brazo y me ayudó a llegar al sofá del living.

—Benton —dije—. Como los demás —gemí—. Como Claire Rawley. Una gorra de baño para apartarle el cabello. La bañera. Como en cirugía.

—¿Qué? —Lucy estaba atontada.

—¡Ellos querían su cara!

Me puse de pie de un salto.

—¿No lo entiendes? —le grité—. Los cortes hasta el hueso en la sien y en la mandíbula. Como cuando se arranca el cuero cabelludo, pero peor. ¡Esa persona no crea incendios para ocultar homicidios! ¡Quema todo lo demás porque no quiere que sepamos lo que les hizo a las víctimas! Les roba la belleza, todo lo hermoso que tienen, al quitarles la cara.

Lucy tenía la boca entreabierta por la impresión.

Entonces tartamudeó:

—¿Pero, Carrie? ¿Ahora hace eso?

—Oh, no —respondí—. No del todo.

Yo me paseaba por la habitación y me apretaba las manos.

—Ella es como Gault —dije—. Le gusta mirar. Tal vez ayude. Quizás arruinó las cosas con Kellie Shephard, o quizá Kellie sencillamente se resistió porque Carrie era mujer. Entonces se produjo un forcejeo, y los cortes y puñaladas, hasta que el socio de Carrie intervino, y finalmente le cortó la garganta a Kellie, que es donde se encontró la viruta de magnesio. De su cuchillo, no del de Carrie. Él es la antorcha, el creador del fuego, no Carrie. Y él no se llevó la cara de Kellie porque estaba cortajeada, arruinada, por la pelea.

—No creerás que le hizo lo mismo a... —Lucy empezó a decir, los puños apretados sobre las rodillas.

—¿A Benton? —Levanté más la voz. —¿Que si creo que también se llevaron su cara?

Pateé la pared revestida en madera y me recosté contra ella. En mi interior se hizo el silencio y sentí mi mente oscura y muerta.

—Carrie sabía que él era capaz de imaginar todo lo que ella le haría —dije en voz baja—. Sin duda disfrutó de cada minuto mientras él permanecía allí sentado y atado. Mientras ella lo acosaba con el cuchillo. Sí. Creo que también le hicieron eso a él. De hecho, lo sé.

Casi me resultó imposible completar ese último pensamiento.

—Sólo espero que haya estado ya completamente muerto —dije.

—Sin duda lo estaba, tía Kay.

También Lucy lloraba cuando se me acercó y me abrazó.

—No se habrían arriesgado a que alguien lo oyera gritar —dijo.

Durante la siguiente hora le pasé las últimas novedades a Teun McGovern, y ella convino en que era fundamental que averiguáramos quién era el socio de Carrie, de ser ello posible, y cómo fue que ella lo conoció. McGovern estaba más furiosa de lo que dejó entrever cuando yo le expliqué lo que sospechaba y sabía. Tal vez Kirby sería nuestra única esperanza, y ella dijo que, dada mi posición profesional, yo tenía más probabilidades que ella de visitar con éxito ese lugar. Ella pertenecía a las fuerzas del orden. Yo era médica.

La Patrulla de Frontera había enviado un Bell JetRanger a HeloAir, cerca del Aeropuerto Internacional de Richmond, y Lucy quería despegar inmediatamente y volar por la noche. Yo le había dicho que eso quedaba descartado; si no fuera por otra razón, porque una vez que llegáramos a Nueva York no íbamos a tener dónde alojarnos, y por cierto que no dormiríamos en la isla Ward. Necesitaba tener la oportunidad de avisar a Kirby, a primera hora de la mañana, de nuestra visita. No sería un pedido sino una cuestión de hecho. Marino opinó que él debía acompañarnos, pero yo me opuse.

—Nada de policías —le dije cuando él se presentó en casa cerca de las diez de la noche.

—Estás completamente loca —dijo él.

—¿Me culparías si lo estuviera?

Él bajó la vista y la clavó en sus zapatillas con suela de goma que nunca habían tenido oportunidad de cumplir con su función primaria en esta vida.

—Lucy pertenece a las fuerzas del orden —dijo.

—En lo que a ellos concierne, es mi piloto.

—Mmmm.

—Tengo que hacer esto a mi manera, Marino.

—Caramba, Doc. No sé qué decir. No sé cómo puedes enfrentar todo esto.

Tenía la cara encendida y cuando levantó la vista y me miró, vi que sus ojos estaban inyectados en sangre y llenos de pena.

—Quiero ir porque deseo encontrar a esos hijos de puta —dijo—. Ellos le tendieron una trampa. Lo sabes, ¿verdad que sí? El FBI registró que un individuo llamó allí el martes a las tres y cuarto de la tarde. Dijo que tenía un dato sobre el caso Shephard que sólo le daría a Benton Wesley. Ellos dijeron lo de siempre: "Seguro, todos dicen lo mismo". Son muy especiales. Tienen que hablar personalmente con el hombre. Pero este informante tenía un dato preciso. Dijo, y cito sus palabras: "Dígale que es algo sobre esa mujer loca que vi en el Hospital del Condado de Lehigh. Estaba sentada a una mesa de distancia de Kellie Shephard".

—¡Maldición! —exclamé y la furia golpeó con fuerza mis sienes.

—Así que, por lo que sabemos, Benton llama al número que ese degenerado dejó. Resulta ser un teléfono público cerca del almacén que se quemó —prosiguió Marino—. En mi opinión, Benton fue a encontrarse con ese tipo... el socio psicótico de Carrie. No tiene idea de con quién está hablando hasta que ¡BUM!

Yo pegué un salto.

—Ahora Benton tiene una pistola o quizás un cuchillo en la garganta. Lo esposan y cierran las esposas con dos vueltas de llave. ¿Por qué hacen eso? Porque él es integrante de las fuerzas del orden y sabe que los tipos comunes y corrientes no saben nada de cerrarlas con dos vueltas de llave. Por lo general, lo único que hacen los policías es cerrar a presión las esposas cuando se llevan preso a alguien. Cuando el prisionero se retuerce, las esposas lo ciñen más. Y si él logra meter una horquilla o algo similar para accionar los retenes, es posible que logre quitárselas y quedar libre. Pero cuando se cierran las esposas con doble vuelta de llave eso no se puede hacer. Es imposible abrirlas sin la llave o algo exactamente igual a una llave. Sin duda Benton lo sabía cuando le estaba sucediendo. Una mala señal que indicaba que se enfrentaba a alguien que sabía lo que hacía.

—Ya escuché suficiente —le dije a Marino—. Regresa a tu casa. Por favor.

Sentí el comienzo de una jaqueca. Siempre me daba cuenta cuando el cuello y la cabeza empezaban a dolerme y sentía náuseas. Acompañé a Marino a la puerta. Sabía que lo había herido. Él estaba lleno de dolor y no tenía dónde descargarlo, porque no sabía demostrar lo que sentía. Yo ni siquiera estaba segura de que tuviera conciencia de lo que sentía.

—Él no se ha ido, ¿sabes? —dijo cuando abrí la puerta—. No puedo creerlo. Yo no lo vi y no lo creo.

—Pronto lo enviarán a casa —dije mientras las cigarras cantaban en la oscuridad y las polillas acudían en enjambres al resplandor de la lámpara que había en lo alto de mi porche—. Benton está muerto —dije con sorprendente entereza—. Lo defraudas si no aceptas su muerte.

—Uno de estos días se aparecerá por aquí. —La voz de Marino era ahora aguda. —Espera y lo verás. Yo conozco a ese atorrante. No es fácil abatirlo.

Pero Benton había sido abatido con facilidad. Pasaba con tanta frecuencia: Versace cuando caminaba hacia su casa después de comprar café o revistas o Lady Diana al no ponerse el cinturón de seguridad. Cerré la puerta cuando Marino se alejó en su auto. Conecté la alarma, algo que ahora era un reflejo que a veces me metía en problemas cuando olvidaba que la había conectado y abría una puerta corrediza. Lucy estaba tendida en el sofá del living viendo el canal *Arts and Entertainment* con las luces apagadas. Yo me senté junto a ella y le puse una mano en el hombro.

No hablamos mientras se proyectaba un documental sobre gángsters en los tempranos días de Las Vegas. Yo le acaricié la mano y le sentí la piel afiebrada. Me pregunté qué sucedería dentro de la mente de mi sobrina. Y me preocupó. Los pensamientos de Lucy eran diferentes. Eran claramente suyos y no podían ser interpretados por ninguna piedra Roseta de psicoterapia o intuición. Pero algo había aprendido yo de ella desde el principio de su vida: lo que más importaba era lo que no decía, y Lucy ya no hablaba de Janet.

—Acostémonos para poder levantarnos temprano, señora Piloto —dije.

—Creo que me quedaré a dormir aquí.

Apuntó con el control remoto y bajó el volumen del televisor.

—¿Así vestida?

Ella se encogió de hombros.

—Si podemos llegar a HeloAir a eso de las nueve, llamaré a Kirby desde allí.

—¿Qué harás si te dicen que no vayas?

—Les diré que estoy en camino. La ciudad de Nueva York es republicana en este momento. Si es preciso involucraré a mi buen amigo el senador Lord, y él conseguirá que el comisionado de salud y el intendente se pongan en tren de guerra, y no creo que los de Kirby quieran eso. Es más fácil dejarnos aterrizar allí, ¿no te parece?

—Espero que no tengan misiles tierra-aire.

—Los tienen, y se llaman pacientes —dije, y fue la primera vez en muchos días que nos echamos a reír.

No puedo explicar por qué dormí tan bien como lo hice, pero cuando el despertador sonó a las seis de la mañana, giré en la cama. Me di cuenta entonces de que no me había levantado desde poco antes de la medianoche, y esto insinuaba una cura, una renovación que yo necesitaba con desesperación. La depresión era un velo por el que casi podía ver, y comenzaba a sentir esperanzas. Yo estaba haciendo lo que Benton esperaría que hiciera: no vengar su asesinato, porque él no lo habría deseado.

Su deseo habría sido impedir todo daño a Marino, a Lucy o a mí. Habría querido que yo protegiera otras vidas que no conocía, otras personas que trabajaban en hospitales o como modelos y que habían sido sentenciadas sin saberlo a una muerte terrible en el instante fugaz que le llevaba a un monstruo advertir su existencia con ojos malévolos que destilaban envidia.

Lucy salió a correr cuando el sol apenas salía, y aunque me ponía nerviosa que estuviera allá afuera sola, sabía que llevaba una pistola en la riñonera y que ninguna de las dos podíamos permitir que nuestra vida se detuviera por culpa de Carrie. Todo parecía indicar que ella nos llevaba mucha ventaja. Si todo seguía como de costumbre, podíamos morir. Si abortábamos nuestra vida a causa del miedo, igual moríamos, sólo que en una forma mucho peor.

—Doy por sentado que todo estaba tranquilo allá afuera —dije cuando Lucy regresó a casa y me encontró en la cocina.

Puse el café en la mesa de la cocina, frente a la que Lucy estaba sentada. Gotas de transpiración le corrían por los hombros y la cara, y le pasé un repasador de toalla. Ella se sacó las zapatillas y las medias y de pronto fue como si Benton estuviera allí sentado, haciendo la misma cosa. Él siempre se quedaba un rato en la cocina después de correr. Le gustaba serenarse, venir a visitarme antes de ducharse y, después, meterse dentro de su ropa prolija y de sus pensamientos profundos.

—Un par de personas pasean a sus perros en Windsor Farms —dijo—. No hay señales de nadie en tu vecindario. Le pregunté al tipo que estaba junto a la barrera del guardia si ocurría algo, como por ejemplo si se habían presentado más taxis o entregas de pizza para ti. Extraños llamados telefónicos o visitantes inesperados que trataban de entrar. Me contestó que no.

—Me alegro de oírlo.

—No creo que ella haya sido la que lo hizo.

—¿Entonces, quién? —Estaba sorprendida.

—Detesto decírtelo, pero allá afuera hay otras personas que no te tienen demasiada simpatía.

—Un gran segmento de la población de las cárceles.

—Y también personas que no están presas, al menos no todavía. Como los miembros de la Ciencia Cristiana, a cuyo hijo le practicaste una autopsia. ¿Crees que a ellos se les habrá ocurrido acosarte? Como por ejemplo enviarte taxis, un volquete de una compañía constructora, o llamar a la morgue temprano por la mañana y colgarle al pobre Chuck. Es todo lo que necesitas: un asistente de la morgue demasiado asustado como para seguir quedándose solo en el edificio. O, peor, el tipo se manda a mudar. Es la clase de cosa que harían personas ignorantes y de mente estrecha.

Nunca se me había pasado por la cabeza nada de eso.

—¿Él todavía recibe llamados que cortan cuando contesta? —preguntó.

Me miró mientras bebía su café, y por la ventana que había sobre la pileta, el sol era de color anaranjado sobre un horizonte azul en sombras.

—Lo averiguaré —dije.

Levanté el tubo y disqué el número de la morgue. Chuck contestó enseguida.

—Morgue —dijo con voz nerviosa.

Todavía no eran las siete y sospeché que estaba solo.

—Habla la doctora Scarpetta —dije.

—Ah. —Estaba aliviado. —Buenos días.

—¿Chuck? ¿Todavía recibes esos llamados?

—Sí.

—¿No dicen nada? ¿Ni siquiera oyes que alguien respira?

—A veces me parece oír el ruido de tráfico en segundo plano, como si la persona llamara desde un teléfono público.

—Sí, me doy una idea.

—Muy bien.

—La próxima vez que suceda, quiero que digas: Buen día, señor y señora Quinn.

—¿Qué? —Chuck estaba desconcertado.

—Sólo hazlo —dije—. Tengo el presentimiento de que los llamados cesarán.

Lucy reía cuando colgué.

—*Touché* —dijo.

21

Después del desayuno anduve deambulando por mi dormitorio y mi estudio, mientras pensaba qué llevar en nuestro viaje. Mi estuche de aluminio iría, porque en estos días ya era una costumbre llevar casi todo. También metí en la valija un par adicional de pantalones y una camisa, y artículos de tocador para pasar la noche fuera de casa, y me puse en un bolsillo la Colt .38. Aunque estaba acostumbrada a llevar un arma, jamás se me había pasado por la cabeza llevar una a Nueva York, donde ese hecho podía hacer que uno terminara en la cárcel sin necesidad de ningún interrogatorio. Cuando Lucy y yo estuvimos en el auto, le dije lo que había hecho.

—Se llama ética situacional —dijo ella—. Prefiero que me arresten a morir.

—Es también mi opinión —le dije yo, que una vez solía ser una ciudadana respetuosa de las leyes.

HeloAir era un servicio de alquiler de helicópteros ubicado en el extremo occidental del aeropuerto de Richmond, donde algunas de las compañías Fortune 500 de la zona tenían sus propias terminales para sus King Airs, Lear Jets y Sikorskys. El Bell JetRanger estaba en el hangar, y mientras Lucy iba a ocuparse de él, yo encon-

295

tré en el interior a un piloto que tuvo la bondad de permitirme que usara el teléfono de su oficina. Busqué en mi billetera mi tarjeta AT&T para llamados y disqué el número de las oficinas administrativas del Centro Psiquiátrico Forense Kirby.

Su director era una psiquiatra llamada Lydia Ensor, quien se mostró bastante suspicaz cuando conseguí hablar con ella. Traté de explicarle en forma más detallada quién era yo, pero ella me interrumpió.

—Sé exactamente quién es usted —dijo, con acento del medio oeste—. Estoy perfectamente enterada de la situación y la ayudaré en todo lo que esté a mi alcance. Sin embargo, no tengo claro cuál es su interés en esto, doctora Scarpetta. Usted es la jefa de médicos forenses de Virginia, ¿verdad?

—Correcto. Y también patóloga forense consultora para el ATF y el FBI.

—Organismos que, desde luego, también se pusieron en contacto conmigo. —Parecía auténticamente perpleja. —¿De modo que busca información que podría ser pertinente a uno de sus casos? ¿Para una persona muerta?

—Doctora Ensor, lo que trato de hacer en este momento es relacionar una serie de casos —repliqué—. Tengo motivos para sospechar que Carrie Grethen puede estar directa o indirectamente involucrada en todos ellos, incluso mientras estaba en Kirby.

—Imposible.

—Es obvio que usted no conoce bien a esa mujer —dije con firmeza—. Yo, en cambio, he trabajado con muertes violentas provocadas por ella durante la mitad de mi carrera, comenzando cuando ella y Temple Gault iniciaron una cadena de homicidios en Virginia y finalmente en Nueva York, donde Gault terminó muerto. Y ahora, esto. Posiblemente otros cinco asesinatos, quizá más.

—Conozco demasiado bien la historia de la señorita Grethen —dijo la doctora Ensor. No se mostraba hostil pero en su tono se notaba una actitud defensiva. —Puedo asegurarle que Kirby la manejó tan bien como lo hacemos con todos los pacientes de máxima seguridad...

—En sus evaluaciones psiquiátricas no hay casi nada que pueda resultar útil en ese sentido.

—¿Cómo puede saber usted qué hay en sus registros médicos...?

—Lo sé porque integro el Ente Nacional de Emergencia del ATF que investiga estos homicidios relacionados con incendios. —Medí mis palabras. —Y trabajo con el FBI, como ya le dije. Todos los casos a los que nos estamos refiriendo están en mi jurisdicción porque soy consultora de las fuerzas del orden a nivel federal. Pero mi misión no es arrestar a nadie ni manchar una institución como la suya. Mi tarea es llevar justicia a los muertos y darles la mayor paz posible a sus seres queridos. Para poder hacerlo, debo contestar preguntas. Y, más importante aún, me veo obligada a hacer todo lo posible para impedir que una persona más muera. Carrie volverá a matar. Es posible que ya lo haya hecho.

La directora permaneció un momento en silencio. Por la ventana vi que el helicóptero color azul oscuro era llevado a la pista.

—Doctora Scarpetta, ¿qué quiere que hagamos nosotros? —preguntó por último la doctora Ensor con voz tensa y alterada.

—¿Carrie tenía una asistente social? ¿Alguien perteneciente a la asesoría legal gratuita? ¿Alguien con quien realmente hablaba? —pregunté.

—Como es natural, pasaba bastante tiempo con un psicólogo forense, pero él no pertenece a nuestro equipo. Está aquí sólo para evaluar a los pacientes y hacer recomendaciones a los juzgados.

—Entonces lo más probable es que ella lo haya manipulado —dije mientras veía que Lucy trepaba a los patines de aterrizaje del helicóptero y comenzaba su inspección de prevuelo—. ¿Quién más? ¿Alguna persona que haya estado más cerca de ella?

—Entonces su abogada. Sí, de la asesoría legal. Si quiere hablar con ella, puedo concertarle una entrevista.

—En este momento salgo del aeropuerto —dije—. Calculo que aterrizaremos dentro de aproximadamente tres horas. ¿Tienen helipuerto?

—No recuerdo que nadie haya aterrizado aquí. Pero hay varios lugares cercanos y tendré mucho gusto en ir a buscarla.

—Creo que no será necesario. Tengo la sensación de que aterrizaremos muy cerca de allí.

—Entonces estaré pendiente de su llegada y la llevaré junto a la abogada de la asesoría legal o adonde necesite ir.

—Me gustaría ver la sala donde estaba Carrie Grethen y el lugar donde pasaba su tiempo.

—Lo que necesite.

—Es usted muy amable —dije.

Lucy, siguiendo la lista de chequeos, abría los paneles de acceso para verificar los niveles de fluidos, cables y todo lo que era preciso revisar antes del despegue. Era ágil y estaba segura de lo que hacía, y cuando trepó para inspeccionar el rotor principal, me pregunté cuántos accidentes de helicópteros ocurrían en tierra. No fue sino después de que yo estuviera instalada en el asiento del copiloto que noté que en un panel detrás de su cabeza había un rifle de asalto AR-15 y, al mismo tiempo, me di cuenta de que los controles de mi lado no habían sido quitados. Los pasajeros no tenían acceso a los mandos y al control del rotor, y los pedales debían estar desplazados de tal manera que la persona no iniciada no los pisara en forma accidental.

—¿Qué es esto? —le pregunté a Lucy mientras me sujetaba el arnés.

—Nos espera un vuelo prolongado.

Accionó varias veces la palanca del acelerador para asegurarse de que estuviera cerrada.

—Eso ya lo sé —dije.

—Un vuelo por la campiña es una buena oportunidad para que te pruebes.

Liberó la traba e hizo una gran X con el comando.

—¿Para que me pruebe con qué? —pregunté mientras mi alarma aumentaba.

—Como piloto —respondió Lucy—, cuando lo único que tienes que hacer es mantener la altitud y la velocidad y conservar el nivel.

—De ninguna manera.

Ella oprimió el botón de arranque y el motor comenzó a zumbar.

—Yo diría que sí.

Las palas del rotor comenzaron a girar y el rugido huracanado se hizo más intenso.

—Si vas a volar conmigo —gritó por encima del ruido mi sobrina, en su papel de instructora de vuelo certificada—, quiero estar segura de que eres capaz de ayudarme si se presenta algún problema. ¿De acuerdo?

Yo no dije nada más. Ella avanzó el acelerador y aumentó el número de revoluciones por minuto. Accionó interruptores y probó luces de advertencia y después encendió el radiotransmisor y nos pusimos los auriculares. Lucy nos elevó de la plataforma como si la gravedad hubiera desaparecido. Viró la máquina hacia el viento y avanzó con creciente velocidad hasta que el helicóptero pareció remontarse por sí solo. Trepamos por encima de los árboles, con el sol alto en el este. Cuando nos hubimos alejado de la torre de control y de la ciudad, Lucy inició su primera lección.

Yo ya sabía para qué eran casi todos los controles y dónde estaban, pero tenía una comprensión muy limitada de cómo funcionaban juntos. No sabía, por ejemplo, que cuando uno acciona el acelerador y aumenta la potencia, el helicóptero se inclina hacia la derecha, lo cual significa que hay que operar sobre el pedal anti-torque para contrarrestar la fuerza del rotor principal y mantener la nave nivelados, mientras se gana altura. Y así sucesivamente. Era como tocar la batería, lo mejor que podía, sólo que en este caso debía estar alerta a ocasionales pájaros, torres, antenas y otros aviones.

Lucy era muy paciente, y el tiempo fue pasando mientras seguíamos avanzando a ciento diez nudos. Cuando estábamos al norte de Washington, yo ya podía mantener el helicóptero relativamente estable mientras ajustaba el giro direccional al mismo tiempo para que coincidiera con la brújula. Nuestro rumbo era de 050 grados, y aunque no me sentía capaz de hacer malabarismos con ninguna cosa más, como por ejemplo con el Sistema de Posicionamiento Global o SPG, Lucy dijo que yo me las arreglaba muy bien para mantener la nave en su curso.

—Tenemos un pequeño avión en la posición horaria de las tres —dijo por el micrófono—. ¿Lo ves?

—Sí.

—Lo que debes decir entonces es: ahí va. Y está por encima del horizonte. Puedes decir eso, ¿no?

—Ahí va.

Lucy se echó a reír.

—No. Ahí va no significa diez-cuatro. Y si algo está por sobre el horizonte, significa que también está encima de nosotros. Eso es importante, porque si los dos aviones están en el horizonte y el que vemos no parece moverse, significa que está a nuestra altitud y se aleja o se acerca directamente a nosotros. Es bastante importante prestar atención y decidir cuál de las dos cosas hace, ¿verdad?

Su clase continuó hasta que la línea de edificación de Nueva

York estuvo a la vista, momento en que yo no tendría más nada que ver con los controles. Lucy voló bajo sobre la Estatua de la Libertad y la isla Ellis, donde mis antepasados italianos se habían reunido hacía mucho tiempo para empezar con nada en un mundo nuevo lleno de oportunidades. La ciudad nos rodeó y los edificios del distrito financiero eran enormes cuando volamos a ciento cincuenta metros de altura y la sombra de nuestro helicóptero se movía debajo de nosotros sobre el agua. Era un día caluroso y despejado, y los helicópteros de turismo hacían sus recorridas mientras otros llevaban a ejecutivos que lo tenían todo menos tiempo.

Lucy estaba ocupada con el radiotransmisor y el control de acercamiento parecía no querer reconocer nuestra existencia porque el tráfico aéreo se encontraba tan congestionado y a los controladores no les interesaba demasiado un helicóptero que volaba a setecientos pies. A esa altitud en esta ciudad, las reglas eran simplemente ver y evitar. Seguimos el río East por encima de los puentes de Brooklyn, Manhattan y Williamsburg, avanzando a noventa nudos por sobre lentas barcazas de basura, barcos petroleros y barcos blancos de turismo. Cuando pasamos por los edificios deteriorados y los viejos hospitales de la isla Roosevelt, Lucy informó a LaGuardia lo que estábamos haciendo. A esa altura, la isla Ward estaba directamente frente a nosotros. Resultaba apropiado que esa parte del río, en el sector sudoeste, se llamara Puerta del Infierno.

Lo que sabíamos de la isla Ward provenía de mi eterno interés en la historia de la medicina, y tal como sucedió con muchas islas neoyorquinas en tiempos antiguos, era un lugar para el exilio de los presos, los enfermos y los que tenían trastornos mentales. Por lo que yo recordaba, el pasado de la isla Ward era particularmente triste, pues a mediados del siglo XIX era un lugar donde no había calefacción ni agua corriente, donde se ponían en cuarentena a las personas con tifus y se depositaban a los rusos judíos refugiados. A comienzos del siglo XX, el hospicio de la ciudad se trasladó a la isla. Por cierto, ahora las condiciones eran mejores, aunque hubiera muchos más dementes. Los pacientes tenían aire acondicionado, abogados y pasatiempos. Tenían acceso a atención médica y odontológica, psicoterapia, grupos de apoyo y deportes organizados.

Ingresamos en el espacio aéreo Clase B sobre la isla Ward en forma no demasiado civilizada, pues volamos bajo sobre parques verdes y muy arbolados, mientras las siluetas desagradables de ladrillos color tostado del Centro Psiquiátrico y el Centro Psiquiátrico Infantil de Manhattan y Kirby se erguían delante de nosotros. La avenida del puente Triborough atravesaba el medio de la isla donde, por incongruente que fuera, había un pequeño circo, con sus carpas a franjas, sus ponies y sus artistas en uniciclos. Los asistentes a la función no eran demasiados, y alcancé a ver chicos que comían algodón de azúcar y me pregunté por qué no estaban en la escuela. Un poco más al norte había una planta de procesamiento de aguas servidas y la academia de entrenamiento del departamento de bomberos de la ciudad de Nueva York, donde un camión con una escalera altísima practicaba giros en una playa de estacionamiento.

El Centro Psiquiátrico forense consistía en doce plantas con ventanas cubiertas por trama de acero, vidrios opacos y aparatos de aire acondicionado. Espirales de alambre de púas limitaban los caminos y los sectores de recreación, para impedir una fuga que, al parecer, a Carrie le había resultado tan sencilla. Aquí el río tenía un ancho de alrededor de un kilómetro y medio, su corriente era rápida y ominosa, y no me pareció probable que alguien pudiera atravesarlo a nado. Pero había un puente para peatones, tal como me habían dicho antes. Estaba pintado del color del cobre oxidado y se encontraba a alrededor de un kilómetro y medio al sur de Kirby. Le pedí a Lucy que lo sobrevolara, y desde el aire vi gente que lo cruzaba en ambas direcciones.

—No entiendo cómo Carrie pudo cruzar ese puente a la luz del día —le dije a Lucy—. No sin que alguien la viera. Pero aunque pudiera hacerlo y lo hizo, ¿después, qué? La policía la buscaría por todas partes, sobre todo del otro lado del puente. ¿Y cómo hizo para llegar al condado de Lehigh?

Lucy volaba en círculos a quinientos pies de altura y las palas del rotor producían un sonido muy fuerte. Había restos de un ferry que en una época debe de haber cargado pasajeros, y las ruinas de un muelle, que ahora era una pila de madera podrida tratada con creosota que asomaba hacia esas aguas amenazadoras desde un pequeño campo abierto sobre el lado occidental de Kirby. El campo parecía adecuado para aterrizar en él, siempre y cuando permaneciéramos más cerca del río que de los caminos y bancos del hospital.

Cuando Lucy inició un reconocimiento a gran altura, yo miré hacia las personas que estaban en tierra. Todas vestían de civil, algunas estaban tendidas en el césped, otras sentadas en los bancos y otras caminaban por los senderos entre barriles oxidados de basura. Incluso desde quinientos pies, reconocí la forma de vestir desaliñada y con ropa de otro talle y la extraña manera de caminar de las personas que estaban más allá de toda esperanza de recuperación. Ellos miraron hacia arriba, transfigurados, mientras explorábamos el sector para asegurarnos de que no hubiera problemas como el tendido eléctrico, otros cables y terreno blando y desparejo. Un reconocimiento a baja altura nos confirmó que el aterrizaje sería seguro y, a esa altura, más personas habían emergido de los edificios o miraban por las ventanas o se encontraban de pie junto a las puertas para ver qué estaba sucediendo.

—Tal vez deberíamos haber probado en uno de los parques —dije—. Espero que no iniciemos un tumulto.

Lucy descendió el helicóptero hasta los cinco pies, y la maleza y el pasto alto se mecieron con violencia. Un faisán y sus polluelos huyeron despavoridos por la margen del río y desaparecieron de nuestra vista, y costaba imaginar que algo tan inocente y vulnerable viviera tan cerca de esa humanidad perturbada. De pronto pensé en la carta que me envió Carrie, en la extraña forma de poner la dirección de Kirby como "Un lugar con faisanes". ¿Qué me estaba diciendo? ¿Que también ella había visto los faisanes? De ser así, ¿qué importancia tenía?

El helicóptero se posó en tierra con suavidad y Lucy lo detuvo y puso el motor en régimen mínimo. Después, una espera de dos interminables minutos para apagar el motor. Las palas del rotor giraron a la par de los minutos en el reloj digital, y los pacientes y el personal del hospital se quedaron mirándonos. Algunos permanecían inmóviles y nos observaban con ojos vidriosos, mientras que otros no nos prestaban atención y caminaban con movimientos espasmódicos o tenían la vista baja. Un anciano que se liaba un cigarrillo nos saludó con la mano, una mujer de ruleros farfulló algo y un joven con auriculares comenzó a marcar un ritmo con la pierna sobre la vereda, al parecer en nuestro honor.

Lucy apagó el motor y frenó el rotor principal. Cuando nos apeábamos, una mujer emergió de entre el gentío de los mentalmente perturbados y quienes los cuidaban. Vestía un elegante traje de tela con diseño de espina de pescado y llevaba puesto el saco a pesar del calor. Su pelo oscuro era corto y estaba muy bien peinado. Antes de que nadie nos lo dijera, supe que era la doctora Lydia Ensor, y también ella pareció reconocerme, porque primero me estrechó la mano a mí y después estrechó la de Lucy mientras se presentaba.

—Debo decir que ustedes han producido un gran revuelo por aquí —dijo con una leve sonrisa.

—Me disculpo por ello —dije.

—No se preocupe.

—Yo me quedo en el helicóptero —dijo Lucy.

—¿Seguro? —pregunté.

—Sí, seguro —contestó ella y miró hacia ese gentío desconcertado.

—La mayoría de esas personas son pacientes externas del centro psiquiátrico que está allá. —La doctora Ensor señaló otro edificio alto. —Y de la Casa Odisea.

Ella asintió hacia un edificio más pequeño de ladrillos más allá de Kirby, donde parecía haber un jardín y una cancha de tenis de cemento en muy mal estado y con la red rota.

—Drogas, drogas y más drogas —agregó—. Se internan para curarse, y los hemos pescado preparándose un porro cuando se van de aquí.

—Yo estaré aquí —dijo Lucy—. O puede que vaya a cargar combustible y después vuelva —agregó.

—Preferiría que te quedaras aquí —dije.

La doctora Ensor y yo echamos a andar hacia el Kirby mientras una serie de ojos nos fulminaban con la mirada y vertían dolor y odio. Un hombre con una barba enredada nos gritó que quería que lo lleváramos de paseo, hizo ademanes hacia el cielo y aleteó como un pájaro, mientras saltaba en un pie. Rostros devastados estaban en otros reinos o vacíos o llenos de un amargo desprecio que sólo podía provenir del hecho de estar del lado de adentro y contemplar a los que, como nosotros, no estaban esclavizados con las drogas o la locura. Nosotras éramos las privilegiadas. Nosotras éramos los seres vivientes. Nosotras éramos Dios para aquellos que no podían hacer otra cosa que destruirse a sí mismos y destruir a los demás y, al final del día, regresábamos a nuestras casas.

La entrada al Centro Psiquiátrico Forense Kirby era la de una típica institución estatal, con paredes pintadas del mismo color que el puente para peatones que cruzaba el río. La doctora Ensor me condujo hacia una esquina donde había una botonera en la pared, y oprimió un botón.

—Acérquese al intercomunicador —dijo en forma abrupta una voz que parecía la del Mago de Oz.

Ella se acercó y dijo:

—Soy la doctora Ensor.

—Sí, doctora. —La voz se hizo humana. —Adelante.

La entrada al corazón de Kirby era típica de una penitenciaría, con sus puertas neumáticas que nunca permitían que dos estuvieran abiertas al mismo tiempo, y sus carteles de todo lo que estaba prohibido, como armas de fuego, explosivos, munición, alcohol u objetos de vidrio. No importaba lo inflexibles que fueran los políticos, los trabajadores de la salud y la ACLU, esto no era un hospital. Los pacientes eran reclusos. Eran delincuentes violentos en una institución de máxima seguridad porque habían violado y golpeado. Habían disparado contra su familia, quemado a su madre, destripado a sus vecinos y desmembrado a sus amantes. Eran monstruos que se habían convertido en celebridades, como Robert Chambers, famoso por el homicidio de yuppies, o Rakowitz, que asesinó y cocinó a su novia y supuestamente les dio de comer partes de su cuerpo a mendigos, o Carrie Grethen, que era peor que cualquiera de ellos.

La puerta de barrotes se abrió con un clic electrónico y los guardias, de uniformes azules, se mostraron muy corteses con la doctora Ensor y conmigo, puesto que era evidente que yo era su huésped. Sin embargo, nos hicieron pasar por un detector de metales y nos revisaron cuidadosamente la cartera. Me dio vergüenza que me recordaran que sólo se podía entrar con medicamentos para una dosis, mientras que yo tenía suficiente Motrin, Immodium, Tums y aspirina como para abastecer a toda la sala.

—Señora, usted no se debe de estar sintiendo demasiado bien —me dijo uno de los guardias.

—Se acumula —respondí, agradecida de haber puesto mi pistola en el portafolio, que cerré con llave y estaba a salvo en el compartimento para equipajes del helicóptero.

—Bueno, tendré que quedarme con todo esto hasta que usted salga. La estará esperando aquí, ¿de acuerdo? No se olvide de pedírmelo.

—Gracias —dije, como si el hombre acabara de hacerme un gran favor.

Nos permitieron pasar por otra puerta en la que había un cartel que decía "Mantenga las manos alejadas de los barrotes". De pronto estábamos en pasillos incoloros y pelados, doblábamos por las esquinas y pasábamos frente a puertas cerradas donde se estaban realizando audiencias.

—Usted debe comprender que los abogados pertenecen a la Sociedad de Asesoramiento Legal Gratuito, que es una organización privada y sin fines de lucro, contratada por la ciudad de Nueva York. El personal que tienen aquí es parte de su división criminal. No pertenecen al plantel del Kirby.

Ella quería estar segura de que yo lo entendiera.

—Aunque, después de una serie de años aquí, es posible que se hagan amigos de mi personal —siguió diciendo mientras caminábamos—. La abogada en cuestión, que trabajó con la señorita Grethen desde el principio, seguramente reaccionará mal a cualquier pregunta que usted le haga.

Me miró.

—Yo todavía no tengo control sobre eso —dijo.

—Lo entiendo muy bien —contesté—. Y si un defensor público o abogado de asesoramiento legal gratuito no lo hiciera cuando yo aparezco, creería que el planeta ha cambiado.

El Asesoramiento Legal para la Higiene Mental estaba perdido en alguna parte de Kirby y yo juraría que era en la planta baja. La directora me abrió una puerta de madera y me hizo pasar a una pequeña oficina tan repleta de papeles que cientos de carpetas con casos clínicos estaban apiladas en el suelo. La abogada que se encontraba detrás del escritorio era un verdadero desastre de ropa desaliñada y pelo negro y crespo en un estado de total caos. Era una mujer pesada, con voluminosos pechos que se habrían visto beneficiados con el uso de un corpiño.

—Susan, ésta es la doctora Scarpetta, jefa de médicos forenses de Virginia —dijo la doctora Ensor—. Como usted sabe, vino aquí por Carrie Grethen. Y, doctora Scarpetta, ésta es Susan Blaustein.

—Correcto —dijo la doctora Blaustein, quien por lo visto no tuvo ganas de levantarse ni de estrecharme la mano y siguió hojeando un grueso legajo legal.

—Las dejaré a las dos solas. Susan, confío en que le mostrará el lugar a la doctora Scarpetta, o bien le pediré a alguien de personal que lo haga —dijo la doctora Ensor, y por la forma en que me miró me di cuenta de que sabía que me esperaba una recorrida desde el infierno.

—Ningún problema.

El ángel guardián de los delincuentes tenía un fuerte acento de Brooklyn.

—Tome asiento —me dijo cuando la directora desapareció.

—¿Cuándo enviaron aquí a Carrie? —pregunté.

—Hace cinco años.

Lo dijo sin levantar la vista de sus papeles.

—¿Usted está al tanto de su historia, de los casos de homicidio que todavía deben juzgarse en Virginia?

—Sí, estoy al tanto de todo.

—Carrie escapó de aquí hace diez días, el diez de junio —proseguí—. ¿Alguien descubrió cómo pudo suceder eso?

Blaustein pasó una página y levantó una taza de café.

—No se presentó para la cena. Eso es todo —contestó—. Yo me sorprendí tanto como los demás cuando desapareció.

Pasó una página y siguió sin mirarme. Para mí, fue suficiente.

—Doctora Blaustein —dije con voz dura y me apoyé contra su escritorio—. Con el debido respeto a sus clientes, ¿quiere que yo le hable de los míos? ¿Le gustaría oír todo lo referente a los hombres, mujeres y niños que fueron asesinados por Carrie Grethen? ¿Por ejemplo, un chiquillo que fue secuestrado en un 7-Eleven adonde su madre lo había enviado para comprar una lata de sopa de hongos? Le dispararon a la cabeza y le quitaron sectores de la piel para borrar marcas de mordida, y dejaron su pobre cuerpecito cubierto sólo con calzoncillos, apoyado contra un volquete en medio de una lluvia helada?

—Ya le dije, estoy enterada de todos los casos —dijo y continuó con su trabajo.

—Le sugiero que deje ese informe y me preste atención —le advertí—. Tal vez yo sea una patóloga forense, pero también soy abogada y sus jugarretas no sirven conmigo. Sucede que usted representa a una psicópata que, mientras hablamos, está allá afuera asesinando gente. No quisiera que al final del día descubriera que usted poseía información que podría haber evitado aunque sólo fuera una muerte.

Me miró, fría y arrogante, porque su único poder en la vida era defender a perdedores y jugar con gente como yo.

—Permítame que le refresque la memoria —proseguí—. Desde que su cliente escapó de Kirby, se cree que asesinó o fue cómplice en dos casos de asesinato que tuvieron lugar con pocos días entre uno y otro. Homicidios malévolos que se trataron de disimular con el fuego, y que creemos están relacionados con otros parecidos, aunque durante los primeros su cliente todavía estaba presa aquí.

Susan Blaustein permaneció en silencio y me miró.

—¿Puede ayudarme con esto?

—Todas mis conversaciones con Carrie están protegidas por el secreto profesional. Estoy segura de que usted debe de saberlo —comentó, pero percibí que lo que yo decía le producía curiosidad.

—¿Es posible que ella se comunicara con una persona de afuera? —continué—. Y en caso afirmativo, ¿con quién y de qué manera?

—Dígamelo usted.

—¿Alguna vez le habló a usted de Temple Gault?

—Es información confidencial.

—Entonces lo hizo —dije—. Por supuesto que sí. ¿Cómo podía no hacerlo? ¿Sabe, doctora Blaustein, que me escribió a mí y me pidió que viniera a verla y trajera las fotografías de la autopsia de Gault?

Ella no dijo nada, pero sus ojos comenzaron a cobrar vida.

—A él lo atropelló un tren en el Bowery. Sus restos quedaron diseminados entre las vías.

—¿Usted practicó su autopsia? —preguntó.

—No.

—Entonces, ¿por qué habría Carrie de pedirle a usted las fotos, doctora Scarpetta?

—Porque sabía que yo podía conseguirlas. Carrie quería verlas, disfrutaba con la sangre y lo truculento. Esto fue menos de una semana antes de que escapara. Me pregunto si usted sabía que estaba enviando cartas como ésa. En lo que a mí respecta, es una clara indicación de que lo que haría a continuación era premeditado.

—No.

Blaustein me señaló con un dedo.

—Lo que ella pensaba era que la habían incriminado para que

cargara con la culpa, sólo porque el FBI no podía solucionar el caso y quería colgárselo a alguien —me acusó.

—Veo que usted lee los periódicos.

En su rostro se dibujó furia.

—Hablé con Carrie durante cinco años —dijo—. No era ella la que dormía con uno del FBI, ¿verdad?

—En cierta forma sí lo hacía. —Pensé en Lucy. —Y, francamente, doctora Blaustein, no estoy aquí para cambiar la opinión que usted tiene de su cliente. Mi propósito es investigar una serie de muertes y hacer todo lo posible para impedir otras.

La abogada de Carrie comenzó a mover de nuevo una serie de papeles.

—A mí me parece muy claro que Carrie estuvo tanto tiempo encerrada aquí porque cada vez que se realizaba una evaluación de su estado mental, usted se aseguraba de que todavía no estuviera en condiciones de salir —continué—. Lo cual significa que tampoco está en condiciones de soportar un juicio, ¿no es así? Lo cual significa que está tan enferma mentalmente que ni siquiera tiene conciencia de los cargos que hay contra ella. Y, sin embargo, ella debe de haberse dado cuenta de su situación, pues ¿de qué otra manera podía fabular todo ese asunto de que el FBI la había incriminado? ¿O fue usted la que lo hizo?

—Esta reunión acaba de terminar —anunció Blaustein y, si hubiera sido juez, habría golpeado con su mazo.

—Carrie no es otra cosa que una persona que simula estar enferma —dije—. Ella actuó de esa manera y manipuló. Permítame adivinar. Estaba muy deprimida, no podía recordar nada cuando era importante. Probablemente tomaba Ativan, algo que probablemente ni siquiera la afectó. Es obvio que tenía suficiente energía para escribir cartas. ¿Y de qué otros privilegios gozaba? ¿Del teléfono y de una fotocopiadora, por ejemplo?

—Los pacientes tienen derechos civiles —dijo Blaustein—. Ella era muy tranquila. Jugaba mucho ajedrez. Le gustaba leer. En el momento de los crímenes hubo circunstancias atenuantes y agravantes, y ella no era responsable de sus actos. Estaba muy arrepentida.

—Carrie siempre fue una excelente vendedora —dije—. Siempre una verdadera maestra en conseguir lo que quería, y lo que quería era estar aquí el tiempo suficiente para hacer su siguiente jugada. Y ahora la hizo.

Abrí mi cartera y saqué una copia de la carta que Carrie me había escrito. La dejé caer frente a Blaustein.

—Preste especial atención a la dirección del remitente que está en la parte de arriba de la hoja. "Un lugar con faisanes, Sala de mujeres de Kirby" —dije—. ¿Tiene alguna idea de qué quiso decir con eso, o quiere que arriesgue una conjetura?

—No tengo la menor idea. —Estaba leyendo la carta y en su rostro apareció una expresión de perplejidad.

—Hablemos de faisanes —dije—. En la orilla del río hay faisanes, justo del otro lado de la puerta.

—No me di cuenta.

—Yo lo noté porque aterrizamos en ese campo. Y tiene razón, usted no lo habría notado a menos que caminara a lo largo de dos mil metros de pasto alto y maleza y se dirigiera al borde del agua, cerca del viejo muelle.

Ella no dijo nada, pero me di cuenta de que se sentía intranquila.

—De modo que mi pregunta es: ¿cómo pudo Carrie o cualquiera de los presos saber sobre los faisanes?

Ella me miró fijo.

—Un paciente de máxima seguridad no debería haber estado nunca en ese campo o siquiera cerca de él, doctora Blaustein. Si no desea hablarme del tema, entonces le pediré a la policía que se ocupe de sonsacarla, puesto que la fuga de Carrie es una prioridad para las fuerzas del orden en estos días. De hecho, estoy segura de que su excelente alcalde no está nada contento con la mala publicidad que Carrie le ha dado a una ciudad que se ha convertido en famosa por derrotar el crimen.

—No sé cómo lo supo Carrie —dijo finalmente la doctora Blaustein—. Es la primera noticia que tengo de esos malditos faisanes. Es posible que alguien del personal le hubiera dicho algo al respecto. Quizás uno de los empleados para la tienda de provisiones; en otras palabras, alguien de afuera, como usted.

—¿Cuál tienda?

—El programa de privilegio de pacientes les permite ganar créditos o dinero para la tienda. En su mayor parte bocadillos. Hay una entrega por semana, y ellos tienen que usar su propio dinero.

—¿De dónde sacaba dinero Carrie?

Blaustein no quiso decírmelo.

—¿Qué día llegaban esas entregas?

—Depende. Por lo general a principios de semana, lunes, martes. Casi siempre a última hora de la tarde.

—Ella escapó un jueves, a última hora de la tarde —dije.

—Así es. —Su mirada se hizo más dura.

—¿Que me puede decir de la persona que realizaba esas entregas? —pregunté—. ¿Alguien se molestó en averiguar si él o ella tuvo algo que ver con esto?

—Esa persona era un hombre —dijo Blaustein sin emoción—. Nadie pudo localizarlo. Era un suplente del empleado habitual, quien al parecer estaba enfermo.

—¿Un suplente? Correcto. ¡A Carrie le interesaba algo más que las papas fritas! —Mi voz se elevó. —Permítame adivinar. Las personas que hacen entregas usan uniformes y manejan una furgoneta. Carrie se pone un uniforme y sale tranquilamente con el empleado. Sube a la furgoneta y se va.

—Puras especulaciones. No sabemos cómo salió de aquí.

—Pues yo creo que sí lo sabe, doctora Blaustein. Y me pregunto si no habrá ayudado a Carrie con dinero también, ya que era alguien tan especial para usted.

Ella se puso de pie y volvió a apuntarme con un dedo.

—Si me está acusando de haberla ayudado a escapar...

Reprimí las lágrimas, imaginé a Carrie libre en las calles, y pensé en Benton.

—Usted es un monstruo —dije y la fulminé con la mirada—. Me gustaría que pasara solamente un día con las víctimas. Sólo un maldito día. Que pusiera las manos en su sangre y les tocara las heridas. Las personas inocentes que las Carries de este mundo asesinan por deporte. Creo que a algunas personas no les gustaría mucho enterarse de lo de Carrie, de sus privilegios, de su misteriosa fuente de ingresos —dije—. Otros, además de mí.

Fuimos interrumpidas por un llamado a la puerta, y entró la doctora Ensor.

—Pensé que podía acompañarla en su recorrida —me dijo—. Susan parece muy ocupada. ¿Ya terminó aquí? —le preguntó a la abogada de asesoramiento legal.

—Sí casi.

—Muy bien —dijo con una sonrisa helada.

Sabía que la directora tenía plena conciencia del grado en que Susan Blaustein había abusado del poder, de la confianza y de la decencia. En definitiva, Blaustein había manipulado al hospital tanto como Carrie.

—Gracias —le dije a la directora.

Y me fui, dándole la espalda a la defensora de Carrie.

"Que te pudras en el infierno", pensé.

Seguí de nuevo a la doctora Ensor, esta vez a un gran ascensor de acero inoxidable que se abría a pasillos yermos color beige cerrados con pesadas puertas rojas que requerían códigos para abrirse. Todo estaba monitoreado por circuitos cerrados de televisión. Al parecer, Carrie había trabajado en el programa para mascotas, que implicaba visitas diarias al piso décimo, donde los animales se encontraban enjaulados en una pequeña habitación con vista al alambre de púas.

El lugar estaba apenas iluminado y húmedo con el olor a almizcle de los animales y la madera y el ruido de las uñas de los animales. Había allí pericos, cobayos y un hamster enano de Rusia. Sobre una mesa había una caja con tierra negra y brotes tiernos.

—Aquí cultivamos nuestro propio alimento para pájaros —explicó la doctora Ensor—. Se alienta a los pacientes a hacerlo y venderlo. Desde luego, no me refiero a una producción en masa. Apenas hay suficiente para nuestras propias aves y, como puede ver por lo que hay en algunas de las jaulas y el piso, los pacientes tienden a alimentar a sus mascotas con papas fritas y galletitas de queso.

—¿Carrie subía aquí todos los días? —pregunté.

—Eso me dijeron, ahora que reviso todo lo que hizo mientras estuvo aquí. —Hizo una pausa y paseó la vista por las jaulas, mientras animales pequeños de narices rosadas se movían y rascaban.

—Como es obvio, en aquella época yo no lo sabía todo. Por ejemplo, coincidiendo con los seis meses durante los que Carrie supervisó el programa con mascotas, tuvimos un número insólito de fatalidades y fugas. Un perico aquí, un hamster allá. Los pacientes venían y encontraban a sus mascotas muertas en sus jaulas, o la puerta de una jaula abierta y un pájaro desaparecido.

Ella salió al pasillo, los labios apretados con firmeza.

—Es una pena que usted no se encontrara aquí en esas ocasiones —dijo—. Tal vez podría haberme dicho de qué morían esos animales. O por la mano de quién.

En el pasillo había otra puerta que se abría a un cuarto pequeño y poco iluminado donde había una computadora y una impresora relativamente modernas sobre una mesa sencilla de madera. También vi un enchufe para teléfono en la pared. Tuve un mal presagio, incluso antes de que la doctora Ensor hablara.

—Es aquí donde Carrie pasaba la mayor parte de su tiempo libre —dijo—. Y como sin duda sabe, ella sabía mucho de computación. Solía alentar a otros pacientes a aprender a usar una computadora, y comprar ésta fue idea suya. Nos sugirió que buscáramos donantes de equipos usados, y lo cierto es que ahora tenemos una computadora y una impresora en cada piso.

Me acerqué a la terminal y me senté frente a ella. Al oprimir una tecla desconecté el protector de pantalla y observé iconos que me dijeron qué programas había disponibles.

—Cuando los pacientes trabajaban aquí —dije—, ¿se los supervisaba?

—No. Se los acompañaba hasta aquí y se cerraba la puerta con llave. Una hora después se los conducía de vuelta a su sala. —Pareció pensativa. —Yo era la primera en reconocer que me admiraba el que tantos pacientes hubieran comenzado a aprender a utilizar un procesador de textos y, en algunos casos, a trabajar con hojas de cálculo.

Ingresé en America Online y se me pidió un nombre de usuario y una contraseña. La directora observó lo que yo hacía.

—No tenían acceso a Internet —dijo.

—¿Cómo lo sabe?

—Las computadoras no están conectadas a esa red.

—Pero tienen módems —dije—. Al menos ésta lo tiene. No está conectada sencillamente porque no hay ninguna línea telefónica conectada al enchufe telefónico.

Señalé ese pequeño receptáculo que había en la pared y giré para enfrentarla.

La directora apartó la vista, y en su rostro apareció una expresión de enojo y de angustia cuando comenzó a comprender adónde quería llegar yo.

—Dios —murmuró.

—Desde luego, puede haber recibido eso desde afuera. ¿Podría haber sido la persona que le trajo los bocadillos de la tienda?

—No lo sé.

—Lo cierto es que es mucho lo que no sabemos, doctora Ensor. Por ejemplo, no sabemos qué demonios hacía en realidad Carrie cuando estaba aquí. Podría haber entrado y salido de los *chat rooms*, realizado investigaciones con respecto a personas, conocido amigos con quienes intercambiar correspondencia. Estoy segura de que usted sabe cuántos crímenes se cometen por Internet. Pedofilia, violaciones, homicidios, pornografía infantil.

—Por esa razón esto se supervisaba con tanta atención —dijo ella—. O debería haber sido supervisado.

—Sin duda así planeó Carrie su fuga. ¿Cuánto tiempo diría usted que hace que ella comenzó a trabajar con la computadora?

—Alrededor de un año. Después de mucho tiempo de comportamiento perfecto.

—Comportamiento perfecto —repetí.

Pensé en los casos de Baltimore, Venice Beach y, más recientemente, Warrenton. Me pregunté si sería posible que Carrie hubiera conocido a su cómplice por intermedio del correo electrónico, una página Web o un *chat room*. ¿Sería posible que hubiera cometido crímenes por computación durante el tiempo que estuvo presa? ¿Habría estado trabajando entre bambalinas, asesorando y alentando a un psicópata que robaba rostros humanos? Después escapó, y a partir de entonces sus crímenes los cometió en persona.

—¿Alguno de los pacientes dados de alta de Kirby en el último año era piromaníaco, sobre todo alguien con una historia de homicidios? ¿Alguien que Carrie puede haber conocido? ¿Tal vez un integrante de una de sus clases? —pregunté, tanto como para estar segura.

La doctora Ensor apagó la luz del techo y regresamos al hall.

—No se me ocurre nadie —dijo—. No de la clase de personas a que usted se refiere. Y agregaría que un guardia siempre estaba presente

—¿Los pacientes de sexo femenino y masculino no se mezclaban durante la hora de recreación?

—No. Jamás. Los hombres y las mujeres están completamente separados.

Aunque no me constaba que Carrie tuviera un cómplice varón, yo lo sospechaba, y recordé lo que Benton había escrito en sus notas cerca del final, acerca de un hombre de entre veintiocho y cuarenta y cinco años. Los guardias, que eran simples vigilantes que no portaban armas, podían haber asegurado que el orden se mantenía en las aulas, pero yo dudaba seriamente que tuvieran idea de que Carrie estaba haciendo contacto con Internet. Volvimos a subir al ascensor y esta vez bajamos en el segundo piso.

—Es la sala de mujeres —explicó la doctora Ensor—. En este momento tenemos veintiséis pacientes mujeres, entre un total de ciento setenta pacientes. Ésa es la sala de visitas.

A través del vidrio señaló un sector espacioso abierto con sillones cómodos y televisores. En ese momento no había nadie allí.

—¿Carrie tuvo alguna vez visitas? —pregunté mientras seguíamos caminando.

—No del exterior, ni una sola vez. Las mujeres se alojan allí.

Señaló otro sector, éste con camas individuales.

—Ella dormía allí, junto a la ventana —dijo la doctora Ensor.

Saqué la carta de Carrie de mi cartera, volví a leerla y me detuve en el quinto párrafo.

LUCY-BOO por TV. Vuela por las ventanas. Ven y acaba con nosotros. Debajo de las sábanas. Acabar hasta el amanecer. Reír y cantar. La misma vieja canción.

¡LUCYLUCYLUCY y nosotros!

De pronto pensé en el videocasete de Kellie Shephard, y en la actriz de Venice Beach que interpretaba papeles en programas de televisión. Pensé en las sesiones de toma y en los equipos de producción, y me convencí aún más de que existía una conexión. Pero, ¿qué tenía Lucy que ver con todo eso? ¿Por qué vería Carrie a Lucy por televisión? ¿O era sencillamente que de alguna manera sabía que Lucy sabía volar, que sabía pilotear helicópteros?

Se produjo una conmoción en alguna parte y guardias femeninas se llevaban a las pacientes del sector de recreación. Gritaban y transpiraban, y tenían expresiones atormentadas, y una era llevada con las muñecas y los tobillos encadenados a una tira gruesa de cuero que le rodeaba la cintura. Era joven y blanca, con una mirada que se dispersó cuando se fijó en mí, la boca arqueada en una sonrisa tonta. Con su pelo decolorado y su cuerpo pálido y andrógino, podría haber sido Carrie y, por un momento, lo fue en mi imaginación. La piel se me erizó cuando esos iris parecieron chuparme mientras las otras pacientes pasaban junto a nosotros y varias chocaron conmigo en forma intencional.

—¿Usted es abogada? —me preguntó una obesa mujer negra mientras me fulminaba con la mirada.

—Sí —dije mientras le sostenía la mirada, porque hacía mucho tiempo que había aprendido a no ser intimidada por personas llenas de odio.

—Vamos —dijo la directora y me arrastró de allí—. Olvidé que era la hora de esto. Me disculpo.

Pero yo me alegré de que hubiera sucedido. En cierto sentido, había mirado a Carrie a los ojos y no había apartado la vista.

—Dígame, por favor, qué sucedió exactamente la noche en que ella desapareció —dije.

La doctora Ensor ingresó un código en otro teclado y abrió otra serie de puertas de color rojo.

—La mejor reconstrucción de los hechos que puedo hacer es que Carrie salió con las demás pacientes para esta misma hora de recreación. Le trajeron sus bocadillos y a la hora de la cena ya había desaparecido —contestó ella.

Bajamos en el ascensor y ella consultó su reloj.

—Enseguida se inició una búsqueda y se informó a la policía. Pero no hubo señales de ella, y eso es lo que me sigue carcomiendo —continuó—. ¿Cómo se fue de la isla a plena luz del día, sin que nadie la viera? Teníamos policías, perros, helicópteros...

Me frené en seco en medio del hall de la planta baja.

—¿Helicópteros? —pregunté—. ¿Más de uno?

—Sí.

—¿Usted los vio?

—Era difícil no verlos —replicó—. Estuvieron sobrevolando en círculos durante horas, y en el hospital se armó un alboroto terrible.

—Descríbame los helicópteros —dije y sentí que el corazón me golpeaba con fuerza—. Por favor.

—Bueno —contestó—. Al principio tres de la policía, y después los de los medios que parecían un enjambre de avispas.

—Dígame, ¿por casualidad, uno de los helicópteros era pequeño y blanco? ¿Parecido a una libélula?

Ella pareció sorprendida.

—Sí, recuerdo haber visto algo así —respondió—. Pensé que se trataba sólo de un piloto curioso por la conmoción.

22

Lucy y yo despegamos de la isla Ward en medio de un viento cálido y una presión barométrica baja que hacía que el Bell JetRanger fuera lento. Seguimos el río East y continuamos volando por el espacio aéreo Clase B de LaGuardia, donde aterrizamos el tiempo suficiente para volver a cargar combustible y comprar galletitas de queso y gaseosas de máquinas expendedoras y para que yo llamara a la Universidad de Carolina del Norte en Wilmington. Esta vez me pasaron con el director del asesoramiento de estudiantes. Lo tomé como una buena señal.

—Entiendo que necesite protegerse —le dije desde una cabina con teléfono público dentro de la terminal Signatures—. Pero, por favor, reconsidere su actitud. Otras dos personas han sido asesinadas desde que mataron a Claire Rawley.

Se hizo un prolongado silencio.

Entonces la doctora Chriss Booth dijo:

—¿Puede venir a verme?

—Eso pensaba hacer —le dije.

—Muy bien, entonces.

A continuación llamé a Teun McGovern para avisarle lo que sucedía.

—Creo que Carrie escapó de Kirby en el mismo Schweizer blanco que vimos volando sobre la caballeriza de Kenneth Sparkes cuando trabajábamos en la escena del incendio —dije.

—¿Ella sabe pilotear un avión? —preguntó McGovern.

—No, no. No me parece.

—Ah.

—El piloto es la persona que está con ella —dije—. La persona que está haciendo todo esto es la que la ayudó a escapar. Los primeros dos casos fueron como un ensayo. Baltimore y Venice Beach. Podríamos no habernos enterado nunca de su existencia, Teun. Creo que Carrie esperó un poco para meternos en esto. Esperó hasta Warrenton.

—Entonces usted cree que Sparkes fue el blanco elegido —dijo.

—Para conseguir nuestra atención. Para estar segura de que vendríamos. Sí —dije.

—¿Qué papel juega entonces Claire Rawley?

—Voy a Wilmington para averiguarlo, Teun. Creo que, de alguna manera, ella es la clave de todo esto. Es la conexión con él. Quienquiera sea. Y también creo que Carrie sabe que yo pensaré eso, y que me está esperando.

—Usted cree que ella está allá.

—Sí, apuesto a que sí. Esperó que Benton fuera a Filadelfia, y él fue. Espera que Lucy y yo vayamos a Wilmington. Sabe cómo pensamos, cómo trabajamos, al menos en la misma medida en que nosotros lo sabemos de ella.

—Lo que me está diciendo es que ustedes son su próximo blanco.

La sola idea fue como un balde de agua fría en mi estómago.

—Su blanco elegido.

—No tendrá ninguna oportunidad, Kay. Estaremos allí cuando ustedes aterricen. La universidad debe de tener un campo de juego. Lo arreglaremos todo con mucha discreción. Cada vez que aterricen para cargar combustible o lo que sea, avíseme por el pager y nos mantendremos en contacto.

—No puede hacerle saber que usted está allí —dije—. Eso lo arruinará todo.

—Confíe en mí —dijo McGovern.

Levantamos vuelo de LaGuardia con setenta y cinco galones de combustible y un vuelo interminablemente largo por delante. Tres horas en un helicóptero siempre era algo más que suficiente para mí. El peso de los auriculares y el ruido y la vibración me producían un calor intenso en la coronilla y la sensación de que se me aflojaban las articulaciones. Soportar esto durante más de cuatro horas por lo general traía como resultado un fuerte dolor de cabeza. Tuvimos la suerte de que hubiera viento de cola, y aunque nuestra velocidad de vuelo supuestamente era de ciento diez nudos, el GPS mostraba que era en realidad de ciento veinte.

Lucy me hizo tomar los controles de nuevo y el vuelo resultó más suave cuando aprendí a no ejercer un control excesivo ni a luchar contra ellos. Cuando las termales y los vientos nos sacudieron como una madre furiosa, me entregué a ellos. Tratar de contrarrestar con maniobras las ráfagas de viento y las corrientes ascendentes sólo empeoraba las cosas, y confieso que fue duro para mí. Aprendí a estar alerta a los pájaros y cada tanto advertía la presencia de un avión al mismo tiempo que Lucy.

Las horas se hicieron monótonas y desdibujadas cuando nos acercamos a la línea de la costa y volamos sobre el río Delaware hacia la Costa Este. Volvimos a cargar combustible cerca de Salisbury, Maryland, donde utilicé el cuarto de baño y bebí una Coke, y después seguimos viaje a Carolina del Norte, donde una serie de criaderos de chanchos arruinaban la topografía con largos cobertizos de aluminio y lagunas de tratamiento de desechos del color de la sangre. Ingresamos en el espacio aéreo de Wilmington a eso de las dos de la tarde. Mis nervios comenzaron a gritar cuando imaginé lo que tal vez nos esperaba.

—Bajemos a seiscientos pies —dijo Lucy—. Y reduzcamos la velocidad.

—Tú quieres que yo lo haga. —Quise estar segura.

—Es tu nave.

No fue precisamente perfecto, pero me arreglé.

—En mi opinión, la universidad no estará sobre el agua, y lo más probable es que sea una serie de edificios de ladrillo.

—Gracias, Sherlock.

Por donde miraba veía agua, complejos de departamentos y otras plantas de tratamiento del agua. El océano estaba hacia el este, reluciente y agitado, ajeno a los nubarrones oscuros que se juntaban en el horizonte. Una tormenta se acercaba, no parecía apurada pero amenazaba con ser brava.

—Dios, no quisiera caer allí abajo —dije por el micrófono en el momento en que un conjunto de edificios de ladrillos de estilo georgiano aparecía a mi vista.

—No estoy segura sobre esto. —Lucy miraba en todas direcciones—. Si ella está aquí. ¿Dónde, tía Kay?

—Donde ella crea que estamos nosotros. —Yo sonaba tan segura.

Lucy se hizo cargo del helicóptero.

—Tengo los controles —dijo—. No sé si esperar que tengas o no razón.

—Tú esperas que sí —le respondí—. De hecho, lo deseas tanto que me asusta, Lucy.

—Yo no soy la persona que nos trajo aquí.

Carrie había tratado de arruinar a Lucy. Carrie había asesinado a Benton.

—Yo sé quién nos trajo aquí —dije—. Fue ella.

La universidad estaba ahora debajo de nosotros, y encontramos el campo de juego en el que McGovern nos esperaba. Hombres y mujeres jugaban al fútbol, pero había un claro cerca de las canchas de tenis, y era allí donde Lucy debía aterrizar. Sobrevoló en círculos el área dos veces, una a gran altura y la otra a baja altura, y ninguna de las dos descubrimos ningún problema salvo algún árbol raro que había aquí y allá. En los costados había varios autos, y cuando tocamos tierra noté que uno de ellos era un Explorer color azul oscuro con un conductor adentro. Entonces me di cuenta de que el partido de fútbol estaba siendo dirigido por Teun McGovern en shorts y remera de gimnasia. Del cuello le colgaba un silbato y sus equipos eran coeducacionales y muy idóneos.

Paseé la vista por el lugar como si Carrie estuviera observando todo esto, pero los cielos estaban vacíos y nada parecía indicar su presencia. No bien estuvimos en tierra, el Explorer atravesó el césped y frenó a una distancia segura de las palas del rotor. Lo conducía una mujer desconocida, y me asombró muchísimo ver a Marino en el asiento del acompañante.

—No puedo creerlo —le dije a Lucy.

—¿Cómo demonios llegó aquí? —También ella estaba atónita.

Marino nos miró fijo a través del parabrisas mientras esperábamos los dos minutos de práctica para apagar el rotor. No sonrió y no se mostró nada cordial cuando subí a la parte posterior del auto mientras Lucy sujetaba las palas del rotor principal. McGovern y sus jugadores de fútbol siguieron con el partido y no nos prestaron atención. Pero noté los bolsos de gimnasia que había debajo de los bancos del costado de la cancha, y no tuve ninguna duda de lo que contenía. Era como si esperáramos el ataque de un ejército, una emboscada por parte de las tropas enemigas, y no pude menos que preguntarme si Carrie se había burlado una vez más de nosotros.

—No esperaba verte —le comenté a Marino.

—Cualquiera pensaría que USAirways podría volar a alguna parte sin obligarnos a hacer primero una parada en Charlotte —se quejó—. Venir aquí me llevó probablemente lo mismo que a ustedes.

—Soy Ginny Correll. —Nuestra conductora giró la cabeza y me estrechó la mano.

Tenía por lo menos cuarenta años, era una rubia atractiva vestida con un traje de color verde pálido y, si yo no hubiera sabido la verdad, podría haberla creído estudiante de alguna facultad de la universidad. Pero en el interior del automóvil había un scanner y un radiotransmisor, y alcancé a ver el brillo de un arma en la pistolera que llevaba debajo del saco. Esperó hasta que Lucy estuvo dentro del Explorer y entonces el vehículo describió un giro sobre el pasto mientras el partido de fútbol seguía.

—Esto es lo que sucede —comenzó a explicar Correll—. No sabíamos si el o los sospechosos estarían esperándolos, siguiéndolos o lo que fuera, así que nos preparamos para ello.

—Ya lo veo —dije.

—Abandonarán el campo de juego dentro de aproximadamente dos minutos, y lo importante es que tenemos gente nuestra en todas partes. Algunos vestidos de estudiantes, otros caminando por la ciudad, verificando los hoteles, los bares y lugares así. Ahora nos dirigimos al centro de asesoramiento para estudiantes, donde la subdirectora se reunirá con nosotros. Ella era la consejera de Claire Rawley y tiene todos sus registros.

—Correcto —dije.

—Sólo para que lo sepas, Doc —dijo Marino—, un agente de policía del campus cree haber visto a Carrie ayer en el sindicato de estudiantes.

—El Nido del Halcón, para ser más concreta —dijo Correll—. O sea, la cafetería.

—Tiene pelo corto y teñido de rojo, y ojos extraños. Estaba comprando un sándwich, y él la advirtió porque lo miró fijo cuando pasó junto a su mesa, y después, cuando comenzamos a hacer circular la foto de Carrie, dijo que quizás había sido ella. Pero que no podía jurarlo.

—Muy de ella mirar fijo a un policía —dijo Lucy—. Manejar a la gente de aquí para allá es su deporte favorito.

—Quisiera agregar que no es raro que los chicos de college tengan el mismo aspecto que los sin techo —dije.

—Estamos registrando las tiendas de empeños de por aquí para averiguar si alguien cuya descripción coincide con la de Carrie compró un arma, y también verificamos los autos robados de la zona —dijo Marino—. Pensamos que si ella y su cómplice robaron autos en Nueva York o en Filadelfia, no se presentarán aquí con esas chapas patente.

El campus era una colección inmaculada de edificios estilo georgiano modificado emplazados entre palmeras, magnolias, laureles, pinos del incienso y pinos de hoja larga. Las gardenias estaban en flor y, cuando nos apeamos, su perfume penetró el aire húmedo y caluroso y se me subió a la cabeza.

Me encantaban los aromas del sur y, por un momento, no me pareció posible que algo malo pasara allí. Era la temporada de verano y en el campus no había demasiada gente. Los estacionamientos estaban llenos hasta la mitad y muchos de los *racks* para bicicletas se encontraban vacíos. Algunos de los autos que avanzaban por el College road tenían tablas de surf en el portaequipajes.

El centro de asesoramiento estaba en el primer piso de Westside Hall, y el sector de espera para estudiantes con problemas de salud era de color malva y azul y lleno de luz. Rompecabezas de mil piezas con imágenes de escenas rurales se encontraban en distintas etapas de resolución sobre mesas para café y ofrecían una distracción bien recibida para los que tenían citas concertadas. Una recepcionista nos esperaba y nos acompañó por un corredor. Pasamos frente a cuartos de observación y de grupo y espacios para pruebas GRE. La doctora Chris Booth era una mujer enérgica de cerca de sesenta años y mirada bondadosa y sabia y, adiviné, alguien a quien le encantaba el sol. Su aspecto curtido le confería carácter, tenía la piel bronceada y con arrugas, su pelo canoso era corto y su cuerpo, leve pero vital.

Era psicóloga y su oficina daba al edificio de bellas artes y a un bosquecillo de robles. Siempre me fascinó la personalidad que se ocultaba detrás de las oficinas. Su lugar de trabajo era sedante y nada provocativo, pero astuto en la disposición de una serie de sillas adecuadas para personalidades bien diferentes. Había un sillón papasan para el paciente que deseaba acurrucarse sobre almohadones y estar abierto a la ayuda, una mecedora de caña y un sillón de dos cuerpos. Reinaba allí el color verde suave, con telas que representaban veleros en las paredes, y begonias en un florero de terracota.

—Buenas tardes —nos dijo la doctora Booth con una sonrisa al invitarnos a pasar—. Me alegro mucho de verlos.

Me senté en la mecedora, mientras Ginny se ubicaba en el sillón de dos cuerpos. Marino recorrió la habitación con la mirada, se dejó caer en el papasan e hizo todo lo que podía para no ser tragado por él. La doctora Booth se sentó en su sillón, de espaldas a su escritorio perfectamente despejado sobre el que sólo había una lata de Diet Pepsi. Lucy permaneció de pie junto a la puerta.

—Estaba deseando que alguien viniera a verme —comenzó a decir la doctora Booth, como si ella hubiera arreglado ese encuentro—. Pero honestamente no sabía a quién contactar o si debería hacerlo.

Y nos miró a todos con sus luminosos ojos grises.

—Claire era muy especial... y ya sé que eso es lo que dicen todos sobre los muertos —dijo.

—No todos —le retrucó con ironía Marino.

La doctora Booth sonrió con pesar.

—Lo que quiero decir es que a lo largo de los años he ayudado aquí a muchos estudiantes, y que Claire me tocó el corazón y esperaba mucho de ella. Quedé destrozada al enterarme de su muerte.

Hizo una pausa y se puso a mirar por la ventana.

—La vi por última vez dos semanas antes de su muerte, y he tratado de pensar en algo que contuviera la respuesta a lo que pudo haber sucedido.

—Cuando usted dice que la vio —dije—, ¿se refería a aquí? ¿Para una sesión?

Ella asintió.

—Sí, estuvimos una hora juntas.

Lucy se sentía cada vez más inquieta.

—Antes de entrar en eso —dije—, ¿podría hablarnos de los antecedentes de Claire Rawley?

—Desde luego. Y, a propósito, tengo las fechas y horas de sus citas, si las necesitan. Estuve viéndola en forma discontinua durante tres años.

—¿En forma discontinua? —preguntó Marino, se echó hacia adelante en su asiento profundo y empezó a deslizarse de nuevo hacia atrás en los almohadones.

—Claire se costeaba ella misma los estudios. Trabajaba de camarera en el Blockade Runner en Wrightsville Beach. No hacía otra cosa que trabajar y ahorrar, después pagar un período académico y después interrumpir sus estudios para ganar más dinero. Yo no la veía cuando no estudiaba en la universidad y, en mi opinión, fue en esos períodos cuando comenzaron muchas de sus dificultades.

—Dejaré que ustedes manejen esto —dijo de pronto Lucy—. Quiero asegurarme de que alguien vigile el helicóptero.

Lucy salió y cerró la puerta detrás de ella, y yo sentí una oleada de miedo. Ignoraba si Lucy recorrería las calles sola en busca de Carrie. Marino me pescó la mirada y supe que pensaba lo mismo. Ginny, nuestra escolta, estaba muy tiesa en el sillón de dos cuerpos, sin molestar ni ofrecer nada que no fuera su atención.

—Hace alrededor de un año —continuó la doctora Booth—, Claire conoció a Kenneth Sparkes, y sé que no les estoy diciendo nada que no sepan. Ella era una surfista muy competitiva y él tenía una casa sobre la playa en Wrightsville. En resumidas cuentas, iniciaron una relación breve pero sumamente intensa, que él rompió.

—¿Esto sucedió mientras ella estudiaba en la universidad? —pregunté.

—Sí. En segundo semestre. Rompieron en el verano, y ella no volvió a la universidad hasta el invierno siguiente. Vino a verme sólo en febrero, cuando su profesor de gramática advirtió que todo el tiempo se dormía en clase y tenía olor a alcohol. Preocupado, él acudió al decano y la pusieron a prueba, con la condición de que debía volver a verme. Me temo que todo esto estaba relacionado con Sparkes. Claire era adoptada, una situación muy desdichada, por cierto. Se fue de su casa cuando tenía dieciséis años, vino a

Wrightsville y desempeñó toda clase de trabajos para poder sobrevivir.

—¿Dónde están ahora sus padres? —preguntó Marino.

—¿Sus padres biológicos? No sabemos dónde están.

—No. Los que la adoptaron.

—En Chicago. No volvieron a tener contacto con ella desde que se fue de la casa. Pero saben que murió. Yo hablé con ellos.

—Doctora Booth —dije—, ¿tiene idea de por qué fue Claire a la casa de Sparkes en Warrenton?

—A ella le resultaba imposible enfrentar un rechazo. Sólo puedo conjeturar que fue allá a verlo, con la esperanza de resolver algo. Sé que dejó de llamarlo en la última primavera, porque él cambió de número de teléfono y el nuevo no figuraba en guía. Opino que la única forma que Claire tenía de ponerse en contacto con él era aparecerse por allá.

—¿En un viejo Mercedes que pertenecía a un psicoterapeuta llamado Newton Joyce? —preguntó Marino y volvió a cambiar de posición.

La doctora Booth pareció sorprendida.

—Yo no sabía eso —dijo—. ¿Conducía el auto de Newton?

—¿Usted lo conoce?

—No personalmente, pero sí conozco su reputación. Claire empezó a verlo porque sentía que necesitaba un punto de vista masculino. Esto sucedió durante los últimos dos meses. Pero yo no lo habría elegido para Claire.

—¿Por qué no? —preguntó Marino.

La doctora Booth pensó un momento y su cara se puso tensa por la furia.

—Todo esto es muy complicado —dijo por último—. Lo cual podría explicar el porqué de mi renuencia a hablar sobre Claire cuando ustedes me llamaron al principio. Newton es un muchacho rico y malcriado que jamás tuvo necesidad de trabajar pero decidió dedicarse a la psicoterapia. Supongo que para él era una forma de conseguir poder.

—Pues lo cierto es que él parece haberse desvanecido por completo —dijo Marino.

—Eso no tiene nada de raro —dijo ella—. Aparece y desaparece a su antojo, a veces por meses o incluso años cada vez. Yo he cumplido treinta y tantos años en esta universidad y recuerdo cómo era de chico. Era capaz de conversar con los pájaros y convencer a las personas de cualquier cosa, pero es un egocéntrico total. Me preocupé mucho cuando Claire comenzó a verlo. Me limitaré a decir que nadie podría acusar jamás a Newton de tener una conducta ética. Él establece sus propias reglas. Pero jamás lo descubren.

—¿En qué? —pregunté—. ¿Jamás lo descubren en qué?

—En la forma incorrecta en que controla a sus pacientes.

—¿Tiene relaciones sexuales con ellas? —pregunté.

—No tengo ninguna prueba al respecto. Creo que es más algo como dominar la mente de sus pacientes, y era obvio que dominaba a Claire. Ella dependía por completo de él. Incluso después de la primera sesión que tuvo con Newton. Venía aquí y no hacía más que hablar de él en forma obsesiva. Por eso me llama la atención que haya ido a ver a Sparkes. Yo realmente creía que eso se le había pasado y que estaba enamorada de Newton. Honestamente pienso que habría hecho cualquier cosa que Newton le pidiera.

—¿Es posible que él le haya sugerido que fuera a ver a Sparkes? ¿Por razones terapéuticas, como una forma de poner fin a esa relación? —pregunté.

La doctora Booth sonrió con ironía.

—Tal vez se lo sugirió, pero dudo mucho que fuera para ayudarla —contestó—. Lamento decir que si la idea de ir fue de Newton, entonces lo más probable es que haya sido una actitud manipuladora.

—Lo que me gustaría saber es cómo se engancharon los dos —dijo Marino—. Seguro que alguien la derivó a Newton.

—Oh, no —contestó ella—. Se conocieron en una toma fotográfica.

—¿Cómo es eso? —pregunté y sentí que se me helaba la sangre en las venas.

—A Newton le fascina todo lo que tiene que ver con Hollywood y logró entrar a trabajar con equipos de producción de películas y tomas fotográficas. No sé si saben que el estudio Screen Gems está aquí, en la ciudad, y la asignatura de Claire en la secundaria fueron los estudios cinematográficos. Su sueño era ser actriz. Dios sabe que era suficientemente hermosa como para serlo. Basándome en lo que me dijo, tenía un trabajo de modelo en la playa, creo que para una revista de surf. Y él integraba el equipo de producción; tengo entendido que era el fotógrafo. Al parecer era un fotógrafo consumado.

—Usted dijo que Newton tenía por costumbre aparecer y desaparecer —dijo Marino—. ¿Acaso tiene otros lugares de residencia?

—En realidad, no es mucho más lo que sé de él —contestó ella.

En el curso de una hora, el Departamento de Policía de Wilmington tenía una orden de allanamiento para registrar la propiedad de Newton Joyce en el distrito histórico, a varias cuadras del mar. Su casa blanca de madera era de una planta con un techo con gabletes que cubría el porche del frente y estaba ubicada al fondo de una calle tranquila con otras casas del siglo XIX con porches y galerías.

Enormes plantas de magnolia oscurecían su jardín con apenas algunos parches de luz de sol que se filtraban por entre sus hojas, y el aire estaba lleno de insectos. A esa altura, McGovern se había reunido con nosotros y esperamos en el porche de atrás mientras un detective usaba un garrote para romper un panel de vidrio de la puerta, después de lo cual metió una mano adentro y liberó el pestillo.

Marino, McGovern y el detective Scroggins entraron primeros con las pistolas cerca del cuerpo y listas para disparar. Yo estaba detrás de ellos, desarmada y acobardada por lo tenebroso de ese lugar que Joyce llamaba su hogar. Entramos en un pequeño sector de estar que había sido modificado para recibir pacientes. Había allí un desagradable y viejo sofá victoriano de terciopelo rojo, una mesa auxiliar con tapa de mármol en cuyo centro había una lámpara con pantalla de opalina y una mesa baja repleta de revistas de varios meses atrás. Del otro lado de la puerta estaba su consultorio, que era incluso más extraño.

Las paredes de pino nudoso y amarillento estaban cubiertas casi por completo con fotografías enmarcadas que supuse eran de modelos y actrices en distintas poses publicitarias. Literalmente había cientos de ellas y di por sentado que Joyce mismo las había tomado. No podía imaginar cómo un paciente podía volcar sus problemas en medio de tantas caras y cuerpos hermosos. Sobre el escritorio de Joyce había una agenda, un índice telefónico y una serie de papeles. Mientras Scroggins escuchaba los mensajes que había en el contestador telefónico, yo estudié el lugar con más atención.

En las bibliotecas vi clásicos en rústica y encuadernados en cuero cubiertos con tanta tierra que sin duda no habían sido abiertos en muchos años. Había un sofá de cuero marrón resquebrajado, presumiblemente para sus pacientes, y junto a él una mesa pequeña con un vaso de agua encima. Estaba casi vacío y en los bordes había manchas de lápiz de labios color durazno pálido. Directamente frente al sofá había un sillón de caoba de respaldo alto con una talla intrincada que me hizo pensar en un trono. Oí que Marino y McGovern registraban otros cuartos mientras una serie de voces brotaban del contestador automático de Joyce. Todos los mensajes habían sido dejados después de la noche del cinco de junio, o el día anterior a la muerte de Claire. Los pacientes llamaban con respecto a sus citas. Un agente de viajes se refirió a dos pasajes aéreos a París.

—¿Qué aspecto dijo usted que tenía esa cosa para encender fogatas? —preguntó el detective Scroggins al abrir otro cajón del escritorio.

—Es una barra delgada de metal plateado —le respondí—. Lo reconocerá cuando lo vea.

—Aquí no hay nada así. Pero al tipo sí que le encantan las bandas elásticas. Debe de haber miles. Parece que le gusta formar estas extrañas pelotitas.

Sostuvo en alto una esfera casi perfecta formada con bandas elásticas.

—¿Cómo demonios creen que hizo eso? —Scroggins estaba admirado—. ¿Habrá empezado con una y después se puso a rodearla con otras como ocurre con las entrañas de las pelotas de golf?

Yo lo ignoraba.

—¿Qué clase de mente es ésa, eh? —continuó Scroggins—. ¿Habrá estado aquí sentado haciendo eso mientras hablaba con sus pacientes?

—A esta altura —contesté—, creo que nada me sorprendería.

—Qué tipo chiflado. Hasta el momento encontré trece, catorce... diecinueve pelotitas.

Las iba sacando y poniéndolas sobre el escritorio. Entonces Marino me llamó desde el fondo de la casa.

—Doc, será mejor que vengas.

Seguí el ruido que hacían él y McGovern y pasé por una pequeña cocina con viejos artefactos eléctricos que exhibían capas y capas de comidas anteriores. Los platos estaban apilados en el agua fría y jabonosa de la pileta, el tacho de basura estaba repleto y el hedor era espantoso. Newton Joyce era más desaseado que Marino, algo que habría creído imposible, y parecía contradecirse con el orden exhibido en las pelotitas de bandas elásticas de Joyce o con lo que yo creí eran sus crímenes. Pero a pesar de los textos de criminalistas y de las películas de Hollywood, las personas no eran una ciencia y no eran coherentes. Un ejemplo de ello era lo que Marino y McGovern descubrieron en el garaje.

Estaba conectado con la cocina por una puerta que había sido hecha inaccesible con un candado que Marino había abierto con enormes alicates que McGovern había sacado de su Explorer. Del otro lado había un área de trabajo sin ninguna puerta que diera hacia afuera, porque había sido cerrada con bloques de concreto. Las paredes estaban pintadas de blanco y contra una había tambores de gasolina para aviación de 200 litros cada uno. Había también una heladera Sub-Zero de acero inoxidable con la puerta cerrada con candado. El piso de cemento estaba muy limpio y en un rincón había cinco valijas de aluminio para cámaras fotográficas y conservadoras para hielo de telgopor de distintos tamaños. En el centro había una enorme tabla de madera terciada cubierta con fieltro, sobre la que estaban dispuestos los instrumentos de los homicidios de Joyce.

Media docena de cuchillos se encontraban alineados en una hilera perfecta, a exactamente la misma distancia entre uno y otro. Todos estaban en sus estuches de cuero, y en una pequeña caja de madera de secoya había piedras para afilar.

—Increíble —dijo Marino mientras me señalaba los cuchillos—. Permíteme que te diga qué son, Doc. Los de mango de hueso son cuchillos desolladores R.W.Loveless, fabricados por Beretta. Para los coleccionistas están numerados y cuestan alrededor de seiscientos dólares.

Los miró pero no los tocó.

—Esos más pequeños de acero azul son Chris Reeves, cuestan al menos cuatrocientos dólares y el extremo del mango se desatornilla por si uno quiere guardar fósforos adentro —continuó.

Oí el sonido lejano de una puerta que se cerraba y Scroggins apareció con Lucy. El detective se espantó tanto como Marino frente a esos cuchillos, y después los dos y McGovern reanudaron la tarea de abrir los cajones de los armarios de herramientas y también las puertas de otros dos armarios que contenían otras señales escalofriantes que habíamos encontrado en nuestro asesino. En una bolsa plástica había ocho gorras de baño de silicona, todas de color rosado intenso. Cada una estaba dentro de una bolsa plástica con cierre y con etiquetas de precio que decían que Joyce había pagado dieciséis dólares por cada una. En cuanto a los encendedores de fogatas, había cuatro en una bolsa de Wal-Mart.

En esa cueva de concreto Joyce también tenía un escritorio modular con una computadora, y le dejamos a Lucy la tarea de ingresar donde pudiera. Ella se sentó en una silla plegable y comenzó a trabajar en el teclado mientras Marino llevaba los enormes alicates a la heladera que, curiosamente, era del mismo modelo que yo tenía en casa.

—Esto es demasiado fácil —dijo Lucy—. Bajó su correo electrónico a un disco. No hace falta contraseña ni nada de eso. Aquí está todo lo que él envió y recibió durante alrededor de dieciocho meses. El nombre de usuario es FMKIRBY. De Kirby, supuse que quería decir. Me pregunto quién podría ser esa amiga epistolar —agregó ella con ironía.

Me acerqué más y espié por sobre su hombro mientras ella revisaba las notas que Carrie le había enviado a Newton Joyce, cuyo nombre de usuario era nada menos que "desollador", y las que él le había enviado a ella. El diez de mayo él escribió:

"La encontré. Una conexión para la muerte. ¿Qué tal un importante magnate de los medios de comunicación? ¿Soy o no una maravilla?"

Y, al día siguiente, Carrie le contestó:

"Sí, una maravilla. Los quiero. Después sácame de aquí volando, hombre-pájaro. Me lo puedes mostrar más tarde. Quiero mirar sus ojos vacíos y ver."

—Dios mío —murmuré—. Ella quería que él matara en Virginia, y que lo hiciera de modo de asegurarse mi participación.

Lucy siguió revisando la correspondencia y sus golpecitos en la tecla con la flecha hacia abajo eran impacientes y furiosos.

—De modo que él conoce a Claire Rawley en una toma fotográfica, y ella resulta ser el blanco. Es perfecta por su pasada relación con Sparkes —continué—. Joyce y Claire van a la caballeriza, pero Sparkes se encuentra ausente. Sparkes se salva. Joyce asesina y mutila a Claire y quema el lugar. —Hice una pausa y seguí leyendo esa correspondencia vieja. —Y ahora estamos aquí.

—Estamos aquí porque ella nos quiere aquí —dijo Lucy—. Debíamos encontrar esto.

Golpeó la tecla con fuerza.

—¿No lo entiendes? —preguntó.

Giró la cabeza y me miró.

—Nos trajo aquí para que viéramos todo esto —dijo.

De pronto los enormes alicates hicieron un ruido fuerte al cortar el acero y la puerta de la heladera se abrió.

—¡Por el amor de Dios! —gritó Marino—. ¡Mierda! —agregó.

23

En el estante superior había dos cabezas de telgopor, una de hombre y otra de mujer, con rostros inexpresivos pintados de negro con sangre congelada. Habían sido usadas como formas para los rostros que Joyce había robado, cada uno de los cuales estaba sobre una cabeza de telgopor y después congelada para darle forma a sus trofeos. Joyce había amortajado esos horrores con aspecto de máscaras con tres capas de bolsas para freezer que estaban etiquetadas como pruebas con el número del caso, el lugar y la fecha.

La más reciente estaba encima y yo la tomé automáticamente, mientras el corazón me latía con tanta fuerza que por un instante el mundo se desvaneció frente a mis ojos. Comencé a sacudirme y no tuve conciencia de nada hasta que caí en brazos de McGovern. Ella me ayudó a tomar asiento en la silla en la que Lucy había estado sentada frente al escritorio.

—Que alguien le traiga agua —dijo McGovern—. Está bien, Kay. Está bien.

Enfoqué la mirada en la heladera con su puerta abierta de par en par y esas pilas de bolsas plásticas que insinuaban carne y sangre. Marino caminaba por el garaje y se pasaba la mano por el pelo. Su cara estaba tan congestionada que parecía que en cualquier momento iba a tener un ataque, y Lucy había desaparecida.

—¿Dónde está Lucy? —pregunté con la boca seca.

—Salió en busca de un kit de primeros auxilios —contestó McGovern con voz suave—. Quédese quieta, trate de distenderse y nosotros la sacaremos de aquí. No hace falta que vea todo esto.

Pero yo ya lo había visto. Había visto la cara vacía, la boca deformada y la nariz que no tenía puente. Había visto la carne de tono anaranjado cubierta de hielo. La fecha de la bolsa para freezer era 7 de junio; el lugar, Filadelfia, y eso me había penetrado al mismo tiempo que miraba, y entonces era demasiado tarde, o quizá debería haber apartado la vista, porque necesitaba saber.

—Estuvieron aquí —dije.

Luché por ponerme de pie y de nuevo me mareé.

—Estuvieron aquí el tiempo suficiente para dejar eso. Para que lo encontráramos —dije.

—¡Hijo de puta! —gritó Marino—. ¡Condenado y maldito hijo de mil putas!

Se frotó los ojos con el puño mientras seguía paseándose como un loco. Lucy bajaba los escalones. Estaba pálida y tenía los ojos vidriosos. Parecía aturdida.

—McGovern a Correll —dijo en su transmisor portátil.

—Correll —respondió la voz.

—Vengan para aquí.

—Diez-cuatro.

—Llamaré a nuestros forenses —dijo el detective Scroggins.

También él estaba impactado, pero no de la misma manera que nosotros. Para él, esto no era algo personal. Él nunca había oído hablar de Benton Wesley. Scroggins revisaba con cuidado las bolsas de la heladera, y sus labios se movían cuando contaba.

—Dios Santo —dijo, aturdido—. Hay veintisiete de estas cosas.

—Fechas y lugares —dije y tuve que apelar a las fuerzas que me quedaban para poder acercarme a él.

Nos pusimos a mirar juntos.

—Londres, 1981. Liverpool, 1983. Dublin, 1984, y uno, dos, tres, cuatro, cinco, seis, siete, ocho, nueve, diez, once. Once, en total de Irlanda en 1987. Parece que se fue metiendo en esto con ganas —dijo Scroggins y comenzaba a entusiasmarse, como lo hace la gente que está al borde de la histeria.

Yo observaba con él, y el lugar de los asesinatos de Joyce comenzaron en Belfast, Irlanda del Norte, y continuaron en la

República con nueve asesinatos en Dublin y en vecindarios como Ballboden, Santry y Howth, y también en homicidio en Galway. Entonces Joyce inició su depredación en los Estados Unidos, sobre todo en el oeste, en sectores remotos como Utah, Nevada, Montana y Washington, y una vez en Natches, Mississippi. Esto me explicaba mucho, sobre todo cuando recordé lo que Carrie había dicho en la carta que me envió. Había hecho una extraña referencia a huesos serruchados.

—Los torsos —dije, y la verdad me recorrió como un relámpago—. Los desmembramientos no resueltos en Irlanda. Y, después, estuvo tranquilo durante ocho años porque comenzó a matar en el oeste y los cuerpos nunca se encontraron o nunca se los reportó. Así que no supimos de su existencia. Newton jamás se detuvo, y después vino a Virginia, donde su presencia decididamente atrajo mi atención y me llevó a la desesperación.

En 1995 aparecieron dos torsos, el primero cerca de Virginia Beach y el segundo en Norfolk. Al año siguiente hubo dos más, esta vez en la parte oeste del Estado: uno en Lynchburg, el otro en Blacksburg, muy cerca del campus de Virginia Tech. En 1997 Joyce pareció llamarse a silencio, y esto sucedió cuando supuse que Carrie se había aliado con él.

La publicidad con respecto a los desmembramientos había sido abrumadora, con sólo dos de los cuerpos sin cabeza ni miembros identificados por radiografías que coincidían con las placas premortem de personas desaparecidas, ambos estudiantes varones de college. Habían sido casos míos, y yo había armado un verdadero alboroto que hizo que se involucrara el FBI.

Comprendí entonces que la finalidad principal de Joyce era no sólo impedir la identificación sino, más importante aún, ocultar la mutilación de los cuerpos. No quería que nosotros supiéramos que les robaba la belleza a sus víctimas al apoderarse de lo que ellas eran al llevar su cuchillo a la cara de ellas e incorporarla después a su helada colección. Tal vez tenía miedo de que los desmembramientos adicionales contribuyeran a que la cacería en su busca fuera demasiado importante, así que cambió su modus operandi al fuego, y es posible que haya sido Carrie la que se lo sugirió. Mi conjetura era que, de alguna manera, los dos se habían conectado vía Internet.

—No lo entiendo —dijo Marino.

Se había calmado un poco y ahora revisaba los paquetes de Joyce.

—¿Cómo hizo para traer todo esto aquí? —preguntó—. ¿Nada menos que desde Inglaterra e Irlanda? ¿De Venice Beach y Salt Lake City?

—Con hielo seco —dije y miré las valijas fotográficas de metal y las conservadoras de poliestireno expandido. —Pudo haberlos empacado bien y pasarlos como equipaje sin que nadie lo supiera.

Un registro más cuidadoso de la casa de Joyce hizo que aparecieran otras pruebas incriminatorias, todas a plena vista, porque la orden de allanamiento había incluido los encendedores de fogata de magnesio, cuchillos y partes anatómicas, y ello le daba permiso a la policía para revolver el contenido de los cajones y hasta arrancar el empapelado de las paredes si fuera necesario. Mientras un médico forense local sacaba el contenido del freezer para transportarlo a la morgue, se revisaron a fondo las alacenas y placards y se abrió una caja fuerte. Adentro había dinero extranjero y miles de fotografías de cientos de personas a quienes se les había conferido la gracia de no terminar muertas.

También había fotografías de Joyce —suponíamos—, sentado en el asiento del piloto de su Schweizer blanco o recostado contra él con los brazos cruzados sobre el pecho. Observé su imagen y traté de grabármela en la mente. Era un hombre bajo y delgado con pelo marrón, y podría haber sido apuesto si no estuviera tan marcado por el acné.

Su piel estaba poceada hasta el cuello y también debajo de la camisa abierta que usaba, e imaginé su vergüenza como adolescente y las burlas y risas despectivas de sus pares. Yo había conocido jóvenes como él en mi adolescencia, personas desfiguradas por nacimiento o enfermedad que no podía disfrutar de lo que les correspondía por su edad ni ser objetos de amor.

Así que le robó a los demás lo que él no tenía. Destruyó como había sido destruido, y ése fue el punto de origen de la miserable suerte que le había tocado en la vida. No sentía pena por él. Tampoco creía que él y Carrie todavía estuvieran en esta ciudad o en algún lugar cercano. Ella consiguió lo que quería, al menos por el momento. La trampa que yo armé me había apresado solamente a mí. Carrie quería que yo encontrara a Benton, y yo lo hice.

Estaba segura de que la palabra final sería lo que con el tiempo me haría a mí, pero me sentía demasiado golpeada como para que me importara. Me sentía muerta. Encontré el silencio al sentarme en un banco de mármol viejo y gastado del jardín de atrás de Joyce, con pasto demasiado crecido. Arbustos de hostas, begonias e higos luchaban con el pasto pampa por apoderarse del sol, y encontré a Lucy al borde de la sombra intermitente producida por los robles, donde los hibiscus rojos y amarillos estaban en todo su apogeo.

—Lucy, vayámonos a casa.

Me senté junto a mi sobrina sobre una piedra fría y dura que yo asocié con cementerios.

—Espero que él haya estado muerto cuando le hicieron eso —dijo una vez más.

Yo no quería ni pensar.

—Sólo espero que no haya sufrido.

—Ella quiere que nos preocupemos por cosas como ésa —dije, mientras la furia asomaba por entre la bruma de la incredulidad—. Ya nos quitó demasiado, ¿no te parece? No le demos más.

Lucy no respondió.

—El ATF y la policía se ocuparán de todo a partir de ahora —continué y la tomé de la mano—. Volvamos a casa y después seguiremos desde allí.

—¿Cómo?

—No estoy segura de saberlo —Fui lo más veraz que pude.

Nos pusimos de pie al mismo tiempo y rodeamos la casa hasta el frente, donde McGovern hablaba con un agente junto a su automóvil. Nos miró y la compasión dulcificó su mirada.

—Si nos llevas de vuelta al helicóptero —dijo Lucy con una firmeza que no sentía—, yo lo conduciré hasta Richmond, donde la Patrulla de Frontera puede recogerlo. Si está de acuerdo, quiero decir.

—No creo que debas volar en este momento. —De pronto, McGovern volvía a ser la supervisora de Lucy.

—Créeme, estoy bien —contestó Lucy, y su voz se hizo más dura—. Además, ¿quién lo llevará, entonces? No puede quedar aquí en un campo de juego.

McGovern vaciló y clavó la vista en Lucy. Abrió con su llave el Explorer.

—Está bien —dijo—. Suban.

—Registraré el plan de vuelo —dijo Lucy mientras se sentaba

adelante—. Así puedes verificar dónde estamos, si eso te hace sentir mejor.

—Así será —dijo McGovern y puso en marcha el motor.

McGovern encendió el radiotransmisor y llamó a uno de los agentes que estaba en el interior de la casa.

—Pásenme a Marino —dijo.

Después de una breve pausa se oyó la voz de Marino.

—Adelante —dijo él.

—La gente se va. ¿Usted los acompaña?

—Me quedaré aquí —fue su respuesta—. Quiero ayudar un poco antes.

—De acuerdo. Se lo agradecemos.

—Dígales que tengan cuidado durante el vuelo —dijo Marino.

Un agente de policía del campus perteneciente a la patrulla en bicicleta se encontraba montando guardia junto al helicóptero cuando llegamos allá, y en las canchas de tenis contiguas el juego seguía en todo su apogeo, mientras que varios jóvenes practicaban pases de fútbol cerca de un arco. El cielo estaba de color azul brillante, los árboles casi no se movían; todo era como si allí no hubiera pasado nada malo. Lucy hizo una concienzuda verificación prevuelo mientras McGovern y yo esperábamos en el auto.

—¿Qué va a hacer? —le pregunté.

—Bombardear a los medios con fotografías y cualquier otra información que pueda contribuir a que alguien los reconozca —contestó—. Necesito comer. Necesito dormir. Y él necesita combustible de aviación. No puede seguir volando sin él.

—Es increíble que nadie lo haya visto nunca reabastecerse, aterrizar, volar.

—Todo parece indicar que tenía suficiente combustible propio aquí, en el garaje. Para no mencionar que existen tantos campos de aterrizaje donde podía bajar y reabastecerse —dijo ella—. Por todas partes. Y él no necesita ponerse en contacto con la torre en el espacio aéreo no controlado, y los Schweiters no son algo poco común. Además —dijo y me miró—, esa máquina fue vista. La vimos nosotros, y también el herrero y la directora de Kirby. Ocurre que no sabíamos qué buscábamos.

—Supongo que sí.

Mi estado de ánimo empeoraba cada vez más. Yo no quería ir a casa. No quería ir a ninguna parte. Fue como si el clima se hubiera vuelto gris, y yo me sentía helada y sola y no podía escapar de nada de eso. En mi mente se sucedían preguntas y respuestas, deducciones y gritos. Cada vez que se serenaba, me parecía verlo. Lo veía entre escombros humeantes. Veía su rostro debajo de un plástico grueso.

—¿…Kay?

Me di cuenta de que McGovern me estaba hablando.

—Quiero saber cómo se siente. La verdad. —Tenía la vista fija en mí.

Hice una inspiración profunda y mi voz se quebró cuando le contesté:

—Lo lograré, Teun. Fuera de eso, no sé cómo me siento. Ni siquiera estoy segura de lo que estoy haciendo. Pero sí sé lo que hice. Lo arruiné todo. Carrie jugó conmigo como si fuera una partida de naipes, y Benton está muerto. Ella y Newton Joyce siguen allá afuera, listos para volver a hacer algo malo. O quizá ya lo hicieron. Nada de lo que yo hice tuvo ninguna importancia, Teun.

Los ojos se me llenaron de lágrimas y vi que Lucy se aseguraba de que la tapa del tanque de combustible estuviera bien cerrada. Entonces se puso a desatar las paletas del rotor principal. McGovern me dio un pañuelo de papel y me oprimió con suavidad el brazo.

—Usted estuvo brillante, Kay. Para empezar, si no hubiera descubierto lo que descubrió, nosotros no habríamos tenido motivos para pedir la orden de allanamiento. Ni siquiera habríamos conseguido una y, entonces, ¿dónde estaríamos? Es verdad, todavía no los detuvimos, pero al menos sabemos de quién se trata. Y los encontraremos.

—Hallamos lo que ellos querían que encontráramos —le dije.

Lucy había terminado su inspección y miró hacia mí.

—Supongo que llegó la hora de irme —le dije a McGovern—. Gracias.

Le tomé la mano y se la estreché.

—Cuide mucho a Lucy —le dije.

—Creo que ella se sabe cuidar muy bien sola.

Me bajé del auto y giré la cabeza una vez para saludarla con la mano. Abrí la portezuela del copiloto y trepé al asiento y después me sujeté el arnés. Lucy sacó la lista de chequeo de un bolsillo de la puerta y la fue recorriendo. Mi corazón se negaba a latir con normalidad, y mi respiración era superficial.

Despegamos y giramos hacia el viento. McGovern, con una mano a modo de visera sobre los ojos, nos observó elevarnos. Lucy me entregó un mapa de la zona y me dijo que yo debía hacer de navegador. Después se puso en contacto con el Control de Tráfico Aéreo.

—Torre Wilmington, éste es el helicóptero Sierra Bravo dos-uno-nueve.

—Adelante, helicóptero dos-uno-nueve, ésta es la torre de control de Wilmington.

—Solicitamos autorización para dirigirnos del campo de juego de la universidad directamente a destino. Cambio.

—Póngase en contacto con la torre cuando ingrese en el plan de vuelo. Autorizamos su actual posición y mantenga su curso. Quédese en contacto con nosotros.

—Sierra Bravo Dos, entendido.

Entonces Lucy me transmitió:

—Seguiremos un rumbo tres-tres-cero. Así que tu trabajo será hacer que el giróscopo acompañe a la brújula y ayudarme con el mapa.

Ascendió a ciento cincuenta metros y la torre volvió a ponerse en contacto con nosotros.

—Helicóptero Sierra Bravo Dos —dijo la voz—. Hay una máquina no identificada a las seis en punto, cien metros de altura, y acercándose.

—Sierra Bravo Dos, recibido.

—Aparato no identificado a cuatro kilómetros al sudeste del aeropuerto, identifíquese —transmitió la torre a todos los que podían oírlo.

No hubo respuesta.

—Aparato no identificado en el espacio aéreo de Wilmington, identifíquese —repitió la torre.

Silencio.

Lucy fue la primera en verlo, directamente detrás de nosotros y debajo del horizonte, lo cual significaba que su altitud era menor que la nuestra.

—Torre de Wilmington —transmitió—. Es el helicóptero Sierra Bravo Dos. Tenemos a la vista una máquina que vuela bajo. Mantendremos la separación.

—Algo no está bien —me comentó Lucy y giró la cabeza para mirar una vez más hacia atrás.

24

Al principio fue un punto oscuro que nos seguía, directamente en nuestro rumbo y que se acercaba cada vez más. Cuando estuvo cerca la mancha oscura se volvió de color blanco. Después se transformó en un Schweizer. Mi corazón pegó un salto y me invadió el miedo.

—¡Lucy! —exclamé.

—Lo tengo a la vista —dijo, de repente furiosa—. Mierda. No puedo creerlo.

Accionó el bastón de mando y comenzamos un ascenso empinado. El Schweizer mantuvo la misma altitud y avanzó más rápido que nosotros, pues a medida que íbamos subiendo, nuestra velocidad disminuyó a setenta nudos. Lucy empujó hacia adelante el comando mientras el Schweizer se nos aproximaba por estribor, donde Lucy estaba sentada en forma amenazante. Lucy abrió el micrófono.

—Torre de control. Máquina no identificada realiza movimientos agresivos —dijo—. Realizaremos maniobras de evasión. Comuníquense con las autoridades de la policía local. Sospechamos que en la máquina no identificada viajan fugitivos peligrosos y armados. Evitaré las zonas muy edificadas y realizaré maniobras evasivas hacia el agua.

—Entendido, helicóptero. Informaremos a las autoridades locales.

La torre pasó entonces a otra frecuencia.

—Atención, para todos los aviones. Ésta es la torre de Wilmington. Todo el tráfico aéreo se cierra para aviones que arriban. Se ruega detener el movimiento de cualquier tráfico en tierra. Repito, el tráfico aéreo se cierra ahora a las máquinas que arriban. Se ruega detener el movimiento de cualquier tráfico en tierra. Todos los aviones que estén en esta frecuencia, cambien enseguida al control de acercamiento de Wilmington en Víctor 135.75 o Uniform 343.9. Repito, todos los aviones que estén en esta frecuencia deben cambiar enseguida al control de acercamiento de Wilmington en Víctor 135.75 o Uniform 343.9. Helicóptero Sierra Bravo Dos, permanezca en esta frecuencia.

—Sierra Bravo Dos, entendido —dijo Lucy.

Supe por qué ella enfilaba hacia el océano. Si bajábamos, ella no quería hacerlo en un sector poblado donde otras personas podían morir o ser heridas. También estaba segura de que Carrie había supuesto que Lucy haría exactamente eso, porque Lucy tenía buenos sentimientos. Siempre ponía primero a los demás. Giró hacia el este y el Schweizer siguió cada uno de nuestros movimientos pero manteniendo la misma distancia de alrededor de noventa metros con respecto a nosotros, como si diera por sentado que no era preciso apurarse. Fue en ese momento que supe que lo más probable era que Carrie nos hubiera estado vigilando todo el tiempo.

—No puedo superar los noventa nudos —me dijo Lucy, y nuestra tensión aumentaba igual que la temperatura.

—Ella nos vio dirigirnos esta mañana al campo de juego —dije—. Sabe que no nos reabastecimos de combustible.

Volamos en ángulo sobre la playa y la seguimos por un momento sobre brillantes salpicaduras de color que eran los bañistas y los que tomaban sol. Interrumpieron lo que estaban haciendo para observar a esos dos helicópteros que volaban sobre ellos y se dirigían al mar. Cuando estábamos a unos ochocientos metros sobre el océano, Lucy comenzó a reducir la velocidad.

—No podemos seguir así —me dijo, y sonó como una condena a muerte—. Si perdemos potencia jamás podremos regresar, y tenemos poco combustible.

El medidor marcaba menos de veinte galones. Lucy realizó un

viraje cerrado de ciento ochenta grados. El Schweizer se encontraba a unos quince metros debajo de nosotros. El sol impedía que viéramos quién estaba adentro, pero yo lo sabía. No tenía la menor duda, y cuando estaba a no más de ciento cincuenta metros de nosotros y ascendía del lado de Lucy, sentí varias sacudidas rápidas, como cachetazos, y de pronto viramos. Lucy sacó el arma de la pistolera que llevaba sujeta al hombro.

—¡Nos están disparando! —exclamó.

Pensé en la ametralladora, el Calico que faltaba de la colección de Sparkes.

Lucy trató de abrir su portezuela. Utilizó el mecanismo de eyección y la portezuela giró en el aire cayendo a lo lejos. Mi sobrina redujo la velocidad.

—¡Nos disparan! —dijo Lucy por el transmisor—. ¡Devuelvo el fuego! ¡Alejen todo el tráfico aéreo del área de la playa de Wrightsville!

—¡Entendido! ¿Qué más podemos hacer?

—¡Envíen equipos de emergencia a Wrightsville Beach! ¡Posible situación con víctimas!

Cuando el Schweizer volaba directamente debajo de nosotros, vi la punta del cañón de un arma que sobresalía de la ventanilla del copiloto. Sentí más sacudidas rápidas.

—Creo que le dieron a los patines de aterrizaje —gritó Lucy, quien trataba de posicionar su pistola por su portezuela abierta y pilotear al mismo tiempo. Tenía la mano derecha vendada.

Enseguida metí la mano en la cartera y quedé consternada al recordar que la .38 estaba todavía dentro de mi portafolio, que permanecía a salvo en el compartimento de equipajes. Entonces Lucy me dio su pistola y extendió el brazo detrás de la cabeza en busca de su rifle de asalto AR-15. El Schweizer se abalanzó sobre nosotros en picada para obligarnos a enfilar hacia tierra adentro, sabiendo que estábamos acorraladas porque no pondríamos en peligro la seguridad de la gente que estaba en tierra.

—¡Tenemos que volver a volar sobre el agua! —dijo Lucy—. No puedo dispararles aquí. ¡Abre tu portezuela de una patada y arrójala hacia afuera!

De alguna manera logré hacerlo y cuando la puerta cayó el aire me golpeó y el suelo de pronto me pareció más cercano. Lucy describió otro viraje y el Schweizer la imitó, y la aguja del marcador de combustible descendió aun más. Esto continuó durante lo que pareció una eternidad: el Schweizer que nos perseguía hacia el mar y nosotros que tratábamos de regresar a tierra para poder descender. Yo no podía disparar hacia arriba sin darle a las palas del rotor.

Entonces, a una altitud de aproximadamente cuatrocientos metros, cuando estábamos sobre el agua a cien nudos, el fuselaje recibió un disparo. Las dos sentimos el impacto detrás de nosotros, sobre la puerta trasera de pasajeros del costado izquierdo.

—Ahora viraré hacia la derecha —me dijo Lucy—. ¿Puedes mantener la máquina nivelada a esta altura?

Yo estaba aterrada. Íbamos a morir.

—Lo intentaré —dije y tomé los controles.

Nos dirigíamos directamente hacia el Schweizer. No podía estar a más de quince metros y quizá treinta metros por debajo de nosotros cuando Lucy llevó hacia atrás el cerrojo y colocó un cargador en la cámara del arma.

—¡Lleva el mando hacia adelante! ¡Ahora! —me gritó al sacar el cañón del rifle por su portezuela abierta.

Descendíamos a trescientos metros por minuto y yo estaba segura de que nos incrustaríamos en el Schweizer. Traté de evitarlo saliendo de su línea de vuelo, pero Lucy me lo impidió.

—¡Derecho a ellos! —gritó.

Yo no pude oír los disparos cuando volamos directamente sobre el Schweizer, tan cerca que creí que seríamos devorados por las palas de su rotor. Lucy siguió disparando, vi los fogonazos y después ella se hizo cargo de los controles y llevaba el helicóptero hacia la izquierda para apartarnos del Schweizer en el momento en que explotaba convertido en una bola de fuego que casi nos hizo dar vuelta. Yo me coloqué para protegerme del impacto al estrellarnos.

Entonces, con la misma rapidez con que nos golpearon las violentas olas de choque, ellos habían desaparecido, y alcancé a ver cómo los escombros en llamas del helicóptero se hundían en el océano Atlántico. Nosotros nos manteníamos estables y describíamos un viraje amplio. Miré a mi sobrina con asombro e incredulidad.

—Muéranse —dijo con frialdad cuando el fuego y el fuselaje roto llovían hacia el agua.

Tomó el transmisor y, con la mayor serenidad con que la había visto jamás, dijo:

—Torre de control. El avión fugitivo explotó. Los escombros

están a tres kilómetros de Wrightsville Beach. No se observan sobrevivientes. Sobrevolaré la zona en círculos en busca de señales de vida.

—Entendido. ¿Necesita asistencia? —fue la respuesta.

—Es un poco tarde. Pero, negativo. Vuelvo hacia ustedes para un reabastecimiento inmediato.

—Entendido —tartamudeó el de la torre de control—. Procedan directamente. Las autoridades locales se reunirán con ustedes en el lugar de aterrizaje.

Pero Lucy describió otros dos círculos a quince metros mientras las autobombas y los automóviles policiales se dirigían a toda velocidad a la playa con las luces de emergencia. Los bañistas procuraban salir del agua, aterrados: pateaban y braceaban y luchaban con las olas, como si un enorme tiburón blanco los persiguiera. Los restos del helicóptero flotaban en el oleaje. Un par de chalecos salvavidas color anaranjado se mecían en el agua, pero dentro de ellos no había nadie.

UNA SEMANA DESPUÉS
ISLA HILTON HEAD

La mañana estaba nublada; el cielo, del mismo color gris del mar, cuando los pocos que habíamos amado a Benton Wesley nos reunimos en un sector vacío y no desarrollado de la plantación de Sea Pines.

Estacionamos cerca de los edificios de departamentos y seguimos un sendero que conducía a una duna. Desde allí avanzamos entre la arena y el mar. Ahora la playa era más angosta, la arena menos firme y las maderas arrojadas por el mar marcaban el recuerdo de muchas tormentas.

Marino, de traje, camisa blanca y corbata oscura, sudaba de lo lindo y pensé que era quizá la primera vez que lo veía tan bien vestido. Lucy estaba de negro, pero yo sabía que no la vería hasta más tarde, porque tenía algo importante que hacer.

McGovern había venido y también Kenneth Sparkes, no porque hubieran conocido a Benton sino porque su presencia era un regalo para mí. Connie, la ex esposa de Benton, y sus tres hijas grandes, eran un nudo cerca del agua, y era extraño mirarlas ahora y no sentir más que pena. Entre nosotros no quedaba resentimiento, animosidad ni miedo. La muerte lo había borrado todo de manera tan absoluta como la vida los había traído.

Había otros del pasado precioso de Benton: agentes retirados y el ex director de la Academia del FBI, quien muchos años antes había creído en la visitas de Benton a las cárceles y en sus investigaciones a través de perfiles. La experiencia de Benton era ahora una palabra vieja y cansada, arruinada por la televisión y las películas, pero en un tiempo fue una novela. En una época Benton fue el pionero, el creador de una manera mejor de comprensión entre los humanos que eran realmente psicóticos o despiadados y malévolos.

No había ninguna autoridad eclesiástica, pues Benton no había asistido a ninguna iglesia desde que yo lo conocía, sólo un capellán presbiteriano que solía aconsejar a los agentes angustiados. Su nombre era Judson Lloyd, y era un hombre frágil con apenas una coronilla de pelo blanco en forma de luna nueva. El reverendo Lloyd usaba alzacuello y llevaba en la mano una pequeña Biblia de cuero negro. Éramos menos de veinte personas congregadas en la playa.

No había música ni flores, panegíricos ni notas en nuestras cabezas, porque Benton había dejado bien en claro en su testamento lo que deseaba que hiciéramos. Me había dejado a mí a cargo de sus restos mortales, porque, en sus palabras: "Es lo que sabes hacer mejor, Kay. Sé que cumplirás bien mis deseos".

No había querido ninguna ceremonia. Tampoco el entierro militar al que tenía derecho, ni automóviles policiales abriendo la marcha, ni salvas de cañones ni una bandera sobre el ataúd. Su único pedido era ser cremado y que sus cenizas se esparcieran en el lugar que más había amado: su país de ensueño civilizado de Hilton Head, adonde nos recluíamos juntos cada vez que podíamos y olvidábamos por un tiempo nuestras luchas.

Yo siempre lamentaría que él hubiera pasado allí sus últimos días sin mí, y jamás me recuperaría de lo irónico del hecho de que me lo hubiera impedido la carnicería provocada por Carrie. Fue el principio del fin y habría de ser el fin de Benton.

Me resultaba fácil desear no haberme visto involucrada en el caso. Pero si no hubiera sido así, otra persona asistiría a un funeral en alguna parte del mundo, como lo habían hecho otros en el pasado, y la violencia no habría cesado. Comenzó a caer una lluvia suave. Me rozó la cara como manos frías y tristes.

—Benton nos reunió aquí este día no para despedirlo —comenzó a decir el reverendo Lloyd—. Quería que tomáramos fuerzas unos de otros y lleváramos adelante su tarea: defender el bien y condenar el mal, luchar por los caídos sin quejarse jamás; sufriendo en silencio para no lastimar a los demás. Dejó el mundo mejor de lo que lo encontró. Nos dejó a nosotros mejores de lo que nos encontró. Mis amigos, continúen con su obra.

Abrió la Biblia en el Nuevo Testamento.

—Y haz que no nos cansemos de hacer el bien, pues a su debido tiempo cosecharemos los frutos si hoy no desfallecemos —leyó.

Me sentí acalorada y vacía por dentro y no pude contener las lágrimas. Me sequé los ojos con pañuelos de papel y observé la arena que cubría las puntas de mis zapatos de gamuza negra. El reverendo Lloyd se llevó un dedo a los labios y leyó más versículos de las epístolas a los Gálatas, ¿o eran a Timoteo?

Yo apenas prestaba atención a lo que él decía. Sus palabras se convirtieron en un torrente continuo, como el agua que fluía en un arroyo, y no entendía su significado mientras luchaba y bloqueaba imágenes que siempre ganaban. Recordé sobre todo a Benton con su rompevientos rojo, de pie y contemplando el río cuando se sentía herido por mí. Lo habría dado todo por borrar cada palabra áspera. Sin embargo, él entendió. Yo sabía que sí.

Recordé su perfil neto y lo impenetrable de su rostro cuando estaba con otras personas que no eran yo. Quizá lo consideraban frío, cuando en realidad lo suyo no era más que una máscara que ocultaba una vida bondadosa y tierna. Me pregunté si yo sentiría algo diferente ahora si nos hubiéramos casado. Me pregunté si mi independencia sería producto de una inseguridad primordial. Me pregunté si me había equivocado.

—... Sabiendo esto, que la ley no ha sido hecha para los hombres justos sino para los desenfrenados y los desobedientes, para los impíos y los profanos, para los asesinos de padres y los asesinos de madres, para los homicidas —predicaba el reverendo.

Sentí que el aire se movía detrás de mí cuando contemplé ese mar perezoso y deprimido. Entonces Sparkes se paró junto a mí y nuestros brazos casi se tocaron. Tenía la vista fija hacia adelante y su mandíbula era fuerte y decidida cuando permaneció allí, tan erguido, con su traje oscuro. Giró hacia mí y en sus ojos encontré comprensión. Yo asentí.

—Nuestro amigo deseaba paz y bondad. —El reverendo Lloyd tenía ahora otro libro en las manos. —Deseaba la armonía que las víctimas por las que él abogaba nunca tuvieron. Deseaba estar libre de los ultrajes y el pesar, redimido por la furia y sus noches de insomnio llenas de miedo.

A lo lejos oí el ruido de las palas de un rotor, ese golpeteo sordo que sería para siempre el sonido de mi sobrina. Miré hacia arriba y el sol apenas brillaba detrás de nubes que bailaban la danza de los siete velos y se deslizaban sin cesar y sin mostrar nunca lo que deseábamos ver. Cada tanto se transparentaba el azul, fragmentado y brillante como vitral sobre el horizonte al oeste de nosotros, y la duna a nuestras espaldas estaba encendida mientras las tropas del mal tiempo comenzaban a amotinarse. El sonido del helicóptero se hizo más fuerte y yo miré hacia atrás por sobre palmeras y pinos, y alcancé a verle la nariz cuando volaba bajo.

—Por tanto, exhorto a que las personas oren en todas partes y levanten sus manos sacrosantas sin rabia y sin dudas —continuó el reverendo.

Las cenizas de Benton estaban en la pequeña urna de bronce que yo tenía en las manos.

—Oremos.

Lucy inició su descenso sobre los árboles y el chop-chop de las palas me rebotó contra el oído. Sparkes se inclinó para hablarme y yo no pude oírlo, pero la cercanía de su cara me resultó bondadosa.

El reverendo Lloyd siguió orando, pero el resto de nosotros ya no podíamos ni nos interesaba elevar una oración al Todopoderoso. Lucy mantuvo el JetRanger sobre la playa y el viento sobre el agua levantó una lluvia de gotas.

Pude ver los ojos de Lucy fijos en mí a través del vidrio y reuní todo el coraje que tenía. Caminé hacia su tormenta de aire turbulento mientras el reverendo se sostenía lo poco que le quedaba de pelo. Comencé a internarme en el agua.

—Que Dios te bendiga, Benton. Que tu alma descanse en paz. Te extraño, Benton. —Y dije palabras que nadie más podía oír.

Abrí la urna y miré a mi sobrina, que estaba allí para crear la energía que él había deseado cuando fuera su momento de seguir adelante. Asentí hacia Lucy y ella me hizo la señal de pulgares hacia arriba que me desgarró el corazón y me hizo derramar más lágrimas. Las cenizas eran como seda, y sentí trozos de sus huesos como tiza cuando hundí la mano y sostuve a Benton en ella. Lo lancé al viento. Lo devolví al orden superior que él habría impuesto, si no se lo hubieran impedido.